[英] 毛姆 著
方华文 译

刀锋

THE RAZOR'S EDGE

古吴轩出版社

图书在版编目（CIP）数据

刀锋 / （英）毛姆著 ；方华文译. -- 苏州 ：古吴轩出版社，2022.3

ISBN 978-7-5546-1898-1

Ⅰ. ①刀… Ⅱ. ①毛… ②方… Ⅲ. ①长篇小说—英国—现代 Ⅳ. ①I561.45

中国版本图书馆CIP数据核字（2022）第004336号

责任编辑：徐小良
见习编辑：羊丹萍
策划编辑：村 上 荀 敏
封面设计：言 成

书　　名：刀锋
著　　者：［英］毛姆
译　　者：方华文
出版发行：古吴轩出版社
地址：苏州市八达街118号苏州新闻大厦30F　　邮编：215123
电话：0512-65233679　　传真：0512-65220750
出 版 人：尹剑峰
印　　刷：天宇万达印刷有限公司
开　　本：880×1230　1/32
印　　张：10
字　　数：308千字
版　　次：2022年3月第1版　第1次印刷
书　　号：ISBN 978-7-5546-1898-1
定　　价：46.00元

THE RAZOR'S EDGE

目录

尖利的刀锋很难躲过；

所以智者言救赎之路荆棘遍布。

——《奥义书》[1]

①《奥义书》意为“神秘而玄奥的教理”或“秘密传授的教理”，是印度古老的经典著作，也是用散文或韵文阐发印度文化最古老的吠陀文献的著作。据说佛教的思想缘于《奥义书》，而佛陀是应用了他的大智慧将《奥义书》的哲学义理升华，使之成为经典。

第一章

1

以前动笔写小说从未像今日这般顾虑重重。称之为“小说”，只是因为再也想不出别的名称。我所叙述的事情故事性不强，结局并非是“一命呜呼”或者“喜结连理”。死亡可以一了百了，通常讲故事都是以此作为收场，但“喜结连理”也是一种十分恰当的结局。遇见世俗的所谓幸福美满的大结局，奉劝那些老于世故者也不必嗤之以鼻。饮食男女嘛，本性使然，一切都尽在不言中。一男一女，不管经历怎样的水深火热，最终喜相逢，在生物功能完成之后，兴趣也就转移到未来一代的身上去了。至于事情的原委，我要给读者留一些悬念。这本书记录的是我跟一个人的陈年往事——此人和我关系亲密，但要隔很长时间才相会一次。在这段间隔期他有着什么样的经历我一无所知。如果叫我编出一些情节来加以弥补，我也可以写得天衣无缝，让故事一气贯通，可我不愿意这样做。我只打算将自己所了解的实情付诸笔端。

多年前，我写过一本小说叫《月亮与六便士》。在那本书里，我塑造的主人公的原型是个名叫保罗·高更[①]的名画家。关于这位法国艺术家的生平我知

① 保罗·高更（1848—1903），法国后印象派画家、雕塑家，与凡·高、塞尚并称为后印象派三大巨匠，对现当代绘画的发展有着非常深远的影响。

之甚少，只是依据一星半点的事实，使用小说家的特权添枝加叶编造出一些情节加以渲染。在本书里，我无意如法炮制。此处无任何虚构。书中角色的姓氏全都改过，并且采取了一些别的处理手法使之难以辨认，免得那些还活在世上的人看了尴尬。我写的这人并不出名，也许永远不会出名。也许，他的生命一旦结束，这一生留在世界上的痕迹并不比石子投入河中留在水面上的涟漪多。如此，如有读者青睐本书，完全是书中的内涵激发了读者的兴趣。不过，也许会出现另外一种情况——他选择的人生道路以及他那坚毅和温良的人格对同胞们产生了越来越强烈的影响。这样，可能在他久别人世之后，人们会醒悟到：原来在这个时代产生过一个如此出类拔萃的人物。至于我写的是何人，谜底将会昭然若揭。有些人对他早年的身世想略做了解，定会如愿以偿。我在本书中追溯那如烟的往事。书中所述可能有种种不足，但对有意为我友著书立传者尚可资用，不失为好的参考。

我并无意硬说书中对原谈话内容的记载一句不漏。在此类境况中，对于说话人的话语我从不做笔录，而只是将与我有关的事情谨记心间。虽说记载他们谈话的内容我用的是自己的词语，但我敢保证自己所言不虚。刚才我说书中无任何虚构，现在我想做一更正。就像希罗多德①以来的许多历史学家一样，我也有擅自增入的部分；故事里角色的谈话有些并非我亲耳所闻，而且也不可能亲耳所闻。之所以采用这样的写法，理由跟那些历史学家是一样的，无非是要渲染生动性和逼真性——如果仅仅是平铺直叙，效果就差了。我渴望赢得读者，自认为采用这样的手法增强可读性是情有可原的。至于何处是杜撰出来的，明眼读者一看便知，取舍由他自己定夺。

写这本书还有一点也叫我顾虑重重——书中的主人公基本上都是美国人。了解一个人是非常困难的事情。对于本国之人尚可以知根知底，对于其他国家的人恐怕就难以做到这一点了。了解一个人，不论男女，不但要了解其本身，

---

① 希罗多德，公元前5世纪的古希腊作家，他把旅行中的所闻所见，以及第一波斯帝国的历史记录下来，著成《历史》一书。该书成为西方文学史上第一部完整流传下来的散文作品。

也得了解其出生的环境、居住的城市公寓、学步的场所、儿时的游戏、外婆讲的故事、吃的饭菜、求学之处、从事的运动、吟咏的诗篇以及宗教信仰。这些因素深入他们的骨髓。你不可能听别人说说就算了解了他们，要做到真正了解，就得成为他们当中的一员。对于异国他乡的人，你只是一个旁观者，不可能真正了解，写书时就难取信于人了。即便亨利·詹姆斯[①]那般观察细致入微的人，在英国住了四十年，也没能在作品中创造出一个有着地道英国味的英国人来。至于我本人，除了在几个短篇里涉及外国人，我只专注于刻画本国人。敢于在短篇里写外国人，仅仅因为短篇里的人物不必精细描写，而只需泛泛一谈。你给读者一点粗浅的启示，细节由读者自己推想。也许有人要问，既然我能把保罗·高更塑造成一个英国人，这本书里的人物为什么不可以照做。回答是：恕难从命。照葫芦画瓢，那样的话主人公就不伦不类了。我敢说，那样的主人公绝非美国人眼中的美国人，而成了英国人眼里的美国人。连他们的语言特点我都没有打算仿效。英国作家在这方面闯的乱子和美国作家模仿英国人说英语时闯的乱子一样多。俚语简直就是个陷阱。亨利·詹姆斯在他的英国故事里经常要用俚语，可是总不像一个英国人说的那样地道，因此非但未能取得他所追求的俚语效果，反而弄巧成拙，时常使英国人读来感到别扭和不舒服。

2

一九一九年我去欧洲，途经芝加哥，为了一些与本书无关的事由在那儿待了两三个星期。当时我刚刚出版了一部小说，大获成功，一时成为新闻人物，屁股还没坐稳就有记者来采访。次日清晨电话铃便响了起来。我拿起了话筒。

“我是艾略特·邓普顿。”

“艾略特？我还以为你在巴黎呢。”

---

① 亨利·詹姆斯（1843—1916），19世纪美国继霍桑、麦尔维尔之后的著名作家。他的小说常写美国人与欧洲人之间交往的问题。

“我来这儿，是看望我姐姐的。”

“我想请你今天来，一块儿吃顿午饭。”

“乐意奉陪。”

他把时间和地址告诉了我。

我认识艾略特·邓普顿已有十五个年头。此时的他年近六旬，高挑的个子，五官端正，一派儒雅的风度，乌黑浓密的卷发微染白霜，反倒使他更加气宇轩昂。

他素来衣着考究，小物件可以在查维特服饰店采购，但衣帽和鞋子这套行头却一定要在伦敦添置。他在巴黎塞纳河左岸有一套公寓，位于时尚的圣纪尧姆大街。不喜欢他的人称他为掮客，这种污蔑叫他不胜愤怒。他眼光独特、学识渊博，不否认刚刚在巴黎安家的那些年曾经为有意买画的大款收藏家出过主意，助过他们一臂之力。在交际场上，他一旦耳闻某个英法破落贵族想出手一幅精品画作，碰巧又知道哪个美国博物馆的理事在访求某某大师的优秀画作，他便乐见其成，为之穿针引线。

法国有许多世家，英国也是有一些的。这类人家有时深陷窘境，不得不出手某件有布尔大师[①]签名的柜子或者一张由齐本德尔[②]亲手制作的写字台，只要不声张出去，当然愿意有一个知识渊博、风度儒雅、办事谨慎的人代为操办。

人们自然想到艾略特会从这种交易中捞上一把，但大家都是有教养的，谁也不愿明说。肚肠小的人却不客气，硬说他家样样东西都是摆出来兜售的，请美国的富佬来吃上一顿丰盛的午餐，觥筹交错之后，就会有一两幅值钱的画品不见了踪影，或者一件镶嵌细工家具被一件漆品替换。若是有人问起某样东西怎么不见了，他便头头是道地解释一通，说那东西不上品味，他拿去换了样品质远在其之上的。他还补充说：成天看一样特定的东西，哪有不烦的？

---

① 布尔大师，路易十四的御用家具匠。

② 齐本德尔，18 世纪家具名匠。

“Nous autres Américains[1]，我们美国人就欢喜换花样。这既是我们的短板，也是我们的长处。”

巴黎有些美国籍的小姐、太太，自称了解他的底细，说他的家道原来很穷，之所以能过上如此阔绰的日子，只是由于他为人非常精明。

我不清楚他究竟有多少钱，可是那位有公爵身份的房东容他住这样的公寓，自然要收不菲的房租。况且，他的房间里摆的尽是值钱的物件。墙上挂着一些法国艺术大师的画作，有华多[2]的，有弗拉戈纳尔[3]的，还有克洛德·洛兰[4]等其他人的；镶木地板上铺着萨冯内里埃地毯和奥比松地毯[5]，相互争奇斗艳；客厅里摆了一套路易十五时代精工细雕的家具，制作之精，如他自己所称，说不定就是当年蓬帕杜夫人[6]香闺中的物件呢。不管怎么说，反正他不必挖空心思去赚钱，照样能把日子过得很滋润，他认为一个绅士应该讲究这种排场，至于他是如何才达到了这样的水准，智者会三缄其口，除非你希望跟他一刀两断，不再来往。对于物质生活没有了后顾之忧，他便全身心去实现一生中最大的愿望——游刃于社交圈子。初来欧洲时，他只是个拿着介绍信四处拜访名流的年轻人，后来因为帮助那些英法世家成交了几笔生意，巩固了在这之前已经取得的地位。他出身于弗吉尼亚的一个旧世家，母系一族追溯起来，曾有一位祖先在《独立宣言》上签过字呢。他拿着介绍信拜见那些美国贵妇人时，其出身颇受重视。他如鱼得水，八面玲珑，舞跳得好，枪打得准，还打得一手

---

① 法语：我们美国人。

② 华多（1684—1721），法国 18 世纪洛可可时期一位有影响力的画家。

③ 弗拉戈纳尔（1732—1806），法国洛可可风格画家。弗拉戈纳尔以描绘女性美而成为时代宠儿，是一位为洛可可全盛期揭开序幕的画家。

④ 克洛德·洛兰（1600—1682），法国著名风景画家。

⑤ 萨冯内里埃，法语字面意思是肥皂业，因 17 世纪法国一家肥皂厂改建为地毯厂，出产了很多精美的地毯，而成为高品质地毯的代名词。奥比松为法国地名，因 18 世纪该地盛产高品质地毯而闻名。

⑥ 蓬帕杜夫人（1721—1764），法国国王路易十五的情妇、社交名媛，曾凭借自己的才色，影响了路易十五的统治和法国的艺术。

好网球，什么样的派对他都是必到之客。他慷慨大方，将鲜花和昂贵的巧克力买来任意送人。他自己倒是很少请客，可是一旦设宴，必定别开生面。他会请那些阔太太到索霍区富于人文气息的饭馆开洋荤，或者去拉丁区的酒馆小酌，使她们得到身心的愉悦。随时随地，他都愿意为人效犬马之劳，不管再怎么烦人的事，只要有求于他，他没有不乐意办的。遇见上年纪的女人，他很舍得花气力花时间曲意逢迎，没过多长时间便成了许多大户人家的新宠。他这个人太好说话了，开宴会万一有人爽约没来，请他临时凑个数，他是毫不介意的；如果把他安排在一个讨厌透顶的老太太身边，他也一定会谈笑风生，博得老太太的欢心。

在两三年的时间里，他混迹于伦敦和巴黎，作为一个年轻的美国人，凡是能攀得上的关系，他都与之有了交往。他把家安在巴黎，社交季节之末则到伦敦去，初秋时分前往乡间去拜访一圈住在乡村别墅的名门。最初将他引入社交界的那些贵妇人发现他的交游竟然如此之广，不由得颇感意外，心里五味杂陈。她们一方面感到高兴——这个受她们保护的小伙子取得了巨大的成功；另一方面，她们则有些拈酸——他跟别人混得很熟，和她们却是礼节性的交往。虽然他依然有求必应，愿意为她们效劳，但她们心里直犯嘀咕，觉得自己被他当成了跻身社交界的垫脚石，怀疑他是个唯利是图的势利眼。实际上他的确是个势利眼，一个不折不扣的势利眼，一个毫无廉耻之心的势利眼。哪家请客，他只要能上客人名单，或者跟哪个有名望的脾气乖戾的贵族老太太攀上关系，什么样的苦他都能吃，受得了侮辱谩骂，听得了冷言冷语，咽得下窝囊气。在这方面，他可以说是不屈不挠。他只要盯上一个猎物，非将其猎到手不可，就像寻找罕见种类兰花的植物学家一样执着，什么洪水、地震、热病和充满敌意的土著人啦，这种危险全不放在眼里。一九一四年的世界大战给他提供了升腾的良机。战争一爆发，他就去参加了一个救护队，先后在佛兰德斯和阿尔贡战区救死扶伤；一年后回来，他胸前多了条荣誉红丝带，并且在巴黎红十字会谋了个缺。此时的他今非昔比，手头已很宽裕，凡是名流主办的慈善事业，他必定慷慨捐赠。看见名声显赫的慈善机构，他会运用自己渊博的知识和高雅的品味鼎力相助。巴黎有两家顶级的高档俱乐部，他都成了会员。在法国那些最有名望的贵妇人眼中，他成了“了不起的艾略特”。他终于发迹了！

3

初次遇见艾略特时，我只是个名不见经传的年轻作家，他根本无视我的存在。由于他对每一张面孔都过目不忘，不管哪里遇见都跟我客气地握手，只是似乎毫无意图和我深交。在看戏的时候巧遇，如果他和某个显贵在一起，他就假装没看见我。后来我写的剧本获得了出人意料的成功，我立刻就察觉到艾略特对我的态度升温，变得热情起来。一天，我收到他的一封请柬，请我去克拉里奇酒店吃饭——此处是他在伦敦的下榻地。那是个小型的宴会，规格也不是很高。我当时有一种感觉，觉得他在试探我的深浅。后来，我的成功给我的身边增加了不少新朋友，跟他见面的机会也就多了起来。在这之后不久，正逢秋季，我去巴黎住了几个星期，有一次在一个双方都认识的熟人家和他不期而遇。他问了我的住址，过了一两天我就收到了他的一封午宴请柬——这次的午宴地点设在他的公寓里。到了那儿一看，我意外地发现这次宴会的规格相当高，不禁心里暗自笑了。我知道他熟谙人情世故，晓得一个作家在英国社交界无足轻重，而在法国则备受推崇，于是我这个作家也就被他另眼相看了。这以后的若干年里，我和他来往十分密切，但始终未成为推心置腹的朋友。我怀疑艾略特恐怕跟任何人都不能成为朋友的。他对人并不感兴趣，只关心人的社会地位。不论我偶尔去巴黎，或是他来伦敦，他请客少一个人，或者有义务要招待前来旅游的美国人时，总要请我作陪。这些人，我怀疑有些是他的老主顾，有些是拿介绍信来拜见他的陌生人。他们成了他生活中的累赘。他觉得总得应酬一下，但又不情愿介绍他们和他那些显赫的朋友见面。打发他们最好的办法自然就是请客吃饭了，然后再请他们去看场戏，可这其中他也自有难处，因为他每晚都有应酬，而且早在三个星期前全约好了；即使他尽了地主之谊，料想那些人也未必就此满足。鉴于我是个作家，跟这类事情干系不大，于是他愿意将肚子里的苦水倒给我听。

“美国的那些人写什么介绍信，一点儿也不为别人考虑。我倒不是不乐意接待前来拜访的人，只是觉得实在不应该拖累身边的朋友。”

他用大篮子盛放玫瑰花，用大盒子装上巧克力，赠送给那些人以弥补招待上的不周。不过，有时还得设迎宾宴。也就是在这个时候，他请我来作陪的。先前他把原委告诉了我，此时又邀我来应景，未免有些幼稚了。

“他们渴望能和你见上一面。”他在邀请短柬中奉迎我。“某某夫人是个很有文学涵养的人，你写的书她逐词逐句都拜读了。”

见了面，那位“某某夫人”就会告诉我，说看了我的《培林先生和特雷尔先生》一书，简直喜欢极了，并祝贺我的《软体动物》剧本演出成功。殊不知头一本书的作者是休·沃尔波尔[①]，后一书的作者是哈伯特·亨利·戴维斯[②]。

4

假如我的描述让读者觉得艾略特·邓普顿是个卑鄙小人，那可就冤枉他了。

从某种意义上讲，他可以称得上法国人说的serviable。据我所知，这个词在英语词汇库里还没有完全对应的词。我查了查字典，发现该词有助人为乐、乐善好施的含义，按传统的说法就是“厚道”。艾略特正是这么一个人。他为人慷慨；虽则在早期的生涯中，那种送花、送糖、送礼的豪举无疑有他的用心，但是到后来没有这种必要时，他还是照送。赠人以物，他乐此不疲。他热情好客，所聘用的厨子能和巴黎的任何一个高厨比高低。有一点是肯定的：摆上餐桌的全都是最为可口的时令菜。他提供的酒可以证明他在这方面有很高的鉴赏力。他挑选客人看的是社会地位，而不是看客人本人如何，这是事实，可

① 休·沃尔波尔（1884—1941），英国小说家。

② 哈伯特·亨利·戴维斯（1876—1917），英国剧作家。

他也会至少请上一两个能说会笑的，所以他的宴会桌上几乎总是充满欢声笑语。一些人在背后嘲笑他，说他是个龌龊小人，可一旦受到他的邀请，却又会欣然接受。他讲法语字正腔圆，既流利又准确，音色很是纯正。他还曾经模仿英国人说话，使出了九牛二虎的力气，你的听力必须是非常敏锐，才能听出他的英语中夹杂着一些美音。只要不以公爵和公爵夫人们为话题，他什么都说；现在即便以公爵和公爵夫人们为话题，他也放得开，敢于说些风趣的话了，特别是跟你单独在一起的时候，因为他的地位现已固若金汤。他风趣，又喜欢挖苦人，而那些高官显贵的丑闻逸事没有一件不传到他的耳朵里来的。某公主最近产一子，其生身父亲是谁，某侯爵的情妇是何人，这些我都是从他口中得知的。我敢断言，对于高官显贵的私生活，就连马赛尔·普鲁斯特[①]恐怕也不如艾略特·邓普顿知道的那么多。

在巴黎时，我时常跟他一起吃午饭，有时在他公寓里，有时在饭馆子里。我喜欢逛古董商店，偶尔也买些，不过更多的是只看不买，而艾略特总是兴冲冲陪我一起去逛。他是个行家，真心实意地热爱艺术品。我觉得巴黎的每一家这类商店，他没有不熟悉的，并且跟每家店的老板都很熟稔。他特别爱砍价，出门前总是要叮咛我："你要是相中了哪样东西，先不要急着买。你只需给我使个眼色，下来就看我的了。"

我喜欢上哪样东西，他就帮着压价，最终以一半价钱成交，这会叫他高兴得不得了。看他玩这种讨价还价的游戏实在过瘾。他会争论、哄骗、发脾气、以情动人、说风凉话、挑出商品的毛病、威胁再也不迈入这家店铺的门槛、叹气、耸肩、好言相劝以及满脸怒容地朝外走，最后达到自己的理想价位之后，他还会悲哀地摇摇头，就好像他吃了败仗，只好认命一样。然后，他会压低声音用英语对我说："买吧。就是再多一倍的钱也还是便宜的。"

艾略特是个有激情的天主教徒。他在巴黎住下不久，就碰见一位神父。那

① 马赛尔·普鲁斯特（1871—1922），20世纪法国最伟大的小说家之一，意识流文学的先驱与大师。

人善于劝说异教徒皈依天主教，导引许多迷途的羊羔回到了羊圈里，因此而颇负盛名。此人饭局特多，能说会道远近闻名。他的教务活动只限于富贵人家。虽然出身寒门，却被许多大户人家尊为座上宾，艾略特见了自然便动了心思。他悄悄告诉一位在神父的劝说下皈依正教的美国阔太太，说他家里虽然一直信奉圣公会教义，而他本人却是对天主教会向往已久。一天晚上，阔太太请艾略特吃饭，跟神父见个面。饭桌旁仅有他们三人，神父口若悬河。女主人将话题引到天主教之上时，神父讲得天花乱坠、地涌金莲，而且丝毫不迂腐。虽则身为神父，但也是江湖上的人，对另一个江湖上的人是要说些入行的话的。艾略特发现神父竟然知道自己的来头，有点受宠若惊。

“范多姆公爵夫人那天还跟我谈起你来呢，她觉得你是个很有头脑的人。”

艾略特快活得满脸通红。公爵夫人他是拜谒过的，可是，怎么也没想到她会对他留意在心。神父心地宽广、观点入时，有着海纳百川的胸襟，一番关于天主教的议论谈得既高明又温和。根据他的高谈阔论，艾略特觉得天主教会就像个高级俱乐部，任何有教养的人如果不加入就对不起自己。六个月后，艾略特就入了教。皈依了天主教，再加上热衷于天主教的慈善事业，慷慨解囊，好多家以前对他关着的大门也被他叩开了。

他改弦更张，放弃父辈的宗教信仰，也许动机不纯，但自从皈依之后，他对天主教的虔诚之心却是无可置疑的。他每逢周日就去上流社会人士经常光顾的教堂做弥撒，定期忏悔；每隔一段时间就去参拜一次罗马圣地。久而久之，教廷因他虔诚，封他做罗马教皇内侍；又见他兢兢业业、恪尽职守，奖给他一枚圣墓勋章。说实在话，他在天主教方面所取得的成功不亚于他混迹社会所获得的成果。

我时常问自己：是什么原因使得这样一个聪明、和蔼、有教养的人迷了心窍，成了一个趋炎附势者？他不是暴发户，其父在南方一个大学当过校长，祖父是名声显赫的神学家。以他的聪明机灵，决不会看不出那些应他邀请的人大多只是混一顿吃喝，有些是没脑子的，有些毫不足道。那些人响亮的头衔搞得他眼花缭乱，令他对那些人的缺点视而不见。我只能这样猜想：跟这些家史古老的绅士混个关系熟，充当贵妇人们的忠实侍卫，给他一种永不厌烦的胜利感。他的心底可能涌动着一股浪漫的激情，使得他在这些“弱智”的法国小公爵身上能看到当年跟随圣路易到圣地去征战的十字军战士，从外强中干、沉迷于狩猎狐狸的英国伯爵身上能看到他们侍奉亨利八世前往“金布之地”[①]的祖先。跟这些人在一起，他觉得就像生活在天地广阔、英雄气十足的古代里一样。大概他在翻阅《哥达年鉴》[②]时，心里会激情勃发，那一个又一个姓氏令他产生怀古之幽思，想到古代的战争、史册上的攻伐、外交场上的诡谲风云以及宫闱情话。艾略特·邓普顿就是这么一个性情中人。

5

我在洗脸、梳头，准备去赴艾略特约的饭局。就在这时，旅馆的前台打来电话，说他已到了楼下。我有点诧异，一收拾好，就下楼去了。

“我觉得还是来接你更为稳妥些。”我们在握手时，他说道，“我不知道你对芝加哥熟不熟。”

我发现一些旅居海外多年的美国人都有他的这种顾虑，觉得美国是个很难走的国度，甚至可以说充满了危险，让一个欧洲人自己寻路是不安全的。

“时间还早，咱们可以走上一段路。”他提议说。

外面微有寒意，不过，万里无云，活动活动腿脚倒是不错的。

“我想还是在你会见家姐之前，先把她的情况介绍一下为好。”走在路上，艾略特说道，“她去巴黎我那儿小住过一两次。不过，你可能那时没到我那儿去过。今天人并不多，就是家姐和她的女儿伊莎贝尔以及格雷戈里·布拉巴宗。”

“就是那个室内装潢设计师吗？”我问。

---

① “金布之地”，位于法国巴陵赫姆。1520 年 6 月，英法两国国王在此处聚会，缔结友好条约。

②《哥达年鉴》，一部记载欧洲王公贵族家史的书，于 1763 年在哥达编纂。

“是的，家姐的房子糟得一塌糊涂，伊莎贝尔和我都劝她重新装修一下。碰巧听说布拉巴宗在芝加哥，所以我就叫家姐请他今天来吃午饭。他虽说算不上一个地道的上等人，但品味是有的。玛丽·奥利芬特的拉尼城堡以及圣厄茨家的圣克莱门特·大宝庄园都是他给装饰的。他很讨公爵夫人的欢心。你去看看路易莎家的房子就知道了。她怎么能在那儿一住就住这么多年，这叫我永远也理解不透。说到这里，我还无法理解的是，她怎么能在芝加哥住下去。”

他的姐姐布雷德利夫人是个寡妇，有三个孩子，二子一女。儿子们早已长大成家，一个在菲律宾政府里做事，另一个继承父业供职于外交界，现在布宜诺斯艾利斯。布雷德利夫人的丈夫曾经出使过若干国家，在罗马做了几年一等秘书，后来又被派到南美洲西岸的一个小共和国做公使，最终在那里死在任上。

“姐夫去世之后，我想让路易莎把芝加哥的房子卖掉，”艾略特继续滔滔不绝地说着，“可她对那房子有感情。那家人在那儿住了有些年头了。布雷德利家族在伊利诺斯州算得上是最古老的人家。他们一八三九年从弗吉尼亚原籍迁来这里，在离芝加哥大约有六十英里的地方置下田产，目前还保留着。”艾略特说到这里略微停顿，用眼睛瞧瞧我，看我有什么反应。“我想你也许会说他家早先是务农的。我不晓得你可知道，在 20 世纪中叶的时候，中西部开始搞开发，不少弗吉尼亚人——上等人家的子弟，受到未知世界的诱惑，抛弃了故乡衣食无忧的生活。我姐夫的父亲切斯特·布雷德利看出芝加哥有发展的前景，来这里进了一家律师事务所，反正他赚的钱也够儿辈丰衣足食的了。”

艾略特的话虽如此说，从他的神情却可以看出，那位已经去世的切斯特·布雷德利离开他祖传的华屋肥田，进了一家律师事务所，未免有点儿不划算，不过，幸好积攒了一笔财富，起码也算是一种补偿吧。后来有一回布雷德利夫人拿几张乡下所谓“祖屋”的照片给我看，艾略特显得有些不太高兴；照片上面我见到的是一座很不起眼的农家屋，有美丽的小花园，可是谷仓、牛棚和猪圈都隔开只有一箭之地，四周是一片荒芜的平畴。我不由得想到：切斯特·布雷德利先生丢下老宅到城市里求发展，并不是没有成算的。

走了一会儿，我们叫住了一辆出租车，在一幢棕色的石头房子前下了车。房子窄而高，要攀上一串陡峭的石阶才到大门口。它处于一排房屋之间，坐落在湖滨大道旁边的一条街上，房屋外表就是在那天明媚的秋光里也还是阴沉沉的，真不明白一个人对这样的房子会有什么感情。开门的是个一头白发的黑人管家，又高又壮，他把我们引入了客厅。我们走进时，布雷德利太太从椅子上站起来，艾略特为我做介绍。她年轻时一定是个美丽女子，五官总体端正，一双眼睛生得煞是漂亮。可是，现在的她脸色灰黄，几乎未施任何粉黛，肌肉松弛，显然在跟中年发胖的战斗中已一败涂地。我猜她还不肯服输，因为她坐下时，腰杆在硬背椅子上挺得笔直；无疑，穿着那受罪的铠甲一般的紧身衣，这样坐在硬背椅子上要比坐在软垫椅子上舒服一些。她穿一件蓝色长衫，上面缀满了花边饰物，高领子用鲸鱼骨撑得硬硬的，一头白发烫成波浪纹，发式做得极其复杂，看上去挺有风度。另一位客人还未到，为了等他，我们就东一搭西一搭闲聊起来。

“艾略特告诉我，你是走南边那条路过来的，”布雷德利夫人说，“你在罗马歇脚没有？”

“歇了，我在那儿住了一个星期。”

“亲爱的玛格丽达王后还好吗？”

我被她这一问给问蒙了，只好回答说我不知道。

“哦，你没有去看看她？她真是一个大好人。我们在罗马的时候，布雷德利先生曾任使馆的一等秘书，她待我们好极了。你怎么就不去看望看望她呢？你跟艾略特又不一样，不至于懒得连奎里纳尔皇宫都不去一趟吧？”

“完全不是那回事。”我笑了笑说，“事实上，我并不认识她。”

“不认识？”布雷德利夫人说，那表情好像是她简直不敢相信自己的耳朵，“怎么能不认识呢？”

“实不相瞒，一般来说，作家跟国王和王后是没有过密交往的。”

“不过，玛格丽达王后是个和蔼可亲的人呀。”布雷德利夫人好言劝我，好像不认识这位王后完全是我摆架子，不屑似的，“我敢肯定你一定会喜欢她的。”

这时候门开了，管家把格雷戈里·布拉巴宗领了进来。

格雷戈里·布拉巴宗空有一个好名姓，并不是个风流倜傥的人。他五短身材，大腹便便，除掉耳朵根和后颈有一圈黑鬈发外，头秃得就像只鸡蛋，一张脸红得似猴屁股，好像时刻都会流淌下一大堆臭汗一样，两个灰色的眼珠滴溜溜乱转，嘴唇肥厚，下巴特长。他是英国人。在伦敦时，放荡不羁的文人聚会上，有时会遇见他。他是个乐天派，总是很开心，动不动就哈哈大笑。不过，即便你不善于观察人的本质，也会发现他那种嘻嘻哈哈亲密的样子只不过是一种外衣，下面遮盖的是精明的生意经。这些年来，他一直都是伦敦城里最成功的室内装潢设计师。他那洪亮的声音和又小又胖的手都极富表现力，能产生奇异的功效。他只要摆动小手，再奉上一大串兴奋的字眼，就会叫一个犹豫不决的客户激动起来，极大刺激他的想象力，使得他简直没法拒绝那似乎是一份施舍的订单。

管家又走了进来，端来了一托盘的鸡尾酒。

“咱们就不等伊莎贝尔了。”布雷德利夫人拿起一杯酒说。

“她到哪儿去了？”艾略特问。

“跟拉里打高尔夫去了，说也许要晚一点回来。”

艾略特转向我说：“拉里就是劳伦斯·达雷尔。伊莎贝尔可能已跟他订婚了。”

“艾略特，我不知道你喝鸡尾酒。”我说道。

“我原本是不喝的。”他呷了一口杯中的酒说，“可在这么个禁酒的野蛮国度，你又能怎么样呢？”说着，他叹了口气。“巴黎的一些有身份的人家也开始喝这种玩意儿了。坏的世道把好的传统都给毁掉了。”

“纯粹是胡言乱语，艾略特。”布雷德利夫人说。

她的口气相当温和，然而坚决，让我听出来她是个有个性的人。她看艾略特时，神情怡然自得，我怀疑她没有将弟弟当作一个了不起的人物。我暗自寻思：她把格雷戈里·布拉巴宗归于哪一类人呢？布拉巴宗一进门先用专业的目光把屋子扫视了一圈，不由得抬起了他那两道浓密的剑眉。这幢房子的确叫人称奇。壁纸、窗帘布、椅垫、椅套，全是一式的图案；墙上的油画镶在厚重的金相框里，显然是布雷德利这家人去罗马时买来的——有拉斐尔[①]派以及圭多·雷尼[②]派的圣母像，有苏卡莱利[③]派的风景画，还有帕尼尼[④]派的真迹。除此之外，屋里还摆着他们去北京时买的纪念品——精雕细刻的黑檀木桌子和景泰蓝大花瓶，也有从智利或者秘鲁买来的玩意儿——硬石刻的胖人儿和陶制花瓶。屋里的写字台是齐本德尔式的，玻璃橱亦是出自名匠之手。灯罩是用白绸做底料的，上面不知是哪个没品味的画家画了几个身穿华多式服装[⑤]的牧童、牧女。屋子里的装饰不伦不类，但不知什么原因却叫人感到温馨。这是一种平凡却又安稳的生活气息，让你觉得这令人无法相信的杂乱之中自有一番情趣。所有这些互不协调的物件合为一个整体，成为布雷德利夫人生活的组成部分。

大家喝完鸡尾酒，门被推开，进来一个姑娘，身后跟着个小伙子。

"我们迟了没有？"她问，"我把拉里带回来了。有他的一份饭吃吗？"

"我想是有的。"布雷德利夫人笑着说，"你按下铃，叫尤金添个位子。"

"刚才是他给我们开的门。我已经告诉他了。"

"这是我的女儿伊莎贝尔，"布雷德利夫人转身向我说，"这是劳伦斯·达雷尔。"

伊莎贝尔匆匆跟我握了握手，然后将身子迫不及待地转向了布拉巴宗。

"你就是布拉巴宗先生吧？一直渴望见到你呢。你替克莱门蒂尼·多摩装饰的屋子我很是喜欢。这屋子是不是很糟糕？我好多年来都劝说妈妈，要把这儿收拾一下，现在你来芝加哥，正是我们千载难逢的好机会。请实言相告，我们家这房子究竟怎么样？"

我知道布拉巴宗绝不会直言相告的。只见他飞快地望了布雷德利夫人一

① 拉斐尔（1483—1520），意大利著名画家，"文艺复兴三杰"中最年轻的一位，创作了大量的圣母像。

② 圭多·雷尼（1575—1642），意大利著名画家。

③ 苏卡莱利（1702—1788），意大利著名风景画家。

④ 帕尼尼（1691—1765），意大利著名画家。

⑤ 华多式服装，法国著名画家华多所画的人物常穿的服装。

眼，而后者脸上一点儿表情也没有，看不出任何名堂。后来他断定伊莎贝尔是拿事的人，于是就爆发出一阵响亮的笑声。

“我敢说这屋子是很舒服的，还有其他的优点。”他侃侃而谈，“不过，既然你让我直言相告，那我就说品味上糟得一塌糊涂。”

伊莎贝尔高个子、鹅蛋脸、直鼻梁，眼睛俊俏，嘴唇丰满，有着布雷德利这家人的特征。她长得很漂亮，只是有些偏胖，我想大概是由于年龄的关系，再过几年，可能就会苗条下来的。她的手结实、好看，不过也有点儿偏胖，就连短裙下露出的腿肚子也显得胖了些。她肤色健康，泛着红晕，这跟体育锻炼以及刚才开敞篷车回家显然不无关系。她容光焕发，活力四射，散发出蓬勃的朝气，一派顽皮快活的劲儿，流露出对生活的满足以及由衷的幸福感，让人见了为之感到高兴。不管艾略特多么儒雅，比较之下，她的那种自然纯真都会使之显得庸俗。由于她的朝气蓬勃的衬托，布雷德利夫人的那张惨白、满是皱纹的面孔显得疲惫和苍老。

我们下楼去吃饭。布拉巴宗一看见饭厅，眼睛眨巴了几下。壁上糊着暗红的普通纸，算是冒充壁纸，挂些脸色阴沉死板的男女肖像，画技不堪一提。这些人都是去世的那位布雷德利先生的近系祖先。他自己也在其中，留着浓密的小胡子，僵直的身体穿着双排扣常礼服，戴着挺括的白领子。一幅布雷德利夫人的肖像，是十九世纪九十年代一个法国画家的手笔，挂在壁炉上方，穿一袭灰青缎子的晚礼服，颈挂珍珠链，头发上点缀一颗钻石星，一只戴满珠宝的手捏一条编织领巾（领巾画得极为细腻，连针脚都一一可辨），另一只手随随便便拿一柄鸵鸟羽扇子。屋内家具是黑橡木的，给人以压抑感。

“你觉得这东西怎么样？”大家落座后，伊莎贝尔问布拉巴宗。

“我敢说一定花了不少钱。”他答道。

“的确如此。”布雷德利夫人说，“这是我和布雷德利先生结婚，他父亲送给我们的礼物，跟着我们跑遍了全世界——里斯本啊，北京啊，基多[1]啊，罗

---

① 基多，厄瓜多尔首都。

马啊。亲爱的玛格丽达王后非常艳羡它。”

“假如是你的，你把它怎么办？”伊莎贝尔问布拉巴宗，可是，不等后者回答，艾略特就替他说了。

“付之一炬。”他说。

接下来，三个人你一言我一语地开始讨论如何装饰这房子。艾略特力主装饰成路易十五时代的风格，伊莎贝尔则想要一张修道院里的那种餐桌和一套意大利式椅子。布拉巴宗认为齐本德尔式家具比较适合布雷德利夫人的性格。

“我一直都认为房子的装饰应该反映出一个人的性格，这是至关紧要的。”他说完，又将身子转向了艾略特，“你当然是认识奥利芬特公爵夫人的喽？”

“玛丽吗？老朋友了，熟得不能再熟了。”

“她要我为她装饰饭厅，我一见她的面，就敲定用乔治二世那时候的风格。”

“真是英明决断。上次在她家的饭厅吃饭，我注意到了那儿的装饰，其品味无可挑剔。”

谈话在继续进行。布雷德利夫人侧耳倾听，谁都不知道她心里在想什么。我很少开口，而伊莎贝尔的年轻朋友拉里（我忘记了他姓什么）简直一言不发。他坐在我对面的布拉巴宗和艾略特之间，我不时会看他一眼。他看上去十分年轻，和艾略特一般高，差不多六英尺，瘦瘦的，四肢显得柔软灵活，样子甜甜的，不俊也不丑，相当腼腆，并无出众之处。我觉得有趣的是：根据我的记忆，自从进屋之后，他话没说上五六句，却显得十分自在，尽管不开口也像是在参加谈话，真是令人称奇。我注意到他的手很长，可是，就他的个头论，不能算大，形状看上去很美，同时又有力。我想画家一定高兴画这双手。他身板比较瘦，但是，看上去并不文弱；相反的，我敢说还颇具力量和韧劲。他的一张脸宁静庄重，晒得黝黑，要不是有这点黝黑，就看不出颜色来了；五官端正，但并不出众；颧骨相当高，太阳穴凹陷，深棕色的头发微微鬈曲，眼睛看上去比实际的要大，那是因为陷在眼窝里很深；睫毛浓而长，眼珠的颜色很特别，不是伊莎贝尔和她母亲、舅舅共有的那种淡褐色，而是一种深深的颜色，虹膜和瞳仁差不多是一个颜色，这给他的眼睛以一种特殊的魅力。他有一种动人的潇洒风度，从中看得出为什么伊莎贝尔对他倾心。她的眼光不时落到他身上，在那儿停留一下，从她的神情里我似乎看得出不但有情爱，而且有慈爱。二人四目相撞时，里面情意绵绵，好一幅美丽的图画。看见年轻男女彼此相爱，是极能感动人的。我，一个步入中年的人，觉得有点儿眼红，同时不知何故又为他们感到悲哀。若说悲哀，就蠢得没名堂了，因为我明知他们追求幸福的路上没有任何绊脚石——两家的家境似乎都宽裕，没有任何因素可以妨碍他们结婚，妨碍他们在婚后过上幸福的日子。

就重新装饰房屋这个话题，伊莎贝尔、艾略特和布拉巴宗说起来没个完，目的就是想让布雷德利夫人吐口，允许开工，可布雷德利夫人只是满脸慈祥地笑笑，硬是不吐这个口。

“不必操之过急嘛，我想静下心来好好想想。”随后，她转过头问伊莎贝尔的男友，“你是怎么看的，拉里？”

拉里向桌子四周环顾一下，眼中露出微笑。

“我觉得装修不装修都无所谓。”他说。

“你这个小坏蛋，拉里。”伊莎贝尔嚷嚷道，“我还特地关照过你，让你支持我们呢。”

“如果路易莎伯母满足于现状，为什么非得变变样呢？”

他的话说到了点子上，入情入理的，引得我不由大笑一声。拉里看了看我，也咧嘴笑了。

“别傻乎乎地笑行不行！你说的话愚蠢到家了。”伊莎贝尔说。

拉里没理会，反而笑得更厉害了。我留意到他有一口又白又小的牙齿，整整齐齐的。他望着伊莎贝尔的神情别有深意，叫她脸红起来，呼吸也急促了。假如我没有弄错的话，那她就是疯狂地在爱着他，可是不知道什么缘故，好像她对他的情意里面还有一种母爱的成分。在如此年轻的女孩身上竟然有母爱，让人意想不到。她嘴角浮出温柔的笑意，重又将注意力转向了布拉巴宗。

“别理他。他傻得不透气，一点儿文化也没有，什么都不懂，就知道开飞机。”

“开什么飞机？”我问。

“一战中，他是个飞行员呗。”

“我还以为他那时年纪太小，不能参战呢。”

“年纪是很小，而且不是一般的小。他调皮得不得了，逃离学校，跑到加拿大参军，撒了个弥天大谎，让人家相信他已满十八岁，混进了空军。都宣布停战了，他还在法国作战呢。”

“别说这些话了，会让伯母的客人厌烦的，伊莎贝尔。”拉里说。

“我从小就认识他，他还乡时穿一身军装，外套上挂那么多漂亮的勋章，非常英俊。我坐在他家门口的台阶上不走，缠得他一刻不得安宁，只好答应要娶我为妻。那时候，竞争可真激烈。”

“真的吗，伊莎贝尔？”她母亲说。

拉里冲着我探过了身子。

“希望你别信她的话，一句也别信。伊莎贝尔不是什么坏女孩，就是爱撒撒谎。”

吃完午饭不久，艾略特和我就告辞了。我先前告诉他打算去博物馆看看画，他说他带我去。我不大愿意有人跟我去逛博物馆，可推辞的话说不出口，无法说我喜欢一个人去，只好接受他的陪同。路上我们谈论起了伊莎贝尔和拉里。

“两个年轻人如此恩恩爱爱，怪叫人感动的。”我说道。

“他们还小，结婚还太早。”

“怎么早？趁年纪轻时恋爱、结婚，不是挺好吗？”

“别说傻话啦。她今年十九岁，拉里也仅仅二十岁，连个工作也没有。他倒是有一笔小进项，一年三千块钱，这是路易莎告诉我的。路易莎不管从哪个方面讲都不算个富人，刚能凑合过日子。”

“哦，那他可以找个工作嘛。”

“说的是呀。可他没有这个心思。他好像很满意过这种无所事事的日子。”

“我敢说他在战争中一定吃了不少苦，也许现在想休息一下。”

“他休息已有一年了，时间够长的了。”

“我觉得他像是个很不错的孩子。”

“哦，我对他毫无成见。他的出身以及所有的一切都挺好的。他的父亲是巴尔的摩人，过去曾在耶鲁大学任教，是罗曼斯语[①]副教授。他的母亲出身于费城教友派的一个古老世家。”

“你口口声声提到过去，难道他的父母都去世了吗？”

“是的，他母亲生孩子难产而死，父亲约在十二年前去世。他是他父亲的一个大学同学抚养大的，那人是马文的一个医生。路易莎跟伊莎贝尔就是这样才认识他的。”

“马文在哪儿？”

“布雷德利家的产业在那个地方，是路易莎的消夏之地。她见了那孩子，觉得挺可怜的。纳尔逊医生是个单身汉，对怎样带孩子连初步的常识都不知道。路易莎力主把这孩子送到圣保罗中学求学，每逢圣诞节便接他出来过节。”艾略特模仿法国人那样耸了一下肩膀，“我想她当初应该能预料到会有这样的结果。”

说话间，我们已走到博物馆，注意力也就转移到了绘画上。艾略特的见识和品味又令我拜服了一番。他领着我在画廊里转来转去，仿佛我是一群游客似的，讲解起那些画来，恐怕任何一个美术教授都不如他传授的知识多。我决定独自再来一次，那时自己可以由着性子转悠，自得其乐，现在先听他讲好了。过了一会儿，他看了一下表。

“咱们走吧。”他说，“在画廊里，我所待的时间从不超过一小时。一小时是一个人欣赏力所能坚持的极限。咱们改天再来看完它。”

分手时，我满口道谢。打道回府时，知识面也许扩大了一些，但我心里产

---

① 罗曼斯语，由拉丁语演变而成的语言。

生了几丝恼意。我和布雷德利夫人告别时，她告诉我第二天伊莎贝尔要请她几位年轻朋友来家里吃晚饭，饭后约好去跳舞；我要是愿意来的话，年轻人们走后，我还可以跟艾略特谈谈。

“你这等于是帮他的忙哩。”布雷德利夫人当时补充说，“他在外国待得太久了，回到这里觉得不合群，似乎找不到一个志同道合的人。”

我当即接受了她的邀请。此时在博物馆门口台阶上两人分手时，艾略特告诉我，他很高兴我答应了下来。

“在这座大城里，我就像一个迷途的幽灵。”他说道，“我答应路易莎跟她住六个星期。我们姐弟自从一九一二年后彼此就没有见过。可是，我盼着回巴黎真是归心似箭，在这里度日如年。在这个世界上，唯有巴黎适合于文明人居住。我亲爱的朋友，你知道他们这儿把我看作什么？在他们眼里我是一个怪物！这些野蛮人！”

我听后打了个哈哈，然后抽身走了。

6

次日，艾略特打电话来，说要接我去布雷德利夫人家，我回绝了他的好意，傍晚时分独身前往，也照样平安无事地抵达了目的地。出门前有客来访，稍微耽搁了一下。到达后上楼，客厅里人声嘈杂，我心想人数一定非常多，可终了意外地发现连我算上总共才十二个人。布雷德利夫人穿一身绿缎子衣服，戴一串细珠项链，显得仪态万方。艾略特穿的是无尾礼服，裁剪得体，一派儒雅的风度，大有超尘脱俗之风。跟他握手，他身上的阿拉伯香水味直朝我的鼻孔里钻。他把我介绍给一个身材稍胖的高个子，那人是个红脸膛，晚礼服穿在身上总显得别别扭扭的。此人就是纳尔逊医生，但当时我听了他的名字一点儿感觉也没有。其他的来客都是伊莎贝尔的朋友，那些人的名字被介绍后，我边听边忘。姑娘们个个年轻，人人漂亮，小伙子则都玉树临风。这些人除了当中的一个男孩，其他的没有给我留下任何印象——我记住了那男孩，只是因为他个头太高，身材太魁梧了。说起来，他一定有六英尺三四英寸高，生得虎背熊腰。伊莎贝尔看上去很漂亮，穿白绸上衣和拖地长裙（裙子长，正好遮住她的胖腿）；衣服颇显腰身，彰显她有着丰胸；露在外边的膀子略显肥胖，但脖颈是很可爱的。但见她情绪高昂，一双美眸闪闪发光。毫无疑问，她是个美丽、性感的年轻女子，但是看得出如果不当心的话，她会胖过头的。

吃饭时，我坐在布雷德利夫人和一位腼腆、拘谨的女孩中间——那女孩似乎是在场的人中最年轻的一个。落座后，布雷德利夫人引出了话头，说那女孩的祖父母住在马文，而她曾经和伊莎贝尔是校友。她的芳名叫索菲（这是我听到布雷德利夫人提起的唯一一个人的名字）。席间，客人们插科打诨，大家都可着嗓门说话，欢声笑语不绝于耳，人人好像都是知根知底的老熟人。我跟女主人聊天，抽个空就想跟邻座的女孩唠嗑，却讨了个没趣——她不太爱跟人说话。论相貌她不算漂亮，可是脸蛋却很有趣味——小鼻头微翘，阔嘴，眼珠蓝里带绿。她的头发呈沙棕色，式样梳得很简单，身材消瘦，胸部几乎像男孩子一样平坦。别人开玩笑，她也跟着笑，但样子很勉强，叫人觉得她并没有真的被逗乐，开心的样子是装出来的。我猜想她在走过场，应付应付场面。不知她是天性愚钝还是过于拘谨，反正我频频兜起话头均落了个半路夭折，后来实在无话可说，就请她告诉我席间这些人都是些什么样的人。

“哦，纳尔逊医生你是认识的。”她指的是坐在布雷德利夫人对面的那个中年人，“他是拉里的监护人，是马文当地的一个医生，脑子很聪明，发明了许多飞机零件，只是没有人愿意买。无事可做的时候，他喜欢喝上一杯。”

说话时，她那浅色的眼睛里光彩熠熠，我不禁觉得她恐怕并不像我最初猜度的那般缺心眼。接下来，她把那些年轻人的名字一一告诉我，还告诉我那些人的父母是什么样的人。如果说的是男子，她就告诉我对方曾在何处上大学，现在干什么工作。她的介绍平淡无奇，或说“她很可爱”，或说“他高尔夫打得很好”。

“那个眉毛浓浓的大个子是什么人？”

“哪个？哦，那是格雷·马图林。他父亲在马文河畔有一所大房子，是我们那一带的百万富翁。我们都以他为荣，他把我们的身份都抬高了。马图林、霍布斯、雷纳和史密斯都是响当当的名字。在芝加哥，马图林是最有钱的了，而格雷是他的独生子。”

她讲到这一连串有钱人的名字时，语气戏谑、刻薄，使我不由得向她投去询问的目光，她见了脸发红，像块红布。

“马图林先生的情况，请你再仔细讲讲。”

“没有什么可讲的。他是个富翁，很受人尊敬，在马文为民众盖了一所新教堂，还捐了一百万给芝加哥大学。”

“他儿子长得很帅气。”

“他是个大好人。从他身上你绝想不到他祖父是个爱尔兰水手，祖母是瑞典人，曾在一家饭馆当服务员。”

格雷·马图林虽然并非英气逼人，却也气宇轩昂。他有着粗犷、豪放的气质，狮子鼻，嘴巴性感，肤色是爱尔兰人的那种红润色，一头浓密的黑发闪着光泽，眉毛粗重，清澈的眼睛湛蓝湛蓝的，虽则体格高大，却十分匀称，脱光衣服后暴露出来的一定是健美的身段。一看就知道他力大无穷，雄赳赳的样子给人以深刻的印象。坐在他身边的拉里虽则不过比他矮三四英寸，却比他显得文弱许多。

“崇拜他的人是很多的。”我的这位腼腆的邻座说，“据我所知，有好几个女孩子在拼命追他，就差没弄出人命了。可是她们一点儿指望也没有。”

“为什么？”

“你一点儿都不知道吗？”

“我怎么会知道。”

“他爱伊莎贝尔爱得都昏了头，而伊莎贝尔爱的却是拉里。”

“他完全可以争一下嘛，把伊莎贝尔从拉里手中夺过来。”

“拉里是他的铁哥们儿。”

“这样子可就麻烦了。”

“格雷是讲哥们儿义气的。”

我吃不准她这话的意思是当真，还是话中有话、夹枪带棒的。她的态度不卑不亢，一副不显山不露水的样子，而我产生了一种印象，觉得她既不缺幽默又不缺心眼。真不知她一边跟我说话一边在肚子里转什么心思。有一点我倒是知道的：我永远也别想摸透她。显而易见，她有点儿缺乏自信。我猜想她大概是个独生女，跟比她大许多的成年人在一起过着与世隔绝的日子。她在气质上贤淑静雅，倒是挺招人喜欢的。她常年过着孤独的生活——这一点如果我没猜错的话，那她一定在默默观察着成年人的一举一动，而且对他们形成了根深蒂固的看法。我们有些年纪的人很少觉察到年轻人对我们的判断是多么无情，然而又多么深刻。想到这里，我又瞧了瞧她那蓝里带绿的眼睛。

“你多大了？”我问道。

“十七岁。”

“你爱看书吗？”我唐突地冒出了这么一句。

可是，未等她回答，布雷德利夫人要尽地主之谊，跟我搭上了话头，我还没来得及摆脱，晚宴就结束了。那些年轻人转眼走得不知去向，剩下了我们四个人，就到楼上客厅里去坐。

我奇怪的是，不知他们为何要邀请我加入他们的谈话，因为闲聊了几句之后，他们便切入了一个话题——一个我认为他们一定愿意私下谈论的话题。我举棋不定，不知是不是应该知趣地起身告辞，或者作为局外人帮着出出主意。这个话题涉及的是拉里，说他看法古怪，不愿意参加工作。话题的核心点是：马图林先生（即刚才同席吃饭的那个叫格雷的男孩的父亲）答应给他一份工作，让他进马图林家的公司。这可是一个天赐的好机会。进了公司，只要能干和勤奋，拉里最终一定能挣很多的钱。小格雷·马图林一心希望他能接受这个工作。

我记不清那次谈话的具体内容了，但其主旨却清晰地印在了我的脑海里。拉里从法国返回，他的监护人纳尔逊医生劝他进大学深造，可是他拒绝了。他一时还不想忙碌起来，这也是很自然的——他毕竟在战争中吃了不少苦，还负了两次伤（虽然伤情并不严重）。纳尔逊医生认为他对战争的余悸还没有消除，休息休息直到完全恢复正常，这也在情理之中。可是，一星期又一星期过去了，一月又一月过去了，如今离他脱下军装已经过去了一年多的时间。他在空军里好像干得不错，回到芝加哥后成了个八面风光的人物，商界人士纷纷向他伸出橄榄枝，邀请他加盟。他先是表示感谢，继而婉言谢绝。他不解释原因，只说自己还没有拿定主意，尚不知干什么好。后来，他和伊莎贝尔订了婚。布雷德利夫人并不觉得意外，因为这两人密不可分，已相处多年，她知道伊莎贝尔深深爱着拉里。她本人也喜欢拉里，认为拉里能给女儿带来幸福。

“伊莎贝尔的个性比拉里强，可以弥补他的不足。”布雷德利夫人说。

尽管两人年纪都这么小，布雷德利夫人却愿意他们立刻结婚，不过有一个条件——拉里得先有份工作。拉里手头是有点儿钱的，但即便他的腰包比这鼓十倍，她还是要坚持这一原则。据我猜测，她和艾略特想从纳尔逊医生口中了解拉里的意图，并且希望纳尔逊医生运用他的影响力，劝说拉里接受马图林先生给他的职位。

“你知道我从来就管不了拉里，”纳尔逊医生说，“他小的时候就我行我素。”

“这我知道。你对他是大撒手。他没有变坏，完全是个奇迹。”布雷德利夫人说。

纳尔逊医生喝了不少酒，一听这话，白了她一眼，原本就红的脸变得更红了。

“我没空，有一屁股的事忙不完。当初我收留他，是因为他无处可去。谁叫他父亲跟我是朋友呢。他可不是个容易管教的主儿。”

“真不知你怎么能说出这种话。”布雷德利夫人尖刻地说，“他的性情是十分可爱的。”

“你叫我怎么办？这孩子从不跟你顶嘴，却想干什么照干什么。你气坏了的时候，他就说声对不起，然后就由着你发你的火。他要是我自己的儿子，我下得了手打他。可这么一个举目无亲的孩子，他父亲把他托给了我，心想我会善待他的，我总不能上巴掌吧？”

“你们净讲些不着边的话。”艾略特说，语气有点气呼呼的，“问题在于：他整日游手好闲，时间已经够长的了，现在有个好机会可以就业，能挣很多的钱；他如果想娶伊莎贝尔，就必须抓住这个机会。”

“必须让他知道，人活在世上就得有工作干。”布雷德利夫人插进来说，“他现在已恢复了元气，身体挺好的。大家都知道，南北战争之后，有些人回来从不做事，成了家庭的累赘，而且对社会毫无益处。”

就在这时，我开口说了话：“那么多人邀请他去工作，都被拒绝了，那他给出的理由是什么呢？”

“无理由。他只说那些工作不合他的心意。”

“那么，他究竟想干什么样的工作呢？”

“显然没有他愿意干的。”

纳尔逊医生给自己又倒上一杯掺了苏打水的威士忌，喝了一大口，然后看看他的两个朋友。

“你们愿意不愿意听听我的拙见？我不敢说自己知人善辨，但毕竟行医三十余年，对人性也许还是略知一二的。这次战争改变了拉里。他从战场归来，已经不再是以前的他了，不仅增长了年岁，不知遇到什么事，连性格也变了。”

“遇到什么事了？”我问。

“这我无从得知。他对自己的战争经历总是讳莫如深。”纳尔逊医生说着，把脸转向了布雷德利夫人，“路易莎，他可跟你谈过他的经历？”

布雷德利夫人摇了摇头。

“没有。他初回来时，我们想让他讲讲战场上的经历，他却总是打个哈哈，说没有什么可讲的。甚至对伊莎贝尔，他也闭口不谈。伊莎贝尔不知问过多少次了，可一点儿名堂也没问出来。”

谈话就这么进行下去，效果不尽如人意。过了一会儿，纳尔逊医生看看表，说他必须告辞了。我准备跟他一同走，但艾略特硬把我留了下来。待纳尔逊医生走后，布雷德利夫人向我表示歉意，说拿这些私事搅扰我，恐怕我一定觉得腻味。

“不过，你从中也可以看到，这成了我的一件很大的心事。”她最后说道。

“毛姆先生为人很谨慎，路易莎，你不必担心，有什么事只管告诉他好啦。我并不觉得鲍勃·纳尔逊和拉里怎样亲密，不过，有些事路易莎和我都觉得不好开口跟他提。”

“艾略特。”

“话都说这么多了，何不将事情全都兜底讲出来。不知你吃饭时注意到格雷·马图林没有？”

“他块头那么大，谁都会注意到的。”

“他也是伊莎贝尔的一个追求者，拉里不在的时候，一直对伊莎贝尔殷勤备至。伊莎贝尔也喜欢他。假如战争再拖久一点，她很可能就嫁给他了。格雷倒是向她求过婚，她没有接受，也没有拒绝。路易莎猜她是不愿意在拉里回来之前就决定自己的终身大事。”

“格雷为什么不去参战呢？”我问。

“他因为踢足球，心脏出了点儿毛病，其实并没有什么大不了的，可是军队硬是不接受他。总之，拉里一回来，他就没戏了，伊莎贝尔完全、彻底地拒绝了他的求婚。”

真是清官难断家务事。所以我没发表任何议论。艾略特却滔滔不绝地说了下去。以他那样的堂堂仪表和牛津口音，足可以当一名外交部的高级官员。

“当然，拉里是个好孩子，就他私自溜了去参加空军这件事来说也是一种了不起的壮举。不过，我看人只看实质，而且一看一个准……”他颇具深意地微微一笑，说了一句推心置腹的话——这是唯一的一句我所听到的揭示他从事艺术品交易发财诀窍的话，“如若不然，我现在就不会拥有一笔数额相当大的金边证券[1]了。依我看，拉里永远不会有大的出息，既不会有钱也不会有地位。格雷·马图林就全然不同了。他那古老的爱尔兰家族声望很好，出过一个主教、

---

① 金边证券，国债，由政府发行，安全系数极大。

一个戏剧家，以及若干个出类拔萃的军人。”

“这些情况你是怎么知道的？”我问。

“反正是该知道的时候就知道了。”他漫不经心地说，“其实，我是无意中知道的。那天在俱乐部里翻阅《名人大辞典》，看到了这个家族。”

我原本想把晚饭时我的邻座告诉我的情况和盘托出，说马图林的祖父是爱尔兰的穷水手，祖母是瑞典的一个饭馆服务员，可又觉得犯不着多事，便将话又咽了回去。只听艾略特仍在高谈阔论。

“我们认识亨利·马图林已经有好多年了。他人品好，而且非常有钱。格雷正要进芝加哥最好的一家经济行，天下的人没有不羡慕的。他想娶伊莎贝尔，替她着想，不能不说是一门很好的亲事。我自己完全赞成，而且我知道路易莎也赞成。”

“艾略特，你离开美国太久了。”布雷德利夫人说道，脸上挤出一个微笑，“你忘记了在这个国家里，女孩子并不因为她们母亲或者舅舅赞成她们的婚姻就去嫁人。”

“这种情况没有什么可以引以为自豪的，路易莎。”艾略特针锋相对地说，“根据我三十年的经验，我可以告诉你，一件婚事把地位、财产以及出身环境都考虑在内，要比爱情的结合强得多。法国算是世界上的文明国家了吧。在法国，伊莎贝尔会毫不迟疑地嫁给格雷；婚后过上一两年，假如她愿意的话，可以把拉里当作她的情人；格雷呢，则可以置一所豪华公寓，养一个女明星嘛。那样会皆大欢喜。”

布雷德利夫人不痴不傻，眼睛望着自家兄弟，心里只觉得好笑。

“艾略特，问题在于，纽约剧团来演戏，待的时间有限，明星住进格雷那所豪华公寓里，能够住多久，没个定数。这会让不管哪一方都觉得心里不安宁。”

艾略特听后笑了。

“格雷可以在纽约证券交易所谋个缺嘛。在我看来，生活在美国，除了纽约，别的地方都是不能够住的。”

这以后不久我就辞别了。可是，在走之前，艾略特不知出于什么缘故，提出想请我跟他一道吃午饭，去会会马图林父子。

“若说美国的商人，亨利是最优秀的那一类了。”他说道，“你不妨跟他认识认识。他打理我们家的投资业已有许多个年头了。”

我并无结识此人的热情，可是一时又找不到推脱之词，于是便答应了下来。

7

在芝加哥，为了消磨时光，我加入了一个俱乐部。俱乐部里有个挺不错的阅览室。赴宴的次日上午，我到阅览室想找一两本大学校刊看看——这种校刊一般只针对订阅者，平时难得一见。时间还早，阅览室里只有一个人，坐在大皮椅子上正出神地看书。我意外地发现那人竟是拉里。怎么也想不到会在这样的地方跟他不期而遇。我走近时，他抬起头来，认出是我，像是要站起来问候。

“坐着别动。”我说了一声，随后脱口问道，“你在看什么？”

“一本书。”他边说边粲然一笑——那笑容十分迷人，令他生硬的回答就完全不显得无礼了。

他把书合上，让我看不见书名，用他那简直无任何光泽的眼睛望着我。

“你昨晚玩得好吗？”我问。

“痛快极了，凌晨五点钟才回的家。”

“你这么早来这儿读书，真够刻苦的了。”

“我是这里的常客。平时的这个时候，屋子里只有我一个人。”

“我就不打搅你了。”

“你没有打搅我。”他说着又是粲然一笑。这一笑魅力百生，绝非那种耀眼的、电光一闪的微笑，而是内心光明的展现，令他满面生辉。他坐的地方是用书架围成的一个角落，旁边还有一把椅子。他把手放在那把椅子的扶手上说：

“你坐一会儿好吗？”

“好的。”

他把手里拿的书递给了我。

“我看的是这书。”

我看了看书名，原来是威廉·詹姆斯[①]写的《心理学原理》。这当然是部名著，在心理学史上占有重要位置，写得深入浅出、通俗易懂。不过，一个年轻人，一个飞行员，一个跳舞跳到凌晨五点钟的人，竟然在这儿捧读这样的一本书，就叫人意想不到了。

“为什么看这书？”我问。

“还不是因为学识太浅薄了呗。”

“你还十分年轻么。”我笑着说。

接下来，他好一会儿没有说话，我觉得局面有些尴尬，正想起身离开去找自己要读的校刊，却有一种感觉——他有话要说。只见他目光空洞地望着前方，表情庄重、专注，像是在沉思。我在等待他开口，满腹的好奇，想知道他会说些什么。他重新开始说话时，显得很连贯，仿佛中间没有出现过长时间的沉默似的。

“我从法国回来时，人人都劝我进大学深造。这我是做不到的。有了那样的人生经历，我觉得自己无法再重返校园了。在预科学校时我就没学什么东西，现在叫我上大一的课程，便是赶着鸭子上架，早晚是讨人嫌。我也不愿勉强自己做自己不想做的事。而且我不相信那些教师能教给我自己所需要的知识。”

“当然，我知道此事与我不相干，”我开口说道，“但我觉得你的想法是不对的。你的意思我想自己是理解的，也知道你打了两年的仗，现在让一个荣誉加身的中学生进大学，当一名大一大二的学生，滋味是很不好受的。至于你说自己会讨人嫌，我就不相信了。虽然我对美国的大学了解不深，但我认为美国

① 威廉·詹姆斯（1842—1910），美国心理学之父。

的大学生和英国的并没有多大区别，也许只是稍微更顽皮一些，更喜欢热闹一些。总体而言，他们是些正派、懂事的孩子。我敢说，假如你不想过他们那种生活，只要稍微讲究一点策略，他们不会难为你的。我的哥哥弟弟都读过剑桥，我却没有。有过一个机会，可是我放弃了，而是一个心眼儿要到社会上闯荡。对此我一直都很后悔。当初要是上了大学，恐怕能少栽许多跟头。在有经验的大学老师指导下，学习上进步是很快的。缺乏引路人，就会糟蹋掉许多时间，盲人瞎马般乱撞。”

“也许你说得在理。但栽跟头我是不在乎的。盲人瞎马般乱撞，或许还能有所发现，找到自己的人生目标呢。”

“你的人生目标是什么？”

他迟疑了一下，然后说道：“人生目标嘛，我也说不清道不明。”

我一时无语。对于这样的回答，你想评论似乎也是说不出什么来的。我本人少年时就有明确的人生目标，对缺乏志向的人当然会感到不耐烦的。不过，我喝止住了自己。我有个感觉，只能说是直觉：这孩子的魂魄里有一种杂乱的冲动，不知那是半明半暗的观念，还是一种隐隐约约的情绪，使得他永无宁日，刺激着他盲目地朝前冲。说来也怪，正是这样的一种东西令我顿时萌发了同情之心。此前听他说话只是只言片语，此刻始发现他的声音十分悦耳，如香膏般叫人陶醉。想想这些，再看看他那迷人的微笑和富于表情的黑眼珠，也就不难理解伊莎贝尔为什么那般爱他了。他身上的确有惹人怜爱的地方。他转过脸望着我，神态坦率，但眼睛里却有一种表情——既是挑剔，又有点儿玩世不恭。

“昨天晚上我们去跳舞，我想你们在背后说我了吧？”

“不错，是提到了你。”

“硬把鲍勃叔叔请来，恐怕就是因为这个理由了。他原本是很讨厌出门的。”

“好像有人给你找了一个很好的工作。”

“工作的确是很棒。”

“你打算干吗？”

“恐难从命。”

“为什么？”

“他们有心，我无意。”

我真是咸吃萝卜淡操心。不过，我有一种感觉：正是因为我来自海外，与此事无关，他才无排斥之心，愿意跟我交流交流。

“哦，你知道，一个人什么都做不了时，他就当作家。”我说完，扑哧笑了一声。

“我可没有当作家的天赋。”

“那你打算干什么呢？”

他绽出一个灿烂、迷人的微笑。

“逛大街。”他说。

我听了不由得哈哈大笑。

“芝加哥恐怕不是个逛大街的好地方。”我说。“我就不打搅了。你看你的书吧，我去查阅《耶鲁季刊》。”

我起身走开了。等到我离开阅览室时，拉里还在专心致志地看威廉·詹姆斯的那本书。我独自在俱乐部里用了午餐，因为阅览室里安静，又回到那里去抽雪茄，在那儿消磨了一两个小时，看看书、写写信什么的。叫我感到诧异的是，拉里仍在聚精会神地看书，好像自打我走开后他一直就没有挪过窝。四点钟左右我走出阅览室，他还在老地方。显然，他有着很强的定力，叫我感到很是惊讶。我或来或走，他全然不加留意。下午，我因琐事缠身，直到应当换衣服去赴晚宴时，才回黑石旅馆。回旅馆的路上，我突发好奇之心，于是又去了一趟俱乐部，拐进了阅览室。此时，阅览室里已经有不少人在看报、读书什么的。拉里竟然还坐在那张椅子上，还在全神贯注地看那本书！这不能不叫人称奇！

8

次日，艾略特请我去帕尔玛饭店共进午餐，同时会见马图林父子。这一席总共四人。亨利·马图林也是个大块头，差不多和他儿子一样魁梧，一张肉乎乎的红脸，大下巴，也有着一个咄咄逼人的狮子鼻，但眼睛却比儿子的小，也不如儿子的那样蓝，露出几分刁钻诡诈。论年岁，他也只不过五十开外，面相却老上十岁，头发稀得很厉害，白如霜染；初看上去，并不给人好感。看他的气派，好像这些年头混得挺不错。他给我留下的印象是一个残酷、精明、能干的人，这种人在生意场上是绝不会讲情面的。起初，他少言寡语的，我觉得他在打量我。我一眼就看得出，艾略特在他的眼中只是个可笑的人。格雷温和可亲、彬彬有礼，几乎一句话不说，如若不是艾略特交际手腕老到，滔滔不绝扯些闲话，局面一定会很僵的。我猜他过去和那些中西部商人做交易，积累了不少经验——那些人不用甜言蜜语哄着，是不会花那样惊人的价钱买一张古旧名画的。过了一会儿，马图林先生渐渐放松了下来，吐出了几句话语，这才显出他并不似表面那样严峻，而且的确还有点儿干巴巴的幽默感。席间有那么一会儿，话题转到了股票证券上。艾略特口若悬河，显得知识极为渊博，这一点儿也不叫人惊奇，因为我一向知道他虽然处事荒唐可笑，在这方面却绝非饭桶。

就在这时候，只听马图林先生说道："今天上午我收到格雷的朋友拉里·达雷尔写的一封信。"

"没听你讲起过呀，爸爸。"格雷说。

马图林先生转向我问："你认识拉里吧？"

我点点头。

"格雷做过我的工作，让我在公司里给他安排一个位置。他们是好朋友。格雷对他极为上心。"

"他是怎么说的，爸爸？"

"他向我表示感谢，说这对一个年轻人而言是千载难逢的好机会。他认真做了一番思考，最后觉得一定会辜负我的栽培，还不如最初就不接受的好。"

“简直愚蠢之极。”艾略特说。

“是这样的。”马图林先生说。

“太让人遗憾了，爸爸。”格雷说，“如果我们俩能在一起工作，那该多好呀。”

“强扭的瓜不甜呀。”

马图林先生说这话时看着儿子，那双诡诈的眼睛顿时变得温柔起来。我这才看出这位寡情的商人还有另外的一面——他对自己的那个大块头儿子有着极深的舐犊之情。随后，他将目光又一次转向了我。

“你知道这孩子星期天在场子上打了两盘标杆赛，赢了我七杆和六杆。我真该用球棒揍他一顿。想起来，他打高尔夫球，还是我一手教会的呢。”

他的表情很为儿子感到自豪，叫我开始对他有了好感。

“我只不过是运气好嘛，爸爸。”

“根本不是那回事。你把球从沙坑里打出来，落下来离洞口只有六英寸远，难道凭的是运气不成？那一杆打了三十五码远，一英寸也不会少。明年我还想叫他去参加业余锦标赛呢。”

“我恐怕抽不出时间来。”

“我是你的老板，难道不是吗？”

“我可知道你的厉害！我上班哪怕迟到一分钟，你也会暴跳如雷的。”

马图林先生扑哧一声笑了。

“看这小子把我描绘成了个专制霸王了。”他对我说道，“别信他的话。公司靠我撑着呢，我的合伙人都不行。我为自己的业绩感到自豪。我叫这孩子从底层干起，希望他跟其他的年轻员工一样一步一个脚印地干上去，一旦需要他继承我的事业时，他也就成熟了。像我的这个公司规模，可是千斤重担呢。我为有些客户打理投资业务，有长达三十年的历史了，他们对我是信任的。实不相瞒，哪怕是我自己赔钱，也不愿看客户折本。”

格雷笑了。

“那天，有个老姑娘来找他，想投资一个风险很大的项目，说是牧师建议她这么做的，他拒绝为她办理。老姑娘认死理，惹得他发了一顿脾气，结果老姑娘哭着走了。后来他又跑去找那个牧师，将牧师也训了一通。”

“别人谈论起我们经纪人，总把我们说得一无是处，殊不知经纪人也有好坏之分呢。对客户，我不想让他们折本，只想叫他们赚钱。大多数客户不领情，看他们那做派，就好像人生只有一个目标——散漫使钱，非得将钱折腾光不可。”

饭后，马图林父子辞别，回公司去了。我和艾略特离开饭店时，他突然问我：“你怎么看马图林先生？”

“我一向喜欢结交各种不同类型的人。我觉得他们父子之间感情深厚，令人感动。想来这在英国是不多见的。”

“他对儿子宠爱得不得了。他的性格的确有点儿古怪。他评论自己客户的那席话倒是句句真实。他的客户有好几百，都是些老太婆、退伍军人和牧师，把手里的积蓄交给他搞投资。那些人麻烦得很，我觉得为他们打理生意很划不来。可他极为看重的是那些人对他的信任。不过，遇到大生意，有厚利可图，他就会翻脸不认人，谁都不如他心狠手辣。这时的他是一点儿情面都不讲的。他要想从你身上割一磅肉，那他会不达目的誓不罢休。你要是跟他对着干，他会叫你倾家荡产，非整倒你而后快。”

回到家，艾略特对布雷德利夫人直言相告，说拉里拒绝了亨利·马图林给他的机会。伊莎贝尔正跟闺密们共进午餐，走进来时，姐弟还谈着这件事。他们将结果告诉了她。后来，艾略特把这次谈话的情况讲给我听，我觉得他把一番大道理说得头头是道。虽然他自己没有干什么艰苦的活儿，他用以发家致富的工作一点辛苦的味儿也没有，他却坚定地认为经营实业乃国之本。拉里只不过是个普普通通的青年，又没有社会背景，没有理由不按照国之常情办事。在艾略特这样有眼光的人看来，美国显然正在步入一个空前的繁荣时代。拉里现在有个入门的机会，只要他脚踏实地撒手干，到了不惑之年也许能挣几百万。那时候，他要是愿意歇手，过过上等人的日子，完全可以当个寓公，在巴黎的杜波依斯大道买一套公寓，或者在都兰购一幢别墅，他艾略特将无话可说。这时，布雷德利夫人冲着女儿说的一句话更为直截了当，叫伊莎贝尔难以回答：“他要是爱你的话，为了你，他也应该出去工作。”

伊莎贝尔具体是怎么回应的，我无从得知。这姑娘胸藏锦绣，情知大人的话不无道理。她认识的小伙子们都有了出路，或学习深造，或进哪个行当实干，或进公司经商。拉里虽在空军有过辉煌的业绩，但也不能指望着吃一辈子呀。战争硝烟已散，人人都对战争深恶痛绝，恨不能赶快忘掉战争的创伤。经过一番讨论，伊莎贝尔答应跟拉里摊牌，把事情来个彻底了断。布雷德利夫人献计：伊莎贝尔可以求拉里开车送她去马文，就说她在给客厅定制新窗帘，一张量好的尺寸单被她丢掉，所以要叫伊莎贝尔再去量一下。

“鲍勃·纳尔逊会留你吃午饭的。”她说。

“我有个更好的主意。”艾略特说，“不如准备个午餐篮，就在门廊那儿吃，吃完好说事儿。”

“这样倒是怪有趣的。”

“自自在在来一顿野餐，是天下最美的享受了。”艾略特不失时机地补充说，“泽斯公爵老夫人曾私下对我说，再怎么执拗的男子，到了这种场合也会变得温顺服帖。路易莎，你打算给他们准备什么样的午餐？”

“煮鸡蛋和鸡肉三明治。”

“净胡来。野餐嘛，哪能没有肥鹅肝酱饼。头一道菜应该是咖喱虾仁，再下来就是鸡脯肉冻，配上生菜心沙拉，沙拉的调料由我来配制。有了肥鹅肝酱饼，如果愿意的话，可以按你们美国人的习惯，准备上一个苹果派。”

“我只给他们准备煮鸡蛋和鸡肉三明治，艾略特。”布雷德利夫人斩钉截铁地说。

“那你记住我的话：此事一定会泡汤，怪只能怪你自己。”

“拉里的胃口非常小，舅舅，”伊莎贝尔说，“而且吃进肚子里的是什么他从不注意。”

“但愿你不要把这当作他的优点，傻孩子。”做舅舅的回了一句。

至于那次野餐，布雷德利夫人硬是坚持家里有什么就让他们吃什么。事情过后，艾略特告诉我结果时，法国味十分浓地耸了耸肩膀。

“我早就有言在先，说事情会泡汤的。我战前送给路易莎一瓶蒙哈榭白葡萄酒，这次求她放进野餐篮，可是她充耳不闻。伊莎贝尔他们只用热水瓶灌了些咖啡，其他一点儿酒水都没有。你还指望有什么好结果呢！”

据说，伊莎贝尔回家时，路易莎·布雷德利和艾略特正坐在客厅里。汽车吱扭一声停在大门前，伊莎贝尔走了进来。天擦黑，窗帘已拉上。艾略特懒散地坐在扶手椅上，在炉边看一本小说。布雷德利夫人在绣一块帷帘，是要当作防火屏风[①]用的。伊莎贝尔没有来客厅，而是直接回楼上她的房间去了。艾略特抬起头，目光从眼镜的上方望了望姐姐。

“我想她脱掉帽子，用不了一分钟就会下来的。”做姐姐的说。

可是伊莎贝尔没有下来，好几分钟过去了也没下来。

“可能是累了，躺在床上休息呢。”

“你难道没想到，拉里应该进来坐坐吗？”

“别说叫人生气的话，艾略特。”

“好吧，反正这是你家的事，我这是狗拿耗子多管闲事。”

说完，他又继续看他的书了。布雷德利夫人继续刺绣屏风。但半个小时后，布雷德利夫人坐不住了，突然站了起来。

“我想，还是上去看看她怎样了吧。假如休息了，我就不惊动她了。”

她离开客厅上楼去，可没过多大一会儿就又下来了。

“她哭了一场。拉里要到巴黎去，两年内回不来。她答应等他。”

“他为什么要到巴黎去？”

“问我没有用，艾略特，我无从得知。她什么都不肯告诉我。她说她理解拉里，不愿当他的绊脚石。我跟她说：‘他一别就是两年，证明他爱你爱得不十分深。’她说：‘我也没有办法。问题在于我爱他爱得十分深。’我说：‘有了今天的变化，你对他的爱还十分深吗？’她说：‘今天的变化反而叫我比以往

---

① 防火屏风，置于壁炉前的屏风，以免坐在炉旁的人感到过热。

任何时候都更加爱他了。他也爱我，对这一点我坚信不疑。'”

艾略特细细思索了一会儿。

“两年之后会出现什么情况呢？”

“我哪能知道，艾略特。”

“你不觉得这样的结局让人十分扫兴吗？”

“的确叫人十分扫兴。”

“没什么可讲的了，只能说他们还很年轻，等上两年也无妨。在这两年当中，什么事都可能发生。”

姐弟俩达成一致：最好不要去打搅伊莎贝尔。一家人原打算出去吃晚饭，于此只好作罢。

“我可不想让她听了别人的议论而感到难过。”布雷德利夫人说道，“那些人见她哭肿了眼泡，肯定会感到好奇的。”

第二天，他们在家里吃午饭，饭后布雷德利夫人旧话重提，把那件事又摆在了桌面上，可还是从伊莎贝尔嘴里问不出话来。

“能告诉你的都告诉你了，妈妈，实在没有什么可讲的了。”伊莎贝尔说。

“我问你，他到巴黎究竟想去干什么？”

伊莎贝尔微微一笑，因为她知道自己接下来的回答一定会叫母亲感到不可思议。

“他要去逛大街。”她说道。

“逛大街？这是什么鬼话？”

“他就是这么说的。”

“我真是受不了你。你要是有点儿骨气的话，就应该跟他一刀两断。这不明明在耍你嘛。”

伊莎贝尔看了看戴在左手上的订婚戒指，然后说道：“我有什么办法呢？我爱他。”

后来，艾略特也加入了母女的谈话。他运用娴熟的说话技巧掺和了进去。“我可没有摆舅舅的谱，亲爱的伙计，而是作为一个通晓世情的人跟一个毫无社会经验的女孩对话。”他对我解释道。可是，他所达到的效果并不比他的姐姐强。伊莎贝尔好像叫他别管闲事，语气当然是很客气的，说得却是掷地有声。就在当天晚一些的时候，艾略特来到黑石旅馆，在我的小客厅里将事情的来龙去脉一五一十告诉了我。

“当然，路易莎是完全正确的。”他最后补充道，“此事弄得人非常窝火。男女青年仅仅是相互爱慕，除此之外什么也不懂，让他们决定自己的婚姻，这种结果是避免不了的。我叫路易莎不必为此愁肠百结，也许会有柳暗花明那一天呢。拉里走了，格雷·马图林还在嘛……如果我对自己的国人看法没错的话，结局是很明显的。十八岁的年轻人感情炽热如火，但长久不了。”

“你真是熟谙世态炎凉呀，艾略特。”我笑了笑说。

“我读拉罗什富科[①]的书，总算没有白读。你知道芝加哥社会是个小圈子。他们天天见面。女孩子家，有个男子死心塌地爱她，肯定会芳心大悦。她要是知道自己的闺密无一不心甘情愿地想嫁给这个男子，那你想想，她是不是出于人的本能也会拼一拼、争一争宠呢？这情形犹如去参加一个宴会——你明明知道去了会无聊得不行，吃的东西也只有柠檬水和饼干，然而你还是去了，因为你知道自己最好的朋友们打破头都想去，却没有受到邀请。”

“拉里何时启程？”

“不知道。行程可能还没有决定呢。”艾略特说着从口袋里掏出一个长方形的薄薄的镶金铂质烟盒，取出一支埃及烟。对于法蒂玛牌、契斯特菲尔德牌和骆驼牌那样的香烟，他是瞧不上眼的。他笑眯眯地用眼睛瞅着我，笑容含蓄，别有深意。“有些话不便讲给路易莎听，不过可以告诉你：对于那个小伙子，我暗藏同情之心。战争期间，他可能目睹了巴黎的风采。他要是被这个天下唯一适合于文明人居住的城市迷了心窍，那我一点儿都不感到奇怪。他年纪轻，无疑是想在结婚过小日子之前，纵情风流一把。这很正常，也很自然。我要照拂他的，引荐他认识应该认识的人。论风度，他还是能上得了席面的，稍加指

---

① 拉罗什富科（1613 —1680），法国作家。

点，便可以出入社交场合了。我保证能叫他看到真正的法兰西生活——能有这种机会的美国人少之又少。老伙计，请相信我的话：普通的美国人要进入圣日尔曼大道[1]，真比登天还难。他二十岁，魅力还是有的。我可以做出安排，让他跟一个年纪大一些的女人建立联系，这对他的成长大有裨益。我总觉得，一个年轻男子给一个有些岁数的女人当情郎，本身就是一种最好的教育方式。当然，我所说的女人必须是社交名媛，这会叫他一步登天，步入巴黎上流社会。”

“你把这锦囊妙计告诉布雷德利夫人了吗？”我微笑着问。

艾略特嘿嘿嘿地笑了。

“我的老伙计，假如我有值得自豪之处，那就是我的处世方针。我没有告诉她，就是说出来，她也不会理解的。可怜的路易莎！她有许多地方叫我永远也吃不透，而这就是其中的一点。她半辈子都生活在外交界，世界上有一半国家的首都她都待过，可骨头缝里仍然是一个死脑筋的美国人。”

9

那天晚上，我到湖滨大道上的一所偌大的石头屋赴宴。看那房屋，好像建筑师当初打算盖一座中世纪城堡，后来中途改变主意，决定建成一幢瑞士风格的山地农舍式房子。宴会的规模很大。走进宽敞、奢华的客厅时，满眼都是雕像、棕榈树、枝形吊灯、古画，以及散布各处的家具。令我高兴的是，来宾中至少有几位是熟人。亨利·马图林给我介绍了他的老婆——一个骨瘦如柴、弱不禁风、脸上涂脂抹粉的女人。我向她问了声好，也向同在跟前的伊莎贝尔打了个招呼。伊莎贝尔穿一身红绸衣裙，和她那浓栗色头发、深褐色眼睛很相配，显得光彩照人。她看上去兴致很高，谁也猜想不到她最近在情感上刚有过一段痛苦的经历。两三个小伙子，其中包括格雷，众星捧月般围着她，而她满脸喜色地与之谈笑。吃饭时她和我不同桌，我看不见她。饭后，我们男客消消

---

① 圣日尔曼大道，巴黎贵族区，位于塞纳河左岸。

停停地喝咖啡、呷酒、抽雪茄，过了许久才回到客厅里。在这儿，我有了跟她说话的机会。按说，我和她不熟，不便开门见山，将艾略特给我说的话直接端出来，可又觉得应该说些什么，也许她还乐得一听呢。

“那天在俱乐部里我看见你的男友了。”我以漫不经心的语气说道。

“哦，是吗？”

她说话时也同样漫不经心，但我发现她竖起了耳朵，注意力立刻集中了起来，眼睛在观察着我，里面似乎能看得到几分忧虑。

“他在阅览室里看书，聚精会神的，那种专注的劲儿给我留下了十分深刻的印象。十点钟刚过的时候我去阅览室，他在看书；吃过午饭后我回到那儿，他还在看书；饭馆里吃过晚饭后回家，我拐回去瞧了瞧，他仍在看书。我敢说他在椅子上足足坐了有十个小时没挪过地方。”

“他看的是什么书？”

“威廉·詹姆斯的《心理学原理》。”

她听后垂下了眼皮，我无从得知自己的一席话在她的心里激起了什么样的反应，但我隐约感到她好像既困惑不解，又松了口气。这时，主人跑来拉我去打桥牌，等到牌局散时，伊莎贝尔和她母亲已经走了。

10

过了两三天，我去向布雷德利夫人和艾略特辞行，碰到他们正在喝茶。不大一会儿，伊莎贝尔也走了进来。接下来，大家以我的行程为题目交谈了几句。随后，我对他们表示感谢，感谢他们对我在芝加哥逗留期间盛情的招待。就这么坐了不长不短的一段时间，我便起身告辞了。

“我陪你走到药店那儿，”伊莎贝尔说，“我刚想起有点东西要买。”

分别时，布雷德利夫人对我说的最后一句话是：“你下次看见亲爱的玛格丽达王后时，替我向她表示敬意，好吗？”

这次，我没有否认自己认识那位高贵的夫人，而是爽快地答应一定做到。

我和伊莎贝尔来到大街上，她笑吟吟地用眼角的余光看了看我。

“去喝一杯冰激凌苏打水，能喝得惯吗？”她问我。

“喝喝看吧。”我想了想说。

一路上，伊莎贝尔再也没说话，我肚子里没有话，也就沉默着。到了药店走进去，我们捡一张桌子坐下，椅背和椅子腿都用铁条扭成，坐着怪不舒服的。我点了两杯冰激凌苏打水。柜台那儿有几个人在买东西；别的桌子旁坐着两三对客人，但都忙着谈自己的事情。总之，没人注意到我们俩。我点起一支香烟等着伊莎贝尔说话，而她用一根长吸管喝着苏打水，样子不急不忙的。我却有一种感觉——她的内心并不安宁。

“我是想跟你谈谈心里话。”她猛然来了这么一句。

“我猜到是这回事。”我笑盈盈地说。

她若有所思地望着我，有那么一会儿工夫。

“前天晚上在萨特思韦特家，你为什么那样说拉里？”

“我觉得你关心他的情况。在我看来，你恐怕没有真正理解他所说的‘逛大街’的含意。”

“艾略特舅舅的嘴很碎。那天他说要上黑石旅馆找你谈谈，我就知道他要把所有的事情都告诉你的。”

“你也知道，我认识他许多年了。议论起别人的事情，他就津津有味的。”

“的确如此。”她笑了笑说。但那笑意一闪便消失了。随后，她直直地看着我，目光严肃认真：“你怎么看拉里？”

“我只见过他三次，觉得他像是个非常不错的小伙子。”

“就这么些吗？”

她的声音流露出一丝忧伤。

“不，不仅仅如此。三言两语很难说得清，也可能是我对他的了解太少了。当然，他很讨人喜欢。他身上有一种谦虚、友好、温柔的东西，十分吸引人。他这么年轻，却如此有主见，跟我在这里见到的所有的小伙子都不一样。”

我搜肠刮肚，找着字眼想把心中并不怎么清晰的印象讲出来，而伊莎贝尔看着我，目光专注。待我讲完，她轻轻舒了口气，仿佛是吊在嗓子眼的心落了地，然后抛给我一个微笑，迷人，还带点儿顽皮。

“艾略特舅舅说他时常对你的观察力感到诧异。他说什么都逃不过你的眼睛，但你作为一个作家，最大的长处则是你的判断力。”

“我看还有比这更为珍贵的呢，”我干巴巴地说，“例如才气就是其中的一种。”

“你知道我的情况——苦于找不到人商量此事。妈妈只从她自己的角度看问题。她只想让我将来过上衣食无忧的日子。”

“这很自然，可怜天下父母心。”

“艾略特舅舅只看社会地位。我自己的朋友——那些和我年龄相仿的人，认为拉里没有出息。这使我很难受。”

“当然的喽。”

“并不是说他们待他不好。谁也不可能对拉里不好。可是，他们看不起他，拿他当笑柄，老是取笑他。他却不愠不恼，只是付之一笑，让那些人感到老大没趣。事情的现状你知道吗？”

“只是听艾略特说了些。”

“我们那天去了一趟马文。我把当天发生的事情讲给你听好吗？”

“当然好了。”

我对那天的情况做如下描述，一部分根据的是对伊莎贝尔说话内容的回忆，一部分则是我想象出来的。不过，她和拉里的谈话是一次长谈，内容肯定要比我在此处陈述的丰富得多。依我看，遇到这种事情，谈话人不仅会扯些风马牛不相及的话头，还会把一些话重复来重复去的……

话说伊莎贝尔那天早晨醒来，见天气晴好，便打电话给拉里，说她母亲有点事情要她到马文去一趟，求他开汽车送她去。除了她母亲关照尤金准备的一热水瓶咖啡外，她还特地把一瓶马丁尼酒放进了野餐篮子。拉里的车是辆跑车，是才买来的，他颇为此而感到自豪。他开车风驰电掣，那速度叫二人都觉得痛快极了。抵达了目的地，伊莎贝尔给需要调换的窗帘量了尺寸，拉里用笔记了下来。随后，他俩来到门廊，将午餐摆上。这儿避风，任何一个方向的风都吹不到此处，却沐浴着小阳春的阳光，令人感到舒服惬意。这幢房子位于一条土路边，跟新英格兰那些古香古色的木屋比起来，缺乏的是雅致，顶多只能说得上宽敞舒适，可是从门廊上望出去的景色却还悦目——一座红色的大谷仓，黑屋顶；一丛老树；再过去是一片一眼望不到头的褐色田野。景色是单调的，可是，阳光和深秋的温暖色调在那一天却给眼前的景色平添一种亲切和温馨的气氛。展现在面前的那片寥廓里，洋溢着欢乐。冬天这里一定寒冷荒凉，夏天可能炎热蒸人，然而在这个季节却使人感到异常兴奋，因为开阔的景色撩人，使人内心里产生出冲动。

他们俩跟所有青年男女一样，在一块儿吃饭吃得很开心。二人能够单独相处，不胜欢喜。伊莎贝尔把咖啡斟好，拉里点上了烟斗。

“现在你可以打开天窗说亮话了，亲爱的。”拉里说道，眼睛里带着一丝开心的笑意。

伊莎贝尔被说得一愣。

“说什么亮话呀？”她问道，故作一副不明就里的样子。

拉里呵呵笑了。

“亲爱的，你难道把我当作大傻瓜不成？你母亲要是不知道客厅里窗帘的尺寸，我就把脑袋输给你。你要我开车子送你来这里，恐怕另有他因。”

伊莎贝尔恢复了镇静，给了他一个千娇百媚的微笑。

“原因嘛，是我觉得咱俩在一起待上一天比什么都强。”

“话可以这么说，但我觉得事实并非如此。依我看，是艾略特舅舅把实情告诉了你——我谢绝了亨利·马图林的好意，不愿接受他给我的工作。”

他说话时语调轻松愉快，伊莎贝尔觉得用这种口吻谈下去倒也有利于交流看法。

“格雷一定会大失所望的。能跟你在一个办公室上班，在他看来是天大的一件美事。你总有一天要找个工作做的，时间拖得越久，就越难找。”

他抽了一口烟斗，望着她，温情地笑着。她摸不着头脑，不知他葫芦里卖的是什么药。

“我有一种想法——此生想有所作为，而不仅仅局限于经营股票生意。”

“那么好吧。那你进律师事务所工作，或者去学医。”

“不，这两件事我都不想做。”

“那么，你想做什么呢？”

“逛大街。”他一本正经地回答。

“天呀，拉里，别说俏皮话了。这是件严肃认真的事情。”

她声音颤抖，眼睛泪水汪汪。

“别哭呀，亲爱的。我可不想惹你难过。”

他走过来，挨着她坐下，用胳臂搂住她。他的声音里有一种柔情，深深打动了她，于是泪水似决堤般滚滚而下。可她马上又擦干眼泪，破涕为笑，让一丝笑意浮现在嘴角。

“不想惹我难过，那是漂亮话。其实你已经在让我难过了。你知道，我是爱你的。”

“我也爱你，伊莎贝尔。”

她发出深深的一声叹息，然后从他怀里挣脱出来，把身子挪开了一些。

“识时务者为俊杰。人生在世，总得干活呀，拉里。这是一个有关于自尊的问题。咱们的国家很年轻，需要每个人都参加它的建设活动。亨利·马图林那天说，咱们正在进入一个新纪元，将会取得辉煌的成就，让人类以前所有的作为都相形见绌。他说咱们国家的成就将会是无可估量的。他坚信到了一九三〇年，我国将成为世界上最富强、最伟大的国家。你不觉得这非常振奋人心吗？”

“的确非常振奋人心。”

“对一个年轻人而言，这是个千载难逢的好机会。依我看来，你一定会为能够参加这项事业而感到自豪的。这可是一项改天换地的事业。”

他听了淡然一笑。

“我敢说你是对的。阿穆尔－斯威夫特公司将会做出更多更好的肉罐头，麦考密克公司将会造出更多更好的收割机，亨利·福特将会造出更多更好的汽车。每个人的钱包都会变得越来越鼓。”

“这不挺好吗？”

“正如你所言，这是挺好的。不过，只是我对钱不感兴趣。”

伊莎贝尔咯咯咯地笑了.

“亲爱的，别说傻话。没有钱是活不下去的。”

“我手里是有一点儿钱的。这点本钱能让我按自己的意愿去行事。”

“逛大街吗？”

“是的。”他笑嘻嘻地说。

“你这是叫我为难呀，拉里。”她叹了口气说。

“很抱歉。要是有办法，我也是不愿叫你为难的。”

“你应该是有办法的。”

他摇了摇头，由于想心事，半天没吱声。等到他最后开口时，说出的话吓了伊莎贝尔一大跳：“人死如灯灭。死了，一了百了。”

“你这话究竟是什么意思？”她不无担忧地问。

“就是这个意思。”他冲着她苦笑了一下说，“当你独自在天上飞行时，会有许多的时间思考人生，会产生一些离奇古怪的想法。”

“什么样的想法？”

“模糊、杂乱、不连贯的想法。”他笑了笑说。

伊莎贝尔想了想，然后说道：“先找个工作干，也许就能理清头绪，从而使心情安定下来，你不觉得这是上策吗？”

“对于何去何从，我也做过一番思考。我想到过去当木匠或者汽车修理工。”

“天呀，拉里，人家会以为你疯了呢？”

“别人怎么说，有什么关系呢。”

“对我而言是有关系的。”

说到这里，二人又沉默了下来。后来，伊莎贝尔打破了沉默。只听她叹了口气说：“跟去法国参战之前相比，你像是变了个人似的。”

“这并不奇怪。要知道，我在那儿经历了许多的事情。”

“什么事？”

“哎，说起来也只是些战场上经常发生的事情。我在空军有个最好的朋友，为了救我，他壮烈牺牲了。此事叫我怎么也难以忘怀。”

“给我讲讲，拉里。”

他看了看她，露出十分痛苦的眼神。

“还是不讲的好。说到底，这在战场上只是件小事。”

伊莎贝尔本来就容易动感情，此时早已泪水涟涟。

“你为此而感到纠结了吧，亲爱的？”

“没什么。”他笑吟吟地回答道，“要是惹你不高兴，这才会叫我纠结呢。”他拉起她的手——他那坚实有力的手使她感受到了友谊和亲密无间的感情。她咬紧嘴唇，不让自己哭出声来。“除非找到了生活的目标，否则我的一颗心恐怕永无宁日。”他表情沉重地说。之后，他停了停，才又说道：“这种心情很难用语言表达，想说也说不出口。我会在心里自责：千不该万不该，不该为过去的事情而痛苦，从而殃及别人。也许，怪只怪我自己是个顽固不化的人。我会问自己：走别人所走的路，随遇而安，是不是更好些呢？就在这时，我的脑海里会出现一个人，刚刚还生机勃勃，转眼便命赴阴间。生活就是如此残酷，如此缺乏意义。你不禁要问：人生的意义在哪里？人生的价值在哪里？难道人生是一种愚蠢的、盲目的、悲惨的过程吗？”

讲述时，拉里的声音异常悦耳，说说停停的，就好像是在强迫自己说出本不愿吐露的心事，然而样子是那般沉痛真挚，使人听了不能不受感动。伊莎贝尔动情得半天都说不出话来，最后才问道：“你出去待一阵子，会不会好一些呢？”

话一出口，她的心便沉了下来。

拉里沉吟良久方才回答：“我想是的。不理睬社会舆论，着实不易。当社会舆论向你压来时，会激发你的逆反之心。你的心情也会因而得不到安宁。”

“那你为什么不一走了之？”

“唔，是为了你呗。”

“咱们不妨把话说得直白些，亲爱的。就目前而言，你的生活中恐怕没有我的一席之地。”

“这是不是说，你不想和我保持订婚的关系了？”

伊莎贝尔芳唇直抖，挤出了一个笑容。

“不，别说蠢话。我的意思是等你归来。”

“也许要等一年，或者两年呢。”

“这没有关系。也许等不了那么长时间。你打算上哪儿去呢？”

他望着她，目光专注，仿佛想要看到她内心深处似的。她微微一笑，以此掩饰自己内心的悲苦。

“哦，我想先去巴黎。那边我一个人不认识。不会有人干涉我的生活的。战时休假，我去过几趟巴黎。不知怎么的，我有一种感觉：一到了那里，浑浊的大脑就会变得清晰。那是一个奇妙的地方，叫你觉得一切问题都会迎刃而解，胸中的块垒会消失得无影无踪。我想到了那里也许就能看清前进的方向了。”

“假如不能如愿，你又该如何？”

他嘻嘻嘻地笑了笑。

“那样我就改弦更张，重拾我的美国人生观，痛改前非，回到芝加哥来，有什么工作就干什么工作。”

这次深谈对伊莎贝尔触动很大。她对我讲述时，免不了有些激动。待把话说完，她望了望我，表情惹人哀怜。

“你觉得我做得对吗？”

“我觉得你做了自己力所能及的事情。另外，我还觉得你有一副菩萨心肠，待人仁厚，善解人意。”

“我爱他，希望他能够生活幸福。要知道，从某些方面来说，他离开家乡，我并不感到遗憾。我想让他摆脱这种充满敌意的环境，不仅是为了他，也是为了我自己。我不能怪那些人说他不会有什么出息；我恨他们，然而我的内心深处总有一种忧虑，觉得他们说得有道理。不过，请别说我善解人意。对于他在追求什么，我还是理解不透的。”

“也许你的心能理解，但从理智上却理解不透。”我笑笑说，“为什么你不立刻和他结婚，跟他一起到巴黎去？”

她的眼睛里微微露出了一丝笑意。

“我巴不得这样做，可是我不能。要知道，虽然我不愿承认，但我内心真实地觉得，没有我，他的境况会更好一些。如果纳尔逊医生的话说得对，他的病是一种慢性惊恐症。换换环境，接触新的事物，会使他康复如初。等到内心恢复了平静，他就会回到芝加哥来，像周围的人一样工作生活。我可不愿嫁给一个闲汉。”

伊莎贝尔从小受环境的影响，已经接受了大人给她灌输的原则。对于金钱，她并不多加考虑，因为她从小到大从未尝过缺钱的滋味。不过，出于本能，她可以感觉到钱的重要性——钱意味着权势和社会地位。作为一个男人，挣钱是天经地义的事。这也是他一生的事业。

“要说你理解不透拉里，我并不感到奇怪。”我说，“我敢肯定，连他本人也理解不透自己。他只字不提自己的人生目标，那是因为他的人生目标是模糊不清的。实不相瞒，我跟他并无深交，此处所言仅仅是猜测——他是不是在寻找某样东西，某样他并不了解甚至都不知道是否存在的东西呢？也许，他在战争中不知经历了什么事情，才使得他躁动不安，得不到安宁。依你看，他是不是在追求一种虚无缥缈的理想——就像天文学家在寻找一颗只有数学计算说明其存在的星体一样？”

“我觉得有种什么东西在搅扰着他。”

“你指的是他的灵魂吗？也许，他所害怕的是他自己吧。也许，他隐隐约约看到了某种景象——至于这种景象是否真实，他并无把握。”

“他有时候叫我觉得他行为古怪，给我一种印象——他像是个梦游者，在一个陌生的地方突然醒过来，摸不清自己身在何处。参战之前，他是很正常的。那时，他最可爱的地方是对生活的热爱。他悠闲潇洒，乐乐呵呵的，跟他在一起十分开心。那时的他甜蜜可人，说话妙语连珠。到底发生了什么事情，才令他与以前相比判若两人了呢？”

“这种情况我也说不清。有时候，一件小事情对一个人就会有很大的影响，那要取决于他当时的处境和心情。记得有一次过全圣节（法国人称之为亡人节），我到一个村庄的教堂去做弥撒——德军最初一攻入法国，那座村庄就遭到了军队的蹂躏。教堂里挤满了军人和穿着丧服的女人；教堂墓园里看得到一排排木制的小十字架。弥撒庄严、悲伤，女人们泪流满面，男人们也伤心落泪。我当时有个感觉，认为长眠于那些小十字架下面的死人可能比活着的人还要好受些。我把自己的感受讲给一个朋友听，他问我那是什么意思，我却难以解释得清。看得出，他认为我是个十足的傻瓜。我还记得，在一次战斗之后，阵亡法军士兵的尸体被堆放在一起，像小山一样，看上去就像一堆提线木偶，被破了产的木偶剧团胡乱丢在肮脏角落里，因为它们再也派不上用场了。当时我想到的就是拉里告诉你的那句话：‘人死如灯灭。死了，一了百了。’”

我可不想让读者觉得我在故弄玄虚，给深深影响了拉里的那段战争经历蒙上一层神秘的色彩，非得等到最后才揭开谜底。对于那段经历，他恐怕给任何人都没有讲过。过去了许多年之后，他才对我们俩都认识的一个叫苏姗娜·鲁维埃的女子讲述了那段如烟的往事，说一位年轻的飞行员为了救他而牺牲了自己的生命。苏姗娜·鲁维埃把他的话转述给我，而我只能根据二手材料进行复述，而且是从她的法语翻译过来的。拉里显然跟飞行队里的另一个小伙子结下了很深的友谊。苏姗娜不知道那个小伙子的名姓，只知道他的一个很滑稽的绰号——那是拉里讲到他时所提到的。

“他是个红头发的小个子，爱尔兰人，我们都叫他‘捣蛋鬼’。”拉里这样告诉苏姗娜，“在我认识的人里面，他最具活力，简直可以说是生龙活虎。他长了一张滑稽的脸，脸上挂着一副滑稽的笑容，见了他，你禁不住就会发笑。他是个闯祸精，什么荒唐事都干得出来，总是挨上司的骂。他完全是个天不怕地不怕的主儿，战场上九死一生捡回一条命，他也会一脸笑嘻嘻的样子，就好像出生入死是天下最好玩的事情一样。不过，他天生就是个当飞行员的料，一上蓝天就变得冷静、机警。他教给我不少东西。他比我年纪大一点儿，因此将我置于他的保护伞之下。这实在具有喜剧效果——我比他要高出六英寸，论打架，我可以轻松地把他放倒。一次在巴黎，他喝得酩酊大醉，我怕他惹是生非，果真把他放倒过。

“加入飞行队时，我觉得有些跟不上趟，生怕自己干不好。他百般勉励我，让我树立自信心。他对战争的看法离奇古怪，对德国人没有丝毫敌意，只是因为爱打架，才乐颠颠地喜欢和德国人交锋。每击落一架敌机，他只是觉得好玩而已。他是个无法无天的人，行为粗野，无拘无束。但他身上有一种诚恳的素质，叫你由不得会喜欢上他。他会把你的钱拿去花，而为了你，他也愿意倾尽钱囊。如果你觉得孤独，或者想家，或者害怕，像我有时候那样，他就会看出来，让他那张丑陋的小脸上堆满笑容，然后说一些贴心的话，使你的心情恢复正常。”

说到这里，拉里抽了一口烟斗，苏姗娜在等着他继续说下去。

“我们经常编造出一些事由，以便我俩一起出去度假。每次去巴黎，他就狂放不羁。那段时间，我们玩得真开心。一九一八年的三月，我们又准备出去度假，并提前做出了安排。我们的计划满满的，有许多事情要做。就在临行前一天，我们奉命飞越敌军防线侦察，把侦察到的情况带回来。突然，我们与几架敌机遭遇。没等我们反应过来，双方已经进入了激战。一架敌机追过来，但我先下手将其击中，然后转过脸去看它会不会坠落。就在这时，我从眼角看过去，发现又有一架敌机盯上了我。我向下俯冲想躲开它，可它一转眼就追上了我，我想这一下可完了。却看见‘捣蛋鬼’闪电般冲过来，把雨点般的子弹泼在它身上。敌机战不过我们，夹着尾巴逃跑了，我们也返回了基地。我的飞机给打得遍体鳞伤，算是挣扎着着陆了。而‘捣蛋鬼’先我一步着陆。我下飞机时，他们刚把他抬出驾驶舱。他躺在地上，在等救护车来。他看见我，咧开嘴笑了。

“‘那混蛋盯住你不放，我把他打下来了。’他说道。

“‘你怎么啦，捣蛋鬼？’我问他。

“‘哦，没什么，他打中了我的胳臂。’

“只见他脸色惨白。突然间，他的脸上浮现出一种古怪的神情。他此时才醒悟到自己快要死了。在这之前，他心里从没想到过自己竟然还会死去。没等周围的人反应过来，他一挺身坐了起来，哈哈大笑道：‘我死啦！’说完，他就倒下去死了，年仅二十二岁。他原本打算在战争结束后回爱尔兰，跟一个爱尔兰姑娘结婚呢。”

和伊莎贝尔长谈后的第二天，我就离开芝加哥去了旧金山，准备从那儿乘船前往远东。

第二章

1

一直到第二年的六月末，艾略特来到伦敦，我才和他又见了面。我问他拉里到巴黎去了没有，他说去了。他对拉里窝了一肚子的火，这叫我听了暗自发笑。

“我对这孩子素有恻隐之心，他想来巴黎待上两年，我毫不怪他，而且还准备帮助他一把。我告诉他，一到巴黎就通知我。后来路易莎写信告诉我，说他在巴黎时，我才知道他已经来了。我让美国运通公司转给他一封信（地址是路易莎给我的），请他来吃饭，让他认识几位我觉得有必要认识的人。我一厢情愿地想让他先结交一些法裔美国人，其中有爱米丽·德·蒙塔杜尔和格拉西·德·夏托加亚尔等。你猜他是怎么回复的？他说很抱歉不能来，因为他来法国时没带晚礼服。”

艾略特眼睛盯着我，以为他的一席话会叫我的脸上出现惊讶的神情，却发现我声色不动，于是便一抬眉毛，露出了不悦。

“他的回信写在一张劣质信纸上，上面印有拉丁区一家咖啡馆的名字。我又写了封信给他，要他把住址告诉我。我觉得，看在伊莎贝尔的分上，我也得帮他一把。我当时以为他不愿来是怕见生人——我简直无法相信一个头脑正常的年轻人来巴黎怎么能不带晚礼服；而且不管怎样说，巴黎的裁缝铺也还是不错的。这次我说明是请他吃午饭，客人也不多。可是，你恐怕不会相信：他无视我的请求，没有把住址告诉我，仍托美国运通公司转来回信；这还不够，他竟然说自己从不吃午饭。这一下，我拿他一点儿办法都没有了。”

“不知道他现在在干些什么。”

“鬼才知道。实话说，他干什么我才不管呢。恐怕这个小青年是个极不成器的人。伊莎贝尔嫁给他，肯定是个大错误。如果他是个正儿八经的人，就应该出入于里茨酒吧间或者富凯饭店等场所，而非拉丁区的咖啡馆。”

这些时尚的高级场所，有时候我自己也出入，但不时尚的地方我也去。那年的初秋时分，我到马赛去，准备乘法邮公司的船前往新加坡，途中路过巴黎时在那儿住了几天。一天傍晚，我和几个朋友在蒙巴纳斯街区吃过晚饭，一同去多姆咖啡店喝杯啤酒。我四周瞧瞧，一眼看见拉里在人满为患的露台上，独自坐在一张大理石面的小桌旁。他悠闲地望着街上来往的行人——闷热的白天刚过，人们在享受晚间的凉爽。我丢下同伴朝着他走了过去。他看见我，脸上顿时放出亮光，给我一个迷人的微笑。他请我坐下，可我说是跟朋友们一起来的，不便多待。

“我来只是想向你问声好。”我说道。

“你住在巴黎吗？”他问。

“只住几天。”

“明天跟我一起吃午饭好吗？”

“我还以为你从不吃午饭呢？”

他哧哧地笑了。

“看来你见过艾略特了。我一般是不吃的，没有时间吃，只喝杯牛奶、吃块蛋糕对付一下。不过，我倒是想跟你一起吃顿午饭。”

“那好吧。”

我们约好次日来多姆咖啡店见，先喝杯开胃酒，然后去林荫大道找个馆子吃饭。商定之后，我便回到那几个朋友身旁谈天说地。待我转过头再去看拉里，发现他已经走了。

2

第二天上午，我度过了一段惬意的时光。先是到卢森堡博物馆去，用去一个小时观赏自己喜欢的画作，随后我就悠然散步于花园中，追忆已经逝去的青春年华。这儿一点变化都没有。但见青年学子成双成对漫步在沙砾小径上，兴奋地谈论着叫他们热血沸腾的作家；孩子们在保姆的照看下滚铁环玩耍；老人们一边晒太阳一边读晨报；几个正在服丧的中年妇女坐在公共长凳上唠嗑，议论食品的价格和用人的不端行为。眼前的人和景依稀宛如当年。后来我去了奥德昂大剧院，在剧院的长廊里浏览陈列在那儿的新书。我看见几个少年跟我三十年前一样，顶着身穿长罩衫的书亭老板那恼怒的目光，如饥似渴地阅读自己所买不起的书。出了大剧院，我迈着四方步走在那亲切、幽暗的偏街小巷，到了蒙巴纳斯街区，再走到多姆咖啡馆。拉里已在那儿等候。喝了杯酒，我们就慢慢悠悠去找吃饭的地方了，想找一家可以在室外进餐的馆子。

与上次见他时相比，他的脸色也许苍白了些，这倒让他那双深陷在眼窝里的乌黑的眸子更加炯炯有神。他还是那样矜持自重，这对一个小青年来说是很少见的；他的笑容依然坦率真诚。他点饭菜时，我留意到他说一口流利的法语，语音纯正。为此，我向他表示祝贺。

“要知道，我以前懂得一点法语。”他解释说，“路易莎伯母给伊莎贝尔请了个法国家庭女教师。在马文的时候，那位教师让我们跟她讲法语，始终坚持这么做。”

我问他喜欢不喜欢巴黎。

“非常喜欢。”

“你在蒙巴纳斯街区住吗？”

“是的。”他迟疑了一下才回答道。我猜想他这是不愿说出自己确切的住址。

“你给艾略特只留了美国运通公司业务点的地址，叫他十分生气。”

拉里笑笑，什么也没说。

“你成天干些什么呢？”

“逛大街。”

“还看书吗？”

“是的，还看。”

“跟伊莎贝尔通信吗？”

“有时候通通信。我俩都不擅于写信。她在芝加哥过得很开心。明年她们要来法国，在艾略特这儿待待。”

“这对你们俩是件好事。”

“据我所知，伊莎贝尔没来过巴黎。领着她四处走走，一定会很有趣的。”

对于我的中国之行，他充满了好奇之心，很想听我讲一讲。当我开始讲述时，他听得非常专注。可是我想让他谈谈他自己的情况时，他却三缄其口。他的沉默使我只能有一个结论——他约我吃饭仅仅是想和我一起坐坐。我虽然感到高兴，心里却百般困惑。喝完咖啡，他就叫结账，付了钱，然后站起了身子。

“哦，我得走了。”他说。

我们分了手。对于他的人生目标，我仍然知之甚少。那以后，我再没有见过他。

3

直至来年春天，我才又回到了巴黎。布雷德利夫人和伊莎贝尔将计划提前，已经抵达巴黎，在艾略特家里住了下来。这中间隔了有好几个星期，因此，我又得运用想象力，凑合着叙述母女俩这段时间的经历……她们在瑟堡上的岸，历来善于体贴人的艾略特前往迎接。过了海关之后，三个人上了火车。火车启动时，艾略特扬扬得意地宣称给她们请了个相当棒的女仆伺候她们。布雷德利夫人说完全没有这个必要，她们不需要女仆。艾略特听了，顿时变得声色俱厉起来。

“不要一来就惹人生气，路易莎。没有女仆是见不了人的。我请安托瓦内特来，不仅是为了你和伊莎贝尔，也是为了给我争面子。你们的穿戴不体面，会叫我无地自容的。”

说着，他瞥了一眼母女俩身上的衣服，一脸的瞧不起。

“当然，你们要购置点新衣服。我想来想去，认为只有沙诺尔式女装[①]店最合适。”

“我以前一直都是去沃思服装店。”布雷德利夫人说。

她这话说了也是白说，因为艾略特根本不予理睬。

“我跟沙诺尔式女装店说过了，约你们明天下午三点去那儿。另外还需要买帽子——当然是要莱伯克斯牌子的喽。”

“我不想多花钱，艾略特。”

“我知道。所有的一切花销都由我出就是了。我只想让你给我争点儿面子。好啦，路易莎，我特意为你安排了几场宴会。我告诉我的法国朋友，说迈伦曾经是位大使——他要是活的时间再长一些，这是板上钉钉的事情。这样说，给人的印象好一些。这件事不会有人问起的，但我觉得还是先给你打个招呼的好。”

“你真是荒唐可笑，艾略特。”

“哪里的话。我懂得人情世故，深知一个大使的遗孀比一个部长的遗孀更有身份。”

火车喷着蒸汽驶进了巴黎北站。站在车窗前的伊莎贝尔叫了起来：“拉里来了。”

没等火车停稳，她便跳下了车，迎着拉里跑去。拉里张开双臂将她搂在怀中。

“他怎么知道你们来？”艾略特酸溜溜地问姐姐。

---

① 沙诺尔式女装，一种无领无腰身的女上衣。

“伊莎贝尔在船上给他发了封电报。”

布雷德利夫人疼爱地吻了吻拉里，艾略特无精打采地跟他握了握手。寒暄间，已经是晚上十点钟了。

“舅舅，拉里明天能不能来吃午饭？”伊莎贝尔高声问道。她挽着拉里的胳膊，脸上一副恳切的神情，眼睛里闪着光芒。

“这是我的荣幸。不过，我似乎听拉里说过他从不吃午饭。”

“明天他会吃的，是不是，拉里？”

“是的。”拉里莞尔一笑说。

“那么，明天一点钟恭候你大驾光临。”

艾略特又伸出手来，想把他打发走，可是拉里咧着嘴笑，厚着脸皮不肯离去。

“我要帮着搬行李，再给你们叫辆汽车。”

“我的车在等着呢，我的用人会照管行李的。”艾略特盛气凌人地说。

“那好呀。那咱们就走吧。如果汽车里有我坐的位子，我就送你们到家门口。”

“有你坐的地方。一起走，拉里。”伊莎贝尔说。

两个年轻人沿着站台走了，布雷德利夫人和艾略特跟在后面。艾略特黑着脸，一副不情愿的样子。

“没素质。[①]”他在嘴里咕哝了一句。在某种情况下，他觉得讲法语能够更有力地表达自己的情绪。

翌日上午十一点钟，艾略特起了床（他平素总睡懒觉），洗漱完毕，写了个便条，由男仆约瑟夫和女佣安托瓦内特转两道手交给他的姐姐，约她到书房来谈话。布雷德利夫人来了之后，他谨慎地关上门，把一支香烟装在一根非常长的玛瑙烟嘴上点着，然后坐下来

“是不是可以说，伊莎贝尔和拉里还有着订婚的约定吧？”他启口问道。

---

①原文为法语。

“恐怕是这样的。”

“对这个小青年，我恐怕没什么好话可说的。”他冲着布雷德利夫人大倒苦水，说他怎样煞费苦心想将拉里引入上流社会，说他怎样针对拉里量体裁衣，制定了整套的计划。“我甚至还为他瞧上了一套低层的住房[①]，非常适合他住。那房子属于德·勒泰勒小侯爵，他被派驻马德里的大使馆任职，所以想把房子租出去。”

可是，拉里把他的好心当成了驴肝肺，谢绝了他的邀请，显然是不愿意接受他的帮助。

“假如你不愿利用巴黎得天独厚的条件，那你为什么要到巴黎来？实在叫人百思不得其解。不知道他在捣鼓些什么。他在这儿好像无亲无友的。你知道他的住址吗？”

“他只给了我们一个地址，那就是美国运通公司。”

“看他就像个云游四方的推销员或者来度假的教师，居无定所。他要是在蒙马特高地[②]的一间画室里跟一个下流女人同居，那我一点儿也不感到惊奇。”

“别胡说，艾略特！”

“他把自己的住处搞得神秘兮兮，又拒绝跟自己同阶层的人来往，除此之外，难道还会有别的解释吗？”

“拉里不像是那号子人。昨天晚上你不是也看到了，他和从前一样深爱着伊莎贝尔吗？那样的假他可是做不出来的。”

艾略特耸耸肩膀，意思是告诉他姐姐：男人们逢场作戏的手腕是极其高明的。

“格雷·马图林怎样？还在追吗？”

“只要伊莎贝尔肯答应，他恨不得马上就跟她结婚。”

接着，布雷德利夫人告诉了艾略特她们比原订计划提早来到欧洲的原因。

---

① 原文为法语。

② 蒙马特高地，巴黎的一个区，是艺术和爱情的圣地。

她发现自己的健康状况不好，医生说她患上了糖尿病。病情并不严重，只要注意饮食，适当地服用胰岛素，完全能够活上好多年。可是，她在知道自己得了这种不治之症之后，急切想看见伊莎贝尔有一个好的归宿。母女俩谈过这件事。伊莎贝尔很明智，说如果拉里在巴黎住了两年之后，不遵照原议回到芝加哥，并且找个工作做，那就只有一条路可走——跟他一刀两断。可是，布雷德利夫人觉得要等到约定的时间，然后去巴黎把拉里像个逃犯一样抓回美国，有损个人的尊严。她觉得伊莎贝尔那样做很失面子。不过，母女俩来欧洲消夏却是很正常的——伊莎贝尔自从长大之后，再也没到欧洲来过。她们打算在巴黎待过之后，去一个海滨度假地让布雷德利夫人养养病，再从那里前往奥地利的蒂罗尔山区住住，然后慢慢悠悠穿过意大利。布雷德利夫人有意约拉里同行。路上，让拉里和伊莎贝尔相互了解了解，看他们在久别之后感情是否仍一如既往。至于拉里在经过了一段时间的恣意放纵的生活之后，是不是愿意承担起责任来，到时候自会明白。

“拉里拒绝了亨利·马图林提供给他的工作，叫对方觉得很不痛快，多亏格雷打圆场，才算让父亲消了气。拉里只要回芝加哥，立刻就可以有工作干。”

“格雷是个大好人。”

“一点没说的。”布雷德利夫人叹了口气说，“伊莎贝尔嫁给他，一定会幸福的。”

接下来，艾略特介绍了给她们母女安排了几场什么样的宴会。明天下午他要举办的是场大型午宴，周末安排的则是一个气势恢宏的晚宴。他还要带她们去参加查迪乌·加拉兹家的招待会，而且还给她们弄到两张舞会请帖，届时将去罗慈吉尔兹府上跳舞。

“拉里你也要请吧？”

“他告诉我，说他没有晚礼服。”艾略特哼了声鼻子说。

“哎，反正你请他一下就是了。说到底，他是个挺不错的小伙子。冷冰冰地对待他没有什么用处，只会叫伊莎贝尔更加执拗。”

“当然，你要我请我就请吧。”

拉里在约定的时间赶来赴午宴。但见艾略特热情洋溢、礼貌周到，对拉里更是和蔼可亲。对拉里待之以礼并不难，因为他满面春风、兴致勃勃的，艾略特又不是一个天性恶毒的人，哪能不产生好感。午宴上，大家以芝加哥为话题，大谈彼此都认识的朋友，把艾略特给晾在了一旁，他只好做出和和气气的样子，摆一副屈尊俯就的架势，好像很关心这些在他眼里毫无社会地位的人似的，关心他们的痛痒。听客人们海阔天空地说话，他并不排斥。其实，听到某一对年轻男女订婚了，某一对年轻男女结婚了，某一对年轻男女离婚了，他觉得怪惹人同情的。听到这样的事情，哪能不动情呢？据他所知，年轻美丽的德·科林尚特女爵曾为情试图服毒自杀——她的情人德·科龙贝亲王抛弃她，娶了个南美洲百万富翁的千金。这样的话题说起来的确津津有味。看看拉里，他不得不承认他有种异常吸引人的地方。拉里那深陷的、乌黑乌黑的眼睛，那高颧骨、苍白的皮肤和灵巧的嘴，让他联想起波提切利①的一幅画像，觉得如果叫拉里穿上那个时代的服装，看上去一定充满浪漫气息。他记起自己曾经打算把拉里介绍给一位显赫的法国女人，同时想到星期六晚宴邀请了玛丽·路易丝·德·弗洛里蒙，禁不住偷偷笑了。这个女人交游甚广，道德上却臭名昭著，两点兼而有之。她四十岁的年龄，看上去却要年轻十岁。纳蒂埃②曾经为她的一个女祖先画过像，这张像通过艾略特亲自努力，现挂在美国的一个大画廊里。玛丽生得就和她这个女祖先同样千娇百媚，而她在性生活方面欲壑难填，好像永远不能满足似的。艾略特决定让拉里坐在她身边。他知道玛丽会不失时机地叫拉里懂得她的欲望。他还请了英国大使馆的一位年轻的侍从武官，认为伊莎贝尔说不定会喜欢上的。伊莎贝尔脸蛋长得漂亮，那个英国人家境阔绰，伊莎贝尔没有财产也是没有

---

① 桑德罗·波提切利（1445—1510），15 世纪末佛罗伦萨的著名画家，欧洲文艺复兴早期佛罗伦萨画派的最后一位画家。受尼德兰肖像画的影响，波提切利又是意大利肖像画的先驱。

② 让－马克·纳蒂埃（1685—1766），17 世纪末至 18 世纪中期的法国洛可可风格宫廷画家，以其为路易十五宫廷中的贵妇作肖像画而著名。

关系的。一开始吃饭，大伙儿便觥筹交错，先喝上等蒙哈榭白葡萄酒，继而喝味道纯正的波尔多酒，喝得艾略特轻飘飘的，心里乐悠悠地遐想着各种可能出现的情况。如果事态的发展如他估计的那般，亲爱的路易莎就没有什么可焦虑的了。路易莎总是有点儿把他的话不当回事，可怜的人儿，怪就怪她见的世面太少。不过，他喜欢自己的这个姐姐。利用自己走南闯北积累下的经验为她把一切安排得停停当当，也是一件称心的事情。

为了不浪费时间，艾略特安排好一吃完午饭就带路易莎母女去看衣服。所以，客人们才从餐桌旁站起身，他便用自己最擅长的辞令暗示拉里可以离开了，同时又以诚恳、亲切的语气邀请他来参加自己安排的两场盛大宴会。其实他没必要多虑，因为拉里一听很痛快就答应了下来。

可是，艾略特的计划落空了。话说拉里来参加晚宴时，穿了一套很像样的晚礼服，艾略特看见后松了一口气。起初他还有点儿担心，怕拉里穿上次午宴时的那身蓝西装呢。晚饭后，艾略特把玛丽·德·弗洛里蒙拉到角落里，问她觉得他的这位年轻美国朋友怎么样。

“他有一双漂亮的眼睛和一口好看的牙齿。”

“仅此而已吗？我让他坐在你身边，是觉得他合你的口味。”

她疑惑地看了看他。

“他告诉我，说已经跟你漂亮的外甥女订婚了。”

“得了吧，亲爱的。[①]一个男子属于一个女子，只要你办得到，这可不会妨碍你横刀夺爱的。”

“你想让我夺人之爱？可怜的艾略特，我决不会替你干这种卑鄙勾当的。”

艾略特嘿嘿一笑。

“听你的话音，我觉得你好像已经试过水了，只是没有进展罢了。”

“艾略特，我喜欢的就是你的这种妓院老板般的品性。你不愿意让他娶你的外甥女。为什么？他有教养，而且很讨人喜欢。不过，他未免太单纯了些，

---

①原文为法语。

可能丝毫没有怀疑我的动机。”

“你应该把意图表现得更明确些，亲爱的朋友。”

“你是情场老手，明知这是白费气力。他的眼睛里只有你家的小伊莎贝尔。咱俩之间说说——她的优势在于她比我年轻二十岁。而且，她甜美可人。”

“你喜欢她的衣服吗？我亲自给她挑的。”

“样式漂亮，也很合身。只可惜她没有高雅的风度。”

艾略特认定后半句话是冲着他来的，觉得不能轻易放过她，非得戳一下她的痛处不可。于是他满脸堆起亲切的笑容，款款说道：“一个人非得活到你这样成熟的年龄，才会有高雅的风度，亲爱的。”

德·弗洛里蒙夫人手里挥动的是一根大棒，而非烧火棍，杀伤力很大。她的反唇相讥让艾略特身上的弗吉尼亚血液沸腾了起来。

“我可以肯定，在你们那个土匪横行的美丽国家里，如此微妙、如此独特的东西，人们是不会有所欠缺的。”

虽则德·弗洛里蒙夫人横挑鼻子竖挑眼，艾略特其他的朋友对伊莎贝尔和拉里他们俩，都还是挺喜欢的。他们喜欢伊莎贝尔的青春美，喜欢她充溢的健康和蓬勃的活力；他们喜欢拉里生动的外表，喜欢他儒雅的谈吐以及他那含蓄、带有讽刺意味的幽默。二人讲一口标准、流利的法语，这也是他们的一大优点。布雷德利夫人在外交界生活多年，法语说得还算标准，只是夹带着一点美国腔调，她却不以为然。艾略特对待她们母女极为慷慨。伊莎贝尔喜欢自己的新衣新帽，也喜欢艾略特安排的各种叫人心花怒放的活动。还有，和拉里在一起，她感到很幸福。她觉得自己从来都没有如此快活过。

4

艾略特认为，只有接待生客才陪着吃早饭，那也是万不得已的事情。布雷德利夫人和伊莎贝尔只好在各自的寝室用早点了，布雷德利夫人很不情愿，伊莎贝尔却丝毫不在意。不过，有时候伊莎贝尔醒来后，会叫艾略特给她们雇的那个高贵女佣安托瓦内特把她的一份咖啡牛奶送到她母亲的寝室，母女俩好在吃早点时聊聊天。她整天忙得滴溜溜转，一天当中只有这点时间能陪母亲坐坐。她们来巴黎快一个月后的一个这样的早晨，伊莎贝尔先把昨天晚上做的事情叙述了一遍，无非是说她和拉里随一群朋友逛夜总会什么的；接着，布雷德利夫人提出了一个问题——这个问题自打来巴黎后一直压在她的心头。

“他打算什么时候回芝加哥？”

“不知道。他提都没提过。”

“你没有问过吗？”

“没有。”

“你是不是怕问？”

“不是，当然不是。”

布雷德利夫人斜倚在长靠椅上修指甲，身上穿一件正流行的晨衣——一件拉里执意要送给她的礼物。

“你俩在一起都说些什么？”

“我们一般不说话。两人在一起坐坐就很好了。你知道拉里总是沉默寡言的。交谈起来，差不多都是我一人在讲话。”

“他平时干些什么？”

“我也弄不清楚，只觉得没有干什么大事。我想他过得挺开心的。”

“他住在哪里？”

“这我也不知道。”

“他好像城府很深呀，对不对？”

伊莎贝尔点起一支香烟，从鼻孔里喷出一缕烟，静静地望着自己的母亲。

“你这话究竟是什么意思，妈妈？”

“你舅舅认为他租了一套公寓，跟一个女人同居。”

伊莎贝尔不听则已，一听笑破了肚皮。

“这话你相信吗，妈妈？”

“不相信，老实说我不相信。”布雷德利夫人望着自己的指甲，沉吟良久，

“你可曾跟他谈过回芝加哥的事？”

“谈过，谈过不知多少次了。”

“他是否有所表示，说他打算回去呢？”

“恐怕没有什么表示。”

“十月份他离开家乡就满两年了。”

“这我知道。”

“这是你的事情，亲爱的，你觉得该怎么做就怎么做吧。不过，久拖不决也不是个事呀。”布雷德利夫人盯着女儿，但伊莎贝尔将目光躲开了。布雷德利夫人疼爱地冲她一笑：“去吧，去洗个澡准备准备，吃午饭可别迟了。”

“我要跟拉里去吃午饭。在拉丁区的一个什么地方。”

“好好玩去吧。”

一小时后，拉里来接她。二人叫了辆出租车去了圣米歇尔桥，然后沿着人头攒动的林荫大道转悠，最后相中了一家咖啡店。他们在这家店的露台上落座，叫了两杯杜本内开胃酒[①]。出了咖啡店，他们又叫车去了一家饭馆。伊莎贝尔胃口很好，拉里点的那些可口的饭菜她都吃得津津有味。饭馆里顾客盈门，吃客们你挨着我、我靠着你坐在一起进餐，这场面叫伊莎贝尔看了挺开心的。瞧见人们狼吞虎咽的吃相，她会禁不住笑出声来。不过，她最为开心的是能够和拉里单独在一起，卿卿我我地坐在一张小桌旁。她兴高采烈地说这说那，拉里听着，眼里闪出欢快的光芒，这让她看在眼中喜在心头。跟拉里无拘无束坐在一起，让她感到陶然若醉。但她的内心深处隐隐约约有一丝不安——拉里虽然也无拘无束的，她却觉得真正给他以轻松感的与其说是她，倒不如说是周围的环境。母亲早上说的话对她有所触动。于是，她叽叽喳喳说着话，似乎一点儿心思也没有，实际却在观察他的每一细小表情。拉里和最初离开芝加哥时相比略有不同，但她说不清他究竟发生了什么变化。他看上去跟以前别无二致，

① 杜本内开胃酒，产于法国，是法国最著名的开胃酒之一。它是用金鸡纳树皮及其他草药浸制的，酒液呈深红色，苦味中略带甜味，风味独特。

还是那么年轻，那么坦率，只是神情却有了变化。这种神情并不是比以前更严肃（他脸上总有一副严肃的表情），而是多了一份从前所没有的安宁。他好像解决了一道人生的难题，如今寻找到了心灵的安宁——这是前所未有的现象。

吃完饭，拉里建议去逛卢森堡博物馆。

“不，我不想去看画。”

“好吧，那就去花园里坐坐。”

“不，我也不想去那里。我要去看看你住的地方。”

“没什么可看的，我住在旅馆的一个很寒酸的斗室里。”

“艾略特舅舅说你有一套公寓，跟一个画家的模特儿同居。”

“无稽之谈。那你亲眼去看看好啦。”他大笑道，“从这里去只有几步路。咱们可以步行过去。”

他带着她穿过几条狭窄的、弯弯曲曲的街道——这些街道夹在高房子中间，可以望见一抹青天，显得肮脏暗淡。走了一会儿，二人来到了一家门面寒碜的小旅馆。

“咱们到了。”

伊莎贝尔随着他走进一间狭窄的厅堂，厅堂的一侧有一张桌子，桌旁坐着个男子，穿一件衬衣和一个细黑黄条子相间的背心，系一条围裙，正在那里看报。拉里问他要房间的钥匙，那人从身后格子架里把钥匙取出交给了他，同时好奇地瞥了伊莎贝尔一眼，又转为会意的傻笑。显然他认为伊莎贝尔去拉里的房间不是干规矩事情的。

他们爬上两段楼梯，楼梯上铺着破旧的红地毯。拉里用钥匙打开房间的门。伊莎贝尔走进一间有两扇窗户的小房间。从窗口望去，街对面是一幢灰颜色的公寓楼，公寓楼的底层开着一家文具店。小房间里有一张单人床，配一个床头柜，另外还有一口镶着大镜子的笨重的衣柜，一把装了垫子但是椅背笔直的扶手椅，两扇窗子之间放一张桌子，桌子上有架打字机、一些纸张和几本书。壁炉板上堆放了些平装书。

“你坐扶手椅吧，虽然不太舒服，却是这里最好的了。”

他另外拉过来一把椅子，自己也坐下了。

“你就住在这地方？”伊莎贝尔问。

他看见她脸上的神情，扑哧一声笑了。

“可不是吗。来巴黎后，我一直住在这里。”

“为什么？”

“图个方便呗。这儿靠近国家图书馆和巴黎大学。”他指指她没有注意到的一扇门说，“这里有洗澡的地方，有早餐吃。晚饭一般就在咱们吃午饭的那家饭馆解决。”

“这地方太寒酸了。”

“哦，还好吧，有这地方住就不错了。”

“这儿住的都是些什么人呢？”

“哦，不太清楚。上面阁楼里住了几个学生。其他的还有两三个在政府机关里做事的老光棍和一个奥德昂大剧院的退休女演员。另有一个房间也是带浴室的，住着一个被包了身的女人，她的男朋友每隔一个星期的星期四来看她。除此之外，恐怕还有些暂住的客人。这地方很安静，适于居住。”

伊莎贝尔听了有点儿窘迫，被拉里瞧在了眼里并感到好笑，这一来就叫她有些气恼了。

“桌子上那本大厚书是什么书？”她问。

“哪本？噢，那是我的希腊字典。”

“你的什么来着？”她提高了嗓门问。

“你看看也没有关系，它不会咬你的。”

“你在学希腊语吗？”

“是的。”

“为什么？”

“可能是个人爱好吧。”

他说话时望着她，眼睛里带着微笑，她也冲他笑了笑。

“你能不能告诉我，来巴黎后这么长时间你都做了些什么？”

“我花大量时间看书，每天用去八至十个小时吧。另外还到巴黎大学听讲座。法国文学中重要的作品，我想自己都读遍了。现在我能看得懂拉丁文了，至少能看懂拉丁散文了，如今看拉丁文几乎跟看法文一样轻松了。当然，学希腊语是比较难的。不过，我有个非常好的老师。你来之前，我每周去他那儿学三个晚上。”

“这样做的目的何在？”

“掌握知识呗。”他笑了笑说。

“这好像不太实际。”

“也许不太实际，另一方面，也许却又是实际的。追求知识本身就是极大的乐趣。你想象不来，阅读原文版的《奥德赛》该是多么令人激动。你有一种感觉，好像一踮脚尖，伸出手就能够着星星似的。”

他起身离开椅子，像是兴奋得不能自已了，在小房间里来来回回踱起了步。

“这一两个月我在看斯宾诺莎[①]的书。我不敢说自己理解得十分透彻，然而心里却充满了欢乐。就好像是乘飞机来到了高山之巅的一处辽阔的平原上，周围空无一人，空气清新得犹如芬芳的美酒，沁人心脾。你觉得自己就像是个极其富有的人。”

“你什么时候回芝加哥呢？”

“芝加哥？不知道。我没有想过这件事。”

“你不是说过，如果你两年之后还找不到你要找的东西，就改弦更张吗？”

“反正我现在是不能回去的。我刚刚迈过了一道门槛，看见一望无际的精神王国展现在我的面前，它在向我招手，我急切地要到那儿去瞧瞧。”

“你想到那里寻找什么呢？”

“寻找问题的答案。”他说完瞅了她一眼，眼神中带几分戏谑。她如若不是对他知根知底，也许会觉得他在开玩笑呢。“我想弄清楚到底有没有上帝，弄清

---

① 巴鲁赫·斯宾诺莎（1632—1677），著名的荷兰哲学家，近代西方哲学史中重要的理性主义者。

楚为什么会有邪恶。我想知道灵魂是不朽的，还是人一死，灵魂也跟着消亡。”

伊莎贝尔倒抽了一口气。听见拉里这般说话，她觉得怪不舒服，幸亏他语调轻轻松松，跟平时说话别无二致，她这才没有将内心的窘迫表露出来。

“可是，拉里，”她微笑说，“这样的问题人类已经提出来几千年了，如果能够解答的话，肯定早已有答案了。”

拉里笑了一声。

“请别这么笑，弄得好像我在说蠢话似的。”她沉下脸说。

“恰恰相反，我认为你说得在理。但从另一方面看，假如人类提这样的问题达数千年之久，那就证明这样的问题是很有必要提出的，以后还会继续提出来。至于说无人能解答这种问题，那是不对的。人类寻找到的答案已经超出了问题的本身。许多人给出的答案十分完美。鲁伊斯布鲁克老人就是一例。”

“鲁伊斯布鲁克是谁？”

“哦，是大学里的，一个我不认识的人。”拉里轻描淡写地说。

伊莎贝尔不懂他是什么意思，但他继续往下说着。

“有些话听上去挺幼稚的。大学的莘莘学子为这种知识兴奋不已，可是一走出校门就将其抛在了脑后，因为他们不得不挣钱养家。”

“这也无可厚非。你知道，我幸亏还有点儿钱可以过活。如若不然，我也得跟其他人一样去挣钱了。”

“难道钱对你一点儿都不重要吗？”

“是的。”他微微一笑说。

“你这样读书学习，还要多长时间？”

“说不准。大概要五年十年吧。”

“以后呢？你准备把学到的知识怎么运用？”

“如果掌握了知识，就有了智慧，到时候一定会知道如何运用的。”

伊莎贝尔情绪激动地把两只纤手绞在一起，坐在椅子上的身子朝前一探。

“你完全错了，拉里。你是个美国人，这儿不是你安身立命的地方。你安身立命的地方是美国。”

“等我学成了，我会回去的。”

“可是，你会错过很多机会。美国正在经历着一个世界从来没有经历过的伟大时代，你怎么能忍心坐在这死气沉沉的地方一动不动呢？欧洲已到了穷途末路。我们正在一日千里地前进。在美国，一切条件都已具备。人人有义务投身于祖国的建设之中。你忘记了自己的义务，不知道如今在美国生活是多么激动人心。你不愿回国，是不是就是说你缺乏勇气去面对摆在每一个美国人面前的重任呢？哎，我知道你也在从事着某种工作，但这是否就是逃避责任的一种方式呢？这恐怕不仅仅是貌似勤奋的偷懒吧？如果人人都像你这样逃避责任，美国会弄成什么样子呢？”

“你很尖酸刻薄，小心肝。”他笑着说，“我的回答是：并不是每个人都和我有同样的感受。大多数人都准备按部就班地过日子，这对他们而言也许是幸运的。你忘记了一点：我的求知欲跟格雷挣大钱的欲望同样强烈。难道我想花几年时间进行深造，真的就是背叛祖国吗？也许我学成以后，会有自己的贡献，国人会感到高兴呢。当然，这只是一种假设。万一我功败垂成，也不见得就比经商失败的人差到哪里去。”

“那么我呢？难道我对你一点儿不重要？”

“你对我非常重要。我要娶你做新娘呢。”

“什么时候？十年之内吗？”

“不，现在。越快越好。”

“用什么结婚？妈妈是无法给我嫁妆的。即便她有这个能力，她也不会给的。她觉得纵容你游手好闲是错误的。”

“我并不想接受你母亲的任何帮助。”拉里说道，“我每年有三千块的进项，在巴黎生活绰绰有余。咱们可以租一小套公寓房，雇一个用人[①]，日子会过得很滋润的，小宝贝。”

“可是，拉里，一年三千块过日子是不够用的。”

---

① 原文为法语。

“够用肯定是够用的。很多人钱比这还少，也能过日子。”

“可是，我不愿意靠一年三千块钱过日子。我没必要这样做。”

“我在这儿生活，只用这一半的花销。”

“可这叫什么日子！”

她看了看眼前寒碜的斗室，不屑地耸了耸肩。

“过这日子，我积攒了一些钱。咱们可以上卡普里岛[①]去度蜜月，秋天再去希腊。我渴望去看看希腊。还记得吗，咱们经常说要一起周游世界的？”

“旅游我当然是愿意去的，但并非这样的游法。乘轮船，我不愿住二等舱；住宿，我不愿下榻于三等旅馆，那儿连个浴室都没有；吃饭，我不愿进廉价饭馆。”

“去年十月，我游历意大利，恰恰就是这样去的，不是玩得也挺开心吗？靠每年三千块的进项，咱们完全可以把世界跑个遍。”

“可是，我还想生孩子呢，拉里。”

“这没有关系。有了孩子，咱们带他们一起去旅游。”

“你真傻。”她大笑着说。“你知道有个孩子要花多少钱吗？维奥莱特·汤姆林森去年生了个孩子，尽量省着花，还花掉了两千五百块。你知道请个保姆需要多少钱吗？”她心里想到一连串的事情，越想越情绪激动：“你一点不实际，不知道你要求我过什么样的日子。我年轻，需要过快乐的生活。我想跟其他人一样寻求欢乐，去赴宴、跳舞，去打高尔夫球和骑马。我想穿漂亮的衣服。你能想象，一个女孩子家穿戴不如自己的同伴，心里该是什么样的滋味？把你朋友穿厌了的旧衣服买来穿，或者别人可怜你，把一件新衣服送给你，而你千恩万谢，拉里呀，你可知道这会叫你心里是什么滋味？那时我甚至于连去一家像样的理发店做做头发也做不起。我出行可不愿乘坐电车和公共汽车，而是想开自己的汽车。你在图书馆里看书，那你让我干什么以度过漫长的一天？难道让我逛马路、看橱窗，还是坐在卢森堡博物馆的花园里留心自己的孩子不

---

① 卡普里岛，意大利南部的一座岛屿。

要闯祸？那样生活，咱们连个朋友都不会有的。”

“请别这样，伊莎贝尔！”他打断她的话头说道。

“不会有我以前的那类朋友。哦，不错，艾略特舅舅的朋友有时候会看他的面子请请咱们，但咱们去不成，一是因为没有体面的衣服，二是由于咱们回请不起。至于交朋友，我可不愿意认识一大群穷了吧唧、衣衫不整的人。我跟他们无共同语言，他们也跟我无话可说。我需要的是真正的生活，拉里。”说到这里，她突然感到他眼睛里有种神情，虽一如既往地温情脉脉，却微微含有一丝嘲笑的成分，“你觉得我愚蠢，是不是？你一定觉得我鼠目寸光、蛮不讲理。”

“不，并非如此。我觉得你说这些话都是很自然的。”

此时，他背对着壁炉站着。她立起身，走到他跟前，和他面对着面。

“拉里，如果你身无分文，却有一个年收入三千块的工作，我会毫不迟疑地嫁给你。我会替你烧饭，收拾床铺，不在乎自己穿什么样的衣服，什么都不会在乎，就是苦也是苦中有乐，因为我知道这只是一个时间问题，你总会有出头之日的。可是，现在这样结婚，就意味着我一辈子要过这种肮脏的猪狗不如的日子，连个盼头都没有。这就是说，我要苦熬日月，至死方休。意义何在？而你成年累月为那种连你自己都说无法解答的问题苦苦寻找答案。这真是大错特错。一个男子汉，应该去工作。人生的意义就在于此。工作才能够造福于社会。”

“依你之见，我有责任立足于芝加哥，进入亨利·马图林的公司。你是不是认为，动员我的朋友买亨利·马图林所关心的股票，就是造福于社会呢？”

“经纪人的工作是社会所必需的，是一种十分体面、光彩的谋生方式。”

“你把巴黎普通收入人群的生活形容得一塌糊涂。人们用不着上沙诺尔式女装店，仍旧可以穿得体体面面。并非所有风趣的人都住在凯旋门附近和福煦大街。事实上，住在那儿的风趣的人少之又少，因为风趣的人一般都没有多少钱。我在这儿认识许多人，有画家、作家、大学生，有法国人、英国人、美国人，形形色色的。我敢肯定，见了面，你会觉得他们比艾略特的那些乏味的侯爵夫人和傲慢的公爵夫人有意思得多。你思想敏锐，而且富于幽默感。和他们共进晚餐，虽然喝的只是普通的葡萄酒[1]，又没有一个管家和几个侍从在跟前伺候，但听他们指点江山，你会感到是一种享受。”

“别东拉西扯的，拉里。我当然会喜欢的。你也知道我并不是个势利小人。我是愿意结交风趣的人的。”

“是呀。如果你穿一身沙诺尔式女装，他们会不会觉得你气势凌人，好像是来视察贫民窟的呢？他们不自在，你恐怕也会如坐针毡的。过后，你可以告诉你的闺密爱米丽·德·蒙塔杜尔和格拉茜·德·夏托加亚尔，说你在拉丁区结识了一群放荡不羁的文人，十分好玩，除此之外你将一无所获。”

伊莎贝尔听了微微耸了耸肩。

“我敢说你讲得对。他们不是我自小所熟悉的那种人。我跟他们毫无相同之处。”

“此话从何说起？”

“还是咱们开头讲的。自从记事起，我就一直住在芝加哥。我的朋友以及我所关心的一切全在那儿。在那儿，我感到心情舒坦。那儿就是我的根，也是你的根。妈妈患病在身，永无康复之日。我即便想离开她的身边，也是做不到的。”

“这是不是说除非我回到芝加哥去，否则你就不愿嫁给我了？”

伊莎贝尔犹豫了一下。她爱拉里，真心实意想嫁给他。她对他的爱是发自于肺腑之爱。她很清楚，拉里也爱她。她坚信，一旦摊牌，拉里会软下来的。她虽然心里也有担忧，但这个险是必须要冒的。

“是的，拉里，事情就是这样。”

他取出一根火柴——一根老式的法国造硫黄火柴，划着之后会叫你的鼻孔里充满呛人的味道。他把火柴在壁板上划亮，用它点着了烟斗。随即，他从她的身旁走过，来到了一扇窗户跟前，将目光投向外边。他沉默着，没完没了地

---

① 原文为法语。

沉默着。伊莎贝尔站在原地没动，仍站在刚才面对拉里的地方，眼睛望着壁炉板上的镜子，对镜中的自己却视而不见。她的心狂跳不已，焦虑得都快透不过气来了。最后，拉里终于转过了身来。

“真希望你能明白：我提供给你的生活要比你想象的充实得多。真希望能让你知道，精神生活是多么地激动人心，那会是多么丰富的人生经历。精神追求是永无止境的，是一种无比幸福的人生道路。只有一种体验能与之相比——你乘飞机飞上蓝天，越飞越高，越飞越高，周围什么都没有，只有无边无际的太空。无涯的空间让你为之陶醉。你会产生极度的欢乐——这种欢乐，哪怕把全世界所有的权力和荣誉都给你，你也不肯交换的。前几天我读笛卡儿的书，就有这种感觉。他写得是那样流畅、优美、明晰，叫人不忍释卷！”

“可是，拉里，”伊莎贝尔不顾一切地插话说，“难道你不知道，让我干自己不感兴趣也不想感兴趣的事情是强人所难？真不知我对你说过多少遍了，我仅仅是个再普通不过的女孩，今年二十岁，再过十年就变老了，我要抓紧时间及时行乐。拉里呀拉里，我是非常爱你的。可你现在的生活意义不大，不会使你有什么前途的。为了你的前途，我也要恳求你放弃眼前的生活。拉里，活着就应该像个男子汉，应该有所担当。别人都在只争朝夕地干事业，而你却在糟蹋宝贵的年华。拉里，你要是爱我的话，就不会为了一个梦想而置我于不顾。你已经按自己的意愿生活过一段时间了，求你跟我们一起回美国吧。”

“恕我不能，亲爱的。那会叫我生不如死，等于出卖我的灵魂。”

“唉，拉里，何必用那样的口吻讲话呢？只有歇斯底里、卖弄嘴皮子的文人才说如此慷慨激昂的话。这有什么意思呢？一点儿意思都没有，只是一派空言。”

“它反映的恰恰是我内心的感受。”他回话时，眨巴了几下眼睛。

“你怎么可以笑呢？你可曾意识到，这是一个极其严肃的问题？咱们正站在十字路口，何去何从将会影响你我的一生。”

“这我清楚。请相信我，我是十分认真的。”

伊莎贝尔不由叹了口气。

“假如你不听我讲道理，我也就无话可说了。”

“可我并不认为你在讲道理，而是一派荒谬绝伦的胡言乱语。”

“你在说我？”如果不是心境凄凉，她一定会哈哈大笑起来的。

“可怜的拉里呀，你简直太愚蠢了，蠢得百窍不通。”

她慢慢把订婚戒指从手指上摘下来，放在掌心，用眼睛盯着它看。戒指细细的，用白金打造，上面镶一粒四四方方的红宝石，她一直视若珍宝。

“你假如爱我，就不应当使我这样不快活。”

“我的确爱你。不幸的是，有时候一个人想要做自己认为对的事情，却免不了要使别人不快活。”

她把放着红宝石戒指的手伸出来，颤抖着嘴唇挤出了一个微笑。

“给，还给你吧，拉里。”

“我用不着。你留下它做个纪念，以纪念你我的友谊，好吗？你可以把它戴在小拇指上。咱们的友谊没必要因此而中断，是不是？”

“我会永远想着你的，拉里。”

“那你就留着它。我对你的感情永不会改变。”

她迟疑了一下，然后把戒指套在了右手的小拇指上。

“太大了。”

“你可以调整一下。走，咱们去里茨酒吧喝杯酒。”

“好的。”

她感到有点儿意外，没想到她和拉里的关系就这么轻轻松松结束了。她没有为之伤心落泪。除了她将来不会嫁给拉里之外，其他的什么都没有改变。她简直不敢相信他们的关系已结束，已画上了句号。二人没有吵得脸红脖子粗，这反倒叫她遗憾。他们心平气和地把他们的关系做了个了断，差不多就像谈论租房子那样声色不变。她虽然觉得有些失望，同时却也掺杂着一丝半点满意的心情，因为他们表现得都十分文明。她真想知道拉里究竟是一种什么心态。可是，要想猜透拉里葫芦里卖的是什么药，历来都是很难的。他那张淡定的脸以及那双乌黑的眼就是一副面具，即便她这么一个认识他多年的人也难看得穿。

她本来把帽子已经摘掉，放在了床上；现在站在镜子前面，将帽子重新戴上。

“只是感到好奇，”她一边说话，一边用手理了理头发，“你是不是早就想解除婚约了？”

“没有。”

“我觉得这对你也许会是一种解脱。”见他没有回应，她嘴角带着一丝做作的微笑转过了身去，“我准备好了。”

拉里出门后将门锁上。他把钥匙交给桌子旁坐的那个人时，那人瞅了他们几眼，目光狡狯，显得心领神会。伊莎贝尔不可能猜不到他把他们看成了什么货色。

“我敢说那家伙对我的贞操存有满肚子的怀疑。”她说。

他们乘出租车去里茨喝了杯酒，谈些无关痛痒的事，表面上看无拘无束的，就像两个天天见面的老朋友。尽管拉里天生沉默寡言，伊莎贝尔却很健谈，叽叽喳喳把话说了一大篓子。她决心不让他们中间出现沉默的局面，弄得双方无话可说。她不想使拉里觉察出她恨他。自尊心使然，她必须强作欢颜，叫对方看不出她受伤、难过的心情。过了一会儿，她提出要他送她回去。当汽车把她送到门前，她下车时，以轻快的语气对他说：“别忘了明天跟我们一起吃午饭。”

“就是天塌下来也不会忘的。”

她侧过脸，叫他吻了一下，然后就走进了旅馆的大门[①]。

5

伊莎贝尔走进客厅，看见有几个客人在那儿喝茶。有两个是住在巴黎的美国女子，穿着非常考究，脖子上挂着珍珠项链，手上戴着钻石手镯，手指上套着价值昂贵的戒指。虽然有一个的头发染成了深红褐色，另一个的头发呈金黄

---

① 原文为法语。

色，颜色很不自然，二者看上去却出奇地相像。她们的眼睫毛都重重地涂了眉毛油，嘴唇都搽得红艳艳，脸蛋上都抹了胭脂，都有着由于刻苦修行而保持着的苗条身段，均是五官清爽，有棱有角，眼睛一刻不停地滴溜溜乱转。你不由得会想到，她们在拼命地挣扎，竭力想挽留住正在逝去的风韵。她们嗓门大、声音尖，说话一点儿内涵都没有，如连珠炮一般不停顿，仿佛生怕一停下来体内的机器就会发生故障，而她们也会像房屋一样轰然倒塌。在场的还有一个美国大使馆的秘书，彬彬有礼、八面玲珑，一直没有开口，因为他压根就插不进去话。再有就是一个皮肤黝黑的小个子罗马尼亚王子，点头哈腰，一副殷勤相，一双黑黑的老鼠眼善于察言观色，黑不溜秋的脸刮得净光。他时不时会跳起身为他人奉茶、点烟、端点心，厚颜无耻地献媚，甜言蜜语，极尽阿谀奉承之能事。他如此小心翼翼地恭维，是为了报答对方请他赴宴的恩情，并希望今后能获得更多的邀请。

布雷德利夫人坐在茶桌旁。为了让艾略特高兴，她违背自己的心愿特意打扮了一番，此时履行着女主人的义务，神情似平时那般平静、礼貌、淡然。至于她如何看待弟弟的客人，我就不得而知了。我和她不太熟悉，而她是个不显山不露水的人。她并不缺心眼，在外国的首都生活了那么多年，形形色色的人见了不计其数，想来能够根据生她养她的那座弗吉尼亚小镇的标准对来客做出明智的判断。看见几位来客丑态百出，恐怕她心里一定觉得相当可笑。对于客人们的风情万种也罢，忸怩作态也罢，她全然不当回事，就跟对待小说里的人物一样——书中人的悲伤和痛苦引不起她的共鸣，因为她一开始就知道小说的结局是圆满的（否则她就不会去读它了）。巴黎、罗马、北京对她的美国味没有产生什么影响，这情形就跟艾略特虔诚的天主教信仰没有影响到她坚定不移地信仰长老会宗教一样。

伊莎贝尔以她的青春、活力和活泼可爱的容貌给客厅里庸俗的环境带来了一股清新的气息。她姗姗而至，犹如一个下凡的仙女。罗马尼亚王子慌不迭地站起来替她拉过一把椅子，手忙脚乱地向她献殷勤。两个美国女人尖着嗓子说了些亲热的话，把她从头到脚打量一番，观察着她穿戴的细微之处，面对她那生气勃勃的青春，心中也许产生了几分落寞。美国外交官看见伊莎贝尔的出现叫这两个女人显得姿态做作和面容憔悴，不由得暗中一笑。可是，伊莎贝尔却觉得她们雍容华贵。她喜欢她们的华装丽服和昂贵的珍珠，而且还对她们的矫揉造作感到了一丝妒意。她不知道自己将来是不是也能够拥有如此仪态万方的风度。当然，那位小个子罗马尼亚人相当可笑，不过待人倒是挺殷勤的，就算他讲的那些好听的话是言不由衷，听听也叫人高兴。她进来时打断的谈话现在又恢复了，而且说话人都是那么兴致勃勃，那样自信笃定，好像她们谈的事情都是有价值的，让你会以为她们的谈吐富于理性。其谈话内容无非是她们参加过什么宴会，以及预备参加什么宴会。对于近来出现的花边新闻，她们津津乐道。她们把自己的朋友说得一无是处。谈到那些名人大姓，她们如数家珍。她们好像无人不晓，谁家的秘密都逃不过她们的眼睛。她们几乎可以一口气讲出一大堆爆料，有最时新的剧目、刚走红的服装设计师、最近才火起来的肖像画家、刚上台的首相才勾搭上的情妇。你会觉得天下没有她们不知道的事情。听得伊莎贝尔如痴如醉。她觉得，一切都是那样美妙和文明。这才是真正的生活，置身于其中给她一种心旷神怡的感觉。眼前的情景是真实的存在，眼前的环境完美无缺——房间宽敞，脚下铺着萨沃内瑞克地毯[①]，华美的镶板墙上挂着漂亮的画作，一把把座椅都是精雕细镂的作品，小柜子和茶几均为价钱不菲的镶嵌细工活，每一样东西都是精品，简直可以放在博物馆里展览。布置这个房间，一定花钱不少，但这笔钱花得值得。她以前从未注意到这儿竟如此美丽，品味如此高——拉里自称没有什么不好的旅馆里的那个寒碜的小房间，那儿的铁床和拉里坐的那把硬邦邦、别别扭扭的椅子，都还活跃在她的脑海里，形象是那样鲜明。拉里的房间空空如也，没有欢乐，只有悲哀，想起来就叫她不寒而栗。

客人散了，只剩下了伊莎贝尔、她母亲以及艾略特三个人。

“真是叫人着迷的女人。”艾略特把那两个涂脂抹粉的可怜蛋送到大门外之

① 萨沃内瑞克地毯，欧洲古代颇负盛名的地毯，其鼎盛期在 1650 年至 1685 年。

后，返回来说了这么一句，“她们刚来巴黎时，我就认识她们了。做梦也想不到她们竟有这般脱胎换骨的变化。咱们国家的女人之适应能力实在叫人惊叹。你简直看不出她们是美国人，而且是中西部来的。”

布雷德利夫人抬起眼，什么话也没说，只是瞅了瞅弟弟。对方善于察言观色，哪能不晓得姐姐的意思。

“可怜的路易莎，这你恐怕是做不到的。”他半讥讽半亲热地说，“不过，老天爷知道，你在过去完全有这个能力。”

布雷德利夫人听后噘了噘嘴。

“恐怕我让你觉得又失望又丢人，艾略特。不过，实话告诉你，我对自己现在的样子十分满意。”

“悉听尊便。①”艾略特叽里咕噜来了一句法语。

“我跟拉里解除婚约了，我觉得应该告诉你们一声。”伊莎贝尔说道。

“啊？”艾略特叫出了声，“这给我明天请的午宴出了个难题。这么短的时间，你叫我去哪儿找人补他的缺？”

“哦，午宴他还是要来的。”

“解除了婚约他还来？这好像跟一般人的做法不太相同。”

伊莎贝尔咯咯笑了。她把目光聚焦在艾略特舅舅身上，因为她知道母亲在盯着她看，而她不想去直视母亲。

“我们没有吵架。今天下午我们俩谈了谈心，最后都觉得我们的婚约是个错误。他不想回美国，而是想留在巴黎，还说要到希腊去。”

“这是为什么？雅典可不是从事社交活动的好地方。事实上，我对希腊艺术从来就不大看在眼里。有些古希腊的艺术品倒是有那么一点儿颓废的魅力，还是可以吸引人眼球的。然而要说菲狄亚斯②的作品——看不得，看不得。”

“你看着我，伊莎贝尔！”布雷德利夫人说。

---

① 原文为法语。

② 菲狄亚斯（前 490—前 430），雅典人，被公认为古希腊最伟大的古典雕刻家。

伊莎贝尔转过头来，唇边挂着淡淡的微笑，把脸朝向母亲。布雷德利夫人将她打量一番，最后什么也没说，只是哼了一声。布雷德利夫人看得出她没有哭过，神态安然、宁静。

“我觉得你解除婚约算是做对了，伊莎贝尔。”艾略特说。“我原本觉得也就凑合着吧，可心里总认为不是一桩美满的婚配。老实讲，他配不上你。看他在巴黎的所作所为就已经很清楚，他绝对不会有大的出息。凭你的容貌和社会关系，完全可以找一个比他强的对象。我认为这件事你处理得很有分寸。”

布雷德利夫人看了一眼女儿，眼神里有几分担忧。

“你不是为了我才这么做的吧，伊莎贝尔？”

伊莎贝尔断然摇了摇头。

“不，亲爱的妈妈，我这样做完全是出自我自己的原因。”

6

此时，我已从东方返回伦敦，准备在伦敦住一住。上述事件发生后大概有两个星期吧，一天上午艾略特打来了电话。听见他的声音，我并不感到奇怪，因为他有个习惯，总爱在交际季节落幕时来英国游一趟。他告诉我，布雷德利夫人和伊莎贝尔与他一起来了，说如果我傍晚六点钟能去他那儿喝杯酒，她们见到我一定会很高兴的。他们一家当然住的是克拉里奇酒店了。我下榻的地方离那儿不远，于是我便以步代车朝那儿走，先是漫步于公园巷，然后穿过梅菲尔区[①]那一条条静谧、高贵的街道，一直走到克拉里奇酒店。艾略特住的还是平时住过的那套房间，墙上镶着褐色壁板，壁板的材质跟雪茄盒的一样，陈设既典雅又豪华。服务生把我领进去时，房间里只有他一个人，布雷德利夫人和伊莎贝尔出去购物了，但是也快回来了。他把伊莎贝尔和拉里解除婚约的事情告诉了我。

---

① 梅菲尔区，伦敦的上流住宅区。

对于如何行为、如何处世，艾略特自有一套看法，一套既浪漫又十分传统的看法。这俩年轻人的做法叫他颇为不安。解除婚约后的第二天，拉里不但照样来赴午宴，还没事人似的，就好像他的地位并没有改变。他仍像往常那样和颜悦色、彬彬有礼，还是那样安静和快活。对待伊莎贝尔，他也是一如既往，仍是那般遗情缱绻。他似乎没有感到落魄，没有情绪低落，也没有哀伤。伊莎贝尔亦没有精神低迷的迹象，而是一脸的快活，笑声朗朗，高高兴兴地插科打诨，仿佛并不是刚刚做出了一项有关自己一生的重大、痛切的决定。艾略特如坠雾中，一下子摸不着头脑了。那俩年轻人说话的只言片语传进了他的耳朵，于是他得知他们无意取消以前商量好的约会。他瞅了个机会，把此事和姐姐谈了谈。

“这不成体统。”他说，“他们不能够仍旧像订婚一样，一块儿到处跑，拉里真的应该懂得一点儿进退。再说，这样会毁掉伊莎贝尔的机会。福瑟林厄姆，就是英国大使馆的那个小伙子很明显看上了伊莎贝尔，他可是既有钱又有社会地位。假如他知道伊莎贝尔解除了婚约，并向她伸出橄榄枝，那我一点儿都不会感到奇怪。依我看，你应该跟伊莎贝尔好好谈谈。”

“亲爱的，伊莎贝尔是二十岁的人了，她有套办法能够委婉地告诉你不要管她的事情。这使我一直很难对付。”

“那么，就都怪你管教太不得当了，路易莎。话又说回来，她的终身大事也是你分内的事。”

“在这一点上，你和她有着明显的分歧。”

“你简直叫我无法容忍，路易莎。”

“我可怜的艾略特，假如你有个已经长大成人的女儿，你会发现她比一匹乱尥蹶子的小马还难管。你还想知道她心里是怎么想的……算了吧，还是装糊涂的好，装作一个头脑简单、什么都不懂的老糊涂虫——你在她眼里八成就是这么个样子。”

“可你不是跟她谈过这件事了吗？”

“我打算谈来着。她却冲着我哈哈大笑，说实在没有什么可谈的。”

“她难过吗？”

“我也不知道，只知道她吃饭吃得香，睡觉也睡得香，睡起觉就像个小孩子一样。”

“哼，你记住我的话，如果你听任他们这样继续下去，总有一天他们会溜掉，招呼也不打就结婚的。”

布雷德利夫人忍不住笑了。

“你尽管可以放心——他们现在在这么一个国家里呢，不正常的男女关系有着种种方便，结婚却会遇到重重障碍。”

“这没什么不好的。结婚是严肃的事情，关乎家庭的安全和国家的稳定。婚外情不仅要容忍，还应该得到认可，唯有如此，才能保障婚姻的威严。嫖娼卖淫嘛，我可怜的路易莎……”

“够啦，艾略特！”布雷德利夫人打断了他的话，“你对不正常男女关系的社会价值和道德价值所发表的奇谈怪论，我不感兴趣。”

就在这时，艾略特提出了一项计划，可以切断伊莎贝尔和拉里藕断丝连的关系——这种关系叫他厌恶，不符合他的人生观。巴黎的社交季节已接近尾声。上流社会的人们都在准备到海滨度假地去，或者到多维尔[①]去，然后各自回祖传的城堡消夏——那些城堡分布于都兰、安茹或者布列达尼。艾略特通常都是在六月底去伦敦的，可是由于他的家庭观念很强，对姐姐以及伊莎贝尔的感情又是那么诚挚，所以他准备牺牲自己的利益，就是在有头有脸的人都走光的情况下，只要姐姐她们俩想留在巴黎，他也会留下相陪。不过，他发现了一种两全其美的途径，既能够为他人考虑，又方便了自己。他向布雷德利夫人建议，他们三人应该立刻启程到伦敦去。那儿的社交季节正处在高潮，可以参加新的有趣的活动，结交新的朋友，这会转移伊莎贝尔的注意力，使她不再去想她那不幸的遭遇。根据报纸上的报道，专治布雷德利夫人这种病的那位出了名的医生恰好正在英国的首都，找他治病可以成为他们匆匆离开巴黎的一种合理

① 多维尔，法国的高级疗养地。

的说法，即便伊莎贝尔不情愿，也会说不出口的。布雷德利夫人同意了这个计划。伊莎贝尔的表现叫她感到困惑。她实在弄不清自己的女儿，不知女儿是不是真的像表面那样一点儿不在乎，还是心里痛苦、气愤或者伤心，却装出一副英雄相，把打掉的牙往肚子里咽。她只能同意艾略特的说法——结识新的人，游历新的地方，对伊莎贝尔自有好处。

接下来，艾略特打了一通电话。此时的伊莎贝尔正和拉里一同逛凡尔赛宫。等到她回来，艾略特把情况告诉了她，说他已经约好带她的母亲去那位名医处看病，约定的时间是三天后，还说在克拉里奇酒店已订好了房间，他们一家后天便要启程到伦敦去。当艾略特颇有得色地给伊莎贝尔讲述出行计划时，布雷德利夫人留意观察女儿的反应，却见她神色不动。

“啊，亲爱的妈妈，很高兴你能够去找那个医生看病。”伊莎贝尔说道，语调仍像往常那样急火火的，像喘不过气似的。“这个机会当然是不容错过的。到伦敦去一定是段非凡的经历。在那儿待多长时间呢？”

“急着返回巴黎是毫无意义的，”艾略特说，“因为一个星期之内，这里的人都要走光了。我要你们跟我在克拉里奇酒店住完这个社交季节。七月份总会有些别开生面的舞会的，当然还有温布尔登网球公开赛喽。之后，还有古德伍德公园附近举行的赛马会和考斯的赛船。我敢说，埃林厄姆家一定会欢迎咱们坐他们的游艇去考斯看赛船的，而班托克家历来都会在古德伍德赛马时举办一次规模宏大的宴会。”

伊莎贝尔看上去很高兴，布雷德利夫人这才松了口气。伊莎贝尔好像根本没有把拉里往心里放。

艾略特刚给我把情况介绍完，那一对母女就回来了。没见她们的面，已经有超过一年半的时间了。布雷德利夫人比以前瘦了些，脸色也比以前苍白了，倦容满面，气色极差。而伊莎贝尔却容光焕发，脸蛋红扑扑的，一头深褐色的头发，淡褐色的眼睛神采奕奕，肤如凝脂，给人以青春荡漾的印象，乐乐呵呵的，好像活着就是一种幸福。看到她，你心里会不由得充满喜悦，笑出声来。我甚至产生了一个十分荒唐的想法，觉得她就像一枚金黄的熟透了的梨子，香甜可口，只等你来吃呢。她身上散发出阵阵暖意，让你觉得只要伸出手就能感受到温馨。与上次见到她时相比，她看上去高了些，不知道是因为穿了高跟鞋，还是因为那个聪明的裁缝把她的衣服裁剪得好，遮住了她年轻丰满的躯体，使她的个头显高了些。她的一举一动都显示出自小便习惯于户外运动的女孩子的那种潇洒自如。总之，从性的角度看，她已经出落成了一个非常诱人的年轻女子。我要是她母亲的话，会认为她已经到嫁人的时候了。

我很高兴现在有了机会，总算可以稍稍报答一下布雷德利夫人对我的招待了。我邀请他们三个晚上一块儿去看戏，还为他们三人安排了一次午宴。

"干得好，你约的正是时候，亲爱的老伙计。"艾略特说，"我已经通知了一些朋友，说我们到了伦敦。一两天之内，这个季节我们的日程恐怕就会被排得满满的了。"

听他的话音，像是说他们没有时间陪我这样的人。我只好付之一笑。艾略特看了我一眼，眼神里带着几分傲慢。

"不过，我们每天下午六点钟左右一般都在酒店里，你来我们会很高兴的。"他说话的语气很委婉，意思却很明确——我只不过是个小作家，地位低下。

殊不知兔子急了也会咬人的。

"你应该和圣奥尔弗德家联系一下，"我话中有话地说，"听说他们想卖掉家中的那幅康斯太布尔[①]画的《索尔兹伯里大教堂[②]》。"

"我眼下不想买什么画。"

"这我知道，但我觉得你可以帮他们处理掉嘛。"

艾略特的眼睛里透出了一丝冷冷的光。

"亲爱的老伙计，英国人是一个伟大的民族，可是他们没有绘画的天赋，永远也不会有的。我对英国画派不感兴趣。"

---

① 康斯太布尔（1776—1837），英国著名风景画家。

② 索尔兹伯里大教堂，有800多年的历史，气势恢宏，是英国最高的尖顶教堂（123米），也是哥特式建筑的代表之一。

7

这以后的四个星期中，我很少见到艾略特和布雷德利夫人母女。他带着她们四处亮相，去苏塞克斯郡的一个大户人家度一个周末，再到威尔特郡一户更气派的人家过上一个周末。他还带她们坐在皇家包厢，作为温莎王室一个年轻公主的客人看歌剧；带她们和大人物们一起共进午餐和晚餐。伊莎贝尔参加了好几次舞会。他在克拉里奇酒店款待了一批批的客人，那些人的名字次日便出现在了报纸上显眼的位置。他还在吉罗酒店和使馆大设晚宴招待四方贵宾。事实上，他为了让伊莎贝尔高兴，该做的都做了——如果是一个涉世不太深的女孩，见了这纸醉金迷、高贵典雅的场面，免不了要感到眼花缭乱的。他可以自诩说他没有一点儿私心，费尽千辛万苦全都是为了伊莎贝尔，想让她忘掉爱情上的不幸。可我觉得他恐怕别有一番用意，是想让姐姐亲眼看看他跟那些地位高贵的人以及炙手可热的人关系是多么熟稔，从中获得巨大的满足感。他在待人接客方面可称可赞，热衷于展现自己的交际手腕。

他举办的宴会我去参加过一两次，也时常在下午六点钟的时候去克拉里奇酒店他们的房间里坐坐。我发现伊莎贝尔身边老围着一群小伙子，有身材魁梧、衣着漂亮的御林军军官，也有文质彬彬、衣着不太漂亮的外交部官员。一次这样的场合，伊莎贝尔把我拉到了一边。

“我想问你点儿事。”她说，“你可记得那天傍晚咱们俩去药店喝冰激凌苏打水的事吗？”

“记得清清楚楚。”

“那次你对我很好，对我很有帮助。能不能再帮我一次呢？”

“愿意效力。”

“我想和你说点儿事。咱们哪天一起吃顿午饭好吗？”

“你说哪一天都行。”

“找个清静一点的地方。”

“乘车到汉普顿宫，在那儿吃午饭怎么样？花园里正是花开得盛的时候，还可以参观一下伊丽莎白女王的寝室。”

我的建议很合乎她的心意，于是我们约定了日期。可是到了那一天，本来晴暖的天气突然变了脸，空中阴云密布，淅淅沥沥下起了小雨。我打电话给她，问她愿意不愿意在城里吃饭。

“这下子，咱们没法坐在花园里聊天了，室内也黑乎乎的，那些画是看不清的。”我说道。

“花园我去得多了，大师的名画我也看腻烦了。还是按计划去吧。”

“那好吧。”

我去接她，然后我们就乘汽车走了。我知道一家小旅馆，里边提供的饭菜还可以，于是我们便直接去了那里。路上，伊莎贝尔跟平时一样健谈，讲述着她所参加过的宴会以及所遇到的人。她玩得很开心。可是，她对自己所结交的形形色色的人却缺乏好评，认为他们荒唐可笑，这让我觉得她有主见、眼光独到。下雨天，餐厅里没人，只有我们两个吃客。这家旅馆以家常的英国菜最为拿手，所以我们点了一块好羊腿，配菜是绿豌豆和新马铃薯，还有用深盘子烘焙的苹果馅饼，上面抹一些德文郡奶油。我们还喝了一大杯啤酒，叫这顿午餐颇显丰盛。饭后，我建议去空咖啡室坐坐，那儿有扶手椅，比较舒服。咖啡室里寒气袭人，不过壁炉里有煤和木柴，于是我擦一根火柴将其点着。火焰让这个阴冷的房间有了宜人的生气。

“言归正传吧，”我说，“把你想对我说的话讲一讲吧。”

“要说的跟上次一样。”她笑嘻嘻地说，“还是拉里。”

“我猜就是这样的。”

“你一定也知道我们解除了婚约。”

“艾略特跟我讲了。”

“妈妈松了口气，而舅舅十分开心。”

说到这里，她犹豫了一下，然后就切入正题，把她和拉里的那场谈话讲述了一遍。关于那场谈话，我已向读者进行了如实的陈述。读者也许会感到奇怪：她为什么会向一个自己了解不深的人倾吐心事呢？我见她也只不过有十来次，除了药店的那次接触，我们从未单独交谈过。其实，我对此并不感到意外。就这一点而论，恐怕所有的作家都有体会——人们不愿随便吐露心事，却愿意向作家敞开心扉。原因不得而知。也许是他们看了某个作家的一两本书，便觉得跟他亲密无间了，要不就是他们将自己戏剧化了，自认为是小说里的主人公，因此愿意像他杜撰的那些人物一样对他推心置腹。还有，我觉得伊莎贝尔认为我喜欢拉里和她，认为他们的青春令我动了恻隐之心，同情他们不幸的境况。她不能指望艾略特有耐心听她倾诉。拉里有过步入社会的绝佳机会，却被他白白放弃了——对于这样的一个年轻人，艾略特是不愿浪费自己的时间的。她母亲也帮助不了她。布雷德利夫人有着自己的处世原则和做事标准。根据她的做事标准，一个人要想在这个世界站住脚跟，就应该按常规行事，而非拒绝听别人的劝告，去做一些不牢靠的事情。她的处世原则使她坚信：一个男人有责任去一家公司工作，靠自身的聪明才智积累一笔财富，按照符合自己地位的生活标准养家糊口，使儿子们受到适当教育，让他们长大后能体面地生活，自己死后能叫妻子过上衣食无忧的日子。

伊莎贝尔记性好，把那次长谈中的许多细节都记得一清二楚。我默默地听她娓娓道来，一直听到最后。中间，她仅仅中断了一次，问了我一个问题。

“勒伊斯达尔是什么人？”

“勒伊斯达尔？他是荷兰的一个风景画家。怎么啦？”

她说拉里在谈话中提到了此人。根据拉里的说法，勒伊斯达尔至少对他关心的问题找到了一个答案。当时，伊莎贝尔曾问此人是谁，拉里的回答却轻描淡写。伊莎贝尔把拉里的回答对我重复了一遍。

“你觉得他是什么意思呢？”

我忽然若有所悟。

“你看他会不会说的是鲁斯布鲁克？”

“也许是吧。他是什么人？”

“是一个生活在十四世纪的佛兰芒神秘主义者。”

“噢，原来如此。”伊莎贝尔有点儿失望地说。

这一细节对伊莎贝尔倒没有什么，对我却有所启示。我总算找到了一点儿线索，有益于把握拉里的思想脉络。我一边注意听她讲述，一边琢磨着拉里提及此人究竟意味着什么。我不愿过度解读此事，因为拉里当时提到那位狂热的精神导师，很可能仅仅是借他以引证自己的观点。也许其中自有深意，伊莎贝尔没听出来罢了。拉里回答她的提问时，说鲁斯布鲁克是学校里的一个人，他并不认识，这显然是不想叫伊莎贝尔再追问下去。

“此事你怎么看？”伊莎贝尔讲述完之后问我。

我想了想，然后才说道：“你还记得他说过自己要逛大街吗？假如告诉你的那些话属实，那么，这种‘逛大街’就是漫长而艰苦的过程了。”

“我敢肯定他说的是实话。但你不觉得他如果把这么大的精力都花在有意义的工作上，就能有可观的收入吗？”

“有些人生性就是那样古怪。一些罪犯苦心经营，机关算尽，结果锒铛入狱，可一出来他们又故态复萌，到头来还是吃牢饭。以他们的勤奋、聪明、意志和耐心，如果干正当的营生，完全可以招财进宝，在社会上占据重要的位置。可是，江山易改，本性难移。他们就喜欢作奸犯科。”

“可怜的拉里。”她咯咯咯笑了起来，“你不是在说他学习希腊语，目的是抢银行吧？”

我也笑了。

“不，我不是这个意思。我是想说有些人做事像走火入魔，不能自已，不达目的誓不罢休。为了满足内心的渴望，他们什么都可以牺牲。”

“连爱他们的人都可以拿来作为牺牲品？”

“哦，是这么回事。”

“这不明明是自私的表现嘛。除此之外，还会是什么呢？”

“我也弄不清。”我笑笑说。

“拉里学习僵死的语言能有什么用处？”

“有些人追求知识没有功利目的。说来这种欲望也没什么可指责的。”

“学了知识却不打算利用，那有什么意义呢？”

“他的情况也许就是这样的。学习知识也许仅仅是为了心理上的满足，就跟艺术家能创造一件艺术品而感到心里充实一样。或者将其视为阶梯，以后谋求长足的发展。”

“如果他渴望追求知识，那他从战场归来时，为什么不上大学呢？纳尔逊医生和我妈妈就是这样劝他的。”

“我在芝加哥时跟他谈过。学位对他没有用处。我有一种感觉，认为他对自己的目标是胸有成竹的，他觉得上大学实现不了自己的目标。要知道，在求知的道路上，有独行者，也有结伴而行的人。我认为拉里这种人宁愿走自己的独木桥，也不愿走别人的阳光道。”

“记得有一次我问他想不想写作。他付之一笑，说他没有素材可写。”

“若论不情愿写作，那是我所听到过的最站不住脚的理由。”我笑了笑说。

伊莎贝尔动了动身子，显得有点儿不耐烦。她没心听我说笑，哪怕是最轻松的调侃也不愿听。

“他成了今天这种样子，实在叫人费解。战争爆发前，他跟别的人是没有什么两样的。说出来你也不会相信——他网球打得很好，打高尔夫球也是一把好手。大家干什么，他也干什么，完全是个很正常的孩子。那样的孩子将来不可能不成长为一个正正常常的男子汉。你是个小说家嘛，应该能够解释得清楚。”

“人性极其复杂，我才疏学浅，怎么能解释得清呢？”

“今天我约你来，就是想听听你的见解。”她没理会我的话，自顾自地说道。

“你是不是感到不开心？”

“不，不能说是不开心。拉里不在跟前，我也挺好的。和他在一起，我老觉得自己很软弱。现在我只感到有些不舒服，就好像数月没骑马，这次却骑马跑了很远的路，浑身发硬。这不是那种疼痛感，也并非忍受不了，却在折磨着你。我终究会挺过去的。我所无法容忍的是，拉里把他的生活搞得一团糟。”

“也许并非如此。他踏上了一条漫长、艰辛的道路，踽踽而行，但最终他会找到自己所追求的东西的。”

“那是什么呢？”

“你难道没有想到过？从他告诉你的那些话看来，他的意思已经很明显了。他要找的是上帝。”

“上帝！”她叫出了声。可是，她这一句是惊叹语，表达的是意外和难以相信的心情。我们用了同一字眼，但是，意义却完全两样，因此而产生了一种喜剧效果，使得我们都笑了起来。但是，伊莎贝尔立刻又严肃起来。我觉得她的整个表情里带有一种恐惧。“你怎么会想到这个？”

“我只是猜想罢了。你不是要我谈谈自己作为一个小说家的看法嘛。可惜你并不了解，在战争中究竟是什么样的经历深深触动了他。我认为他是突然经受了某种打击，一种出乎他意料的打击。依我看，不管他发生了什么事情，反正他因此而感到人生无常，也因此而感到痛苦。他相信总会有一种救世良方，使这个世界摆脱罪恶和痛苦。”

我看得出伊莎贝尔不喜欢我把话头转到这上面，这使得她忐忑不安。

“这恐怕有点儿太不正常了吧？应该以现实的眼光看待问题才对。既然来到这个世上，就应该想着把日子过好。”

“也许你是对的。”

“老实说，我只是一个普通女孩，一个再普通不过的女孩。我只想把日子过得开心一些。”

“看来你们俩在性情上完全不般配。在结婚之前能发现这一点是非常好的。”

“我想结婚生孩子，生活得……”

“仁慈的上帝很高兴为你安排这样的生活。”我打断她的话，笑着说道。

“哦，这样的生活没有什么不好的，是不是？这是一种愉快的生活，叫我心满意足。”

“你们就像两个朋友要一起去度假期，可是，一个要爬格陵兰的雪山，另一个要到印度的珊瑚礁上去钓鱼。这显然是行不通的。”

“不管怎么说，我去格林兰爬雪山，说不定能获得一件海豹皮大衣，至于在印度的珊瑚礁上能不能钓到鱼，恐怕就很值得人怀疑了。”

“那得等着看了。”

“你为什么这样说呢？”她微微皱了皱眉头问道，“一直以来，你好像说话喜欢留半句。我当然心里有数，知道自己并非唱主角的。唱主角的是拉里。他是个理想主义者，怀揣最美丽的梦想，即便是空梦一场，也会叫追梦人心旷神怡。我的角色是个唯利是图、庸俗不堪的小人。人们一般是不会同情这种人的，对不对？但请别忘了，吃亏的是我。拉里会昂首前行，梦游彩云间，让我跟在后边苦熬岁月。我所需要的是正常的生活。”

“我哪能忘了呢？多年前，当我还年轻的时候，我认识一个医生，医术不错，但他并不开业行医，却经年泡在大英博物馆的图书馆里，隔上一段时间就写出一本厚书来，既不像科学书也不像哲学书，由于没人看，只好自费印刷。离开人世之前，他写了四五本这样的书，没有任何价值。他有个儿子想进军界，可他没有钱送儿子进桑赫斯特军事学院学习，那孩子只好报名入伍，后来战死于疆场。他还有个女儿，长得很漂亮，叫我很是着迷。她是个演戏的，却没有演戏的天赋，只好跟着二流剧团跑江湖，在戏里边演演配角，挣的钱少得可怜。他的妻子操劳多年，干的是牛马活，身体完全崩溃了，女儿只好回家照料她，代替她做她已无力支撑的繁重的家务活。这样的日子苦难接连不断，浪费了大好光阴，最后一无所得。当你决定偏离众人所走的道路，另辟蹊径时，就等于是一场赌博。标新立异者为数不少，成功者寥寥无几。”

“我的决定，妈妈和艾略特舅舅是赞成的。你呢？”

“亲爱的，我怎么看对你有什么关系呢？我对你几乎可以说是个陌生的人。”

“我把你看作是一个不偏不倚的观察者。”她嫣然一笑说，“我还是想得到你的认可的。你觉得我这样做对不对？”

“为了你自己，你算是做对了。”我回答时，深信她不会听出我话中有话。

“那我为什么总觉得良心不安呢？”

“是吗？”

她点点头。她嘴边仍挂着微笑，但那微笑中含着几分悲伤。

“我知道这是合乎常理的。任何有理性的人，都会认为这是我唯一可行的路。不管是从实际情况的角度看，从人情世故的角度看，从道德规范的角度看，抑或是以是非的标准衡量，我的决定都是理所应当的。然而，在我的内心深处，我却有一种惴惴不安的感觉，觉得我如果对拉里好一些，少几分斤斤计较，少几分自私，多一些高尚，我就会和他结婚，过他的那种生活。如果我真的爱他，就会淡视世俗利益。"

"也可以把话倒过来说——如果他真的爱你，他就会毫不犹豫地按你的意思行事了。"

"我也这么想过。可这是行不通的。我觉得与男性相比，女性天生更富于自我牺牲的精神。"她说完嘻嘻一笑，"就像路得到异乡谋生时那样[①]。"

"那你为什么不试一下呢？"

我们的谈话一直是在很轻松的气氛中进行的，语气随随便便的，仿佛在谈论一个双方都认识的熟人，却对那个熟人并不是特别关心在意。伊莎贝尔甚至在向我陈述她跟拉里的那次谈话时，也显得乐呵呵的，时不时还加一些幽默的话语进去，就好像并不想让我把她的话太当真似的。可是现在听我这么一问，她的脸色变了。

"我怕呀。"

我们俩沉默了一会儿，谁都没有吱声。我的脊梁骨起了一阵凉意——每当遇到深刻、真实的感情问题时，我都会有这种奇怪的反应。我觉得这是一个可怕的时刻，一个震撼灵魂的时刻。

"你非常爱他吗？"末了，我问了她这么一句。

"我不知道。我对他很不耐烦，生他的气，却渴望和他在一起。"

说到这里，我们又沉默了下来。我真不知道再说什么好。

我们坐的咖啡室面积很小，厚厚的花边窗帘遮住了外面的光线。墙上糊着黄颜色的大理石花纹壁纸，挂着几幅陈旧的游猎图。再加上几件红木家具、寒碜的皮椅和一股霉味，会叫人莫名其妙地联想到狄更斯小说里的咖啡室。我用拨火棍拨了拨壁炉里的火，又添了些煤。这时，伊莎贝尔突然开了口。

---

① 此句取自《圣经》。路得新寡，对婆婆不离不弃，带着婆婆一起到异乡谋生，历尽艰辛。

“当时，我以为向他摊了牌，他就会服输，因为我知道他是很软弱的。”

“软弱？”我叫出了声，“你怎么会有这种想法？他这种人一旦决定走自己的路，就会义无反顾，根本不理会亲友的反对之声。”

“过去只要我叫他做什么，他就做什么。我能够轻而易举地指挥他。不管干什么事情，他都屈居别人之下，跟在别人的后边转。”

我点着一根烟，吐了个烟圈，看着那烟圈越变越大，最后消失在空气里。

“妈妈和艾略特舅舅认为我绝对不该在解除婚约后还跟着他到处乱跑，像没事人似的。而我觉得这并没有什么大不了的。我一直心怀希望，指望着拉里最终会服输。我不相信，当他那死脑袋瓜意识到我讲的话算数时，他会不让步。”说到此处，她停顿了一下，然后冲我一笑，样子又顽皮又狡黠，“我告诉你一件事情，你不会感到吃惊吧？”

“我想不会的。”

“在我们决定来伦敦之后，我去见了拉里，请他和我一道度过在巴黎的最后一个晚上。当我把此事告诉家里人时，艾略特舅舅说这非常不得体，妈妈则说没这个必要，意思就是她完全不赞成。艾略特舅舅问我究竟想干什么，我说只不过和拉里在一起吃顿饭，然后去夜总会看看。他建议妈妈禁止我去。于是妈妈对我说：‘如果我禁止你去，你会听吗？’我回答说：‘亲爱的妈妈，我不会听的。’她接下来说：‘我猜着你就不会听。既然如此，我禁止你去，好像意思就不大了。’”

“你母亲像是个很有头脑的人。”

“我敢说很少有事情能逃过她的眼睛。拉里来接我时，我到她房间里跟她说再见。当时，我稍微打扮了一下。你知道，在巴黎非得如此不可，不然的话看上去就像光着身子。她看见我身上穿的那身衣服时，把我从头到脚扫了几眼，弄得我局促不安。我怀疑她有一对慧眼，看穿了我的心思。不过，她什么也没有说，只是吻了我一下，说她希望我玩得开心。”

“你有什么心思？”

伊莎贝尔迟疑地望着我，好像决定不了是不是对我应该再坦诚一些。

“我当时感到自己看上去还是挺不错的，觉得那是我的最后一次机会了。拉里在马克西姆饭店预定了一张桌子。我们大快朵颐，吃了很多美味，都是我特别喜欢吃的，还喝了香槟酒。我们海阔天空地谈着——至少我是这样的，引得拉里哈哈大笑。我就喜欢他这一点——一听我说话，他就开心得不得了。然后，我们俩就跳舞，跳够了便跑到马德里堡玩。在那儿碰见几个熟人，大家一起碰杯把盏，喝了些香槟酒。后来，我们又去了金合欢歌舞厅。拉里的舞跳得很棒，我们俩配合默契。大厅里很热，再加上音乐声和酒劲，我感到晕晕乎乎的，心里有些躁动不安。跳舞时，我和拉里脸贴着脸。我知道他想得到我。老天爷清楚，我也想得到他。我心生一计。其实那种想法早就藏在我的心里了。我觉得应该带他回酒店。到了那里，就不可避免地会出现一些插曲。”

“我敢肯定，你这样说是很含蓄的了。”

“我的房间距离艾略特舅舅的房间以及妈妈的房间都隔着一段路，因此我认为没有危险。等我们回到美国之后，我想我可以写信告诉拉里，就说我怀孕了。那时他就只好回去和我结婚了。我敢说把他留在美国并不难，特别是有妈妈患病在身这个理由。我当时心里嘀咕：‘我真蠢，怎么以前没想到这一计。这样一来，所有的问题都会迎刃而解的。’在歌舞厅里，音乐停下来时，我仍依偎在他的怀里。后来我说时间晚了，明天中午我们还要赶火车呢，最好回去吧。我们坐进了一辆出租车。我紧靠在他身上，他用胳膊搂紧我，吻了吻我。他吻了又吻，吻了又吻——啊，那感觉真好。好像没多大一会儿，出租车就停在了酒店门前。拉里付了车费。这时只听他说：‘等会儿我走路回去。’汽车绝尘而去，我伸出胳膊搂紧了他的脖子说：‘进去再喝一杯怎么样？’他回答说：‘恭敬不如从命。’他揿了门铃，大门打开了。待我们进了大厅，他把电灯扭亮。我看看他的眼睛——那双眼睛充满了信任，那样诚实，那样天真无邪。显而易见，他丝毫没有觉察到我为他设了个圈套。我觉得自己不能对他玩如此卑鄙的花招，这就像用糖果欺骗一个小孩一样。你猜我后来是怎么处理的？我对他说：‘哦，也许你还是别上去了的好。妈妈今晚不太舒服。如果她睡着了，我不愿把她吵醒。晚安！’我仰起脸让他吻了吻，然后把他推出了门。这就是结局。”

“你感到遗憾吗？”我问。

“既不高兴，也不遗憾。我只是身不由己罢了。我那样做，并非出自我的意愿，而是有一种力量左右了我，驱使着我行事。”她莞尔一笑，“也许你会称之为良心发现吧。”

“我想你可以这样说。”

“那么，我的良心就只好自食其果了。我相信，它以后会倍加小心的。”

我们的谈话实际上就这样结束了。能敞开心扉跟人交谈，这对伊莎贝尔多少是一种安慰。而我帮不上忙，只能听她讲讲而已。我觉得自己有愧于她的信任，想找几句话安慰安慰她。

“要知道，一旦坠入爱河，”我说道，“你会觉得不可自拔，陷入深深的苦恼之中，好像永无摆脱之日。可是，看看大海，你就会心有所悟的。”

“此话怎讲？”她笑着问。

“哦，爱情就像一个很差劲的水手，一旦航行，它便痛苦不堪。可是，如果你抵达大西洋彼岸，跟拉里隔海相望，你会意外地发现启航前那种无法忍受的痛苦突然变得微不足道了。”

“这是你的经验之谈吗？”

“这是一个历尽沧桑的人的经验之谈。一旦情场失意，陷入痛苦之中时，我就立刻乘船远航。”

雨仍在淅淅沥沥下个不停。我们觉得就是不去参观汉普顿宫的那些皇家宫殿，甚至不去看伊丽莎白女王的寝室，伊莎贝尔照样能够活下去，于是我们乘车返回了伦敦城。这以后，我又见过伊莎贝尔两三次面，但都有他人在场。等到在伦敦住了一段时间后，我便启程到蒂罗尔[①]去了。

---

① 蒂罗尔，奥地利西南的一个州，分为北蒂罗尔及东蒂罗尔两部分，面积合计 12647 平方千米。

THE RAZOR'S EDGE

第三章

1

这以后，有十年的时间我再也没有见过伊莎贝尔和拉里。艾略特我倒是经常见，而且由于某种原因（容我以后向诸位交代），见的次数更多了。从他的嘴里，时不时会听到一些伊莎贝尔的情况。可是关于拉里，他不能提供任何信息。

“根据我了解的情况，他仍住在巴黎，只是不太可能碰上他的面。我们的社交圈子是不一样的。”后边的一句说出来时，他的语气里透出一股自豪感，“他沉沦到今天这种样子，叫人不胜伤感。论出身，他是相当不错的。假如他听我的话，我敢说我可以让他有所作为的。不管怎么说，伊莎贝尔摆脱他，算是吉星高照了。”

我跟艾略特有所不同，并非只跟一定圈子里的人打交道。在巴黎，我有一些熟人，他们在艾略特看来登不了大雅之堂。我虽然时常经过巴黎，但是待的时间都不太长。我曾经问过一两位熟人是否见过拉里，有没有他的消息。有几个熟人跟拉里是认识的，但没有一个和他是深交，于是无人了解他的近况。我去他常吃晚饭的那家餐馆打听消息，却发现他已经好久不去了，餐馆里的人说他可能搬走了。在附近居民常去的蒙巴纳斯林荫道上的那些咖啡馆，我也没有发现他的踪迹。

在伊莎贝尔离开巴黎之后，他原打算去希腊，后来放弃了。当时的实际情况，他多年以后才亲口告诉了我。不过，为了把事情尽量按照时间顺序排列，读起来方便些，我还是在此处对诸位讲一讲吧。

他整个夏天都住在巴黎，苦读不休，直至深秋。

“那时我觉得需要放下书本，休息休息。”他说道，“我每天看八至十个小时的书，已有两年的时间了。于是，我就去了一座煤矿找活干。”

“你去哪里啦？”我失声叫道。

他见我一脸的惊讶，不由哈哈笑了。

“我认为干几个月的体力活对我有好处。我有一种感觉，干体力活能叫我理清思绪，使心情恢复平静。”

我没有吱声。我真不清楚，这是他迈出这出乎人意料的一步的唯一原因，还是与伊莎贝尔拒绝嫁给他有关系。实际上，我也不知道他爱伊莎贝尔究竟有多深。大多数人在恋爱的时候会想出各种理由说服自己，认为按自己的心愿做事是合情合理的。天下婚姻多悲剧，恐怕这就是症结了。这情况就像有些人将自己的事情交给一个骗子去做一样——他们明明知道此人是骗子，却跟他关系很好，于是就不愿意相信他行骗会对朋友下手；他们坚信，他虽然对别人居心叵测，对自己决不会如此。拉里不肯为了伊莎贝尔牺牲自己心仪的生活，其意志相当坚定，可是失掉伊莎贝尔却又给他带来了痛苦，想不到竟如此难以忍受。这可能就是我们通常所说的“鱼和熊掌不可兼得”。

“哦，你继续讲。”我说道。

“我把书和衣服放在两只箱子里，交给美国运通公司保管。然后把一套替换的衣服和一些内衣打了个包，就动身了。我的希腊语教师有个妹妹嫁给了兰斯附近一座煤矿的经理，便写了一封信介绍我去见他。你知道兰斯吧？”

“不知道。”

“在法国北部，离比利时边界不远。我下榻于车站旅馆，在兰斯只待了一个晚上，次日就乘坐当地的火车去了煤矿。你去过矿区吗？”

“在英国去过。”

“反正都差不多吧。那儿有煤矿，有经理的房子，还有两层高的矿工小屋，一排一排的，千篇一律，完全是一种模样，单调得让你的心直朝下沉。教堂是新建的，样子很难看。另外，街上还有几家酒吧间。我到达矿区时，天气阴冷，空中飘着毛毛细雨。我找到经理的办公室，把信交给了他。经理是个矮胖子，两颊红红的，看上去像是个贪嘴的人。矿上正缺工人，因为许多矿工都死在了战场上。有不少波兰人在此处打工，大概有两三百人吧。经理问了我一两个问题。他一听我是个美国人，好像觉得来头有些蹊跷。不过，他的小舅子把我夸成了一朵花，他也就乐于雇用我了。他要给我一个地面上的工作，可我说自己想下井。他说如果不习惯，在井下会吃不消的。我说自己已有心理准备。末了，他叫我给一个矿工当帮手。其实，那是童工干的活，只是眼下童工太少，不够用罢了。这位经理是个挺不错的人。他问我找到住处了没有，我说还没有找到。他便拿过一张纸写了个地址，说按这个地址找去，会有一位家庭主妇给我安排睡觉的地方的。那是个寡妇，丈夫是矿工，死于战火之中，她有两个儿子在矿上工作。

“我拿起包袱，就告辞了。找到那户人家后，开门的是一个瘦高个女人，头发花白，有一双乌黑的大眼睛。她五官端正，年轻时一定颇有姿色。如果不是因为少了两颗门牙，就是现在也不一定会难看，会如此憔悴。她告诉我说没有空房间了，但一个波兰人租下的房间里有两张床，我可以睡那张空床。楼上有两个房间，他的两个儿子住一间，她住另一间。她领我看的那个房间在楼下，可能以前是做客厅用的。我倒是想单独住一个房间，但又觉得还是别多事的好。外边毛毛细雨下个不停，雨势有所加大，而我已全身湿透。我不愿再到别处找房子，把自己浇成个落汤鸡。所以我说挺合适的，便住了下来。他们把厨房当作客厅使用，里边放着两把摇摇晃晃的扶手椅。院子里有个贮煤室，也兼作浴室用。她的两个儿子和那个波兰人把午饭带到上班的地方吃，她要我中午跟她一道吃饭。吃过饭，我坐在厨房里抽烟，她则忙家务，一边给我讲述她以及她家的情况。到了下班时间，那几个上班族便回来了。波兰人先回，那两个小伙子紧随其后。波兰人穿过厨房时，房东太太告诉他，说我要和他睡一个房间，而他仅仅冲我点了点头，什么话也没说。随后，他从炉子的铁架上拎起一只大水壶，到浴室里洗脸去了。两个小伙子都身材高挑，尽管脸上有煤污，看上去仍一表人才。他们似乎对我很友好。当得知我是个美国人时，便把我视为怪物。他们俩一个十九岁，退伍还乡才几个月，另一个十八岁。

“波兰人洗完回来，两个小伙子就去浴室了。波兰人的名字属于很难叫出口的那一类，大伙儿都简单地叫他考斯迪。他是个大块头，比我要高出两三英寸，虎背熊腰，脸上苍白、多肉，鼻子短而宽，大嘴巴。他的眼睛是蓝颜色的，由于没有能把眉毛和睫毛上面的煤灰洗掉，看上去就像描了眉一样。由于睫毛特别黑，就把他的眼睛衬托得蓝得惊人。这家伙长相丑陋，为人有点儿粗野。那两个小伙子洗完，换了身衣服就出去了。波兰人坐在厨房里一边抽烟斗一边看报。我口袋里有本书，于是拿出来，也开始看起来。我留意到，他瞥过我一两眼。过了没多久，他放下了手中的报纸。‘你在看什么书？’他问。我把书递给他，让他自己看。那是一本《克里夫斯公主》，我在巴黎火车站买的，小版本的，可以放在口袋里。他看看书，又看看我，一副诧异的样子，随后把书还给了我。我注意到他的嘴角浮现出一丝嘲讽的微笑。

“‘有意思吗？’

“‘我觉得非常有意思，甚至可以说是引人入胜。’

“‘我在华沙上中学时读过此书。我觉得味如嚼蜡。’他的法语讲得很好，一点儿波兰口音也没有。‘现在我除报纸和侦探小说外，什么都不看。’

“勒克莱尔太太（这是我们房东太太的名字）一边留意着炉子上为晚饭煮的汤，一边坐在桌旁补袜子。她告诉考斯迪，说我是煤矿经理介绍来的，把我对她讲过的一席话重复了一遍。波兰人听着，抽着烟斗，用湛蓝湛蓝的眼睛打量着我。那双眼严苛、精明。他问了我几个问题。当我告诉他，说我从来没有在煤矿上干过时，他的嘴角又浮现出了嘲讽的微笑。

“‘你都不知道自己在做什么。只要有别的路可走，谁都不愿当矿工的。不

过，这是你的事情，你肯定有自己的原因。你在巴黎住在哪里？’

“我如实做了回答。

“‘有一个时期，我每年都要去巴黎走一走，不过，都是在大街上逛悠。你去拉鲁埃餐馆吃过饭吗？那是我最喜欢去的馆子。’

“我听了觉得有点奇怪，因为那家餐馆的饭菜并不便宜。”

“一点都不便宜。”

“他可能看明白了我的心思，因为他的嘴角又浮现出了那种嘲讽的微笑。不过，他显然觉得没必要做进一步的解释。我们东一搭西一搭地扯些咸淡话，直至两个小伙子回来。随后，大家在一起吃晚饭。饭毕，考斯迪问我愿不愿到小酒馆[①]喝一杯。小酒馆设在一个非常大的房间里，有个吧台在房间的一端，屋里摆着几张大理石面桌子，每张桌子旁放几把木椅。酒馆里配有一架自动钢琴，有人往投币孔里塞了一枚硬币，此时钢琴正在弹奏一首舞曲。除掉我们坐的那张桌子外，只有三张桌子旁坐有人。考斯迪问我会不会玩勃洛特牌戏[②]。我曾经跟我的同学学过这种游戏，于是便说自己会玩。他建议我们赌一把，以啤酒为赌注。我同意后，他叫人把纸牌拿了来。我连着输了两局。这时，他提议我们赌钱。他拿的牌好，而我的运气很糟。我们赌的是小钱，但最终我还是输掉了好几法郎。赢了钱，再加上啤酒助兴，他心情很好，打开了话匣子。不一会儿的工夫，我就从他的谈吐和行为方式看出他是个受过教育的人。当他重又谈到巴黎时，他就问我认识不认识某某人和某某人。他说的是几个美国女人，路易莎伯母和伊莎贝尔住在艾略特家里时，我曾在那儿碰见过。他好像比我跟那些人熟悉得多。我不明白他为什么落到了今天这个地步。此时天色并不算晚，但我们次日天一破晓就得起床呢。

“‘走之前，咱们再喝一杯吧。’考斯迪说。

“他一面呷着啤酒，一面用他那精明的小眼睛瞅着我。他那样子使我联想

---

① 原文为法语。

② 勃洛特牌戏，原文为法语，法国人很喜欢玩的一种三十二张纸牌的游戏。

到了肥猪，一头脾气暴躁的肥猪。

"'你为什么跑到这个烂煤矿受苦？'他问我。

"'为了体验生活。'

"'你是昏了头了，小伙子。'[1] 他说。

"'那你为什么来呢？'

"他耸了耸他那厚实、笨拙的肩膀。

"'我小的时候便进了少年军事学校。我父亲是沙皇麾下的一个将军。在上次大战中，我是一名骑兵军官。我无法忍受毕苏斯基[2] 的统治，我们策划杀死他，却被人出卖了。凡是被捕的，都叫他枪决了。我侥幸逃过了边境。当时摆在我面前的只有两条路：加入法国的外籍军团或者下井挖煤。我选择了后一种罪恶感比较轻的出路。'

"之前，我已经告诉过考斯迪我预备在煤矿上做什么工作，他当时没有说什么，这时却见他将胳膊肘在大理石桌面上一架，说道：'来，试试把我的手掰下去。'

"我懂得这是一种老式的角力，于是摊开手，跟他的手握在了一起。他哈哈一笑说：'用不了几个星期，你的手就不会这么柔软了。'我使出吃奶的气力把他的手朝下扳，可抵不住他的神力。渐渐地，他将我的手朝下压，最终压到了桌面上。

"'你真有劲。'承蒙他这么夸奖我，'能坚持这么长时间的人是不多的。你听我说，我的助手屁用都不顶，是个三寸丁的法国人，手无缚鸡之力。不如你明天跟我走，我跟工头说叫你做我的助手。'

"'我愿意跟你去。'我说，'你看工头会同意吗？'

---

① 原文为法语。

② 毕苏斯基（1867—1935），波兰备受争议的政治家、军事家、民族英雄和独裁者，波兰社会党右翼领导人。青年时期曾因参与谋划刺杀俄罗斯沙皇亚历山大三世的行动而被捕，流放到西伯利亚。后加入波兰社会党，第一次世界大战期间对俄罗斯作战，但被德国囚禁。

“‘这得有见面礼。你拿得出五十个法郎吗？’

“他说完把手伸出来，我从钱包里掏出一张五十法郎的钞票递给他。之后我们便回去睡觉。那一天真够累的，我一躺下便睡得像死猪。”

“你是不是发现挖煤的活十分艰辛？”我问拉里。

“起初，累得人腰酸背痛。”他咧开嘴笑了笑说，“考斯迪打通了工头的关系，让我当上了他的助手。那时，他在一块旅馆浴室那么大的空间里干活，进去时得手脚并用爬过一条非常低的隧道。里面热得像火炉，干活时浑身脱得精光，只穿一条裤子。考斯迪的身子又白又胖，活像一条巨无霸鼻涕虫，叫人看了心生厌恶。在那巴掌大的地方，气动挖煤机发出的声音震耳欲聋。我的任务是把他切下来的煤块装进一个筐子，再拖着筐子爬过隧道，将其拖到隧道口。隔一段时间就有一辆运煤车开过来，煤块便被装进车斗，然后运往电梯那儿。这是我平生第一次下井，不知道这流程是否规范，只觉得不太专业化，简直是牛马干的活。中途，我们停下手休息——吃午饭和抽烟。一天干下来，我的感觉并不糟糕，再洗个澡，舒服极了。我当时觉得自己的脚恐怕永远也别想洗干净了——那双脚黑得像煤炭。我的手磨出了水泡，疼得像刀割，但后来都长好了。渐渐地，挖煤的活我就干惯了。”

“你坚持了多长时间？”

“当助手的活我只干了几个星期。话说那些往电梯口运煤的车，它们是靠一辆拖拉机拖拽的。拖拉机驾驶员只会开，不懂机械，而拖拉机的引擎经常出毛病。有一次出毛病，他修理不好，一时不知所措。我可是个呱呱叫的机修工，帮他瞧了瞧，没过半个小时便排除了故障。工头将此事告诉了经理，经理把我找了去，问我懂不懂汽车。结果呢，他给了我一份机修工的工作。当然，那工作单调乏味，可我干起来得心应手。由于汽车一有故障就被排除，他们对我很是满意。

“我离开了考斯迪，这叫他窝了一肚子的火。我们俩配合默契，已彼此适应。成天跟他一起干活，晚饭后一起下酒馆，睡觉时分享一个房间，我把他已摸得透透的。他是个古怪的人，叫你一见就会留下印象。他不跟波兰人来往，波兰人去的咖啡馆我们就不去。他总忘记不了自己是贵族，而且当过骑兵军官，所以，他把那些波兰人都看得粪土不如。那些波兰人当然气得不得了，可又奈何不了他——他壮得像头牛，打起架来，不管用不用刀子，五六个人近不了他的身。尽管如此，我还是结识了几个波兰人。他们告诉我，说他在一个很棒的骑兵分队里当过军官是真的，但至于说他是出于政治原因被迫离开了波兰，那是一派胡言——他是被华沙军官俱乐部开除了，并解除了他的军职，理由是他打牌时抽老千，叫人抓了个正着。他们警告我不要跟他打牌，说他老躲着他们是因为他们知道他的底细，不愿跟他在一起待。

“我和他打牌老输，但每次输得不多，只不过区区几个法郎，而且他总是争着付酒钱，所以实际上也就算不了什么。我以为自己仅仅是手气不好罢了，或者说自己的牌技不如他。可是，了解了内幕后，我就擦亮眼睛注意观察，百分之百地肯定他在抽老千。可是，即便要了我的命，我也看不出他是怎么捣的鬼。啊，他可真是聪明到家了。我明明知道他不可能老拿到最好的牌，却苦于抓不着把柄。我像猞猁一样紧盯着他不放，而他似狐狸一般狡猾。他可能发现我在提防着他了。一天晚上，我们玩了一会儿牌之后，他看着我，脸上浮现出那种无情、嘲讽的微笑（他只会这种笑法），款款说道：‘想不想让我给你变几个戏法看？’

“他把纸牌拿过去，让我说一张牌，然后洗了牌，叫我随便取一张。我取出一张看了看，发现正是我方才说的那张。他又变了两个戏法，然后问我会不会玩扑克游戏，我说会玩。于是他就给我发了几张牌。我看了看，发现手里拿的是四张 A 和一张老 K。

“‘愿意不愿意给你手里的牌下一笔大赌注？’

“‘我愿意把所有的钱都押上。’我回答说。

“‘那你就傻了。’他说完把手里的牌摊在了桌子上——原来是一把同花顺。这叫我一头雾水。他见我一脸的诧异，不由得哈哈大笑起来，说道：‘假如我不是个规矩人，我会叫你把身上的衣服都输掉的。’

“‘现在你把我赢得也够惨的了。’我笑着说。

“‘一点小钱，连去拉鲁埃餐馆打打牙祭都不够。’

“我们每晚仍继续打牌，而且兴致很高。我得出的结论是，他抽老千与其说是为了赢钱，还不如说是为了寻乐子。他对自己能够愚弄我而感到一种异样的满足。也许最叫他感到高兴的是：我明明知道他在捣鬼，却弄不清他是怎么捣的。

“不过，这只是他的一个方面，而使我最感兴趣的却是他的另一方面。我简直无法把这两方面调和起来。虽则他自夸除了报纸和侦探小说，什么都不看，但其实他是个有学问的人。他很健谈，语言犀利、刻薄，夹枪带棒的，却让听者兴奋不已。他是个虔诚的天主教徒，床头挂一个十字架，每逢星期天就去做弥撒。星期六的晚上则以酒为伴。我们去的那个酒馆[①]一到星期六便顾客盈门，屋里空气混浊，烟雾缭绕。客人中有携家而至的沉默寡言的中年矿工，有结伙而来的喧闹不已的年轻人；一些酒客围在桌旁玩勃洛特牌，脸上淌着汗，嘴里大声吆喝着，他们的贤内助则坐在他们身后观战。人群和喧闹声对考斯迪会产生奇特的影响，使他变得深沉。这时的他会谈一些你想不到的话题，会谈神秘主义。至于神秘主义，我在巴黎时仅仅读过梅特林克[②]写的一篇关于鲁伊斯布鲁克的文章，其他便一无所知了。而考斯迪却大谈普罗提诺[③]、古希腊雅典最高法院的法官丹尼斯、鞋匠雅各布·贝姆[④]以及迈斯特·埃克纳特[⑤]。听这样一个被自己的社会圈子驱逐出来的大块头游民，一个愤世嫉俗、牢骚满腹、穷困潦倒的人，大谈什么万物的本质以及和上帝合为一体的极乐境界，简直是匪夷所思。这些情况我闻所未闻，让我感到迷茫，也感到激动。我就像一个躺在黑屋子里的人，窗帘的缝隙透进一线光亮，心里知道只要拉开窗帘，眼前就会出现一片沐浴在灿烂曙光里的原野。不过，在没有喝醉酒的情况下，你

① 原文为法语。

② 梅特林克（1862—1949），比利时剧作家、诗人、散文家，曾获1911年诺贝尔文学奖。

③ 普罗提诺（205—270），新柏拉图主义哲学家。

④ 雅各布·贝姆（1575—1624），神秘主义学者。

⑤ 迈斯特·埃克纳特（1260—1328），德国神秘主义学者。

再跟他扯这个话题，他会生气的，眼睛露出恶狠狠的光。

"'我都不知道自己说了些啥，怎么能给你讲呢？'他会板着脸说。

"可我知道他在睁着眼说瞎话。他完全清楚自己说的是什么。他的知识面非常渊博。他当时喝醉了酒固然不错，但他的眼神以及那张丑脸上激昂的表情，就不能仅仅用一句喝醉了的话搪塞过去的。情况并非如此简单。他第一次跟我那般说话，其话语我一直都没有忘掉，因为我当时都惊呆了。他竟然说这个世界并非上帝所创造，说无中不能生有，而是一种永恒的存在。这还罢了，他竟然又说恶和善一样，都直接反映着上天的意志。酒馆里肮脏不堪、人声喧哗，再加上那架自动钢琴弹奏着舞曲，他的话在这种环境中听上去怪兮兮的。"

2

此处我另起一节，好让读者有片刻喘气的机会。这样做，完全是为了读者考虑。拉里的叙述并没有因此而中止。趁此机会，我想说：他叙述时不慌不忙，斟词酌句的。虽然不敢说我能把他的话原封不动再现给诸位，但我做出了努力，不仅努力复述出事情的经过，还努力再现他说话的方式。他的声音圆润，犹如天籁之音，十分悦耳。他说着，一口一口抽着烟斗，时不时会停下来把熄灭了的烟斗再点着，只是说，不加任何手势。他直直望着我，乌黑的眼睛里有一种欢快的表情——那表情时而变得古怪，让人捉摸不透。

"后来，春天姗姗而至。在那片平坦而荒凉的乡间，春天来得晚，天气依然寒冷，细雨绵绵。不过，有时会出现一个晴暖天，惹得矿工们都不愿离开地面，坐着摇摇晃晃的电梯（电梯里会挤满身穿肮脏工作服的矿工），钻到数百英尺以下的地球深处去了。春天已经露面，但羞羞答答不敢跨入这片阴冷、肮脏的矿区，好像害怕不受欢迎似的。它宛若一朵鲜花（水仙或百合），开在贫民区住房窗台上的一个花盆里，叫你弄不懂它在那儿干什么。星期天的早晨，我们总是赖在床上不起来。在这样的一个早晨，我正躺在床上看书，考斯迪望着外面的蓝天，对我说道：'我要离开这儿了。你愿意跟我一起走吗？'

“我知道有许多波兰人一到夏天就回他们国家割麦子，而现在还不到收割的季节。再说，考斯迪现在是有国不能回。

“‘你要到哪儿去？’我问道。

“‘浪迹天涯——穿过比利时到德国，再沿莱茵河朝前走。夏天，就到农场去打打零工。’

“我听后，当下便做出了决定，于是说道：‘这主意挺不错的。’

“次日，我们告诉工头，说我们不干了。我找到一个人愿意拿旅行背包换我的提包。我把不想要的，或者说不便路上带的衣服，全都给了勒克莱尔太太的小儿子——他跟我的身材差不多。到了第二天，老太婆供我们喝了咖啡，我们就出发了。

“一路上我们不慌不忙，因为我们知道起码得等到麦收季节才能在农场找到活干。我们就这样慢慢悠悠从那慕尔和列日穿过法国及比利时，再经由亚琛进入德国境内。我们每天顶多走十英里或十二英里路，遇见中意的村子便歇脚。车到山前必有路——总能找到住宿的客栈和吃肉喝酒的酒馆。总体而言，天气还是不错的。在矿上熬煎了那么多的日月，现在来到开阔的野外，感觉真好。以前真是没有想到绿茵地竟是那么美不胜收；树木尚未长出树叶，而树枝上蒙了一层薄雾般的新绿，竟会那么赏心悦目。后来，考斯迪开始教我学习德语——他的德语和法语讲得一样棒。走在路上，遇见形形色色的景物（或牛或马，或人及其他），他都会把相应的德语告诉我，还会叫我重复简单的德语句子。时间就这样悄然逝去。进入德国境内时，我至少可以用德语问路了。

“科隆稍微偏离了一点我们的路线，可是考斯迪硬要到那儿去一趟，说是为了那一万一千名殉道修女[①]。等我们到了科隆时，他便恣意酗酒，一连三天不见人影。我们下榻的地方有点像工人宿舍。待他回到住处，一脸的愠色。原来，他跟人打了一架，眼睛都被打青了，嘴唇有一道血口子，可以说样子很

---

① 德国科隆的民间传说，其真实性颇受质疑。

惨。他倒头睡了两天两夜。然后，我们沿着莱茵河的河谷向达姆施塔特进发。他说那儿风光旖旎，而且我们极有可能找到工作。

“我从来都没有如此开心过。天气持续晴好。我们走过一个个小镇、一座座村庄。遇见美丽的景色，我们就驻足欣赏。找见住宿的地方，我们便停下来过夜，有一两次睡在稻草堆上。路边有客栈，我们就进去饱餐一顿。进入盛产葡萄酒的地区时，我们就不喝啤酒，以葡萄酒取而代之了。在酒馆里，我们结交了一些朋友。考斯迪粗犷而快活，赢得了酒友们的信任，于是大家一起打司卡特（一种德国的牌戏）。他谈笑风生，一团和气，暗中却抽老千。他满嘴粗俗的玩笑，很得酒友们的喜欢，所以他们也就不太在意输钱给他了。我则借机练习说德语。在科隆的时候，我买了一本袖珍英德会话手册，学习德语取得了很大的进步。一到晚上，两大盅白葡萄酒落肚，考斯迪便以一种病态的口吻大谈什么从孤独逃离，最后还是孤独，谈灵魂的暗夜，谈生灵与造物主合为一体的极乐境界。可是次日清早，走在明媚的乡野间，青草上露水滴滴，我想让他继续讲下去的时候，他却勃然大怒，差点儿没动手打我。

“‘住口，笨蛋！’他说道，‘乱七八糟的东西，讲那些有什么意思！好啦，还是学德语顶用。’

“你是不能跟他犟嘴的——他那汽锤一般的拳头可不是吃素的，说打你就会打你。他发火的样子我可是领教过。他可以一拳把我打昏，将我丢在臭水沟里。趁着我昏迷不醒，他会掏光我的口袋。他这个人真是叫人捉摸不透。当葡萄酒打开他的话匣子，他谈到至高无上的主宰时，会避开平时讲的那些粗野下流话，就像脱掉下井穿的肮脏的工作服一样，换上一种很文雅的语言，滔滔不绝，口若悬河。要说他缺乏虔诚之意，我是不相信的。可不知怎么我突发奇想，认为他下井干那种艰辛、非人的活儿，只是想折磨自己的肉体。他仿佛憎恨自己那个丑陋、庞大的身躯，渴望叫它受点儿罪。他抽老千也罢，发脾气也罢，抑或行为残暴，都是他的意志（噢，不知怎么命名这种概念才好），是对根深蒂固的神之本性的反抗，是对自己内心欲望的反抗——他渴望见到既让自己害怕又让自己迷茫的上帝。

“我们徐徐而行。已到了春末，树上长满了绿叶。葡萄园里的果实越来越丰满。我们一直走的都是土路，路上尘土飞扬。进入达姆施达特一带时，考斯迪建议找个活儿干，因为身上带的钱都快花光了。我口袋里倒还有六七张旅行支票，但我拿定主意不到万不得已时不取出来使用。后来，我们看见一所农舍样子挺气派，便停下来问他们要不要帮手。当时，敢说我们看上去不太讨人喜欢——风尘仆仆，汗和尘土把我们都弄成了大花脸。考斯迪样子像个土匪，我的样子恐怕也强不到哪儿去。于是，我们屡屡吃闭门羹。有一户农家愿意雇用考斯迪，却不愿用我。考斯迪说我们是好朋友，是不能分开的。我叫他留下干，可他硬是不肯。这叫我感到有点儿意外。他喜欢我，我是清楚的，其中的原因我想象不来，因为我并不是对他有用处的那种人。可是，至于说因为喜欢我，为了我而放弃一个工作，就是我始料未及的了。离开那户农家后，我感到良心大受谴责，因为实际上我并不喜欢他，甚至很讨厌他。但是，当我想要说几句话，表示我对他这样做感到高兴时，他把我臭骂了一顿。

“最后，我们终于时来运转了。话说我们刚刚走出一个山谷里的村庄，便瞧见了一所独门独户的农舍，外表看上去还不错。敲了敲门，开门的是个女人。我们照例介绍了来意，声称不要工钱，只管吃住就行了。想不到的是，她没有当着我们的面砰的一声把门关上，而是叫我们稍候。她冲屋里叫人，很快有一个男子走了出来。此人把我们细细打量一番，问我们从何处来，叫我们出示证件。他发现我是个美国人，便把我多看了一眼，似乎不太乐意用我。不过，他还是请我们进屋先喝杯酒再说。他领我们进了厨房，大家一起坐下。那女人端来一壶酒和几个杯子。男子告诉我们，说他家的雇工被公牛抵伤了，现在医院里，要等到庄稼收割之后才能康复。当地人有许多都战死于疆场，活着的却进了那些在莱茵河畔拔地而起的工厂里做工，于是便使得找个雇工十分艰难。这种情况我们是知道的，并且对此加以利用。长话短说，他最终决定雇用我们。他家的房间倒是不少，但他可能不愿让我们住在他家，于是告诉我们说干草棚里有两张床，我们可以宿在那里。

“农场上的活不重，无非就是放牛牧猪什么的。机械坏了，就帮着修修。

空闲时间还是有的。我喜欢那些芳香的草地，傍晚时分经常四处游荡，做一做空梦。那是一种十分惬意的生活。

“这户人家的家庭成员有贝克尔老夫妇，以及他们那带着几个孩子守寡的儿媳。贝克尔年近五旬，五大三粗，头发花白。他打过仗，腿上负过伤，至今走路仍一瘸一拐的。腿伤叫他疼痛难忍，只好以酒消痛，他常在睡觉前喝得酩酊大醉。考斯迪和他相处得很好，晚饭后时常一起去酒馆，打打司卡特牌戏[①]，灌灌黄汤。贝克尔太太原来是家里的女佣，是他们从孤儿院里领来的，贝克尔在妻子死后不久便续娶了她。她比贝克尔小好多岁，也还有点儿姿色，丰胸肥臀，红红的脸蛋，一头金发，妖妖娆娆的。考斯迪不久便断言那女人是有些风情的。我警告他不要做傻事，说我们有份好工作，不能因此而丢掉。他仅仅只是嘲笑了我几句，说贝克尔满足不了她，是她自己想来一手的。我情知劝他守规矩也是白费口舌，但我还是告诫他三思而后行。贝克尔也许看不出他心怀鬼胎，可是他的儿媳却是个明眼人，任什么都逃不过她的眼睛。

“他的儿媳名叫埃莉，是个又高又壮的少妇，年龄不足三十岁，黑眼睛，黑头发，一张蜡黄的方脸老是郁郁不乐的。丈夫阵亡于凡尔登战役，她仍在服丧期。她是个虔诚的教徒，每逢星期天早晨，都要到村子里去做早弥撒，下午又会跑去做晚祷。她有三个孩子，其中一个是遗腹子，是丈夫死后出生的。一家人吃饭时，她除非骂孩子，否则从不开口说话。她很少下地干农活，大部分时间都用来看孩子。一到晚上，她就独自一人坐在客厅里看小说，让客厅的门敞开着，便于听到孩子的哭声。两个女人势同水火。埃莉瞧不起贝克尔太太，嫌她是个弃儿，做过用人。而今，贝克尔太太是一家之主妇，有权发号施令，这叫她气不打一处来。

“埃莉是一户富裕农家的千金，嫁过来时带了一笔不菲的嫁妆。她没有在村里上学，而是去邻近的茨温根贝格城，上的是女子高级学校[②]，受过良好的

① 原文为法语。

② 原文为法语。

教育。可怜的贝克尔太太十四岁就来到了农场当用人，能够看得懂书、写得了字，对她而言就很不错了。两个女人之间有裂痕，这也是其中的一个原因。埃莉一有机会就卖弄她的学问，贝克尔太太被气得满脸通红，就问要学问对于一个农夫的妻子有什么用。这时，埃莉会看看自己用钢链套在手腕上的亡夫的身份牌，阴沉的脸上浮现出凶狠的表情，说道：‘不是农夫的妻子，而是农夫的寡妇——只不过，这个农夫是个为国捐躯的英雄。’

“可怜的贝克尔老头放着农活干不成，在她们之间当起了和事佬。”

“插一句，他们是怎么看你的呢？”我打断拉里的话问道。

“哦，他们把我当成了美军的逃兵，不敢回到美国去，一回去就要被关进大牢。我不愿意跟贝克尔和考斯迪去酒馆喝酒，他们认为就是这个缘故。他们觉得我是不想引起人们注意，不想招来村警盘问我。当埃莉得知我在学德语，便把她用过的旧课本拿了来，说要教我。于是，吃过晚饭后我们俩就会到客厅里去学习，把贝克尔太太一个人丢在厨房里。我大声朗读，埃莉为我纠音。遇到不懂的词，她就给我解释。我猜想她这样做与其说是帮助我，还不如说是在向贝克尔太太传达某种隐晦的意思。

“考斯迪一直都在挖空心思勾引贝克尔太太，但是没有进展。贝克尔太太高高兴兴、乐乐呵呵，跟他插科打诨、谈笑风生，而他是个风月老手，自有一套手段。我猜她知道考斯迪的用心，敢说她为此而感到得意。可是，当考斯迪对她动手动脚时，她呵斥他放规矩些，还扇了他一记耳光。我敢说，那一耳光打得可真是不轻。”

说到这里，拉里犹豫了一下，难为情地笑了笑。

“我从来不觉得自己是个有女人缘的人。可是我依稀感到……感到贝克尔太太看上了我。这叫我很不舒服。一是因为她比我大得多，二是由于贝克尔老先生对我们一直都很不错。吃饭时，贝克尔太太管分菜，我暗中注意到她给我的菜总会比别人的多。她好像在找机会同我单独在一起。她冲着我微笑——那种笑容可以说是具有挑逗性的。她问我有没有女朋友，说我这样的小伙子到这种地方来，身边没个女人一定会很痛苦的。她话里边的含意你应该是清楚的。我只带了三件衬衫，而且都穿得很破了。有一次，她说我破衣烂衫的怪丢人，叫我把衬衫交给她补一补。这话让埃莉听去了。一次，她趁旁边没人的时候说，如果我有缝缝补补的活儿，可以交给她做。我胡乱支吾了几句。可是，一两天后，我发觉自己袜子上的洞全补好了，衬衫也打了补丁，放回到了干草棚里的长凳上（我们的物件都摆放在这条凳子上）。这是她们俩哪一个的善举，我不得而知。当然喽，我并没有将贝克尔太太当回事。她心眼好，可我觉得她的情感仅是母性的一种表现。可是有一天考斯迪对我说：'告诉你吧，她想要的不是我，而是你。我算是没有戏了。'

"'别胡扯！'我正色说道，'她年龄大得都可以当我的妈妈。'

"'这有什么关系？你只管追她就是了，老弟，我不会碍你事的。她也许不那么年轻了，但身体还是挺有女人味的。'

"'天呀，请你别说了。'

"'为什么要优柔寡断呢？但愿不是为了我。我可是个达观者，懂得天涯何处无芳草的道理。我不怪她，因为你年轻嘛。我年轻时也风光过。应该趁着年轻及时行乐。[①]'

"考斯迪那样捕风捉影，样子那般深信不疑，叫我心中有点儿不悦。出现这种情况，我真不知该怎么对付才好。此时，我想起了一些以前没有重视过的现象，想起了以前从未往心上放的埃莉的一些言语。我大有恍然大悟之感，坚信埃莉是知情的。贝克尔太太和我单独在厨房里时，她会突然闯进来。我觉得她好像在监视我们，这叫我很不高兴。她可能是想捉奸哩。我知道她恨贝克尔太太，有点儿机会就恨不得生出些事端来。当然，若说捉奸，那是不可能的。可是，这个女人可不是个善茬，谁知道会编出什么谎话来灌进贝克尔老先生的耳朵里呢。我没有脱身良策，只好装痴装傻，假装不知道她们在演什么戏。在这个农场，我日子过得开心，也喜欢这儿的农活，绝不愿意在收麦之前就离开。"

---

① 原文为法语。

听着听着，我不禁哑然失笑。可以想象得来拉里当时的模样——身穿缀着补丁的衬衣、短裤，脸和脖子被莱茵河的太阳晒得发紫，身体敏捷、苗条，黑黑的眼深嵌在眼窝里。我坚信，这种模样一定会让贝克尔太太这样丰胸的金发主妇欲火中烧。

“后来怎么样呢？”我问道。

“夏日的时光在流淌。我们像牛马般干着活，收割完小麦，将麦秆堆成干草垛。后来樱桃熟了。我和考斯迪就爬上梯子摘樱桃，由两个女人把摘下来的樱桃装进大箩筐，再由贝克尔老先生送到茨温根贝格城里去卖掉。再接下来就是收割黑麦了。这期间，我们始终没忘了放牛牧猪。我们天不亮就起来干活，天黑时才收工。我心想贝克尔太太可能觉得我是个不开窍的榆木疙瘩，不再理会我了。在尽量不得罪她的情况下，我跟她保持着一定的距离。一到晚上，我便困得不行，看不了几眼德文书了，吃完晚饭就回到我们住的干草棚里，倒头便睡。贝克尔和考斯迪晚上一般都要去村里泡酒馆。等到考斯迪从酒馆回来，我早已进入了梦乡。干草棚里很热，我睡觉时脱得精光。

“一天夜里，我被弄醒了。开头，我搞不清是怎么回事。就在我半睡半醒之际，只感到一只热乎乎的手捂住了我的嘴，这才发觉有人和我睡在一起。我将捂在我嘴上的那只手推开，接着就有一张嘴贴在了我的嘴上，两条胳膊把我搂紧。我感觉到那是贝克尔太太——她那丰满的胸脯紧紧偎在我身上。

“‘别出声！别出声！[①]’她低声说。

“她身体紧紧抵住我，用滚烫、丰满的嘴唇吻我，两只手抚摸我的全身，两条大腿夹在我的大腿中间。”

拉里停了下来。我哧哧笑了几声。

“你是怎么反应的呢？”

他冲我难为情地一笑，甚至脸都有点儿红了。

“我有什么办法呢？旁边的床上睡着考斯迪，他沉重的呼吸声清晰可闻。

① 原文为法语。

约瑟夫[①]的故事我一直都觉得有点儿可笑。我只有二十三岁呀。反正我觉得不便闹起来将她赶下床。我不愿意刺伤她的感情，于是就依顺了她。

“完事后，她溜下床，蹑手蹑脚走掉了。可以说，我轻轻舒了口气。要知道，我都快吓死啦。‘老天呀，真是险啊！’我对自己说。我想着贝克尔很可能吃得大醉回来，昏昏沉沉睡着了。可是，两口子睡一张床，他一觉醒来不见了妻子，那该如何是好？另外，还有埃莉。她老说自己睡觉睡不踏实。万一她醒着，听见贝克尔太太下楼走出屋子，那该怎么办呢？就在这时，我突然想起了一个细节——贝克尔太太和我睡在一起时，我觉得有个金属片抵在了我身上。你也知道，在干那种事的时候，这种细节是注意不到的。我也一直没有细想过那究竟是何物。突然，我若有所悟。当时我坐在床沿上，正愁肠百结，担心此事会产生严重后果呢，一个念头闪过我的脑际，惊得我跳了起来。那个金属片其实是埃莉丈夫的身份牌，她历来都是套在手腕上的。原来，和我同眠共枕的不是贝克尔太太，而是埃莉！”

我听了笑得肚子疼，想停也停不下来。

“你可能觉得好笑，”拉里说，“而我并不觉得。”

“你现在回想一下当时的情景，你不觉得其中有几分幽默吗？”

拉里嘴边勉强地露出了一丝微笑。

“也许吧。不过，当时的处境很是尴尬。真不知事情会怎么收场呢。我不喜欢埃莉，觉得她是个非常讨人嫌的女人。”

“问题在于，你怎么会认错人呢？”

“当时屋子里黑得伸手不见五指。她除了叫我不要作声外，一句话也没说。她们两个身材都高大、壮实。我认为只是贝克尔太太看上了我，怎么也想不到埃莉也对我起了念头。她一贯心里只有亡夫的呀。我点起一根烟，边抽烟边权衡自己的处境，越想越觉得不妙。三十六计，走为上计！

“平时我老怪考斯迪睡觉太死，叫都叫不醒。下井的那段时间，我常常为

---

① 约瑟夫，《圣经》里的人物，据传不近女色，就像我国坐怀不乱的柳下惠。

了让他按时起床、上班不迟到，非得狠劲摇他不行。而此时他睡觉睡得死，我倒要感谢他了。点亮提灯，穿好衣服，我将自己的用品塞进背包里——东西不多，这一过程很快就完成了。然后，将背包背上肩，穿着袜子走过去，下了楼梯后才把鞋穿上，并吹熄了灯。夜晚漆黑一片，一点儿月光也没有。好在我认得路，上了大道后便向村子那个方向走去。我走得很快，想趁着人们还未起床赶紧穿过村子。此处距离茨温根贝格城只有十二英里的路程。抵达那儿时，街上刚开始有人走动。那段路程我终生难忘。路上，万籁俱寂，只能听得见脚下沙沙的脚步声，还能听见时不时传来农户人家的公鸡打鸣的声音。后来，天空半明半暗，出现了鱼肚白，再接下来就是曙光初露，太阳冉冉升起。只见百鸟啁啾，那绿油油的田野、草地和树林以及田间的小麦都沐浴在静谧的晨光里，像是披着金裹着银。到了茨温根贝格城里，我喝了杯咖啡，吃了块面包，然后去邮局给美国运通公司发电报，叫他们把我的衣服和书寄到波恩去。”

“为什么要到波恩去？”我打断他的话问。

“我们俩沿着莱茵河畔旅行时，曾在那儿歇过脚，我当时就喜欢上了那座城市。我喜欢看阳光照在千家万户的屋顶上以及河面上，喜欢那古老的窄街、别墅、花园和一排排的栗子树，喜欢高等学府那洛可可式建筑。我觉得那是个挺不错的地方，在那儿住上一段时间是很惬意的。不过，我认为到那儿去，最好先把自己收拾得像个样。我看上去像个流浪汉，到哪户人家找住处的时候，可能得不到对方的信任。于是，我乘坐火车去了法兰克福，买了个皮包和几件衣服。在波恩，我断断续续住了有一年的光景。”

“你下井挖过煤，在农场干过农活，那样的人生经历你有收获吗？”

“有。”拉里点头笑着说。

不过，他没有说出究竟是什么样的收获。此时的我对他已非常了解，知道他愿意说，就一定会说的，如果不愿意说，那他会开个玩笑将话题引开，你再怎么问也是白搭。在此，我必须提醒读者，这一切都是在事情发生十年之后他才告诉我的。在这以前，也就是我和他重又碰面之前，我不知他身在何方，也不知他在干些什么，亦不知他是生是死。要不是跟艾略特有点儿交情，从他那儿了解到一些伊莎贝尔的情况，从而回忆起拉里，我肯定早已忘记有这个人了。

3

跟拉里解除婚约后第二年的六月初，伊莎贝尔就嫁给了格雷·马图林。此时，巴黎的社交季节正在高潮，艾略特要参加许多场规模宏大的宴会，所以他一百个不愿意离开巴黎，但由于他的家族感情异常强烈，容不得他忽略掉在他看来是自己分内的职责。伊莎贝尔的兄长们远在天边，无法抛下那儿的工作回家参加婚礼，于是他只好踏上恼人的旅途，前往芝加哥为外甥女主婚了。他想起那些法国贵族都是穿着盛装上断头台的，所以特地上伦敦购置了一套新晨礼服、一件青灰色双排纽扣的大衣和一顶丝绸礼帽。一返回巴黎，他就把我请去看他试装。他选了一条浅灰色的领带，自认为适合于婚礼上佩戴，可是再用平时的那枚珍珠别针，便不伦不类了，这叫他很恼火。我建议他改用他那枚镶着翡翠和钻石的别针。

“如果我只是个宾客嘛……这也就罢了，”他说，“而我担任主婚人的特殊责任，便感觉到珍珠有一种象征意义。”

他对这门亲事非常满意，认为从各方面看，双方都是门当户对的。一说起来，他便眉飞色舞，就像个孀居的公爵夫人在议论拉罗什富科家族的公子跟蒙特默伦西家族的千金结下的天设地造的良缘。为了明确表示自己满意的心情，他不惜花重金买了一幅纳蒂埃为法兰西王室的一个公主画的精美的肖像，准备带去作为结婚礼物。

亨利·马图林好好像给小两口在阿斯特街买了一幢房子，靠近布雷德利夫人住的地方，离他自己在湖滨道的那座富丽堂皇的府邸也不太远。说来也巧，购置这幢房子时，格雷戈里·布拉巴宗恰好在芝加哥，房子的内部装饰就交给了他，而我怀疑艾略特和布拉巴宗在这件事上是串通好了的。艾略特返回欧洲时，舍弃了巴黎的社交盛宴，直接取道前往伦敦，给格雷戈里·布拉巴宗带去一些室内装饰的照片作为样本。后者放手大干了一场。客厅的装饰完全是乔治二世时期的风格，显得金碧辉煌。至于书房——格雷将来的小天地，格雷戈里是靠慕尼黑的阿玛利堡宫里一间屋子给他的启发来进行装饰的，除了没有地方放书外，可以说无懈可击。格雷戈里为这对年轻的美国夫妇把寝室装饰得十分舒适（那张双人床不算在内），就是法王路易十五在这里幽会蓬帕杜夫人，也会觉得舒心安逸，而伊莎贝尔的浴室则会叫路易十五大开眼界——那儿完全是玻璃世界，有玻璃墙壁、玻璃天花板、玻璃浴缸；墙根的玻璃鱼缸里有银色的小鱼在金色的水草中游来游去。

“当然，房子是很小的。”艾略特说道，“可是亨利告诉我，说室内装修花了他十万块。对普通人来说，这可是数目很大的一笔钱。”

婚礼很气派，在圣公会教会允许的范围内极尽奢华。

“跟巴黎圣母院里举行的那种婚礼有所不同，”艾略特带着几分自豪告诉我说，“但就新教的婚礼来说，却是别具一格。”

报纸对婚礼高调进行了报道，艾略特剪下几条，做出一副漫不经意的样子丢给我看。他还让我看了新人的结婚照——伊莎贝尔穿着新娘服装，有些胖，然而很漂亮；格雷是个大块头，但身材不错，穿一身结婚的礼服，显得有点儿不自在。还有一张新婚夫妇和伴娘们的合影，一张小两口跟布雷德利夫人、艾略特一起拍的照片——布雷德利夫人穿一件华贵的衣服；艾略特把他的新帽子拿在手里，风度翩翩，那种高雅的劲儿简直无法比拟。我问他布雷德利夫人的身体状况怎样。

“瘦了许多，脸色不尽如人意，但身体状况还是挺好的。当然，婚事叫她操尽了心，好在现已办完，她总算能彻底休息休息了。”

一年后，伊莎贝尔生了一个女儿，根据当时流行的名字，取名叫琼；隔了两年，她又生了一个女儿，还是根据当时流行的名字，取名叫普里西拉。

亨利·马图林的一个合伙人死了，另外两个合伙人在重压之下不久也退休了。公司原来就由着他独断专行，而今更成了他一人的天下。多年的抱负一朝实现。他让儿子和他一道经营，公司出现了空前繁荣的景象。

“他们赚钱易如反掌，老伙计。”艾略特对我说道，“呵，格雷才二十五岁，一年就能赚五万块。而且，这还只是开了个头。美国的财富是永不枯竭的。这种繁荣并非昙花一现，而是一个伟大国家的常态。”

他的胸中泛起了少见的爱国主义热情。

“亨利·马图林不可能永远活下去。要知道，他患有高血压。格雷到了四十岁时，将坐拥二千万元的资产。那可是富比王侯，老伙计，富比王侯呀。”

艾略特和姐姐之间家书不断。一年一年的时光悄然流逝，他时不时会把姐姐告诉他的事情讲给我听。格雷和伊莎贝尔生活幸福，两个孩子活泼可爱。他们一家的生活方式叫艾略特赞不绝口，说完全合乎他们的社会地位——请客请得风风光光，别人请他们也排场阔气。艾略特非常满意地告诉我，说他们三个月里单独吃饭吃不上一次。后来，由于马图林夫人的离世，这种快活的日子戛然而止。亨利·马图林当初娶那位面无血色的、高颧骨的女人，是想利用她的社会关系，好在芝加哥有一席之地，因为他父亲是农村来的乡巴佬，指望不上。为了纪念马图林夫人，小两口儿有一年的工夫，请客吃饭一次顶多只请六个人。

“我一直认为请客请八个人最为合适，”艾略特看问题看的是乐观的一面，于是这样说道，“八个人气氛融和，利于交谈，同时给人的印象是够得上宴会的规模。”

格雷对妻子慷慨得出奇。生第一胎时，送给她一枚四面都经过打磨的钻石戒指；生第二胎时，赠给她的是一件紫貂皮大衣。由于太忙，他很少离开芝加哥。中间如果能休息几天，他们全家就会到亨利·马图林在马文的那幢豪宅里度假。亨利爱儿子，有求必应。一次过圣诞节的时候，他把在南卡罗来纳州买的一处农场送给了儿子——这样儿子可以在狩猎季节到那儿去打两个星期的野鸭子。

“当然，我们的商业巨头跟意大利文艺复兴时期靠商业发财的那些伟大的艺术赞助人很相似。就拿美第奇家族来说吧——甚至就连法国的两个国王也放下身段跟这个显赫家族的千金联姻。可以预见：总有一天，欧洲的君主会跑到美国来，向这个金元帝国的公主求婚的。正如诗人雪莱所说：‘世界的伟大时代重又降临，黄金的岁月回来了。’[①]”

多年来，布雷德利夫人和艾略特的投资都交给亨利·马图林打理，姐弟俩对他的眼光深信不疑。亨利从不冒风险搞投机，而是将他们的钱都放在可靠的股票上。由于股票的价值大涨，他们的投资也水涨船高，小小的几笔钱增加了许多，让他们又惊又喜。艾略特告诉我，说他连一根手指头都没有动，一九一八年投进去的钱，至一九二六年便几乎翻了一倍。他已经六十五岁，两鬓霜染，脸上有皱纹，眼睛下面出现了眼袋，但他没有向岁月屈服，仍保持着身材瘦削、腰杆笔挺。他历来都很注意自己的生活习惯，注意自己的外表。只要能够有伦敦最好的裁缝给他做衣服，有自己的特约理发师为他理发修面，有按摩师天天早晨上门按摩，使他的优美体形保持良好的状态，他就绝不会任由时光摆弄自己。他早已欣然淡忘自己已沦落于商贾之流，而倾向于暗示自己年轻时曾在外交界供职，不过他从不把话说得很明白，因为他并不愚蠢，不会就这一点撒谎，免得日后被人戳穿。我得承认，如果我有机会描写一位大使的话，我会毫不迟疑地选艾略特做我的模本。

但是，世道在变。当初对艾略特有提携之恩的显贵女性，有些仍活着，却年事已高。那些英国的贵族夫人，在她们的爵爷去世后，只得把府邸让给媳妇，自己住进切尔滕纳姆的别墅或者摄政公园里的普通房屋。斯塔福德府邸改造成了博物馆，柯曾宅院成了一个机构的办事处，德文郡的衙门如今在出售。艾略特在考斯时经常乘坐的那艘游艇已转手他人。眼下唱主角的那些弄潮儿觉得艾略特老儿已成了无用的废物，认为他是个荒唐可笑的老厌物。他们仍旧愿意参加他在克拉里奇酒店举办的盛大午宴，但艾略特眼光敏锐，看得出他们来赴宴，只是想彼此见见面，而非来看望他。过去，写字台上满是请帖，由着他挑选，而今那样的情形已不复存在。他常常独自一人在酒店房间里用餐，这种丢人的事情他可不愿叫外人知道。在英国，有地位的女人一旦出了丑闻，

① 这一句诗出自雪莱的长诗《希腊》。

就会被社交界拒之门外，她们转而会对艺术产生兴趣，召集画家、作家和音乐家围绕于身边。艾略特心高气傲，决不愿委屈自己，与之为伍。

“遗产税和战争投机商把英国社交界给毁掉了。”他对我说道，“人们好像对于和什么人来往全不在乎。按说，伦敦的裁缝和鞋帽匠还是不错的。我相信我死之前会一直如此。除了这一点好处之外，这座城市便一无是处了。老伙计，圣艾尔斯家要女佣伺候饭桌，这你知道吗？”

这话是他和我在卡尔顿府邸吃完午宴，离开时讲的。就在那天的午宴上，发生了一桩不幸事件。尊贵的东道主在藏画上小有名气，午宴上有个年轻的美国客人，名叫保罗·巴顿，此人提出想看看他的藏画。

“你是不是有幅提香[①]的画？”

“曾经有过。现在，这幅画在美国呢。一个犹太佬出一大笔钱买它，而我们家当时手头正拮据，所以老爷子就把它卖了。”

我注意到艾略特一边支棱起耳朵听，一边把谈笑风生的侯爵狠狠瞪了一眼，于是便猜到那个买画人就是艾略特。他这么个出身于弗吉尼亚、祖先曾在《独立宣言》上签过字的人，竟然听见自己遭到如此奚落，简直都快把肺气炸了。他有生以来从未受过这样的奇耻大辱。最叫他受不了的是，挑起事端的是他恨之入骨的保罗·巴顿。这个年轻人战后不久便来到了伦敦。他二十三岁的年龄，金发碧眼，一表人才，风度翩翩，跳舞跳得好，手里很有钱。他拿了一封信来见艾略特，艾略特素来有善心，就把他介绍给了自己的好多朋友。这还不够，他还为他指点迷津，给了他一些宝贵的忠告。根据自己的亲身经历，艾略特向他传授经验，说只要对年龄大的贵妇人献献殷勤，对显贵人物说的话，不管怎样腻味，都应该洗耳恭听，这样，即便是一个举目无亲的人也能跻身于社交界。

可是，保罗·巴顿步入的社交界和几十年前艾略特·邓普顿费尽千辛万苦才钻进去的社交界完全是两个世界。这个世界只追欢寻乐。保罗·巴顿豪情满

---

① 提香（约 1489—1576），意大利著名画家，被誉为“西方油画之父”。

怀、仪表堂堂、风度翩翩，没用几个星期便有了效果，其成就不亚于艾略特多年的苦心经营。很快，他便不需要艾略特的提携了，对此他也没有做出样子加以掩饰。两人见面时，保罗·巴顿仍然说些开心的话，但语气却漫不经心，深深刺伤了这位老者的自尊。艾略特请客，不是视自己是否喜欢，而是看对方能不能给宴会增辉，鉴于保罗·巴顿人缘不错，所以每星期设午宴仍旧请他。不过，这个成功的年轻人一般都有约会，有两次到了最后时刻才告知艾略特，给艾略特弄个措手不及。这种事艾略特本人过去也经常做，哪能不知底细——保罗·巴顿显然是刚刚收到了一份更具吸引力的邀请。

“我也不要求你相信我的话，”艾略特气哼哼地对我说，“但事实如此——他竟然想在我面前摆谱。我是谁呀！还谈什么提香不提香。”说到此处，艾略特一副气急败坏的样子。“就是把提香的画放在他面前，他也不见得能认出来。”

我从来没见过艾略特生这么大的气。据我猜想，他之所以动怒，是因为他觉得保罗·巴顿问起这张画是出于恶意；这个年轻人不知从哪儿获悉艾略特买了这张画，于是就想利用那位贵族老爷的回答拿艾略特开涮。

“他是个厚颜无耻的市侩，天下我最痛恨、最瞧不起的就是这种势利小人。要不是我，他狗屁都不是。相信不相信，他的父亲是做办公家具的。办公家具！”说最后几个字的时候，他的语气十分轻蔑。“我告诫人们，说他在美国是个无名之辈，出身极其寒酸，可是他们好像并不在乎。请记住我的话，老伙计，英国的社交界算是完了，跟渡渡鸟[①]一个样。”

依艾略特看，法国的情形也好不到哪儿去。他年轻时结识的那些贵妇人，即便仍活着，也是沉迷于打桥牌（他最讨厌的一种牌戏）、做祈祷和照料孙辈。如今，工厂主们、阿根廷人、智利人以及那些和丈夫分居或者离了婚的美国妇女，却住进了贵族那富丽堂皇的府邸，请客吃饭，极尽奢华之能事。叫艾略特所不齿的是：在他们举办的宴会上，见到的都是些说起法语俗不可耐的政客、要吃相没吃相要坐相没坐相的记者，甚至还有戏子。侯门家的少爷娶个商店店

① 渡渡鸟，堪称除恐龙之外最著名的已灭绝动物之一。

主的小家碧玉，并不觉得丢人。诚然，巴黎是欢乐之都，但这种欢乐是何等缺乏品味！年轻人们追求的是纸醉金迷、灯红酒绿，认为最有趣的生活莫过于走进一家空间狭小、乌烟瘴气的夜总会，花一百法郎喝一瓶香槟酒，挤在不三不四的人群里跳舞，一直跳到次日凌晨五点钟。烟气、热气、嘈杂声，这些叫艾略特感到头痛。眼前的巴黎不再是他三十年前心目中的精神家园，不再是有品味的美国人渴望在死后升入的天堂。

4

艾略特是个有眼光的人。一位知情人告诉他，说里维埃拉就要重新成为贵族和上层人物的休闲之地了。过去由于在教廷供职，他从罗马回来，途中常要在蒙特卡洛的巴黎饭店住上几天，或者到戛纳去，在哪个朋友的别墅里呆一呆，所以对那一带海滨相当熟悉。不过，那都是在冬天。近来却听到传言，说那儿正在成为一个非常理想的消夏胜地。那些大旅馆夏天仍旧营业，夏季贵宾的名字登载进了巴黎《先锋报》的交际栏——那一个个熟悉的名字，艾略特看了满心喜悦。

“滚滚红尘，叫人不胜烦恼。”他说，“我已是一把岁数的人了，也该享受享受山水之乐了。”

这话说得没头没尾，有点儿言不由衷。他一直认为游乐山水是社交生活的一大障碍。有些人眼前明明放着一件摄政时代的古董或者华托的一幅名画不好好欣赏，却跑去游山玩水，这叫他无法容忍。当时，他手头有着一笔数额可观的现金。话说亨利·马图林一方面因儿子力劝，一方面看见那些做证券交易的朋友一夜暴富，不由得红了眼，终于向潮流屈服，渐渐放弃了他那套陈旧的保守主义，觉得自己没有理由不搭上这趟顺风车。他写信给艾略特，说他仍旧和过去一样反对赌博，但证券交易并非赌博，而是对祖国坚定的信任，相信祖国有着永不枯竭的财源。他的乐观是有道理的。他认为任何力量都阻挡不住美国前进的步伐。在信的结尾处，他说他凭保证金额度为亲爱的路易莎·布雷德利买进了一些安全股票，而且很高兴告诉艾略特，她现在已经赚入两万块钱了。末了，他说艾略特如果想赚点儿零钱，让他根据自己的判断行事，保证不会叫艾略特失望。遇到这种事，艾略特总喜欢找些借口搪塞，说什么他抵挡不住眼前的诱惑。多年来，当《先锋报》随着早餐一道送入他的房间时，他都是先看社交界的消息，而自从读了亨利·马图林的来信之后，他首先注意的就是证券市场的报道了。亨利·马图林代表他做的那些交易非常成功，使他不费吹灰之力便拿到了五万块可观的收益。

他决定把这笔钱拿上，在里维埃拉买一幢房子。他选中昂第布作为一处避世的港湾。那地方位于戛纳和蒙特卡洛之间，可进可退，具有战略意义，方便游走于那两地。后来，昂第布没多久便成了上流社会的中心，他的选择不知是出于天意，还是受到内心本能的驱使，谁也说不清。住在一个带花园的乡村别墅里，脱不了城市近郊的那种庸俗气，让讲究品味的他觉得倒胃口，于是他跑到旧城区临海的地方买了两幢房子，再将两幢并为一幢，安装上中央暖气系统、浴室和卫生设备——这些都是顽固的欧洲大陆受到美国影响的产物。当时正流行酸洗，所以他把古老的普罗旺斯家具全都酸洗过，再用现代纺织品蒙上，摆放在屋里，在某种程度上也算赶了赶时髦。对于毕加索①、布拉克②这类现代派画家，他却仍然难以接受。“不成样子，老伙计，不成样子！”他会这样嗟叹。他觉得这些画家都是缺心眼的评论家制造舆论捧起来的。但是他对印象派画家却青睐有加，并认为自己眼光独到，于是他家的墙上便挂了一些花花绿绿的印象派画作。我记得其中有一张莫奈③的人们在河里划船的画；一张毕沙罗④画的塞

① 毕加索（1881—1973），西班牙画家、雕塑家。法国共产党党员。是现代艺术的创始人，西方现代派绘画的主要代表。

② 布拉克（1882—1963），法国立体主义绘画大师。

③ 莫奈（1840—1926），法国画家，被誉为“印象派领导者”，是印象派代表人物和创始人之一。

④ 毕沙罗（1830—1903），法国印象派大师。

纳河的码头和桥；一张高更的塔希提岛风景；一张雷诺阿[①]画的少女侧像，黄头发从背上披下来，很令人着迷。等到房子修整完毕，真是焕然一新，叫人赏心悦目，不同凡响而又朴素无华——那种朴素，是费尽心思才取得的效果。

自此，艾略特步入了自己一生中最辉煌的时期。他从巴黎把他那位厨艺超群的厨子带了来，不久大家便公认他家的饭菜在里维埃拉口味最好。艾府的管家和男仆全都是一身白装，肩上挂着金带。他请客讲究排场，但有一定的底线，从不庸俗。在地中海沿岸，欧洲各地来的王公贵族处处可见，有的是喜欢这儿的气候，有的是逃亡来的，有的是因为不堪丑闻的纠缠，有的是婚姻出现问题，觉得不如定居于这一片异国的土地。人群中有俄国的罗曼诺夫皇族、奥地利的哈布斯堡王族、西班牙的波旁王族、两个西西里贵族和一个帕尔马贵族，另外还有温莎王室的公主、布拉干萨王室的公主，有瑞典的王室和希腊的王公贵族。对于这些人，艾略特敞开大门欢迎。对于那些从奥地利、意大利、西班牙、俄罗斯、比利时来的没有王室血统的王子和公主、公爵和公爵夫人、侯爵和侯爵夫人，艾略特也都设宴款待。冬季，瑞典国王和丹麦国王来海滨小住，西班牙的阿方索国王也不时地来匆匆一游，艾略特对他们迎迓不及。他鞠躬迎接这些高贵人物不卑不亢的样子历来都叫我佩服有加，因为他既能表现得彬彬有礼，又能保持一个声称人人生来平等的国度里的公民所具有的独立人格。

游荡了几年之后，此时我在费拉角买了幢房屋定居了下来，于是和艾略特见面的机会就多了。我的地位在他眼中很荣幸已经升得很高，所以，他有时候也请我参加他举办的最为盛大的宴会。

“来吧，老伙计，算是帮我的忙了。”他会这样对我说，“当然，你我都清楚，王公贵族在宴会上只会叫人败兴。不过，有些人还是想会会他们的，我觉得自己有责任照顾照顾那些可怜人的面子。只有上天知道，他们是不配的，因为他们是世界上最忘恩负义的人。这些人是要利用你，一旦你对他们没有用

---

① 雷诺阿（1841—1919），法国画家。印象画派成员之一。

时，便会将你视若敝屣。你给予他们千百种恩惠，他们也不会感恩，哪怕是举手之劳的忙也不会帮你的。”

艾略特绞尽脑汁和当地的权贵搞好关系，因此，区长、教区主教以及主教代理就成了他家常来常往的座上宾。主教在进教会之前是个骑兵军官，第一次世界大战期间指挥过一个骑兵团。他脸色红润，身材胖大，讲话粗鲁、率直，一副军队里的腔调，这叫表情严肃、面容枯槁的主教代理总是如坐针毡，生怕他会说出有伤大雅的话来。主教很喜欢讲故事，这位代理在听的时候，脸上会堆起不以为然的微笑。不过，主教大人在管理教区方面能力过人。他布道时口若悬河，动人心扉；餐桌旁则妙语连珠，给大家带来了欢乐。艾略特对教会的虔诚以及慷慨布施令他很是欣赏，他喜欢艾略特的和蔼可亲以及艾略特提供的美味佳肴。二人成了好朋友。艾略特扬扬得意，说他在天地两世界都游刃有余，而按照我的说法是，他拜上帝和拜金两不误，取得了理想的平衡。

艾略特对自己的房子颇感自豪，急于向姐姐炫耀炫耀。他总觉得姐姐在赞扬他时，肚子里留了三分话。他想让她看看自己如今过得是多么风光，想让她见见自己新结交的朋友。姐姐来了一看，所有的疑惑都会消失的，会承认他干得不错。他写信给她，让她带着格雷和伊莎贝尔一同来——不是住在他的府上，因为府上没有空房间，而是以他的客人身份住进近旁的“海角旅馆”。布雷德利夫人写了回信，说她已经过了旅行的年龄，因为健康欠佳，想想还是待在家里养病好；格雷在芝加哥是怎么也脱不了身的，他生意兴隆，财源滚滚，忙得只好留在国内了。艾略特跟姐姐感情很深，这封信使他慌张起来。他又给伊莎贝尔写了封信。对方回了封电报，说母亲身体虽然很不好，每星期得卧床一天，但目前还没有危险，其实，如果当心一点，完全还能活很长时间；不过，格雷倒需要休息休息，国内的生意有他父亲照看着呢，他自己有理由度一段时间的假；今年夏天算是不行了，明年她和格雷一定来。

一九二九年十月二十三日，纽约的证券市场崩溃了。

5

当时，我正在伦敦。我们身处英国，起初没有意识到情况是多么严重，后果会是多么叫人心灰意冷。就我自己而言，虽然对损失了相当大的一笔钱感到烦恼，但损失的大部分是票面利润，等到尘埃落定，我发现自己的现款并无缩水。我知道艾略特买股票下的赌注很大，担心他会受到沉重打击。可是，我一直没有和他见面。直到过圣诞节，我们重返里维埃拉，才得以相见。他告诉我，亨利·马图林死了，格雷破产了。

我对做生意一窍不通，艾略特给我讲述了事件的经过，听得我一头雾水。我只觉得之所以大难临头，一半要怪亨利·马图林一意孤行，一半要怪格雷急躁冒进。亨利·马图林开头不相信事件会那么严重，认为只不过是纽约股票经纪人玩的小把戏，无非是想从别的地方的同行身上榨点油出来，于是咬紧牙关拿出大笔的钱来支撑市场。芝加哥的经纪人们被纽约的那些无赖吓得屁滚尿流，这叫他十分生气。他的那些小客户——有固定进项的寡妇、退伍的军官等等，过去听从他的建议，不曾损失过一分钱，他以此而感到自豪，现在为了不使他们受到损失，他就自己掏腰包给他们的账户注入资金。他说大不了就是破产嘛，他还可以东山再起；但是，如果让信任他的小客户蒙受损失，他就永远也无法抬起头来做人了。他自以为有一副侠肝义胆，然而却挽不住狂澜，偌大的家产投进去，顷刻化为乌有。一天夜里，他的心脏病突然发作。他已是六十多岁的人了，平时劳累过度，暴食暴饮，经过几个小时痛苦的挣扎，最终因冠状动脉栓塞而溘然长逝。

只剩下了格雷一人独立面对危局。这之前，他在投机生意上广泛涉入，父亲对此一无所知，而今他自己也深陷债务危机。他千方百计想摆脱困境，但最终归于失败。银行不肯贷款给他，交易所里老一辈的人告诉他，说仅有一条路可走了——低头认输。其余的情况我就不太清楚了。可能他无法履行还债的义务，于是便宣告破产了。他家的房子此前早已抵押了出去，这时便乖乖将房子交给了债权人。他父亲在湖滨道的房子以及马文的那套房子均折价卖了出去。伊莎贝尔把首饰也卖了个精光。南卡罗来纳州的那个农场成了他们仅有的财产（此农场过户在伊莎贝尔的名下），想卖也找不到买主。格雷成了一文不名的穷光蛋。

“你的情况怎么样，艾略特？”我问道。

“哦，我倒没什么可抱怨的。”他语气轻松地回答道，“承蒙老天垂怜。”

我没有打破砂锅问到底，因为他的经济情况与我无关。但不管怎样，他跟我们大家一样肯定也蒙受了损失。

经济大萧条的恶潮起初对里维埃拉的冲击还不算大。后来听说有两三户人家损失惨重，许多别墅冬季都关门闭户，有几家还挂出了牌子出售。旅馆冷冷清清，蒙特卡洛的赌场牢骚满腹，说生意惨淡。不过，一直到两年之后，里维埃拉才真正感受到了这场飓风的影响。一个地产商告诉我，说从土伦到意大利边界的地中海沿岸，大大小小有四万八千处房地产要出售。

赌场的股票跌到了谷底。大型旅馆压低价钱以吸引顾客，却无济于事。能看得见的外国游客，全都是些穷得不能再穷的人。他们分文不花，因为他们压根就没有钱可花。商铺的老板们个个都大失所望。而艾略特与别人不同，他既没有辞退自家的仆人，也没有减少他们的工资。他继续用好酒好菜招待那些王公贵族，还买了一辆崭新的大汽车，车是从美国进口的，他为此付了很大一笔关税。主教大人组织慈善活动，给失业家庭施舍义餐，他为之慷慨解囊。事实上，他一如以往，好像压根没发生经济危机似的，好像半个世界没有因此被冲击得摇摇晃晃似的。

后来，我无意中发现了其中的原因：艾略特此时除掉一年一度去伦敦两个星期购置衣服外，已经不去英国了，然而他仍旧每年秋天回巴黎在自己的公寓里住三个月，五月和六月也在巴黎度过，因为这几个月里他的朋友们是不去里维埃拉的；他喜欢里维埃拉的夏天，部分原因是能洗海水浴，而我觉得主要是因为炎热的天气使他有机会穿上五颜六色的衣服放松一下——平时，为了顾及体统，他是不能这样做的。这时候，他会穿上颜色鲜艳的裤子（红的、蓝的、绿的或者黄的），配上色调形成鲜明对比的汗衫（淡紫色的、蓝紫色的、深褐色的或者杂色的），接受人们对衣服的恭维，神情不以为然，谦虚得就像一个女演员听见人家说她扮演一个新角色演得非常成功一样。

那年春天，在返回费拉角的途中，我在巴黎待了一天，邀艾略特和我一同吃午饭。我们在里茨酒吧见了面。此处一片冷清，不见了从美国跑来寻乐子的大学生，就和一出戏剧初演之夜便砸了锅的情形一样人去屋空。我们喝了一杯鸡尾酒（此为美国人的习惯，艾略特最终还是无奈地接受了），然后点了饭菜。酒足饭饱，他建议一同去逛逛古玩店。我声称自己钱囊羞涩，但愿意舍命陪君子。我们步行穿过旺多姆广场，他问我愿意不愿意跟他到查维特服饰店去一趟——他在那家店里定做了几件衣服，想问问做好了没有。原来，他订的是几件内衣内裤，上面要用手工绣上他的姓名的缩写字母。内衣尚未做好，内裤已完工，店员问他要不要看一下。

“那就看看吧。”他说道。趁着店员去拿内裤的时候，他对我说道：“我让他们缝衣服时加上我的图案。”

内裤拿来了，和我平时在麦西服装店买的一个样子，只不过料子是丝绸罢了。但我注意到：在 E.T. 两个缩写字母的上方绣着一个伯爵的冠饰。我看了，却一句话也没说。

“非常漂亮，非常漂亮。”艾略特说，“等内衣做好，一同给我送去。”

出了衣服店，离开那儿时，艾略特笑盈盈地转过脸对我说：“注意到那个冠饰了吗？实话说，我拉你来查维特服饰店的时候，把这个给忘了。我一直没机会告诉你：教皇陛下给我面子，仁慈地恢复了我家古老的头衔。”

“恢复了什么？”我诧异地问，完全忘掉了提问时应该委婉些。

艾略特不满地抬起了眉毛。

“你不知道吗？我母系那一方是劳里亚伯爵的后代，他是随从菲力普二世到英国来的，并且娶了玛丽王后的一个侍女。

“就是那个血腥玛丽[①]吗？”

---

① 血腥玛丽（1516—1558），即残暴的英国女王玛丽一世，嗜杀成性。她病死时，据说整个伦敦响起了欢庆的钟声。即位的是她的妹妹、后来成为一代明君的伊丽莎白一世。

“我认为这是异教徒对她的称呼。”艾略特有点尴尬地说，“恐怕我没有告诉过你，一九二九年的九月我是在罗马度过的。我觉得去罗马是件很乏味的事情，因为那儿几乎成了空城。不过，幸亏我的责任感战胜了我追求世俗享乐的欲望。当时，梵蒂冈的朋友告诉我，说经济大崩溃就要来了，力劝我卖掉手头所有美国的股票。天主教会拥有两千年之久的智慧，所以我一刻也没有耽搁，马上拍电报给亨利·马图林，叫他把所有的股票全卖掉，购入黄金。我还发了封电报给路易莎，让她也如此办理。亨利·马图林回电问我是不是疯了，说除非我再发一封电报证实我的指示，否则他什么也不会做。我立刻又发了封电报，以极为强硬的语气，要他按我说的做，然后回电报把结果告诉我。可怜的路易莎没有听我的话，因此栽了跟头。”

“这么说，大崩溃降临时，你毛发未损？”

“这是美式用语，劝你还是别用的好。不过，用它来形容我那时的状况，倒是十分贴切的。我一分钱也没损失，实际上还捡了些便宜（你也许会称之为油水吧）。过了一段时期以后，我只花了很少一点钱就把原来卖掉的那些股票全买回来了。我认为只能把这种现象叫作上帝的直接干预，于是觉得应该做点儿事情来报答上帝，这样才合乎情理。”

“哦，那你是怎样报答的呢？”

“这个嘛，你知道教廷在蓬蒂内沼泽[①]开垦了大片的土地，他们告诉我说教皇陛下对那边的居民缺少一个做礼拜的地方深感焦虑。简而言之，我出资在那儿建了一座罗马式教堂，和我在普罗旺斯看到的一座一模一样，每一个部分都异常完美，可以说是一枚灿烂的明珠。教堂是奉献给圣马丁[②]的。说来话长，一次，我有幸发现了一扇古香古色的反映圣马丁事迹的彩色玻璃窗，画面上的圣马丁将自己的长袍割成两半，一半给了一位光身子的乞丐让他遮体。我觉得这幅画很有象征意义，于是把玻璃窗买下，后来镶嵌在了主

① 蓬蒂内沼泽，位于意大利中南部，旧时为沼泽，今为全国最富庶的地区之一。
② 圣马丁，《圣经》里的人物。

祭坛的上方。”

我没有打断艾略特的话。但我不明白圣马丁的那种世人皆知的善举和艾略特的行为之间有什么联系——他只不过瞅准时机卖掉股票大捞了一把，从中取出一部分小钱贡献给上帝，就像是给代理人的回扣似的。不过，我这种人毕竟是俗胎凡眼，看不透其中的象征意义罢了。

艾略特继续说道：“一次受到教皇陛下的接见，我把教堂和彩色玻璃的照片拿给他看。他圣颜大悦，说他一眼就看出我是个很有品味的人，并且说在这个世风日下的时代能发现一个既忠于教会，又具有如此罕见艺术修养的人，让他感到很高兴。当时的情景叫人终生难忘，老伙计，终生难忘呀。但最让我感到意外的是，过后不久便有人通知我，说教皇陛下有心赐给我一个爵位。我是个美国公民，觉得还是谦虚些好，除非在梵蒂冈，在别的地方就不用这个头衔了。所以我禁止我的仆人约瑟夫称我为伯爵大人[①]。我相信你会尊重我的隐私的。我不想把此事张扬出去。可是，我又不愿让教皇陛下觉得我不珍重他赐给我的荣誉，所以我把冠饰绣在我个人的衬衣上，这完全是出于对他的尊敬。可以这样说：我把爵位的标记不显山不露水地缝在内衣上，既是谦虚的表现，又透露出自豪感。”

我们分手了。艾略特告诉我，说他将于六月底到里维埃拉来。可是他却没有如约而来。原因是这样的：当时他刚刚做好安排把仆人们从巴黎调往里维埃拉，而他本人准备开车过来，消消停停地，这样抵达里维埃拉时，便已万事俱备了；就在此时，伊莎贝尔来了封电报，说她的母亲病情突然加重。我在上文便说过，艾略特喜欢他的姐姐，家族感情非常强。他立刻从瑟堡乘船到了纽约，再从那儿返回芝加哥。他写信告诉我，说布雷德利夫人病得很厉害，瘦得不成了人样，着实吓了他一跳。也许她还能活上几个星期，甚至几个月，可是不论怎样，他觉得自己有责任给她送终——不管这种责任是多么痛苦。他说芝加哥的高温比他预计的要容易忍受得多，却缺乏惬意的社交活动，不过这也没

---

① 原文为法语。

什么关系，因为这种时刻他反正没有心思与人交往。他说他的国人对经济萧条的反应令他感到失望，因为他原以为国人会以比较平静的心态对待这场灾难呢。看见别人遭难，以泰然的语气说些大话，这是再容易不过了。我觉得艾略特比他一生中任何时候都要富有，恐怕没资格对别人要求这样苛刻。最后，他请我把情况转告给他的几个朋友，并且请我务必记着向所有碰见的人解释，为什么他的府邸今年夏天没有开门迎客。

过了不到一个月的时间，我又收到他的一封信，说布雷德利夫人过世了，词句写得悲痛，充满了深情。我早就认为尽管他为人势利，而且有许多荒唐做作的地方，但他仍不失为一个善良、多情的和诚实的人，所以便觉得这样一封真诚、动情和单纯的信是出自一片真心。他在信中告诉我，说在处理布雷德利夫人的丧事时乱事如麻。布雷德利夫人的长子是个外交官，由于驻日大使离任，他临时代理东京的外交事务[①]，一时抽不出身奔丧。她的次子叫邓普顿，我最初认识布雷德利一家时，他在菲律宾群岛供职，后来调回华盛顿，并在国务院担任要职。母亲病危时，他带着妻子来到芝加哥，但母亲一下葬，便立刻返回了首都。遇到这种情况，艾略特觉得自己应该待在美国把后事料理完再说。布雷德利夫人把财产平均分成三份，给了她的三个孩子。不过，看上去，她在一九二九年经济大崩溃时遭受了重大损失。幸好马文的那个农场有了买主。艾略特在信中把农场说成是“亲爱的路易莎的乡间别墅”。

“一户人家最后落得变卖祖屋，难免令人唏嘘。”他在信中写道，“不过，近年来眼见得许多英国朋友都被迫出此下策，我也就觉得两个外甥和伊莎贝尔必须以同样的勇气以及听天由命的态度接受这种不可避免的后果了。顺天意而行之嘛。”

他们运气好，把布雷德利夫人在芝加哥的房子也处理掉了。其实，早有人计划着要把布雷德利夫人以及其他几户人家住的那排房屋拆掉，在原址上建一幢大型公寓楼，但是，布雷德利夫人非常顽固，坚持要死在自己住的房子里，

---

① 原文为法语。

所以这个计划始终没有实现。布雷德利夫人一断气，就有中间人跑来提出要买房子，布雷德利一家人立刻就接受了。可尽管有了这笔钱，伊莎贝尔还是觉得不够用。

经济大崩溃之后，格雷试图找份工作干，哪怕为那些挺过了灾难的经纪人效力，在办公室当个小职员也可以，但屡屡碰壁。他找老朋友帮忙，想弄个差事做，不管地位多么卑贱，薪水多么低都可以，仍无果而终。为了度过这场灾难，他拼命挣扎，再加上忧虑过度和内心蒙受的屈辱，导致他的神经最终崩溃。他有时头痛欲裂，昼夜不息，头痛症一旦过去，便浑身软绵绵的，像面条一样。伊莎贝尔无奈之中，觉得只好先带着孩子举家前往南卡罗来纳州的那个农场暂住，等格雷恢复了健康再作计较。农场有过兴盛期，一年靠出产大米亦有十万块钱的进项，后来撂荒，成了一片泽国和荒林，对喜欢打野鸭的猎手才能派上用场，想脱手也苦于找不到买主。大崩溃发生后，他们偶尔在那儿住住，现在打算回到农场去，待情况转好，格雷能找到工作再说。

“我不能叫他们过那样的日子，”艾略特在信中写道，“老伙计，那是牲口一样的日子——伊莎贝尔没有贴身女佣，孩子没有家庭教师，只有两个黑种女人料理家务。我提出把我在巴黎的那套公寓让给他们住，等到这个风雨飘摇的国家形势改观之后再说。我将会给他们雇几个用人。其实，我厨房里的女佣烧得一手好菜，可以留给他们用，我自己完全能够再找一个代替她。他们所有的开销都由我负担，伊莎贝尔的那一点点进项，就让她买些衣服以及给家里买点好吃好喝的。当然，这意味着我在里维埃拉的时间要比以前多得多了，希望能多见见你，老伙计。伦敦和巴黎现在成了这个样子，我觉得还是住在里维埃拉自在些。里维埃拉成了唯一的一块净土，在这儿，我可以会会和自己有共同语言的人。巴黎当然也还会去的，偶尔住上几天。不过，即便去了巴黎，我也不在乎在里茨饭店凑合凑合。我可以很高兴地告诉你，我总算不枉费口舌，让格雷和伊莎贝尔接受了我的要求。把必要的事宜安排妥当，我立刻就带他们过来。那些家具和油画非常差劲，老伙计，真伪难辨，再过上一个星期就卖掉它们。我怕他们住在家里伤心，已经把他们带了来，目前和我一道暂住在德雷克饭店。过后去巴黎，我把他们安顿好，就回到里维埃拉去。别忘记替我向你的皇家邻居问好。”

无可否认，艾略特虽然是天字号的势利眼，然而也是最善良、最体贴、最慷慨的一个人！

THE RAZOR'S EDGE

第四章

1

艾略特把马图林一家安顿在左岸自己的那套宽敞的公寓里，于岁尾返回了里维埃拉。里维埃拉的这套房子在设计上适合于他一人居住，无法再容纳一个四口之家，所以即便他想请那一家子来跟自己住在一起，也是办不到的。对此，他恐怕也并不觉得遗憾。他心里很清楚：凡是请客的，都愿意请一个独居的人，而不愿请由外甥女和外甥女婿相陪的人；至于他自己举办宴会（他在这方面是很费心机的），家里老有两个房客，也别指望能把宴会办得多么出色。

“他们还是住在巴黎要好得多，适应适应文明社会的生活。再说，那两个小姑娘也到了上学的年龄，我找到一所学校离公寓不远。那是个百里挑一的好学校。”

由于这个缘故，直到第二年春天我才见到了伊莎贝尔。当时，有些事情需要办理，得在巴黎待上几个星期，我便在旺多姆广场近旁的一家旅馆租了两个房间。我是这家旅馆的常客，不仅仅是为了图方便，也是因为这儿弥漫着一种情调。这是一所高门大户、年代悠久的房宅，围成一圈，中心有个院落，作为旅馆接客已有近两百年的历史了。旅馆里的浴室远远称不上奢华，抽水马桶远远不能叫人满意；寝室里放着铁架子床，漆成白色，上面铺着老式的白床罩，还有一面大衣橱，上边镶着镜子，所有的一切都透出一股寒酸气；不过，客厅里的摆设却精致漂亮、古色古香。长沙发和扶手椅是拿破仑三世那个追求奢华时代的产物，不能说舒适，但外观华丽，挺好看的。坐在客厅里，仿佛时光倒流，回到了法国小说家描写的久远岁月里。看一看玻璃罩里的那架帝国式时钟，我联想到了一位美丽女子，头发梳成小发卷，穿一件荷叶边连衣裙，一面望着时钟的长针，一面等候着拉斯蒂涅克的来访——此君是巴尔扎克笔下的一个冒险家，起自贫寒，终成显赫人物。巴尔扎克用几部小说的篇幅描写了他的人生经历。比安松医生也是巴尔扎克塑造的人物，那样栩栩如生，以至于巴尔扎克临死时还说："只有比安松医生能救我的命了。"那位医生很可能来过这个客厅，为一个外省的贵族寡妇把过脉、看过舌苔——那寡妇来巴黎找律师打官司，偶染微恙，请医生看治。在那张写字台前，也许坐过一个穿撑裙的痴情女子，头发对中分开，正在给她的负心情人写一封情意绵绵的信；或者坐过一个愤怒的老者，穿一件绿颜色的双排扣常礼服，正在写信斥责他那挥霍无度的儿子。

抵达巴黎的第二天，我给伊莎贝尔打了个电话，说我五点钟去看望她，问她能不能请我喝杯茶。我已经有十年没有见过她了。一个脸色凝重的管家把我领进客厅时，她正在看一本法国小说。见了我，她起身迎接，握住我的双手，绽出灿烂、迷人的微笑。我和她过去见面顶多不过十一二次，而且只有两次单独在一起，但她让我立刻觉得我们是老朋友，而非泛泛之交。十年的时光倏然流逝，缩短了一个年轻女子和一个中年男子之间的鸿沟，我不再觉得我们的年龄存在着十分大的差异了。她俨然是一个见过世面的女子，语气委婉地对我说些入耳的话，待我如同龄人一般。没出五分钟，我们便坦坦荡荡，无话不谈了，就好像我们是童年时的玩伴，经常见面，从没有间断过似的。此时的她处事泰然，落落大方，充满了自信。

然而，最叫我感到意外的是她容貌上的变化。在我的记忆中，她是个漂亮、活泼，一不小心就会发胖的女孩子。不知道是她意识到了这一点而不屈不挠地采取措施进行减肥，还是因为生孩子而产生了意想不到的可喜效果，反正她现在有一个人人都渴望具备的苗条身段。她的一身装束更突出了这一点。她穿着一身黑色丝绸衣，既不十分朴素也不十分华丽，我一眼就看出是在巴黎的一家顶级服装店定做的，被她随随便便、漫不经心地穿在身上，那股劲儿就好像她天生应该穿高档服装似的。

十年前，尽管有艾略特为她指点迷津，她的穿着仍不够典雅，而且那样的行头好像老让她觉得不自在。而现在，就是玛丽·路易丝·德·弗洛里蒙在跟前，也不能说她缺乏品味了。如今的她，就连染成了玫瑰色的指甲盖都是有品味的。她出落得更加水灵了。我觉得在我见过的女性中，她的鼻子长得最直、最美。不论在前额上或者在她淡褐色的眼睛下面，都看不见一丝皱纹；她的皮肤虽然失去了几分少女时期的清新光泽，但仍如凝脂一般；也许是由于使用护肤液、乳霜，以及面部按摩，她的皮肤如今显得滋润光滑、吹弹可破，独具一种魅力。她那清秀的脸庞略施粉黛，芳唇上淡淡涂了点朱色；浅棕色的头发按照当时的风尚剪得很短，并且烫过。她的手上没有戴戒指，这使我想起艾略特说过她把首饰都卖掉了；她的手算不上特别纤巧，但十分匀称。那个时候的女子白天喜欢穿短裙，我发现她那两条穿着香槟酒色长袜的腿修长修长，特别好看。许多漂亮女子坏就坏在腿长得不够好看。记得伊莎贝尔的一双腿在当姑娘时极不入眼，而今一变为异常美观。事实上，在过去，她的魅力来自大放异彩的健康、高扬的青春气息和亮丽的气色，昔日的那个漂亮小姑娘如今变成了一位如花似玉的美少妇。

至于她的美有几分靠的是素养、训练和修饰容貌，似乎并不重要，反正结果极其理想。也许，经过了苦心经营，她才有了这般绰约的风姿和娴雅的举止，但看上去却自然天成。我有一种感觉：她的美犹如一件艺术品，已着墨数年，而在巴黎居住的这四个月点上了最后一笔，使之脱颖而出。艾略特即便用最苛刻的眼光加以挑剔，恐怕也挑不出毛病来。我本来就不是个吹毛求疵的人，自然觉得她美压群芳。

格雷到莫特芳丹打高尔夫去了，伊莎贝尔说他不一会儿就会回来的。

“我要让你看看我的两个小女儿。她们去杜乐丽花园了，应该马上就能回家了。她们都很可爱的。”

我们说这说那的，聊个没完。她说她喜欢巴黎的生活，说住在艾略特的公寓里十分舒适。艾略特临行之前，把他的一些这小两口很可能会喜欢的朋友介绍给了他们，现在他们有了一个很开心的朋友圈。艾略特要求他们按照他惯常的那种做法设盛宴待友。

“要知道，我们现在老摆阔，其实一贫如洗，想起来就觉得好笑。”

“真的一贫如洗吗？”

她咯咯笑了，这使我想起十年前她的那种轻松、快活、令人心情愉悦的笑声。

“格雷一个铜板也没有。我的进项很少，差不多跟拉里当年一样。那时候拉里想娶我，我不肯嫁给他，因为我觉得靠那点儿钱难以维持生计，殊不知我现在多了两个孩子，照样过日子。你说滑稽不滑稽？”

“很高兴你以幽默的眼光看待此事。”

“你有拉里的消息吗？”

“我吗？没有。你上次离开巴黎之前，我就再也没见过他了。他的朋友圈里，有几个我也认识，我还打听过他的情况呢。不过，那都是多年以前的事了。好像没人知道他的下落。他就这么蒸发了。”

“拉里在芝加哥的一家银行开有账户，我们认识该行的经理。经理说他时不时会从哪个地方开来一张付款支票——有中国的，有缅甸的，有印度的。他好像在周游世界。”

一个问题已经溜到了嘴边，我便索性说了出来。再怎么样，想了解情况，最好的办法就是开口问。

“你没嫁给他，现在后悔不后悔？”

她嫣然一笑说道：“和格雷在一起，我感到十分幸福。他是个‘五好’老公。在经济大崩溃发生之前，我们的日子开心极了。我们喜欢同样的人，喜欢做同样的事情。他对我体贴入微。受到老公的宠爱，那感觉真好。至今，他都对我恩爱如初。在他的眼里，我是天下最棒的女孩子。你无法想象他是多么温柔和体贴。他对我的慷慨大度，简直到了让人觉得荒唐的地步。他认为天下没有我不配得到的东西。结婚多年来，他没有冲我说过一句刺耳或难听的话。啊，我真是太幸运了。”

我暗想她可能觉得这就算回答了我的问题了，于是便转了话题。

“给我讲讲你的两个小女儿吧。”

我话音未落，就听见了门铃响。

“她们来了。你自己看吧。”

一转眼，就有两个小姑娘走了进来，身后跟着她们的保育员。伊莎贝尔先介绍我认识大女儿琼，然后介绍小女儿普里西拉。她们依次和我握手，同时微微鞠躬致意。两姐妹一个八岁，一个六岁，跟同龄人相比个头显高。伊莎贝尔个子就高，我记得格雷也是个大块头。这俩孩子的美仅仅是普通儿童的那种美。她们看上去身子骨比较单薄，有着父亲的黑发以及母亲的浅褐色眼睛。在生人面前，她们丝毫也不害羞，争先恐后地告诉妈妈她们在花园里都做了些什么。她们的目光紧紧盯在伊莎贝尔的厨子端来的可口茶点上——那茶点我们俩谁都还没有碰过。伊莎贝尔允许她们每人挑一块吃，这倒叫二人颇费脑筋，不知挑哪一块好。显然，她们对自己的母亲怀着深深的爱，叫人看了为之感动。母女三人在一起享受天伦之乐，构成一幅美好的图画。两姐妹吃完各自挑选的蛋糕，伊莎贝尔便将她们支走了。她们一声不吭，乖乖走掉了。我所得的印象是：伊莎贝尔把她们管教得十分听话。

她们走后，我又说了几句闲话，无非就是“慈母乖儿”那一类的话。伊莎贝尔听了我的一番恭维显然很受用，但样子有些淡然。随后，我问格雷喜不喜欢巴黎。

“非常喜欢。艾略特舅舅留下一辆汽车给我们，所以他几乎每天都能够去打高尔夫球；他还加入了旅行家俱乐部，在那儿打打桥牌。说起来，艾略特舅舅让出这套公寓供我们住，真是天降洪恩。当初，格雷精神崩溃，至今仍头痛欲裂。就是能找到工作，他也干不了。为此，他把肠子都愁断了。他想工作，也觉得自己应该工作，不能干活养家会叫他无地自容。他认为一个男子汉有责任工作，否则生不如死。一想到自己成了多余的人，他便无法忍受。我好言相劝，说休息休息、换换环境，可以使他恢复常态，好说歹说把他劝到了巴黎来。但我清楚，除非他能够东山再起，否则他不会真正开心的。”

“这两年半，你们的日子恐怕是十分艰难哟。”

“唉，想当初经济大崩溃降临时，我简直不敢相信那是真的。无法想象，我们竟会倾家荡产。要说别人破产，我还能相信，可是至于我们……唉，实在让人意想不到。我一直到最后都心存希望，认为老天会拯救我们的。后来，致命的一击落在了我们身上，我觉得没法再活下去，无法再面对未来，一时间感到天昏地暗。有两个星期的时间，我悲痛欲绝。天呀，所有的家产都离你而去，今后再无欢乐可言，你所喜欢的一切都跟你再也无缘，那种感觉真是可怕极了……两个星期过后，我痛定思痛，对自己说道：‘见它的鬼吧，我再也不去想了！’从那以后，我再也没有发过愁。没有什么可遗憾的。不管昨天是多么灿烂，如今过去了，就让它过去吧。”

“显然，住在上等住宅区的一套豪华公寓里，有一个能干的管家和一个厨艺高超的厨子，自己分文不用花，还可以给自己的瘦骨头穿上沙诺尔式女装店缝制的衣服，破产的痛苦是容易忍受的，你说是不是？”

“不是沙诺尔式衣服，而是朗万[①]女装。”她咯咯一笑说，“十年没见，你可是一点儿都没有变。你是个愤世嫉俗的人，想必不会相信我的话的。也可能，我当初接受艾略特舅舅的邀请，全都是为了格雷和孩子。按说，有我那每年两千八百块的进项，我们一家可以在农场过得很好——种种稻子、黑麦和玉米，再养养猪。再怎么说，我也是在伊利诺斯的一个农场出生和成长大的。”

“任你怎么说吧。”我笑了笑说道。其实，我知道她是在纽约的一家价钱昂贵的产科医院出生的。

---

① 法国名牌服装，由珍妮·朗万于1867年创建，以其优雅精致的风格，为时尚界带来一股积淀着深厚文化底蕴的思潮。

就在这时，格雷走了进来。十二年前，我只见过他两三次，这倒是真的，但他的结婚照我还是见过的（艾略特把那张结婚照镶在一个漂亮的镜框里，和瑞典国王、西班牙王后、吉斯公爵签过名的各自的照片一同放在钢琴上面）。他的模样我记得很清楚。这时一见面，我却吓了一大跳。他的鬓角秃得很厉害，头上有一小块秃顶，一张脸又红又胖，都胖成了双下巴了。多年来养尊处优的生活以及饮酒过量让他的体重大大增加，只是由于个子高，才没有叫他显得过分臃肿。但最能吸引我注意力的是他的眼神。我记得很清楚，当他前途无量、无忧无虑的时候，那双爱尔兰人的蓝眼睛里充满着信任和坦率，如今在那双眼睛里似乎看到的是迷茫和惶恐。即便不了解内情，恐怕也能猜得到：一定是天降大祸，摧毁了他的自信心以及他对社会秩序的信任。我觉得他有一种自卑感，仿佛做了错事一样，虽则并非出于有意，却仍羞愧难当。显而易见，他的心理世界已经崩溃。他热情、礼貌地跟我寒暄，像是老友重逢一样满脸的高兴，但我却感到他表面的兴奋和开心只是待客的方式，与他心里感受到的并不相符。

酒水送来后，他为我们每人调了杯鸡尾酒。他刚刚打完两轮高尔夫球，对自己的球技颇为满意。在谈到其中一次击球进洞的经历时，他大讲特讲自己是如何克服了重重困难，整个叙述过程冗长、啰唆，伊莎贝尔却似乎听得津津有味。又过了几分钟，跟他们约了个日子请他们吃饭和看戏，随即我便告辞了。

2

我逐渐养成一个习惯，干完一天的工作之后，下午就去看望看望伊莎贝尔，一星期要去三四趟。这个时间，她通常都一个人在家，乐得跟人聊天。艾略特给她介绍的那些人，比她的年纪要大得多，我发现她几乎没有和她年龄相仿的朋友。我自己的朋友大多忙得不可开交，不到吃晚饭时是腾不出时间的。再说，我喜欢和伊莎贝尔聊天，而不愿去俱乐部跟那些气哼哼的法国人打桥牌——那些法国佬不太欢迎外人介入他们的圈子。伊莎贝尔把我当作同龄人对待，千娇百媚的，使得我们的谈话轻松愉快。我们谈笑风生、插科打诨，时而谈人生，时而谈朋友们的情况，时而谈书画，时光就这么令人愉快地悄然流逝。我生性有个缺点：总是看不惯其貌不扬的人。一个朋友，不管性格多么好，即便有多年的交情，如果掉了牙齿或歪了鼻子，我便感到不舒服了。另一方面，对于漂亮的人我却百看不厌——对于这样的人，尽管交往已有二十年之久，我仍喜欢看她们那标致的额头或者线条优美的脸颊。因此，我每次见到伊莎贝尔，看着她那完美的鹅蛋脸、凝脂般细腻的皮肤以及淡褐色眼里闪烁着的明快光芒，我都会产生一种心旷神怡的感觉。

后来，一件意想不到的事发生了。

3

在所有大城市里，有着一个个独立的社会圈子，彼此互不交往，在偌大的一个世界上构成了若干小世界，关起门过自己的日子，内部的成员相互依存、抱团取暖，犹如一座座孤岛，岛与岛之间隔着无法通航的海峡。根据我的所见所闻，没有一座城市比巴黎更是如此了。在这座城市里，上流社会很少允许外人涉足圈内；政客们自成一个圈子，过着糜烂的生活；大大小小的资产阶级相互之间你来我往；作家和作家欢聚一堂（在安德烈·纪德[①]的日记里，有一点很突出：他好像很少跟自己行业之外的人交往）；画家和画家结伴；音乐家和音乐家为友。伦敦的情况也大致如此，只不过不那么明显罢了。伦敦城内，虽也“人以群分”，但与巴黎相比就不那么讲究了，有那么十几户人家，餐桌上既能看见公爵夫人，也可以遇到演员、画家、议员、律师、服装设计师和作家。

我的人生际遇使得我在不同的时间段里游走于巴黎各类社交圈子，甚至还（通过艾略特）进入过圣日尔曼大街那个封闭的世界，但我最喜欢的是以蒙帕

① 安德烈·纪德（1869—1951），法国著名作家。

纳司大街为中轴的那个小社会——这个小社会在我心目中的地位要超过那个以现在叫作福煦大道为中心的拘谨保守的小圈子，要超过经常光顾拉鲁埃餐馆和巴黎咖啡馆的那些国际人士，也超过蒙马特尔区的那些吵吵闹闹、蓬头垢面的追欢族。年轻时，我曾经在贝尔福狮子咖啡馆附近的一个小公寓里住过一年。我的房间在五楼，视野开阔，可以眺望到那片公墓。蒙帕纳司在我眼中仍旧具有当初它特有的那种外省乡镇的静谧气息。走过阴暗、狭窄的奥德萨街时，我会怦然心跳，会回想起我们经常聚餐的那家寒碜的餐馆。我们中间有油画家、插图画家和雕塑家，除过阿诺德·贝内特[①]偶尔来来外，在座的就我一个作家了。我们在那儿一待就待到很晚，一块儿讨论绘画和文学，一个个情绪激昂，语气激愤，样子荒唐可笑。如今走在蒙帕纳司大街上，看一看那些和我当年一样的年轻人，以他们为蓝本构想几篇故事，仍不失为人生乐事。无事可做的时候，我就搭乘出租车去多姆咖啡店怀怀旧。昔日的景象不复存在，它已不再是放荡不羁的文化人聚会的场所，而成了附近小商小贩的啜饮之地，顾客中也有塞纳河对岸跑来的外乡人，他们怀着一线希望，想看看一个业已消亡的世界留下的痕迹。当然，来的人中间仍有学生、画家和作家，但多为外国人。坐在这里，既可以听到法语，也可以听到俄语、西班牙语、德语和英语。我有一种感觉：他们的话题跟我们四十年前的话题基本是一样的，只不过他们谈的是毕加索而非马奈，是安德烈·布勒东[②]而非纪尧姆·阿波利奈尔[③]。对这些人我有一种亲切的感觉。

来到巴黎后，大约有两个星期的时间了。一天傍晚，我去多姆咖啡店小饮，露台上人多，只好在前排找一张桌子坐下。天气晴暖。法国梧桐树上叶子的苞芽待出，空气中飘荡着巴黎所特有的那种闲散、轻松和欢快的气氛。我的内心一片宁静——这不是呆滞的宁静，而是充满了活力的宁静。突然，一个男子从旁边走过时，却停住了脚步，咧嘴一笑，露出一口雪白的牙齿，冲着我打

---

① 阿诺德·贝内特（1867—1931），英国著名作家。

② 安德烈·布勒东（1896—1966），法国诗人和评论家，超现实主义创始人之一。

③ 纪尧姆·阿波利奈尔（1880—1918），法国诗人。

招呼道：“你好！”我白了他一眼。此人瘦高个，没有戴帽子，乱蓬蓬的深棕色头发早就该剪了，上嘴唇和下巴被浓密的棕色胡须遮得严严实实，额头和脖子被太阳晒成了紫红色。他穿一件破衬衫，没有打领带，一件旧旧的棕色外套，下穿一条褴褛的灰裤子。看他的模样像个叫花子，我坚信自己和此人素不相识。在我看来，他就是那种流落于巴黎街头的混混，八成会编出一套落难的故事，从我手中骗几个法郎去吃顿晚饭，找个住宿的地方。他站在我面前，双手插兜，露出雪白的牙齿，黑眼睛里含着笑意。

“你记不得我啦？”他问。

“我从来就没有见过你。”

我准备给他二十法郎把他打发走，可又觉得无法容忍他撒谎，好像我们以前认识似的。

“我是拉里。”他说。

“我的天呀！快请坐！”

他嘿嘿一笑，趋前一步，在我旁边的空椅子上坐了下来。

“来杯喝的！”我冲着跑堂的侍者喊了一声，然后又对拉里说道：“你满脸的胡子，怎么能叫我认出来呢？”

侍者走过来，拉里点了杯橘子水。我仔细打量拉里，想起了他眼睛的特别之处——那虹膜和瞳孔的颜色一样黑，让他的目光显得专注和神秘。

“你来巴黎多长时间了？”我问。

“一个月。”

“预备待下去吗？”

“待一段时间吧。”

我一边问话，脑子却转个不停。我注意到他的裤腿已毛了边，上衣的胳膊肘处有几个窟窿眼，一副落魄相，跟我在东方港口碰见过的流浪汉没什么两样。那些日子，人们对经济大萧条的后果久久难忘，于是我便觉得一定是一九二九年的经济大崩溃使他成了个穷光蛋。我不喜欢绕着圈子说话，此时干脆开门见山地问道：“你是不是落了难？”

“哪里的话。我挺好的。你怎么会这么想？”

“你看上去像是吃施舍饭的，身上的破衣烂衫，还不如扔到垃圾箱里好。”

“有这么糟吗？这我从来没有想到过。其实，我计划着添几件零用品，可就是没有能付诸实施。”

我觉得他是难为情或者放不下架子，所以不愿意再听他支吾下去。

“别充好汉了，拉里。我不是百万富翁，但也不穷。如果你缺钱，就让我借给你几千法郎吧。这不会叫我破产的。”

他哈哈大笑起来。

“多谢。不过，我并不缺钱。我自己的钱都花不完呢。”

“经济大崩溃中没受冲击吗？”

“哦，那次大崩溃没有冲击到我。我把所有的钱都买了政府公债。不知道政府公债是不是也贬值了。我没有打听过，只知道山姆大叔[①]仍一如既往地支付着利息。实际上，这几年我的花销很小，手头宽裕着呢。”

“那么，你是从哪里过来的？”

“从印度。”

“哦，我听说你去了那里，是伊莎贝尔告诉我的。她好像认识你在芝加哥那家银行的经理。”

“伊莎贝尔？你是什么时候见到她的？”

“昨天。”

“她不会在巴黎吧？”

“实际上，她在巴黎呢，住在艾略特·邓普顿的那套公寓里。”

“太好了。我想见见她。”

我们说这些话时，我一直在留意观察他的眼神，发现他的眼睛里有很自然的诧异和喜悦，没有复杂的成分。

“格雷也住在那里。你知不知道他们结婚了？”

---

① 山姆大叔，喻指美国政府。

“知道。鲍勃大叔，也就是我的监护人纳尔逊医生，曾经写信告诉过我。他几年前过世了。”

我想起纳尔逊医生可能是他和芝加哥以及那边的朋友之间的唯一联系，如今这条线一断，他大概对这几年发生的事情一无所知。于是我告诉他伊莎贝尔生了两个女儿，亨利·马图林和路易莎·布雷德利离开了人世，说格雷已经破产，还讲了讲艾略特的义举。

“艾略特也在巴黎吗？”

“不在。”

四十年来，艾略特第一次不在巴黎过春天。尽管看上去显年轻，他毕竟也是七旬老者了。在这古稀之年，他经常感到周身乏力，身体欠佳。除过散步，他把别的锻炼项目都逐渐放弃了。他对自己的健康状况深感忧虑。他的医生每个星期来探视两次，在他的两边屁股上轮流打针，皮下注射一种当时流行的针剂。每次吃饭，不论在家里或者在外面，他总要从口袋里掏出个小金盒子，取出一粒药片吞下去，就像履行宗教仪式一样郑重其事。医生劝他去蒙特卡蒂尼疗养，那是意大利北部的一个温泉疗养场。这之后，他提出想到威尼斯去寻找一个圣洗池，准备安放在他的那座罗马式教堂里。他对巴黎的钟爱已大不如从前了，原因是他觉得巴黎的社交生活一年不如一年。他不喜欢年纪大的人，遇到有人请客，请的都是他这般年纪的人，他就觉得心中不快。而见了年轻人，他又觉得他们浅薄。装修他出资建造的那座教堂，如今成了他生活中主要的兴趣所在；在这上面，他大量购买艺术品，宣泄自己对艺术的那种根深蒂固的热情，同时感到心安理得，觉得是在为上帝效力。他在罗马找到一座蜜黄色石头砌的基督教早期的祭坛，又在佛罗伦萨花了六个月时间讨价还价，买了一块锡耶纳派[①]的三幅一体的浮雕图，将浮雕图镶嵌在祭坛上方。

随后，拉里问我格雷喜不喜欢巴黎。

“他在这儿恐怕有一种失落感。”

---

① 锡耶纳派，文艺复兴时期的艺术流派。

我试图向他描述格雷给我留下的印象。拉里听着，眼睛一眨不眨，死死盯着我的脸，一副若有所思的表情。不知怎么，我觉得他不是用耳朵在听，而用的是内心深处一种更为敏感的器官。这让我觉得怪兮兮的，感到有点儿不太舒服。

“不过，你还是自己看看吧。”我末了说。

“好的。我很想见见他们。在电话簿上，我想是能够找到他们的住址的。”

“不过有一点：假如你不想把他们的魂都吓掉，不想吓得孩子们喊起来，劝你先去剃个头，把胡子刮刮。”

他一听笑了起来。

“我正打算这么做呢。显然没有必要使自己这么招眼。”

“除此之外，你还应该给自己弄一套新衣服。”

“我这一身也许真算得上衣衫褴褛了。临离开印度的时候，我才发现自己只有身上的这套行头了。”

拉里说到这里，看了看我穿的衣服，问我是哪家裁缝做的。我告诉了他，但又补充了一句，说这家裁缝在伦敦，可能无法为他效力。我们撇开此事不提，又聊起了格雷和伊莎贝尔来。

“他们俩我是经常见的。”我说道，“他们把日子过得十分幸福。我一直没机会跟格雷单独交谈，其实就是单独交谈，他也不会跟我谈伊莎贝尔的。不过，我知道他对伊莎贝尔的感情非常深。静下来的时候，他表情阴郁、目光茫然，而一看到伊莎贝尔，他的眼睛里便有了柔情爱意，见了令人感动。我有一种感觉：在那些风风雨雨中，伊莎贝尔始终站在他身旁，坚如磐石，此恩此情他终生难忘。见了面，你会发现伊莎贝尔变了样。”我没告诉他，伊莎贝尔现在之美是以前任何时候都无法比拟的。以前的那个漂亮的高个子女孩已经变成了一个端庄典雅、仪态万方的美少妇，这一蜕变的过程谁知道他能不能辨得出来。世间有些男人，他们只喜欢天生的丽质，而不喜欢修饰出来的美。“她对格雷很好，尽了最大的力量帮助他恢复自信心。”我继续说道。

说话间，天色渐晚，我问拉里愿不愿跟我到街上找个地方吃晚饭。

“不了，我就不去了。谢谢。”他回答说，“我得走了。”

他站起来，亲亲热热点了个头，抽身离去，出了咖啡店，走到了人行道上。

4

次日见到格雷和伊莎贝尔，我把巧遇拉里的事跟他们讲了，他们俩和我当初一样，也颇感意外。

“能见见他是件让人开心的事。”伊莎贝尔说，“这就给他打个电话吧。”

我这才想起自己忘记问他住在哪里了。为此，伊莎贝尔把我狠狠埋怨了几句。

“即便我问他，他也不一定会告诉我的。”我笑着辩白，“也许，这是我的潜意识在作怪吧。难道你忘了，他是从来都不喜欢把自己的住处告诉别人的。他怪也怪在这一点上。他随时都可能从哪个地方钻出来。”

“他就是这种人，”格雷说，“过去亦是如此，来无影去无踪，行迹难定，今天在此，明日在彼。你明明看见他在一个房间里，想着过会儿去跟他打个招呼，但一转身他就不见了。”

“他历来我行我素，十分叫人生气。”伊莎贝尔说，“这一点是谁都无法否认的。咱们只好等着了，他愿来的时候自然会来的。”

那天他没有来，第二天也没有来，第三天亦没有见他的影子。伊莎贝尔抱怨起来，说这件事是我编出来的，纯粹想惹她生气。我信誓旦旦地说自己没有撒谎，并设想出了一些拉里没来的原因向她解释。不过，我说的这些原因都是站不住脚的。我心中暗忖：他可能经过仔细考虑，决定不来见格雷和伊莎贝尔了，于是一走了之，离开巴黎到别的地方去了。我觉得他如闲云野鹤四处游荡，只凭一时高兴、一时兴起，或者说一时心血来潮，便倏忽不见。

最后，他终于露面了。那是个雨天，格雷没有去莫特芳丹打球。我们三个人在一起——伊莎贝尔和我在喝茶，格雷端着一杯掺过毕雷矿泉水[①]的威士忌细啜慢饮。管家打开房门，拉里迈着四方步走了进来。伊莎贝尔欢叫一声像弹簧一样跳了起来，冲上去扑进他的怀里，在他的脸上左亲右亲。格雷的一张红红胖胖的脸比平时更红了，热情地拉住他的手。

“哈，看见你真让人高兴，拉里。”格雷说道，激动得声音都有些哽咽了。

伊莎贝尔咬着嘴唇，看得出她是强忍住才没有哭出声来。

“来喝杯酒，老伙计。”格雷颤抖着声音说。

小两口见到这位浪迹天涯的朋友感到由衷的高兴，这幅场景见了叫人为之动容。一想到自己在他们心中占有如此重要的位置，拉里的心情一定会非常愉快的。只见他开心地绽出了笑容。但我觉得他内心深处是相当冷静的。寒暄间，他一眼看到了桌子上的茶具。

“我想喝杯茶。”他说道。

“啧，啧，怎么能喝茶呢。”格雷嚷嚷道，“咱们喝瓶香槟酒吧。”

“我喜欢喝茶。”拉里笑吟吟地说。

他的冷静对那两口子产生了影响，而这恐怕正是他想看到的。小两口平静了下来，但他们看他的眼神里仍充满了友爱。我并不是说，拉里对别人由衷的喜悦，报以无礼的冷漠；恰恰相反，他表现得异常彬彬有礼、和蔼可亲。但在他的言谈举止中隐约可见一种只能称之为超然的东西，至于那东西有着什么深层的含义我却一无所知。

“你真坏，为什么不早点儿来看望我们？”伊莎贝尔佯怒嗔怪道，“这五天里，我天天都倚在窗口盼你来呢。每次门铃响，我的心都要跳到嗓子眼里了，要费很大的劲才能把它重新咽下去。”

拉里嘿嘿嘿一阵傻笑。

“毛姆先生说我的样子太可怕，像个野蛮人，你们的管家不会叫我进门的。所以，我飞到伦敦购置新装了。”

---

① 毕雷矿泉水，法国南部产的一种冒泡的矿泉水。

“你用不着跑那么老远，”我笑笑说，“在春天百货公司或百丽服饰店就可以买到现成的衣服。”

“我觉得既然要购置衣服，就最好弄有格调的。再说，我已经有十年没有在欧洲买衣服了。于是我就去找你的那个裁缝，说我想做套衣服，三天内取货。他说得用两个星期，后来折中定为四天。这不，一小时前，我刚从伦敦飞了回来。”

他穿着一套蓝色哔叽西服，跟他瘦削的身材极为合体，内穿一件软领白衬衣，系一条蓝色丝绸领带，脚蹬一双棕色的鞋子。他剪了个短发，刮光了脸上的胡子，不仅看上去干净整洁，而且很入时，与以前相比判若两人。由于太瘦，颧骨突出，太阳穴凹陷，深藏在眼窝里的那双眸子比我记忆中的那双更显得大了。尽管如此，他的相貌仍是那般英俊潇洒、风流倜傥，一张晒黑了的、没有皱纹的脸让他显得异常年轻。他和格雷同为三十出头的人（他比格雷只小一岁），但格雷看上去要老十岁，而他则要年轻十岁。由于是个大块头，格雷动作迟缓、笨拙，拉里的一举一动却轻盈、敏捷。拉里像个小男孩一般，欢快和活泼，而我深切感觉到他的内心一片宁静——他已经不再是从前我认识的那个小青年了。谈话在轻松的气氛中进行着，这在老朋友之间是很自然的，因为他们有着许多共同的记忆。格雷和伊莎贝尔不时加几条芝加哥新闻进去，都是些零星花絮，一件连着一件，引得笑声朗朗。我一直有一个印象：拉里虽则笑得很爽朗，听伊莎贝尔滔滔不绝讲话时显得很高兴，他的内心却异常落寞。我觉得他并不是假装高兴；他生性纯真，不会弄虚作假；他的高兴显然是真诚的。但我感到在他的内心世界里有一样东西，不知该称之为知性、感性，抑或力量，使得他莫名其妙地有点儿落落寡合。

两个小姑娘被领了进来，和拉里见过，彬彬有礼地冲着拉里行了个屈膝礼。拉里伸出手来，柔和的眼睛里含着慈祥和仁爱望着她们。小姑娘们握了他的手，两双眼睛天真地看着他。伊莎贝尔喜滋滋地告诉拉里，说她们的功课都很不错，随后给了她们每人一块甜点心，把她们支走了。

“你们睡觉时，我去给你们念十分钟的书。”

此时此刻，伊莎贝尔沉浸在与拉里重逢的喜悦中，不愿意受到打搅。小姑娘们走上前跟她们的父亲道晚安。那个大块头汉子把她们搂在怀里吻了吻，红脸上涌起浓浓的爱意，见了让人感动。谁都看得出他爱她们，为她们感到自豪。女儿走后，他唇边浮起甜蜜的微笑，对拉里说道：“这俩孩子不错吧，是不是？”

伊莎贝尔深情地望了他一眼。

“要是由着格雷胡来，他会把她们惯坏的。这个大坏蛋，他会把我饿死，也要买来鱼子酱和鹅肝给孩子吃，让她们吃得发撑。”

格雷笑着瞧了瞧她说：“这你就说得不对了，你心里最清楚。我爱你爱得要发疯。”

伊莎贝尔的眼里涌出了会心的笑意。她对格雷的爱心知肚明，并为此感到高兴。多么幸福的一对夫妻！

她提出要留我们吃晚饭，我觉得他们也许愿意和拉里单独说说话，便推说有事，而她坚决不听我解释，说道：“我去告诉玛丽在汤里多放一根胡萝卜，就够四个人吃的了。还有只鸡，你和格雷可以吃腿，我和拉里吃翅膀。她还会做奶蛋酥的，足够大家享用。”

格雷似乎也想让我留下。我本来就不想走，于是便来了个恭敬不如从命。

等待吃饭的当儿，伊莎贝尔把他们的遭遇从头到尾讲了一遍（他们的情况我曾经给拉里简单介绍过）。那段悲惨的往事她讲起来虽然语调尽可能轻松，但格雷的脸上却布上了一层阴云。她见了，想使格雷高兴起来，便说道：“现在，一切都过去了。我们栽过跟头，但前途是光明的。到了峰回路转的时候，格雷就找个好工作，挣他个几百万块。”

鸡尾酒送了进来。两杯酒下肚，可怜的格雷情绪有所好转。我看见拉里虽然拿了一杯酒，却碰也没碰。格雷没有注意到这个，要再敬他一杯，被他婉拒了。然后，大家洗了手，坐下来吃晚饭。格雷要来一瓶香槟酒，可是管家给拉里倒酒时，他却说自己不想喝。

“嗨，你必须喝一点。”伊莎贝尔嚷嚷道，“这是艾略特舅舅最好的酒，只用来招待特殊的贵客。”

“实话说，我喜欢喝水。在东方待久了，觉得喝干净水是最好的。”

“今天这是特殊场合嘛。”

“好吧。那我就喝一杯吧。”

饭菜香喷喷的。但我和伊莎贝尔都注意到拉里吃得很少。伊莎贝尔也许觉得她只顾自己说话，拉里只有听的份儿，无机会插话，于是便问他在这十年未见的时间里都干了些什么。拉里回答时语气坦率、真诚，但含糊其词，等于没有告诉我们多少情况。

“哦，瞎转悠呗。在德国待了一年，又到西班牙和意大利待了些时间。后来又去东方游荡了一阵子。”

“你这是刚从哪里来的？”

“从印度。”。

“你在印度待了多久？

“五年。”

“玩得痛快吗？”格雷问。“去打老虎了吗？”

“没有。”拉里笑了笑说。

“你在印度一待就是五年，都做些什么呢？”伊莎贝尔问。

“四处游玩。”拉里回答说，脸上露出一丝玩世不恭的微笑。

“‘绳子魔术’[①]是怎么回事？”格雷问，“你见他们表演过吗？”

“没有，没见过。”

“那你都见到过什么呢？”

“那就多了。”

此时，我向拉里提了一个问题：“瑜伽修行者是不是真的具有人们所说的

① 绳子魔术，据传是印度的一种魔术：一个托钵僧将一根绳子扔向空中，使绳子的一头消失在天空中，而另一头垂落于地面；一个男孩顺着绳子爬到空中，不见了踪影，托钵僧携带利刃也跟着爬高，随即便见男孩的胳膊、腿及其他身体的部件从空中掉落，后自动连接在一起，还原成男孩以前的样子。这仅是传说，缺乏科学性。

超自然的能力？”

“说不上来。我只能告诉你：在印度，人们都普遍这么认为。不过，智者并不看重这种能力，认为它会妨碍修真。记得一位智者给我讲过一个故事，说的是一个瑜伽师来到河边，苦于身上没钱，摆渡的船夫拒绝让他上船，于是瑜伽师踏水而去，如履平地，径直抵达对岸。讲到这里，智者鄙夷地耸了耸肩说：‘这样的雕虫小技不值钱，只顶得上乘渡船用的一个铜板。’”

“你觉得瑜伽师真的能踏水如履平地吗？”格雷问道。

“那位智者是这么说的，显然他相信是真的。”

听拉里说话是一种享受，因为他声音纯美如天籁之音，圆润、轻快，而不低沉，抑扬顿挫恰到好处。饭后，大家回到客厅里喝咖啡。我没去过印度，急切想了解更多的情况。

“你跟作家和思想家有过接触吗？”我问。

“我发现你把作家和思想家分成了两个群体。”伊莎贝尔取笑我说。

“当然要跟他们接触了。”拉里回答道。

“你是怎么和他们交流的？用英语吗？”

“有意思的是，他们即便会说英语，也说得不大好，理解上就更差了。我学了印度斯坦语，后来去南方，又学了泰米尔语，反正足够交流用的了。”

“你现在懂多少种语言呀，拉里？”

“哦，说不准，也就是六七种吧。”

“我还想多了解一点儿瑜伽师的情况。”伊莎贝尔说，“你和他们有没有关系很熟的？”

“和几位终年苦修的瑜伽师倒是非常熟。”拉里笑了笑说，“我曾在一个苦修林住过两年。”

“两年？苦修林个是什么样的地方？”

“这个嘛，你也可以把它叫作隐居地吧。有些圣人喜欢过独居生活，或在庙里，或在林中，或在喜马拉雅山山麓。还有一些圣人广招门徒。一些乐善好施的人为了积累功德，常常为自己崇拜的瑜伽圣人建造房屋，有大的也有小的，门徒们也随着自己的恩师一块居住，住在晾台上、厨房里（如果有厨房的话），或者栖身于树下。我在这样的苦修林中有一个斗室，刚能放得下我的行军床、桌椅和书架。”

“这地方在哪儿？”我问。

“在特拉凡哥尔。那儿风景如画，青山翠谷，细水蜿蜒流淌。山中有老虎、豹子、大象和野牛，而苦修林位于环礁湖畔，周围椰子树和槟榔树郁郁葱葱。它距离最邻近的城镇也有三四英里远，但人们从镇上或更远的地方纷至沓来，有的步行，有的坐牛车，来听瑜伽圣人宣讲（如果他有兴致的话），或者仅仅坐在圣人的脚下，享受圣人所带来的那一份静谧和吉祥——那份静谧和吉祥犹如花香弥漫在空气中。”

格雷在椅子上不安地扭动着身子。我猜想可能是因为谈话转了弯，让他感到不耐烦了。

“来杯酒吗？”他问我。

“不喝。谢谢。”

“哦，我可要喝一杯了。你喝不喝，伊莎贝尔？”

他把巨大、沉重的身躯从椅子上抬起来，向吧台走去，那儿放着威士忌、毕雷矿泉水以及玻璃杯。

“那地方还有别的白人吗？”

“没有了。只有我一个白人。”

“两年的时间，你怎么能熬得下来？”

“一眨眼就过去了。以前过日子，就是几天好像也要比这两年漫长得多呢。”

“那么长的时间，你都干些什么呀？”

“看书、长距离散步、湖上荡舟，以及冥思。冥思十分耗费精力，两三个小时就会叫你精疲力竭，仿佛开车一口气跑了五百英里的路一样，只想好好休息一下。”

伊莎贝尔微微皱了皱眉头。她心里一片迷茫，恐怕也有点儿害怕。她可能有一种想法，这个几小时前走进屋来的拉里，虽然表面上没有变化，好像仍和从前一样开朗和友爱，但和她过去认识的那个拉里，那个非常坦率、平易、欢快、任性不听话但讨人喜欢的拉里已经不是一个人了。她曾经失去了他，如今重逢，起先以为他还是昔日的拉里，尽管历尽沧桑，却依旧属于她。然而现在，她好像抓了一把阳光在手里，那阳光从指头缝里溜掉了。这让她有点儿沮丧。那天晚上，我一直在盯着她瞧（这在我历来都是赏心悦目的事）。我发现她眼里充满着喜悦在看拉里那修剪得很整齐的脑袋（两只小耳朵紧贴着那脑袋壳），当她的目光落在拉里凹陷的太阳穴和消瘦的脸颊上时，眼神由喜转忧。她又望望他那瘦长的手——那双手虽然很瘦，却强壮有力。后来，她的目光移向了他那富于表情的嘴——那张嘴的嘴形好看，丰满但不性感，接着又去看他那平展的额头和端正的鼻子。他穿一身新装，虽没有艾略特的那种整洁、风雅，却落拓不羁、潇洒自如，好像那是一身天天穿的日常衣服似的。我觉得他似乎激起了伊莎贝尔的一种舐犊之情，而这种感情在她和自己的女儿之间并不曾见。她已有了当母亲的经历，而他看上去还像个孩子。她的神情中有一种母性的骄傲，一种为长大成人的儿子而产生的骄傲——那儿子说话有条有理，引得大家侧耳倾听，仿佛他在讲述真理。我觉得她并没有真正理解他话中的含意。

至此，我的话仍未问完。

“你的瑜伽师是个什么样子？”

“你指的是外表吧？这个嘛，个子不高，不胖也不瘦，浅棕色皮肤，脸刮得光光的，一头白发剪得很短，身上除掉一块围腰布外，什么也不穿，但看上去就和布克兄弟男装公司[①]广告牌上的那个年轻男子一样干净利落，一样穿着得体。”

“他究竟有什么特殊之处如此吸引你呢？”

拉里凝神看着我整整有一分钟，最后才作出了回答。他那双深陷在眼窝里的眼球目光炯炯，好像要射入我的灵魂深处一样

① 布克兄弟男装公司，美国知名男装品牌，创建于1818年。

“圣徒气息。”

他的回答使我感到有点儿意外。在这个陈设着精美家具、墙上挂着名画的房间里，这句话就像浴缸里溢出的水从天花板上漏下来，啪嗒一声落在了地面上。

“咱们都读过圣徒传，其中有圣佛兰西斯[①]，有十字架的圣约翰[②]，但那都是几百年前的事了。我从未想到过能遇见一个仍活在世上的圣徒。我第一次见到他，就坚定不移地相信他是个圣徒。那是一段美妙的人生经历。”

“你的收获是什么呢？”

“宁静。”他脱口而出，脸上淡淡一笑。随后，他突然站起身说：“我得走了。”

“哦，不要走，拉里。”伊莎贝尔叫了起来，“时间还早呢。”

“晚安。”他说道，脸上仍挂着微笑，丝毫没有理会伊莎贝尔的央求。他在伊莎贝尔的面颊上亲了亲，对她说道：“过一两天我再来看你们。”

“你住在哪里？我给你打电话。”

“哦，劝你别找这个麻烦了。你也知道在巴黎打个电话有多难。再说，我们那儿的电话常常出毛病。”

拉里不愿说出住址，利落地摆脱了窘境，我见了心里不禁发笑。隐瞒住址成了他的一个古怪的特征。我提出要请大家后天晚上去布伦园林[③]吃饭。在这样四处飘香的春天，露天坐在大树下面吃饭，确是一大享受。到时候，可以坐上格雷开的汽车一同前往。我跟拉里一同出了门，本想陪他走一段路，可一到街上他就跟我握了握手，快步走掉了。他走后，我坐上了一辆出租车。

---

① 圣佛兰西斯（1182—1226），意大利天主教圣人。

② 十字架的圣约翰（1542—1591），西班牙天主教圣人，也是一位诗人。

③ 法国巴黎的公园，与塞纳河畔的纳伊郊区接界。从17世纪开始便是公众娱乐地区，现在是奥提尔和朗香赛马场所在地。

5

我们约好在公寓里碰头，先喝杯鸡尾酒，然后出发。我先于拉里一步抵达公寓。我约他们去的是一家很讲究的餐馆，出入那儿的女子一般都穿得光彩照人，所以我觉得伊莎贝尔也一定会盛装打扮。我坚信不疑：她一定不愿输给别的女人。可谁知却见她穿着一件朴素的羊毛长衫。

“格雷的头痛病又发作了。”她说，“他痛苦得不行，我不能丢下他不管。我叮嘱了厨娘，让她伺候孩子们吃完饭就可以走了。我必须亲自下厨，给格雷做点儿饭让他吃下去。你和拉里最好自己去吧。”

“格雷在床上躺着吗？”

“没有。头痛的时候，他从来都不肯躺到床上的。谁都知道病了就应该卧床，可他硬是不肯嘛。他正在书房里呢。”

这是个小房间，镶着棕色和金黄色壁板——壁板是艾略特从一座古堡里弄来的。书籍都放在镀金的格子柜里，上了锁，防止外人翻阅，也许这样做倒好，因为这些书大部分是十八世纪的有插图的淫秽书籍，不过，用摩洛哥皮面装订起来，看上去倒十分正经。伊莎贝尔领我进去时，格雷正弓着身子坐在一张大皮椅子上，脚下乱扔着一些画报。他闭着眼睛，往日的那张红脸呈现出死灰色，显然痛苦万分。他打算站起来，但我拦住了他。

“你给他吃阿司匹林了没有？”我问伊莎贝尔。

“阿司匹林一点儿用都不顶。我有个美国药方，但是，吃了也不见效。”

“唉，别管我了，亲爱的。”格雷说，“明天我就会好的。”他勉强一笑：“很对不起，成了你们的累赘。”末了，他冲我说道：“你们都走吧，去布伦园林吧。”

“那怎么可能呢。”伊莎贝尔说，“你痛苦得死去活来，你想我能玩得开心吗？”

“可怜的小妇人，看来她是赖上我了。”格雷说完，合上了眼睛。

接着，他的脸突然抽搐起来，看得出他的脑袋里痛如刀割。这时，房门被轻轻推开了，拉里走了进来。伊莎贝尔把情形告诉了他。

“真糟糕。”拉里同情地看了一眼格雷说，“有什么办法能解除他的病痛吗？”

“什么办法都没有。”格雷仍闭着眼睛说道，“只有一个办法，那就是让我一个人待着。你们都走吧，去玩你们的吧。”

我觉得唯有如此才是合乎理性的，却又怕伊莎贝尔心里过意不去不会同意。

“让我来看看能不能帮你一把，好不好？”拉里问。

“谁也帮不了我。”格雷有气无力地说，“头痛起来真能要我的命。有时候真希望一死了之。”

“要说我帮你，表达上不准确。我的意思是可以协助你自救。”

格雷慢慢睁开了眼睛，看了看拉里。

“怎么个协助法？”

拉里从口袋里取出一样东西，看上去像枚银币，把它放进了格雷的手心。

“把这硬币握紧，手背朝上。我叫你怎么做你就怎么做。不要用太大的劲，只要把它攥在手心即可。不等我数到二十，你的手就会张开，银币便会落到地上。”

格雷按他的吩咐做了。拉里坐到写字台前，开始数数。我和伊莎贝尔站在一旁观看。一、二、三、四……数到十五时，格雷的手一动不动，后来好像抖了一下。不能说我看见，而只能说有个印象——他那紧攥着的手指慢慢在松开。最先离开拳头的是大拇指。

我清清楚楚看见他的手指在颤动。当拉里数到十九时，银币从格雷的手里掉下来，滚到了我的脚边。我拾起来，发现它沉甸甸的，呈不规则形状，银币的一面有一个年轻人的浮雕像，我认出那是亚历山大大帝①。格雷望着自己的手，一脸的困惑。

① 亚历山大大帝（前356年—前323），古代马其顿王国（亚历山大帝国）国王，世界古代史上著名的军事家和政治家，欧洲历史上伟大的军事天才。

“不是我有意让银币掉落的，”格雷说，“是它自己落下去的。”

他坐在皮椅子里，右臂架在椅子扶手上。

“你坐在这椅子上舒服吗？”拉里问。

“头痛欲裂的时候，只有坐在这儿才感到舒服一点。”

“好，让你自己彻底放松。不要紧张，不要慌，什么都不要做，一切顺其自然。不等我数到二十，你的右胳膊将会从椅子的扶手上抬起，直至你的手举过头顶。一、二、三、四……”

他慢慢数着数，声音优美，如银铃一般。他数到九的时候，我看见格雷的手几乎难以察觉地动了动，从皮面的扶手上抬起了大约有一英寸，然后稍微停顿了一下。

“十、十一、十二……”

起先，手震动了一下，接着是整个胳臂开始向上移动，不再架在椅子扶手上了。伊莎贝尔有点儿惊恐，抓住了我的手。当时的情形真是奇怪，那胳膊像是在不由自主地移动。我从来没有见过谁梦游过，但可以想象梦游的人走动起来就像格雷的手臂移动一样古怪，看上去不像是靠意志驱动的。我觉得，要是靠意志的力量，是很难把胳膊抬得那么缓慢、那么平稳。这给人的印象是：一种不受大脑控制的潜意识力量在将他的胳膊抬起，动作就像活塞在汽缸里一上一下的，非常缓慢。

“十五、十六、十七……”

那一个个的数字说出来，简直慢极了，就像是盥洗室里的一个没关严的水龙头在滴水，一个水珠一个水珠慢慢地朝下落。格雷的胳臂一点点向上抬，直至把手举过头顶。当拉里说完最后一个数字时，他的胳臂自动落回到了椅子扶手上。

“不是我要抬胳膊的，”格雷说，“是它自己抬起来的，我就是想停也停不下来的。”

拉里淡淡地一笑。

“怎么样都不当紧，主要是想让你对我产生信心。那块希腊硬币呢？”

我把硬币递给了他。

“你把硬币攥在手里。”格雷把硬币接了过去，拉里看着表又说道，“现在是八点十三分。用不了一分钟，你的眼皮就会发沉，那时你会闭上眼，然后入睡。睡上六分钟，到了八点二十，你就会醒来。醒来后，你就不再感到头痛了。”

我和伊莎贝尔都没有说话，眼睛盯着拉里看。拉里不再言语，目光注视着格雷——那目光虽落在格雷身上，却好像不是在看他，而是穿越他的躯体瞟向他方。屋里一片沉寂，出奇地静，就像夜间花园里那般鸦雀无声。突然，我觉得伊莎贝尔抓着我的那只手猛地一紧。我望望格雷，只见他双眼紧闭，呼吸通畅、均匀，已酣然入睡。大家都站在那儿，那段时间似乎永无止境似的。我的烟瘾犯了，却又不敢点烟。拉里一动不动，目光飘向远方不知道哪个地方，木木地睁着眼，仿佛处于恍惚状态。蓦然，他好像松弛了下来，眼睛里的神情恢复了正常。他看了看表。而就在他看表之际，格雷睁开了眼睛。

“哎呀！”他说道，“我肯定是睡着了。”接着，他发了发愣。我注意到他那惨白的脸色不见了。“我的头不痛了。”

“很好。”拉里说，“抽根烟，然后咱们一起出去吃晚饭。”

“这简直是个奇迹。我觉得舒服极了。你这是怎么弄的？”

“不是我弄出来的。奇迹是你自己创造的。”

伊莎贝尔去换衣服。趁此机会，我和格雷喝了杯鸡尾酒。拉里明显不愿再提刚才的事，格雷却不肯罢休，仍在滔滔不绝地讲着。他怎么也弄不明白那一切是怎么发生的。

“起初我并不相信你会有什么办法。”他说道，“我听从你的吩咐，只是因为我懒得跟你斗嘴。”

接下来，他把自己的病情形容了一番，说他头痛如山倒，病去如抽丝，发作之后身体处于崩溃边缘。而这一次，醒来后精力充沛如初，这叫他简直弄不清是怎么回事。伊莎贝尔换衣归来，但见她穿一件我从未见过的拖地长裙，白颜色的，可能是用一种叫罗马坎平绉的布料做的，外镶一圈黑纱边。我不由得心想，她打扮得如此漂亮，全是为了叫我们看了高兴。

到了马德里城堡，那儿是一片欢乐的海洋，大家玩得兴高采烈。拉里谈笑风生、趣话连篇（我以前从未见他这么风趣过），引得大伙儿哈哈大笑。我有一种感觉：他这样做是为了转移我们的注意力，免得再询问他那超凡的能力。不过，伊莎贝尔可是个意志坚强的女子。她可以做些顺水行舟的事，但最终好奇心得不到满足的她是不会罢休的。吃过饭后，大家喝咖啡和品酒。这时，伊莎贝尔可能觉得美味佳肴、香醪美酿以及友好的交谈削弱了拉里的防线，于是就将一双明眸盯住拉里，说道："给我们讲一讲你是怎么把格雷的头痛病治好的。"

"那个过程你们自己都看见了嘛。"拉里笑笑说。

"这种妙手回春的本事是在印度学的吧？"

"是的。"

"这病叫他受尽了洋罪。你能不能把他彻底治好？"

"不知道。也许可以吧。"

"这会彻底改变他的生活。他的头痛症一发作，两天两夜都没有了行为能力，就是有工作也干不好的。而不干工作，他是绝不会开心的。"

"要知道，我是无法创造奇迹的。"

"可你已经创造了，我可是亲眼所见的。"

"不，那不是奇迹。我只是向他灌输了一种想法，其余的都是他自己完成的。"拉里说到此处，转过头问格雷，"明天你干什么？"

"打高尔夫。"

"我明天六点到你们府上，咱们坐下来谈谈。"拉里说完，冲着伊莎贝尔莞尔一笑，问道，"伊莎贝尔，十年没和你跳舞了，愿不愿看看我是否还能舞起来？"

6

此后，我们和拉里经常见面。在接下来的一个星期里，他天天来公寓找格雷，到书房里把门关上，二人一待就是半个小时。看上去，他在劝说格雷"悬崖勒马”（这是他开玩笑说的），走出沮丧的阴影，而格雷像个乖孩子一样百依百顺。从格雷所说的片言只语中我听得出来，拉里在试图帮助他恢复已经失去的自信心。大约在十天以后，格雷的头痛又发作了，那天碰巧拉里要到傍晚才来。这次的病来势汹汹，而格雷笃信拉里的神力，认为只要把拉里找来，就可以手到病除。可是，他们不知道他的住址，伊莎贝尔打电话问我，我也不知道。最后，拉里终于来了，解除了格雷的病痛。格雷问他住在哪里，以便紧急时可以立刻找到他。他只是笑了笑。

“你打电话给美国运通公司，留下口信就行了。我每天上午都会和他们通话的。”

伊莎贝尔后来问我拉里为什么对自己的住址讳莫如深。她说他以前也是遮遮掩掩的，结果发现他住在拉丁区的一家三流旅馆里，没什么可神秘的。

“我不太清楚。”我回答说，“也可能是故作玄虚吧，其实并没有什么大不了的。也许他的精神世界需要隐私，于是产生一种古怪的心理，使得他不愿暴露自己的住址。”

“老天，你这都是在说些什么呀？”她有点急躁地说。

“他和咱们大家在一起的时候，显得平易近人、热情友好，但你会觉得他有些超然，仿佛不愿把自己完全暴露出来，而是将某样东西隐藏在了他灵魂深处的一间密室里。这种现象你难道没注意到吗？究竟是什么使他和咱们拉开了距离就不得而知了，不知是紧张的情绪、某种秘密、一种希冀，抑或是对知识的追求在其中产生了影响。”

“我从小就认识拉里，对他是知根知底的。”伊莎贝尔耐不住性子说道。

“有时候，我觉得他就像个优秀的演员，在一出难登大雅的戏里把角色演得无懈可击，就像《女店主》里的爱琳诺拉·杜丝[①]那样。”

伊莎贝尔沉吟片刻，然后说道：“你的意思我想我是知道的。有的时候大家在一起玩得很开心，他跟所有的人一样乐悠悠的。可是，突然你会有一种感

① 爱琳诺拉·杜丝（1859—1924），意大利著名女演员。

觉，觉得他好像变成了一缕轻烟飘然而去，你想抓都抓不住。你说是什么原因叫他变得如此古怪呢？”

“也许原因平常得不能再平常了，让人都注意不到。”

“比如说呢？”

“比如说天性善良吧。”

伊莎贝尔听了蛾眉紧蹙。

“希望你别说这种话，让人心里边挺不是滋味的。”

“是不是戳得你心窝疼啦？”

伊莎贝尔狠狠地看了我一眼，好像这一眼要把我的心看穿一样。随后，她从身旁的桌子上取过一根烟点着，抽了口，将身子向后一靠，望着自己吐出的烟袅袅升到空中。

“你要我走吗？”我问。

“不。”

我半天没说话，只顾盯着她看，欣赏着她那漂亮的鼻子和精致的下巴。

“你是不是非常爱拉里？”我末了问道。

“看你问的，我这一辈子从来都没有爱过别人。”

“那你为什么嫁给了格雷？”

“男大当婚女大当嫁嘛。格雷爱我爱得发疯，妈妈也想让我嫁给他。那时，人人都说我和拉里分手是明智之举。我喜欢格雷，至今仍不改初衷。你都不知道他有多好。天下谁都不会对我那么温柔，那么体贴。他看上去好像脾气不好，是不是？他对我却总是那么柔情似水。有钱的时候，他为我一掷千金，恨不得把天上的月亮也摘给我。一次，我说要有艘游艇就好了，可以乘游艇周游世界。要不是碰上经济大崩溃，他一定会把游艇给我买来的。”

“你把他说得也太好啦。”我低声咕哝了一句。

“我们曾经有过一段美满的岁月。我一直对他心存感激，是他让我生活得十分幸福。”

我看了看她，却没有说话。

“也许，我对他的感情并非真爱，但没有爱情的生活也是可以过得很好的。在内心深处，我渴望得到的是拉里，不过，既然不得相见，我也觉得没有什么。你曾经说过，情人远隔重洋，中间有三千英里的距离，爱情的痛苦是完全可以忍受的。这话你还记得吗？我当时觉得是无稽之谈，现在则认为这话说得很对。”

“如果见到拉里感到痛苦，比较明智的办法是不是就是不见他呢？”

“痛苦是痛苦，但这是幸福的痛苦。再说，你也知道他是怎么一个人。哪天太阳落山的时候，他可能会像一道影子消失得无影无踪，多年间再也见不到他。”

“你考虑过和格雷离婚没有？”

“我没有理由和他离婚。”

“你们国家的女子一旦有了离婚的念头，任什么都是阻挡不住的。”

她哈哈笑了。

“依你看，她们为什么要离婚呢？”

“你不知道吗？美国的女人要求自己的丈夫十全十美，就跟英国的女人要求自己的管家完美无瑕一样。”

伊莎贝尔听了，骄傲地把头向后一甩，我真怕她会把脖子都甩断呢。

“就因为格雷不善于表达感情，你就认为他一无可取之处了。”

“你弄错了。”我急忙打断她的话说，“我觉得他身上有一种叫人感动的东西，能够清楚地表达自己的爱。他看你的时候，谁只要瞧瞧他脸上的表情，就知道他对你的爱有多么深、多么真挚了。他爱孩子比你爱得要强烈得多。”

“恐怕接下来你会说我是个坏母亲喽。”

“恰恰相反，我觉得你是个非常出色的母亲。在你的照料下，她们健康和幸福。你关照她们吃得好、大便正常，教导她们懂得礼仪，要求她们做祈祷，她们生病时为她们及时求医，并精心伺候。只不过，你不像格雷那样有十分心思就把十分心思放在她们身上。”

“没有必要那样做。我是个人，应该以人之道对待她们。为人之母，假如把子女作为自己生活的唯一目标，只会对子女有害。”

“你说的一点不错。”

“事实胜于雄辩——她们崇拜我。”

“这些我也留意到了。你是她们理想中的形象：典雅、美丽、高贵。但是，她们和你在一起不像和格雷在一起时那样适意和随便。她们崇拜你，这是事实，但她们爱格雷。”

“格雷是值得爱的。”

我很喜欢她说话直言不讳。她有个最可爱的优点，那就是直面事实，不愠不怒。

“经济大崩溃之后，格雷一蹶不振。有好多个星期，他在办公室里一直工作到深夜。坐在家里，我吓得胆战心惊，生怕他会寻短见，因为他觉得自己已无地自容。你知道，那些人过去对公司、对他父亲、对格雷都引以为自豪，相信他们正直的人格和准确的判断力。灾难之后，我们倾家荡产，这还不算，最叫他过意不去的是，那些对他百般信赖的人们也把投进去的钱损失了个精光。他觉得自己早就应当看出一点儿苗头。我怎么劝也劝不过来，他老觉得都怪他眼拙。”

伊莎贝尔从化妆袋里取出一支口红，涂了涂嘴唇。

“不过，我想说的并不是这些。当时，我们一无所有，只剩下了那片农场。我觉得格雷唯有走出是非之地才是出路。于是，把孩子交给妈妈照料，我们俩去了农场。他一直都很喜欢农场，但我们俩从未单独去过，每次去都拖家带口，在一起大家玩得很开心。格雷的枪法好，可是却没有心思打猎。他常常划一条小船，独自一人到沼泽那儿去，一待就是几个小时，在那儿观察野鸟。他划着船在运河上游荡，两边是郁郁葱葱的灯芯草，头顶上只看见一片蓝天。有些日子，运河里的水跟地中海的海水一样湛蓝湛蓝。他回家后，话却很少，只说风景很美。不过，不用他说我也能看出他心里的感受。我知道他的一颗心被那儿的美丽、辽阔和宁静所震撼了。太阳落山之前，有短短的一会儿，沼泽地上洒满夕阳的余晖，美不胜收。他常常站在那儿眺望，心里充满了喜悦。他时常骑马到那些荒凉、神秘的林子里跑得老远。那些树林就像梅特林克一出戏剧里的树林一样，灰暗、沉寂，简直叫人毛骨悚然。春天里有一段时间（顶多只有半个月），山茱萸鲜花盛开，橡胶树长出了新叶，鲜嫩鲜嫩的绿叶和灰色的西班牙苔藓相映成趣，奏响了一曲欢乐之歌；地上开遍百合花，又大又白，野生野长的杜鹃花也争奇斗艳。格雷形容不出内心的感受，但他所受到的影响却是深远的。大自然的美丽让他陶然若醉。啊，真不知怎么才能表达那份心境。我只能告诉你：看见那么大一条汉子竟然有那么纯洁和美好的感情，那么如痴如醉，不能不叫人感动，感动得我差点没哭出声。如果天界有上帝的话，格雷已和他近在咫尺。”

伊莎贝尔追溯往事时，情绪有点儿激动，掏出一块小手绢，小心地把眼角两边晶莹的泪花揩掉。

“你未免太浪漫了吧？”我笑着说，“我有一种感觉：你是希望格雷有那种思想和感情，于是就把它们硬套在了他的头上。”

“如果他没有那种情感，难道我能瞎编吗？我是什么样的人你该知道。除非走在混凝土人行道上，沿街浏览商店的大橱窗，欣赏橱窗里的帽子、皮大衣、钻石手镯和镶金的化妆盒，否则我就不会真正地感到幸福。”

我笑了。有那么一会儿，双方都没有开口。后来，她回到了我们先前谈的话题上。

“我决不会和格雷离婚的。我们风风雨雨经历得太多了。他是绝对离不开我的。要知道，这叫人感到自己很伟大，于是就有了一份责任心。再说……”

“再说什么？”

她斜睨了我一眼，眼睛里闪出一种调皮的神情。我觉得她很可能想说什么，却吃不准我会怎么看待她。

“他床上的功夫很棒。我们结婚已有十载，而他仍热情似火，跟新婚之夜一般。你在你的一个剧本里不是说过，一个男子爱一个女子，时间不会超过五年吗？哦，你这话未免有些武断。格雷爱我，一如初婚一般。在这方面，他使我很快乐。你光看我的样子，不会想到我有这要求。其实，我是个肉欲很强的女人。”

“这你就大错特错了。看看你，我会这么想的。”

“哦，这不是什么坏德行吧？“

“恰恰相反。”我说着，仔细看了她一眼，“十年前你没有嫁给拉里，现在后悔不后悔？”

“不后悔。那时嫁给他，才是发疯呢。不过，当然喽，假如那时我和现在一样了解风情，那我会跟他远走高飞，和他姘居三个月，然后就离开他，和他永绝情缘。”

“恐怕值得庆幸的是你没有做那样的实验。否则，你也许会发现你和他绑在了一起，连接你们的链条你想斩也斩不断。”

“此话我不能苟同。这只不过是肉体上的吸引力罢了。要知道，克服肉欲的最好办法往往就是让它得到满足。”

“你是个占有欲很强的人，这你想过没有？你告诉过我，说格雷的感情极具诗意，还说他对你激情似火，我完全相信这两点对你有着重大意义。但你没有说过：把他攥在你那美丽但并不太小的手心里，那种感觉比这两点加在一起还要重要得多。而拉里是永远也抓不住的。记得济慈的《希腊古瓮颂》里的一句诗吗？‘大胆的情人，你永远，永远得不到一吻，虽然已接近目标。’”

“你老是以为自己懂得很多，其实远非如此。”她语气有点儿尖刻地说，“掌控男人，女人有自己的绝招，这你也知道。让我再告诉你一点吧——控制一个男人，决定性因素不在于第一次跟他上床，而在于第二次。一旦将他抓在手里，便可一劳永逸。”

“你掌握的情况真是非同一般呦。”

“我靠的是交游广，眼观六路，耳听八方。”

“能否告诉我，你这一锦囊妙计是从何处学来的？”

她冲我笑了笑，笑容里含着嘲讽。

“在一次服装展览会上，我交了个女友，就是从她那儿学来的。女店员告诉我，说她是巴黎最出名的被人包养的女人。我当时就下定决心要和她结识。

她叫阿迪安妮·德·特洛耶。听说过没有？”

“没听说过。”

“你可真是疏于学业呀！她四十五岁，虽无花容月貌，但论风度却远远胜过艾略特舅舅的那些公爵夫人。我一屁股坐到她身旁，拿出我的那种美国小女孩的任性劲，说我必须跟她说几句话，因为我有生以来从未见过她这样典雅的人，简直就像是希腊浮雕画里的女神一样完美无瑕。”

“你的胆子真够大的。”

“起初，她非常冷淡，而我滔滔不绝说个没完，一副天真无邪的样子，最后说得她软了下来。接下来，我俩推心置腹聊了一通。展览会结束时，我提出想请她哪一天去里兹饭店共进午餐。我告诉她，说我一直都很羡慕她那绰约的风姿。”

“你以前见过她？”

“没见过。她不肯去赴宴，说巴黎人喜欢造谣生事、飞短流长，害怕殃及我，不过，对于我的邀请，她还是很高兴的。后来，她见我嘴唇发抖，一脸失望的表情，便提出请我到她家去和她共进午餐。我显出一副受宠若惊的神情，她看在眼里，在我的手背上拍了拍。”

“你去了吗？”

“当然去了。她住在福煦大街旁的一幢精致的小房子里，伺候我们的是一个长相酷似乔治·华盛顿的管家。我在那儿一直待到下午四点钟。我们让头发散开，脱掉胸衣，说了一大堆关于女人的秘事。那天下午学到的知识，能够用来写一本书。”

“那你为什么不写？这类稿件适合登在《女士之家杂志》上。”

“你真傻。”她哈哈笑了。

我沉默了一会儿，心里翻江倒海般思索着。

“真不知拉里是不是真的爱过你。”我最后说道。

她不听则已，一听噌地坐直了身子，脸色大变，一双美眸怒气冲冲。

“你这说的是什么鬼话？他当然爱我。你以为一个女孩子连别人爱她，她都不知道？”

“这个嘛，也可以说他在某种程度上是爱你的。他认识的女孩子，你和他是关系最密切的一个。你们青梅竹马，两小无猜嘛。他指望着自己一定会爱上你的。他有着正常的性欲本能。你们结婚成家似乎是顺理成章的事情。结婚后，你们一同生活，同床共枕，除此之外，与别的夫妻相比，并无什么特殊之处。”

怒气稍微平息了些，伊莎贝尔等着我继续说下去。我知道女人家总喜欢听别人谈爱情，于是便又说道：“道德家们有一种观点，认为性欲的本能与爱情关系不大。依照他们的说法，性欲的本能似乎仅仅是偶然的冲动。”

“这是什么荒唐理论呀？”

“有些心理学家认为：人的意识伴随着大脑的活动而出现，依赖于大脑的活动，而它本身对大脑不施加任何影响。人的意识犹如水中树影，离开树不能存在，但是对树丝毫没有影响。有人说，没有情也可以有爱，我认为是胡说；他们说即便情消失了，爱仍旧可以存在。其实，他们所谓的情，只是好感、善心、共同的品味、共同的兴趣和共同的习惯。尤其指的是习惯。出于习惯，男女双方可以一直保持性关系，就像一到吃饭时间就感到肚子饿一样。当然，没有爱情，也是可以有肉欲的。肉欲并非激情，而是性欲本能的自然产物，与人的其他动物功能相比并无出众之处。所以说，有些做丈夫的在时间和地点适合时偶尔放纵一下，他们的妻子那样大惊小怪，实在愚蠢。”

“光男人可以放纵吗？”

我笑了。

“如果你硬要问，那我就得承认，男人可以放纵，女人也是可以潇洒一下的。唯一不同的是：对于男人，露水关系并无感情可言，对于女人就不一样了。”

“那要看是什么样的女人了。”

我不想让自己的话被打断，于是继续说了下去。

“爱是有情欲的，否则就不是爱，而是别的东西。这种情欲不是因为得到满足，而是由于遭到阻挠，会变得愈加炽热。济慈曾经对着雕刻在希腊古瓮上的恋人画像，让她不要伤心，你以为他是什么意思？‘你永远在爱着，她永远美丽动人。’为什么？因为她是得不到手的。不管她的情人怎样疯狂地追求，都追不到手。因为二者都被囚禁在了我称之为冷漠艺术品的大理石石面上。你对拉里的爱，以及拉里对你的爱，和保罗与弗兰切斯卡[①]、罗密欧与朱丽叶[②]之间的爱一样，都是那般单纯和自然。幸好你们俩的结局并不悲惨。你嫁入一个富人之家，拉里则浪迹天涯去探寻海妖歌声[③]的秘密。你们之间没有情欲作祟。”

“你怎么知道呢？”

“情欲是不计代价的。帕斯卡[④]曾经说：人之心讲究理智，而理智却有失控的时候。如果我没理解错的话，他的意思是：情欲一旦控制了人心，就会编出理由来，不仅冠冕堂皇，而且好像真实可信，让人们觉得为了爱可以不管天塌地陷。你会觉得：牺牲掉荣誉是值得的，而耻辱仅是很小的代价。情欲是毁灭性的。它毁掉了安东尼与克莉奥佩特拉[⑤]，毁掉了特里斯坦和伊索尔德[⑥]，也毁掉了帕内尔和基蒂·奥谢[⑦]。只要情欲存在，就会有毁人的事情发生。梦醒时，你才发现自己荒废了一生中的大好年华，忍辱负重，经受着嫉妒的痛苦折磨，将所有的苦水一滴滴吞下肚，献给对方的是缱绻温情和灵魂中最宝贵的财富，而对方只不过是个可怜虫、蠢蛋、一个浪费了你许多春梦的饭桶，论价值还不

---

① 保罗与弗兰切斯卡，意大利诗人但丁的长诗《神曲》里的一对悲惨恋人。

② 罗密欧与朱丽叶 ，莎士比亚戏剧里的一对命运坎坷的恋人。

③ 海妖歌声，根据古希腊的神话，遥远的海面上有一座岛屿，石崖边居住着唱魔歌的海妖塞壬三姐妹。她们唱着蛊惑人心的歌，甜美的歌声把过往的船只引向该岛，然后撞上礁石船毁人亡。

④ 帕斯卡（1623—1662），法国数学家、物理学家、哲学家、散文家。

⑤ 安东尼与克莉奥佩特拉，指的是莎士比亚于1607年左右编写的罗马悲剧《安东尼与克莉奥佩特拉》的主角。这部戏剧讲述的是当时罗马的三大首领之一安东尼因沉迷于埃及女王克莉奥佩特拉的美色而无暇于国家大事，终日与她在埃及厮混，天天醉生梦死。后来，二人双双死亡。

⑥ 特里斯坦和伊索尔德，西方民间传说里的一对恋人。

⑦ 帕内尔和基蒂·奥谢，爱尔兰爱情故事里的人物。

如一块橡皮糖。”

这番议论还未说完，我便发现伊莎贝尔压根就没有听，而是在想自己的心事。而后，她便语出惊人。

“你看拉里是否仍是处男呢？”

“亲爱的，他已经三十二岁了。”

“我敢肯定他还是个处男。”

“何以见得？”

“这种事情，女人凭本能可以感觉得到。”

“我认识一个年轻人，此人在情场上如鱼得水，声称自己是处男，将漂亮的女孩子们一个个骗得晕头转向。据他说，这一招像施魔咒一样灵。”

“不管你怎么说，反正我是相信自己的直觉的。”

天色渐晚，格雷和伊莎贝尔要出去和朋友们吃饭，伊莎贝尔得换衣服。我无事可做，于是步上拉斯帕埃大街，踏着秋天迷人的暮色向前走去。对于女人的直觉我历来都不太相信，认为她们所谓的直觉只是主观的想法，是不可信的。想到和伊莎贝尔这番长谈，自己在末尾说的那段话，我不禁哑然失笑。这使我想起苏姗娜·鲁维埃来，发现自己已有多日未见她了，不知她在做什么事情。如果她闲着没事，也许愿意陪我吃顿饭、看场电影呢。我叫住一辆在街上转悠的出租车，把她公寓的地址告诉了司机。

7

在本书开篇的时候，我曾提到过苏姗娜·鲁维埃。我认识此人已有十一二年了，此时再提起，她恐怕已近不惑之年了。她并不漂亮，其实可以说其貌不扬。在法国女人里面，她个子算是高的，短身躯，长胳臂长腿，笨手笨脚，仿佛真不知如何摆布那么长的四肢才好。她凭着自己的心情将头发染成各种颜色，但多数时间她的头发是红褐色的。她有一张小小的四方脸，颧骨特别高，浓妆艳抹，大嘴巴，嘴唇上涂着厚厚的一层唇膏。这一说，好像她全无动人之处了，但偏偏还是有人看上了她。话又说回来，她皮肤长得很好，有一口结实的白牙和一双炯炯有神的蓝色大眼睛。眼睛算是她身上最漂亮的部位了，所以她便把睫毛和眼皮都染黑加以渲染。她看上去既精明又和善，像是见过世面的，本性既有宽厚的一面又有强硬的一面。在她的人生中，是不得不强硬的。她父亲是政府部门的一个小公务员，死后母亲守寡，回到安茹州她原来那个村庄，靠抚恤金过活。苏姗娜十五岁那年，被送到邻镇一个服装店里当学徒，那儿离家近，星期天可以回家。十七岁那年夏天，苏姗娜有两个星期假期，就在休假期间被一个来村子里画风景的画家勾引上了。她心里很清楚：家里一分钱的嫁妆也出不起，嫁人的事遥遥无期。所以，在夏天快完时，画家提出要带她到巴黎去，她便欣然答应了。他带她来到巴黎的蒙马特高地，住进一个兔子窝般大小的画室，二人相依相伴，度过了一年快乐的时光。

末了，他告诉她，说自己连一幅画也没有卖出去，再也养不起情妇了。她早就料到会有这一天，没有为之感到慌乱。他问她想不想回老家，她说不想，于是他就说同一个街区有个画家愿意跟她一起生活。他说的那个人曾经勾引过她两三次，被她拒绝了，但没伤和气，没有令对方感到难堪。对那人她并不感到讨厌，所以泰然地接受了这项提议。搬家很方便，用不着花钱叫出租车，提着箱子就过去了。这第二个情人比第一个年龄大许多，但仍像模像样的，让她摆各种姿势为她画像，有穿衣服的，也有裸体的。二人同居，高高兴兴度过了两年的时光。想起来让她感到自豪的是，他的第一张真正成功的画作是以她当模特儿的。她曾经让我看过那幅画，是从一份介绍此画的画报上剪下来的。这幅画后来被美国的一家画廊买了去。这是一幅裸体画，真人一般大小——她呈卧式，姿势和马奈的油画《奥林匹亚》差不多。这个画家敏锐地发现她的身体比例有一种现代情趣，于是采用夸张的手法，将她原本消瘦的身子画得骨瘦如柴，把她的长胳膊长腿画得更长，两个高颧骨更为突出，一双蓝眼睛大得出奇。从剪下来的画上看不出用的是什么色调，但构图相当有看头。此画让他名声大噪，赢得了一个阔寡妇的敬仰，二人喜结良缘。苏姗娜深知男人得以自己的前程为重，没吵没闹，和他断绝了这段你亲我爱的关系。

此时，她已认识到了自身的价值。她喜欢艺术家的那种生活，喜欢给画家当模特儿。干完一天的活，就去泡咖啡馆，跟画家们、画家的妻子和情妇坐在一起，听画家们谈论艺术，诅咒画商，讲些下流故事，她觉得这种生活很有情趣。在这期间，她已看到了自己与那位画家的关系快到了头，便打起了小算盘。她相中了一个身边没女人的年轻画家，觉得他很有才气。她瞅准机会，一次见这位画家单独坐在咖啡馆里，便向他讲了自己的处境，开门见山地提出想跟他一道过日子。

“我今年二十岁，持家有方，在家务方面能为你省下一笔钱，还能为你省下雇用模特儿的开销。瞧瞧你的衬衫，简直不像个样子，你的画室乱得像鸡窝。你需要有个女人照应你。”

画家早就知道她很能干，听了她的提议，产生了兴趣。她见对方有接受的意思，便接着说道：“先试试反正也没有害处。万一行不通，咱俩谁也不会有损失的。”

他是个非表现派的画家，给她画像画的全是些四方块和长方块；画她只有一只眼睛，没有嘴；把她画成一幅黑、棕、灰色交织的几何图案；画成一大堆杂乱无章的线条，从中勉强可以看出一张人脸。她和他同居了一年半，后来自动离开了他。

“为什么要走？”我问她，“你不喜欢他吗？”

“喜欢倒是喜欢，他是个挺不错的小伙子，只是觉得他再不会有进步了，老是重复自己。”

没费吹灰之力，她又傍上了一个画家。不管跟谁，她始终都不离开画家圈子。

“我一直都在画界打转。”她说，“我和一个雕塑家待过半年，但不知为什么总觉得没情没趣的。”

每次跟情人分手，从没有出现过叫人不愉快的事情，这让她想起来都感到高兴。她不仅是个出色的模特儿，也是个能干的主妇。不管住进哪个画室，她都喜欢那一方之地，把画室收拾得整整齐齐，并以此而感到自豪。她厨艺精湛，花很少一点儿钱就能烧出极为可口的饭菜。情人的袜子破了她给补，情人衣服上的扣子掉了她给缝。

“我简直就不明白为什么一个人因为是个画家，就不能穿得整整齐齐的。”

她只有一次日子过不下去的。那是和一个英国小伙子的往事。那人比她以前的任何一个情人都有钱，而且还有一辆汽车。

“不过，我们俩没多久便分手了。”她说，“他酗酒成性，一喝醉便叫人心烦。如果他的画好，我也不会在乎的，可是，亲爱的，他的那些画全是涂鸦之作。我跟他说要离开他了，他就哭了起来，说他爱我。

“‘我可怜的朋友，’我对他说，‘你爱不爱我都无关紧要。关键是你没有绘画的天赋。还是回到你们国家去吧，开家杂货铺。你适合干那一行。’”

“他听了后怎么说？”我问。

“他听了勃然大怒，让我赶快滚蛋。你知道，忠言是逆耳的。真希望他能听人劝。他不是个坏人，只是画技太差。”

在风月场上，对于一个风尘女子而言，世情练达、心地善良是有好处的，可以化解一部分困难，但欲海情波中毕竟有许多沉浮，苏姗娜也不例外。她和那个斯堪的纳维亚人的恋情堪为借鉴。她千不该万不该，就不该坠入那张情网。

“他简直就是天神一样的人物，”她告诉我说，“个子特别高，高得就像埃菲尔铁塔，宽肩膀、阔胸脯，腰细得用两只手几乎就可以围过来，肚子扁平，平得和我的手掌一样，肌肉结实得像个职业运动员，一头金黄色的卷发，皮肤细如白瓷。他的画技也不错。我喜欢他的笔触——大胆而有力；他的着色丰富活泼。”

她算计着想和他生个孩子。对方坚决反对，可她说孩子由她负责抚养。

“后来生了个女孩，他爱如掌上明珠。那孩子可爱极了，玫瑰色的皮肤，金色的头发，蓝色的眼睛，酷似她的爸爸。”

苏姗娜和他同居，度过了三年的时光。

“他有点儿愚蠢，有时候叫人心烦。不过，他十分殷勤，而且长得那么英俊，我也就不太在乎了。”

后来，他接到瑞典的一封电报，说他父亲病危，要他立刻回家。他满口答应一定回来，可是苏姗娜有个预感，觉得他会一去不复返。他把所有的钱都留给了苏姗娜，走后一个月杳无音讯。后来，苏姗娜收到他的一封信，说父亲已去世，一大堆乱麻一样的事情需要料理，说自己必须对母亲尽孝，留下来经营木材生意。信中附了一张一万法郎的支票。苏姗娜可不是那种遇事便一蹶不振的人。她当下就做出了判断，认为有个孩子在身边会妨碍她做那半掩门的生意。故而，她将小女儿带到乡下，把女儿连同那一万法郎交给自己的母亲，托她代为抚养。

“我的心都快碎了。我爱那孩子，但过日子得讲求实际呀。”

“以后的情况怎样？”

“唉，混日子呗。我又找到了一个朋友。”

后来，她染上了伤寒。提起那病，她总是说“我的伤寒”，就像百万富翁炫耀自己的度假地时说“我的棕榈滩”或者“我的松鸡泽”一样。那场病差点儿要了她的命，让她在医院里躺了三个月。出院时，她已骨瘦如柴，弱不禁风，神经脆弱得动不动就想哭。她成了个没有价值的窝囊废，当模特儿吧，身体支撑不下来，口袋里的钱已所剩无几。

“往事不堪回首呀。”她说道，“那是一段艰难的日月。幸亏我还有些好朋友帮忙。不过，你也知道画家的窘境，个个日子都过得紧巴巴的。我从来就不怎么漂亮，只是有点儿魅力罢了。但毕竟不再是二十岁的青春女子了。后来碰上了那个曾经跟我同居过的立体派画家。自从我们分手之后，他结了婚，随即又离掉了。他已放弃了立体派画风，秉承了超现实派的衣钵。他觉得可以利用我，于是说自己单身很孤独，提出和我一道生活，给我提供食宿。实不相瞒，我当下就同意了。”

就这样，苏姗娜一直和这位画家生活在一起，直至那位制造商出现。制造商是一个朋友领到画室来的，指望着能买一幅这位前立体派画家的画。苏姗娜一心想促成这项生意，于是施展出手段来热情待客。制造商不能当场决定买还是不买，但是说过后再来看看。两个星期后，他果然来了。这一次，苏姗娜有个印象：他是来看她的，而非看画。离开时，他仍旧没有买，跟她握手时用了一点儿劲，显得有些过分亲热。次日，那个领制造商来看画的朋友趁她到菜市场买菜之际，半路截住了她，说制造商看上了她，下次来巴黎时，想请她吃顿饭，到时候有话跟她说。

“你觉得他看上了我什么呢？”她问道。

“他是现代艺术的爱好者，见过你的肖像画，极为倾倒。他是外省人，而且是做生意的。你在他眼中代表着巴黎、艺术、爱情——这些都是他在生活中所缺乏的。”

“他有钱吗？”她理智地问。

“有许多钱。”

“那好，我愿意和他吃饭。他有什么话，听听也无妨。”

制造商带她去马克西姆饭店吃饭，给她留下了好印象。她的穿着十分素雅。瞧瞧周围的女人，相比之下，她觉得自己看起来不错，非常像一个体面的已婚女子。他叫了一瓶女士香槟，让她觉得他很有绅士风度。饭后喝咖啡的时候，他将开出的条件摆在了她面前。她一听，认为对方很是慷慨。他告诉她，说自己每两个星期要来巴黎开一次董事会。晚上吃饭老是孤零零的一个人，想女人就去找青楼女子，日子过得味如嚼蜡。他结了婚，有两个孩子，但以他这种身份的人，过这日子难以令人满意。他们俩都认识的那个朋友把她的情况如实告诉了他，他觉得她是个识进退的女子。他已不再年轻，不愿跟不懂事的女孩子纠缠在一起。他怎么也算是个现代艺术的收藏家，而她和画界联系紧密，跟他有共同语言。接下来，他讲了具体安排，说准备给她租套公寓，然后装修一下，每月给她两千法郎的零花钱。作为交换，他希望每两个星期能和她共同度过一个良夜佳宵。苏姗娜以前从未有过这许多钱供她私用。她飞快计算了一下，觉得这笔钱不仅够她吃饭穿衣，过衣食无忧的日子，还可以供养女儿，另外再积攒一些以备不时之需。不过，她还是犹豫了一下。她素来以“画界人”自居，显然还是觉得给一个生意人当情妇未免有些掉价。

“要么接受，要么不接受。”他说，“你可以接受，也可以不接受。”

她并不讨厌他，而且看见了他纽扣孔里镶嵌的玫瑰花状的荣誉胸章，认定他是个有头有脸的人，于是冲他嫣然一笑。

“我接受，”她回答说，“我接受。”

8

苏姗娜虽说一直住在蒙马特高地，此时却觉得有必要与过去一刀两断，于是就在蒙巴纳斯街区离林荫道不远处的一幢公寓楼里租了一套房，里面包括两个房间、一个小厨房和一个浴室。此房位于六层，不过是配有电梯的。那电梯一次只能搭乘两人，慢得像蜗牛爬，下楼还得步行。但是，浴室和电梯对她而言，不仅代表的是奢华的生活，也是一种时髦。

二人同居的头几个月，阿吉里·高凡先生（此为制造商的名字）每隔两个星期来到巴黎一趟，下榻于一个旅馆，受炽热欲望的驱使，跟苏姗娜做完好事，然后再回到旅馆独眠，次日起床乘火车回去料理事务，享受静谧、愉快的家庭生活。后来，苏姗娜向他指出，说那样糟蹋钱是毫无道理的，完全可以留在公寓里，早晨再走，既省钱又少受点儿罪。他觉得此话说得有理。苏姗娜这一番知痛知痒的话说得他心里暖洋洋的。说真的，冬夜天气冷，跑上街头拦出租车，可不是件好受的事。至于她不愿让他花冤枉钱，也打动了他的心。一个女人，既懂得自己省开销，也知道为情人节省铜板，这才是好女人。

阿吉里先生对现状感到十分满意。他们俩一般都是下馆子，到蒙巴纳斯街区比较好的餐馆吃饭，但有的时候，苏姗娜也会亲自下厨，留他在公寓里吃饭。她烧得一手好菜，很对阿吉里先生的口味。吃晚饭时，如果天气暖和，阿吉里先生就脱掉外衣，只穿一件衬衫，感觉很有一种无拘无束、放荡不羁的艺术家风范。他一直对画品情有独钟，喜欢买画，但苏姗娜对于自己看不上的画，绝对不允许他买。没过多久，他便发现苏姗娜眼光独到，值得信赖了。苏姗娜不让他和中间人打交道，而是直接把他带到画家的画室里去买，所花的钱只抵在外面买画的一半。阿吉里先生知道她在攒钱，后来她告诉他，说她每年都要在老家的村子里添置一些地产，阿吉里听了为她感到很是自豪。他清楚，在每个法国人的血液里都涌动着拥有土地的欲望，而就是因为苏姗娜拥有了土地，故而对她的敬重又增加了几分。

苏姗娜这一边也是心满意足的。她对阿吉里先生既忠实，也不忠实。这就是说，她留意着不和别的男人保持固定的关系，但如果碰上看得上眼的，也不反对与对方行云雨之欢。但是，她绝不留意中人在家里过夜，这涉及良心的问题。她觉得自己欠那位有钱有地位的阿吉里先生一份情，因为正是阿吉里先生让她衣食无忧，过上了稳定和有尊严的生活。

我是在苏姗娜和一位画家同居时认识她的。这位画家是我的一个相识。苏姗娜在他绘画时为他当模特儿，我时常坐在旁边看。我也只是隔上一段时间偶尔见见她，直至她迁入蒙巴纳斯街区，和她的交往才密切了起来。

事情是这样的——阿吉里先生（她无论是提到还是当面称呼那位制造商都是这么叫的）读了一两本我的小说的法译本，于是，在某天晚上，请我到一家饭馆里和他们一起吃饭。他五短身材，比苏姗娜矮半个头，铁灰色的头发，八字胡修剪得整整齐齐，稍微有点儿偏胖，肚子突起，但并非大腹便便，仅仅衬托出了他的派头和气质而已。他走路迈着矮胖男人的那种四方步，一副意气风发的样子。这顿饭十分丰盛。他对我非常客气，说很高兴苏姗娜有我这样的朋友。他说一眼就看出我是个好人，对于我如此看得起苏姗娜而感到欣慰。他杂事太多，使他在里尔脱不了身，让可怜的苏姗娜倍感寂寞，多亏有我这等文化人相伴，真是叫人舒心。他虽然是生意人，对艺术家却素有敬仰之心。

“啊，我亲爱的先生。艺术和文学一直是法兰西的一对瑰宝。当然，它的军事实力可与之并驾齐驱。我是个毛织品制造商，不偏不倚，毫不犹豫地会将画家和作家放在与将军及政治家同等的位置。”

他的一席话说得无比入耳。

苏姗娜坚决不愿请女佣料理家务，一半是为了省钱，一半是因为（她自己知道得最清楚）她不喜欢有人插手于纯粹属于她个人分内的事物。那套小公寓被她收拾得干干净净、整整齐齐，而且按照当时最时新的式样加以陈设；所有的内衣都由她自己亲手来缝制。可是，即便如此，由于她不再当模特儿，时间仍多得难以打发。鉴于她是个闲不住的人，不久便心生一念：为那么多画家当过模特儿，她自己也应该画上几笔。说干就干，她立刻买来画布、画笔和油彩等用品，动手画了起来。有时候，我带她出去吃饭，去得早一点，就会看见她穿着罩衫在忙着作画。如胎儿在子宫里重现物种进化的过程基本一样，苏姗娜也重现了她过去所有情人的风格。她画风景像那个风景画家，画抽象画像那个立体派画家，还以风景明信片为参照画了一只停泊的帆船，画风跟那个斯堪的纳维亚人的一样。她的画技很糟，但色彩感不错。即便画得不怎么样，她却从中获得了不少乐趣。阿吉里先生对她大加鼓励。想到自己的情妇是个画家，使他心里有一种满足感。在他的敦促之下，苏姗娜送了一张画去参加秋季沙龙。看见那幅画挂在展厅里，二人都颇为之自豪。阿吉里先生给她提了一条忠告。

“画的时候，不要像男人一样阳刚气十足，亲爱的，”他说道，“而应有女性的温柔。不求笔锋遒劲，但求柔美入眼。画风应该求实。生意场上弄虚作假有时能出奇制胜，但在艺术上求实至上，也是唯一可行之道。”

故事写到此处，他们俩交往已有五年之久，彼此都感到很满意。

“显然，他并非叫我热血沸腾的那种人，”苏姗娜告诉我说，“但他是智慧型的，有着很好的社会地位。我也老大不小了，应该考虑考虑退路了。”

她富于同情之心，明白事理。阿吉里先生很尊重她的意见。他把生意场上的事和家里的事讲给她听时，她会侧着耳朵倾听。他女儿有一次考试落榜，她跟着他一道难过。他的儿子与一个有钱人家的千金订婚，她则和他一起高兴。他本人娶的就是一个同行人家的独生女。两个厂家原来是对头，这一联姻对双方都有好处。现在儿子也懂得了这个道理，知道幸福的婚姻必须有共同的物质利益作为坚实的基础，这叫他感到舒心。他推心置腹地告诉苏姗娜，说他有个野心，想把女儿嫁给贵族。

“她有的是钱，这是顺理成章的事。”苏姗娜说。

阿吉里先生替苏姗娜着想，把苏姗娜的女儿送进了一所女修道院办的学校，让她在那儿接受良好的教育，答应等她女儿到适当的年龄时，由他出钱去学习打字和速记，以便日后靠此谋生。

“她长大后一定是个大美女。”苏姗娜告诉我说，“反正受点教育，以后会打字，是没有坏处的。她现在还小，什么事都难以预料，说不定她会变得缺乏气质呢。”

苏姗娜的话藏头露尾，弦外之音由着我去猜想了。我当然是能猜得出来的。

9

大概一个多星期后，我竟然和拉里出人意料地相遇了。一天晚上，我和苏姗娜看了电影，下了馆子，然后到蒙巴纳斯林荫道上的精英酒馆喝啤酒。就在这时，拉里慢慢悠悠走了进来。苏姗娜吃了一惊；令我感到意外的是，她喊住了他。拉里闻声走过来，吻吻她，和我握了握手。我看得出，苏姗娜惊讶极了，简直不敢相信自己的眼睛。

“我可以坐下吗？”他说，“我还没有吃晚饭，得要点东西填填肚子。”

“啊，见到你真高兴，我的宝贝。”苏姗娜说道，眼睛里闪着亮光，“你这是从哪里蹦出来的？怎么这么多年连个人影都不见？天呀，看你瘦得跟个鬼一样！我还以为你死了呢。”

“哦，我没有死。”拉里眨巴了几下眼睛说，“奥德特近来可好？”

奥德特是苏姗娜女儿的芳名。

“好着呢。她现在长成个大姑娘了，很漂亮。她还记着你呢。”

“你从没说过你认识拉里。”我埋怨苏姗娜说。

“我怎么能说呢？我又不知道你认识他。我们是老朋友了。”

拉里给自己要了份鸡蛋和火腿。苏姗娜把女儿的情况以及她自己的情况细细给拉里讲了讲。她讲起来滔滔不绝，拉里则耐心听着，脸上挂着微笑。她告诉拉里，说她有了安定的生活，目前正在作画。她还把脸转向我说：“我有了长进，你看是不是？我不敢说自己是个天才，但是论才气，与许多我认识的画家相比，我还是巾帼不让须眉的。”

“你的画卖不卖？”拉里问。

“我没必要卖画，”苏姗娜快活地说，“我的生活是有着落的。”

“你运气好呀。”

“错了，这不是运气不运气，而是智慧。你可一定要来看看我的画哟。”

她把自己的住址写在一片纸上，硬逼着拉里一定要去看画。她心情激动，喋喋不休说个没完。后来，拉里叫侍者过来埋单。

“你这就走吗？”她嚷嚷道。

“是的。”拉里微微一笑说。

他付过钱，冲着我们摆摆手，然后飘然而去。我哈哈大笑。他这种派头一直使我觉得很特别——刚才还和你在一起，转眼不见了人影，连句解释的话也没有，来去如风，仿佛消失在了空气里。

“他为什么这么急着走呢？”苏姗娜着恼地问。

“也许有个女孩子在等他吧。”我半开玩笑地说。

“这话说得没名头。”她从包里取出粉盒，往脸上扑了些粉，“哪一个女人爱上了他，算她倒霉。算啦，算啦。”

“此话怎讲？”

她打量了我一下，表情严肃起来（很少见她这么严肃过）。

“在过去，我自己就差点儿爱上他。爱他，无异于爱水里的映影、天上的阳光或云朵。幸亏我没有深陷其中。回想起当时的险境，我至今还会吓得打哆嗦。”

好奇心一起，势不可当。换上谁，也都急切想知道中间有什么故事。值得庆幸的是，苏姗娜肚子里藏不住事，是个有话就说的人。

“你到底是怎么和他相识的？”我问道。

“哦，那是多年前的事了。是七年前还是八年前，我记不得了。奥德特那时才五岁。他认识马塞尔，而我和马塞尔住在一起。他常来画室看马塞尔画我，有时候就约我们出去吃饭。你说不准他什么时候就会冒出来。有时候几个星期不见他的面，随后又连着两三天往我们那儿跑。马塞尔喜欢让他来，说有他在跟前，自己的画会画得好些。后来，我染上伤寒住进医院，出院后一下子陷入了困境。”说到此处，她耸了耸肩膀，“这些事以前都给你讲过了。一天，我到各个画室里去，想找份工作，却没人愿意要我。整整一天，我只喝了一杯牛奶，吃了一只羊角面包，晚上连个住宿费都没有。走到克利希大街，不知怎么却碰上了拉里。他留住脚步，问我日子过得怎么样。我把生病的事给他说了。他听后对我说：‘你看上去得先吃顿饱饭。’他的声音和眼神里有一种东西叫我十分感动，弄得我哭了起来。

“我们站的那个地方隔壁就是马里埃特大妈餐馆。他挽起我的胳膊走进去，寻一张餐桌叫我坐下。我肚子饿极了，觉得自己恐怕连整整一头牛都能吞下肚。可是，夹着蔬菜和肉的煎蛋卷端上来时，我却一口也吃不下去了。他逼着我吃了一些，然后给我要了杯勃艮第葡萄酒。一杯酒下肚，我感觉精神了些，然后又吃了点炒芦笋。接下来，我就大倒苦水，把满腹的委屈都告诉了他。我弱不禁风，当不成模特儿；又瘦得皮包骨头，面容憔悴，根本没指望能找个情夫。我问他能不能借给我一点儿钱，助我回老家去——起码，我还有个小女儿在那里呢。他问我是不是真的想回去，我说当然并非真的想回。妈妈不会愿意接收我的。物价那么高，靠那点儿抚恤金，她的处境举步维艰；我寄给奥德特的钱已经全部花光。不过，到了家门口，她见我病成这个样子，恐怕也不会将我拒之门外的。拉里看着我，看了好长时间，我以为他会拒绝我，不愿借钱给我呢，却听他这样说：‘你愿不愿随我去乡下的一个地方，把你的孩子也带上？我刚好也需要休一段时间的假。’我简直不敢相信自己的耳朵，因为我认识他那么久，没见他对我有过意思。

“‘就凭我现在这副模样，你还要我？’我说完，忍不住大笑起来，‘可怜的朋友，我眼下这幅惨象，任何男人都不会要我的。’

“他听了冲我莞尔一笑。他的笑是那么迷人，你注意过没有？那种笑容像鲜花一样灿烂。

“‘别胡扯，’他说，‘我指的不是那档子事。’

“我当时感动得哭成了泪人儿，连话都说不出了。他给我钱，把孩子接出来，我们一起到了乡下。啊，他领我们母女去的那个地方真是美极了。”

苏姗娜对我把那地方描绘了一番，说那儿离一个小镇有三英里远（小镇的名字我记不起来了）。他们乘汽车去了一家客栈。客栈是一幢摇摇欲坠的房屋，位于河畔，房前有一片草坪直达水边。草坪上长着几棵梧桐树，他们就在树荫下吃饭。夏天会有画家到那儿写生，但他们去时，还未到写生季，所以客栈里只有他们几个客人。客栈里的饭菜闻名遐迩。每逢星期天，人们会开着车赶来大快朵颐。但是在别的日子里，他们宁静的生活很少受到打搅。苏姗娜得到充足的休息，享用着好酒好肉，身体逐渐好了起来。而且，有孩子在身边，这叫她感到很幸福。

“他对奥德特非常好，而奥德特也很喜欢他。她老缠着拉里，我拦都拦不住，可拉里好像并不介意她的纠缠。他俩在一起，就像两个不懂事的小孩子，常常逗得我大笑不止。”

“你们都做些什么呢？”我问。

“哦，总有事做的。有时划船、钓鱼，有时则把客栈老板的雪铁龙牌汽车借来开着到镇上去。拉里喜欢那个小镇。那儿有古老的房屋和广场，周围异常安静，鸦雀无声，只能听得到你自己走在石板路上的脚步声。镇上有一个路易十四时期的市政厅和一座老教堂；小镇边上矗立着一座城堡和一个勒诺特尔[①]设计的花园。当你坐在广场旁的咖啡店里的时候，你会觉得时光倒流，又回到了三百年前，而马路边停放的那辆雪铁龙好像根本不属于这个世界。”

在一次出游之后，拉里把本书开头时所讲过的那个年轻飞行员的故事告诉了苏姗娜。

“真不明白他为什么给你讲这个。“我说道。

“我也不知道为什么。战争期间，小镇上有所医院和一座公墓，公墓里有一排排的十字架。我们去那儿看过，没有久留。那地方叫我毛骨悚然——那么

---

① 勒诺特尔（1613—1700），法国造园家和路易十四的首席园林师。

多可怜的年轻人长眠在那儿。返回的路上，拉里默默无语。他平时就吃得不多，而那天晚饭时几乎粒米未进。我记得非常清楚，那天的夜晚很美，满天的星，我们坐在河沿上，白杨树在黑暗中影影绰绰的，景色很美，拉里抽着烟斗。忽然间，他非常突兀地讲起了他的那位朋友，说那位朋友为了他而献出了生命。”苏姗娜喝了一口啤酒，又说了下去，“他是个怪人。我永远也理解不透他。他喜欢念书给我听，有时是在白天，我边听边给小家伙缝缝补补的，有时是在晚上，在我打发小家伙睡觉之后。”

“他都念些什么？”

“形形色色的，什么都有。其中有塞维涅夫人[①]的《书简集》，也有圣西蒙[②]的《回忆录》。想想看，我以前除过报纸什么都不看，有时偶尔读上一本小说，也是在画室里听别人议论，又不愿让他们把我当白痴看待，才去读的。想不到读书竟能引人入胜。其实，过去的那些作品并非像人们想象的那么枯燥乏味。”

“谁会那么想象呢？”我扑哧笑了。

“后来，他叫我跟他一起念。我们一起念《费德尔》[③]和《贝蕾妮丝》[④]。他念男人的台词，我念女人的台词。你都不知道那是多么有意思。”她天真地补充了最后的一句，“念到催人泪下的台词，我会泣不成声，而他则用不解的目光望着我。当然喽，我的身体还没有恢复过来，才那么多愁善感。实不相瞒，那些书我至今还保留着呢。即便在今日，看看他曾给我念过的塞维尼夫人的《书简集》，似乎仍能听见他那可爱的声音，仍能看见静静流淌的河水以及对岸婆娑的树影。有的时候，拿起书我都看不下去，只觉得心里隐隐作痛。现在我认识到那几个星期是我一生中最快乐的时光。他这个人，真是像天使一样可爱。”

苏姗娜觉得自己有点儿感情冲动，生怕我会笑她（这是错误的判断）。讲到这里，她耸了耸肩膀，笑着说：“要知道，我心里也盘算好了，等到我人老

---

① 塞维涅夫人（1626—1696），法国散文家。

② 圣西蒙（1675—1755），法国政治家、作家，其代表作是《回忆录》。

③ 法国剧作家让·拉辛（1639—1699）写的悲剧。

④ 美国作家爱伦·坡（1809—1849）的短篇小说。

珠黄，没有男人愿意跟我睡觉时，我就皈依教门，忏悔自己的罪恶。可是，我和拉里犯下的那些罪恶，我无论如何也不会忏悔的。绝不，绝不忏悔！”

“可是，根据你的描述，实在看不出来你有什么可忏悔的。”

“故事的后半截我还没讲呢。你也可以看得到，我的身体素质原本是很好的，那段时间成天在户外待着，吃得好、睡得香，无忧无虑，不出三四个星期，我就跟从前一样健健康康的了，样子也好看了，脸蛋红红的，头发有了光泽，感觉就像二十岁一样。拉里每天早上在河里游泳，我时常在一旁看他。他的身体长得很美，不像我那个斯堪的纳维亚人的运动员型的身体，而是结实有力，非常入眼。

“我身体差的时候，他表现得相当有耐心，现在我彻底恢复了健康，就没有理由叫他再继续等下去了。于是，我向他暗示了一两次，表示我已经准备好了，可他好像不明白似的。当然，你们盎格鲁撒克逊人是很怪的，野蛮粗鲁，同时又多愁善感。谈情说爱并非你们的长项，这是无法否认的。我对自己说：‘也许，他比较含蓄吧。他为我做了那么多的事情，还让我把孩子也带了来，可能不愿叫我报答他的恩情。反正他有他的理由。’一天夜里，大家都准备睡觉时，我对他说：‘今天夜里，你要我到你的房间吗？’”

我听了哈哈大笑。

“你说话可有点儿太直白了，是不是？”

“这个嘛，我又不能让他来我的房间，因为奥德特睡在里边。”她率直地回答说，“他用他那双和善的眼睛看了我一下，然后笑眯眯地问：‘你愿意来吗？’

“‘你的身体那么诱人，你说我能不愿意吗？’

“‘好吧，那你就来吧。’

“我上了楼，脱掉衣服，然后，沿着过道溜进他的房间。他正躺在床上看书，抽着烟斗。见了我，他便放下烟斗和书，挪挪身子，给我腾出点儿地方。”

说到此处，苏姗娜沉默了一会儿。我也不好意思再朝下问。不过，过了片刻，她又继续说了下去。

“他是个很奇怪的情人，和蔼可亲、感情真挚，甚至可以说是温柔体贴，散发着阳刚之气，却并非激情勃发，希望你能理解我的意思——他的情欲是纯真无邪的。他的那种爱情就像热血沸腾的青年学生的恋情。当时的情形很滑稽，却又令人十分感动。我离开时，觉得应当是我感谢他，而不是他感谢我。当我带上门时，看见他又拿起书，从刚才中断的地方继续看了下去。”

我一听又大笑起来。

“很高兴这能叫你感到开心。”她有点儿不快地说，不过，她自己也觉得有点儿滑稽，便也咯咯笑了起来，“我很快就发现，要是等他邀请我，那就等八辈子也等不来。所以，我一旦想干那种事，就溜进他的房间，爬上他的床。每一次他都来者不拒。按说，他也有人的那种自然本能，然而他却像个心不在焉的人，有时会忘记吃饭，当你把丰盛的饭菜摆在他面前时，他则吃得津津有味。一个人爱不爱我，我是清楚的。如果我认为拉里爱我，那我就是个傻瓜。但我认为，这样的生活方式他终究会习惯的。一个人，是必须讲求实际的。我心想，如果回到巴黎，他让我和他一道生活，我会很高兴的。我知道他一定会叫我把孩子留在身边，这一点非常中我的意。我的本能在告诫我：只有傻瓜才会坠入情网。你知道女人是很不幸的，一旦坠入情网，就变得不可爱了。我决定让自己时刻保持警惕，决不栽这个跟头。”

苏姗娜抽了一口香烟，然后把烟从鼻孔里喷出来。时间已晚，许多桌子都已经空了。不过，仍有一些顾客围坐在吧台那儿。

“一天上午，吃过了早饭，我坐在河畔做针线活，奥德特在玩拉里给她买的积木。就在这时，拉里走到了我跟前。

“‘我是来向你告别的。’他说。

“‘你要走了吗？’我诧异地问。

“‘是的。’

“‘再不回来啦？’我问道。

“‘你现在已经完全康复。这里有一笔钱够你这个夏天用的，可以帮你回到巴黎后重新生活。’

“一时间，我心里非常难过，都不知道说什么好了。他站在我的面前，笑吟吟的，笑容仍是那般灿烂。

"'我是不是有哪些地方叫你不高兴啦？'我问他。

"'没有的事。千万别这么想。我有工作要做。在这儿，咱们度过了一段美好的时光。奥德特，到这儿来，跟叔叔说再见。'

"孩子太小，不知道是怎么回事。拉里把她抱起来吻了吻，然后也吻了我。随即，他回到了客栈去，不一会儿我就听见了汽车开走的声音。我看了看他塞入我手里的钞票，竟有一万两千法郎之多。事情来得突然，我连反应的时间都没有。'真是活见鬼！'我对自己这么说了一声。起码有一点得感谢上帝——幸好我没有让自己爱上他。他的所作所为，叫人感到一头雾水。"

我忍俊不禁，笑了起来。

"要知道，过去有个时候，我只是把实情告诉世人，结果给自己赢得了一个幽默作家的美称。大多数人都觉得意外，以为我在说笑话。"

"我看不出你的话跟此事有什么联系。"

"哦，这么说吧——在我认识的人当中，拉里是唯一一个超然物外的人。这让他的行为显得很特殊。有一类人，他们并不相信上帝，所作所为却都是为了上帝之爱，这类人是叫世人看不惯的。"

苏姗娜的眼睛望着我发呆。

"我可怜的朋友，你的酒喝得太多了。"

第五章

1

我在巴黎写作，三天打鱼两天晒网。此时春光明媚，令人心情愉悦，爱丽舍田园大街上的栗子树开出一朵朵春花，大街小巷一片灿烂的光芒。空气中荡漾着欢乐的气氛，那气氛轻快却短暂，使你会产生浪漫但不下流的情绪，令你脚步轻盈、才思敏捷。终日有朋友们陪伴，我感到很快活，心中充满了对往事温馨的回忆，至少在精神上恢复了些许青春的活力。这样的欢乐时光转瞬即逝，恐怕今生今世再也享受不到，我觉得如果用工作加以打扰，那纯粹是愚蠢之举。

伊莎贝尔、格雷、拉里和我常常一同去游览近处的名胜——尚蒂伊[①]、凡尔赛、圣日尔曼和枫丹白露。无论去何处，我们的午饭都吃得好而丰盛。格雷个头大，食量就大，酒也喝得不少。不知是由于拉里的妙手回春，还是由于时间的作用，他的健康状况颇见好转。那种头痛欲裂的感觉已不复存在。以前到巴

① 尚蒂伊，在巴黎四十公里以外的瓦兹省，是当之无愧的“马都”。尚蒂伊有闻名于世的美丽的古堡、古老的油画收藏，不仅如此，尚蒂伊还拥有最大的赛马训练场，独一无二的活马博物馆和欧洲最大的马球俱乐部。

黎来，跟他有了初交，那时他眼里有一种迷茫的神情，令人见了心碎，而今那种神情已经消失。他说话不多，只是偶尔讲上一个故事寻开心，但听见我和伊莎贝尔天南海北的那一通胡扯，他会哈哈大笑，笑声朗朗。和我们在一起，他玩得很开心。他虽然并不风趣，但脾气好，随遇而安，你会不由得喜欢上他。这种人，你不愿意和他度过一个寂寞无聊的夜晚，却很可能会愿意跟他在一起待上半年的时光。

他爱伊莎贝尔，让人见了为伊莎贝尔感到高兴。他崇拜她的美，觉得她是天下最漂亮、最迷人的女子。他忠实于拉里，就像一条小狗忠实于自己的主人，使人颇为感动。拉里似乎玩得也很开心。我有一种感觉：他将眼前的时光看作假日，不管心里有什么打算，都暂时放在一边，静下心来尽情享受。他也少言寡语的，但这无关紧要，有他在跟前，无言胜有言。他态度随和，满面春风，让你觉得这就足够了。我非常清楚：正是由于他在跟前，我们在一起度过的日子才那么充满了欢乐。他虽然没说过一句精彩或幽默的话，但没有了他，我们会感到乏味无聊。

一次出游归来，途中我目睹了一幕场景——那场景吓了我一跳。我们游历了沙特尔，当时正从那儿返回巴黎。格雷开车，拉里坐在副驾驶的位子上。我和伊莎贝尔坐在后排。玩了一天，大家都累散了架。拉里的一只胳膊伸开，搭在前座的椅背上。这个姿势使他的袖口拉了上去，露出瘦长而有力的手腕和微微长了一层茸毛的棕色皮肤的小臂。阳光把那些茸毛染成了黄金色。伊莎贝尔一点儿声息没有，使我觉得有异，便瞥了她一眼。她一动不动，简直就像是受到了催眠似的。她呼吸急促，眼睛死死盯着那长了金黄茸毛的结实手腕以及那只瘦削、修长而有力的手，脸上一副饿狼似的色相——那色相我在任何人的脸上都没有见到过。她的脸就像是个面具，燃烧着肉欲。我怎么也没想到，她那漂亮的脸上会出现如此荒淫无耻的表情。那是野兽的兽欲，而非人的欲望。她脸上的美不见了，取而代之的是狰狞和恐怖。那情景让人厌恶，使得她就像一只发情的母狗，我看了感到一阵恶心。她无视我的存在，什么都感觉不到了，只盯着那只随随便便搭在椅背上的手，心里升腾起熊熊的欲火。后来，她的脸上掠过了一阵痉挛和抽搐。只见她浑身一哆嗦，闭上眼睛，靠回到了汽车的角落里。

“给我一根烟抽。”她说道，粗声粗气的，叫我都听不出来是她的声音了。

我从烟盒里取出一根烟，为她点着。她狠狠地抽了一口。在余下的路程中，她始终望着窗外，再也没有说一句话。

回到公寓楼时，格雷请拉里开车送我回旅馆，然后将车停放在车库里。拉里坐到了驾驶员的座位上，我坐到他旁边。只见那两口子在穿过人行道时，伊莎贝尔挽着格雷的胳臂，靠紧他，看了他一眼。我虽然看不清那是什么样的眼神，却也能猜出个八九不离十。我心想：格雷夜里会发现自己的妻子特别狂热，但他永远也不会知道伊莎贝尔是由于良心发现才对他热情似火的。

六月份已接近尾声，我得回里维埃拉去了。艾略特的朋友到美国去，把他们在迪纳尔[①]的别墅借给马图林夫妇住，这小两口准备等孩子们一放暑假就到那儿去。拉里打算留在巴黎工作，给自己买了一辆二手的雪铁龙汽车，答应八月份上他们那儿去住几天。在我离开巴黎的前夕，我请他们三个人和我一同吃晚饭。就在这天晚上，我们和索菲·麦克唐纳不期而遇。

2

伊莎贝尔突发奇想，想到那些好去处瞧一瞧，鉴于我在那儿有熟人，便请我当向导。我老大不愿意，因为巴黎的这种地方不喜欢叫外人进去参观，他们对此毫不掩饰，十分叫人扫兴。可是，伊莎贝尔非去不行。我提前告诉她，说那种地方非常叫人倒胃口，吩咐她穿着一定要朴素。我们很迟才吃晚饭，饭后

---

① 迪纳尔，法国著名旅游名胜。这里宜人的气候、秀丽的风景和理想的海滨浴场都吸引着全欧洲的游客慕名而来。英国富翁费伯家族的到来使迪纳尔当地居民的生活发生了巨大的变化；随后，几个美国家族也陆续迁到了这里，由此也拉开了迪纳尔黄金时代的序幕。

去女神影院[1]看了一个小时的短片。接下来，我先带他们到圣母院附近的一处地下室，那儿是流氓恶棍和他们的姘头常来常往之地。我认识此处的老板，他为我们安排位子，让我们坐到一张长条桌旁，同桌的顾客是几个不三不四的人。我为所有的人都要了杯酒，大家相互敬酒。屋子里闷热、肮脏，乌烟瘴气的。后来，我又带他们去了斯芬克斯舞厅，舞厅里的女人们穿着华丽却俗气，袒胸露怀，面对面坐在两张长凳子上，乐队奏舞曲时，她们便到舞池里无精打采地跳舞，一边用眼睛搜索中意的男人——那些男客散坐在舞厅各处的大理石面桌子旁。我们叫了一瓶未经冰镇的香槟酒。有些女人经过我们面前时，会给伊莎贝尔抛个眼色，我不知道伊莎贝尔是否明白其中的含意。

随后，我们又去了拉佩街。那是一条脏兮兮、路面狭窄的小街。一到这儿，你就会油然产生污秽下流的印象。走进一家咖啡馆，只见一个面色苍白、沉迷于酒色的年轻人在弹钢琴，另有一个倦容满面的老头在刺刺拉拉地抚琴，还有一个吹萨克斯管的，吹出来的调子杂乱无章。咖啡馆里人满为患，好像一张空桌子都没有了。不过，老板看出我们是肯花钱的主顾，便毫不客气地把一对男女赶到另外一张已经坐了人的桌子去，请我们在空下来的桌旁坐下。被赶走的那两个人很不服气，说了一些让我们难以入耳的话。舞池里有许多人——有帽子上缀着红绒球的水手，还有杂七杂八的男子（他们大多数都头戴帽子，脖子上围着帕巾）；有半老徐娘，也有青春女子，一个个描眉涂唇（她们都没有戴帽子），下穿短裙，上穿五颜六色的罩衣。舞伴的搭配乱七八糟——有大男子和矮胖的小男孩跳（小男孩的眼睛化了妆）；有身子干瘦、横眉立目的女人和染了头发的胖女人跳；也有男和女搭配跳。屋里弥漫着烟气、酒味和汗臭味。舞曲没完没了地奏着，人群散发着难闻的气味，在舞池里舞个不停，脸上的汗水闪着亮光，气氛严肃、紧张，有一些可怕的成分在里边。男客里有几个大块头，面相凶狠，但大多数男客都是矮个儿，显得营养不良。我看了看那三个乐手，觉得他们跟机器人一样，演奏起来死板板的。我怀疑他们是否在起步

---

① 女神影院，该影院经常放映色情短片。

时怀揣过梦想，梦想着自己有朝一日会成为大音乐家，引得人们从大老远赶来听他们演奏，为他们喝彩。即便提琴拉得不好，也得请人教，也得练习呀！这位提琴手十年磨一剑，末了难道就是为了屈身于这么一个肮脏猪圈里，为人家拉狐步舞曲，一直拉到次日凌晨吗？后来，音乐停止了，钢琴手掏出一块脏手绢揩揩脸。跳舞的人纷纷返回自己的座位，或无精打采，或脚步踉跄，或身子歪斜。突然，我们耳边传来了一声美国口音的叫喊："我的老天呀！"

只见屋子另一头有个女子从一张桌子旁站了起来。和她在一起的那个男子想拦她，却被她一把推开，然后她就摇摇晃晃走了过来。她已经有八九分醉了，来到我们的桌前，站在那儿，脚下有点儿立不稳，傻里傻气咧嘴笑着。她似乎觉得我们这几个人很好笑似的。我偏头望了望我的同伴们。伊莎贝尔木然瞅着她；格雷一脸愠色；拉里目瞪口呆，仿佛无法相信自己的眼睛一般。

"你们好呀！"那女子说道。

"原来是索菲！"

"那你把我当成了哪一个了？"索菲咯咯一笑。她一把扯住了一个从身边走过的侍者，对他说道："文森特，去给我拿把椅子来。"

"你自己拿去。"侍者挣开她的手说道。

"你个坏东西。"她骂道，朝他啐了一口。

"别担心，索菲，这儿有椅子。"一个油头粉面的大胖子喊了一声。那家伙坐在我们的邻桌，身上只穿了一件衬衣。

"想不到竟在此处碰上了你们诸位。"她说道，脚下仍站立不稳。"你好，拉里！你好，格雷！"她打着招呼，一屁股坐在了那个胖子放在她身后的一把椅子上。"来，咱们一起干一杯。老板！"她扯着喉咙叫了一声。

我留意到那个老板一直在盯着我们，此时闻声走了过来。

"你认识这几个人，索菲？"他问道。他对索菲说话，用的是亲昵的单数第二人称。

"当然认识，"她醉醺醺地大笑着说，"他们是我小时候的朋友。我要请他们喝一瓶香槟酒。你可不要给我们把马尿拿来。拿酒来，别喝了叫我们呕吐。"

“你醉了，可怜的索菲。”老板说。

“咸吃萝卜淡操心。”

老板抽身走掉了，心里乐得卖掉了一瓶香槟酒。我们为了安全起见，只喝白兰地掺苏打水。索菲用呆滞的目光盯着我，把我打量了一会儿。

“伊莎贝尔，怎么不把你的这位朋友介绍一下？”

伊莎贝尔把我的名字告诉了她。

“啊，想起来了。你到芝加哥去过。看你的样子，很有派头呢，是不是？”

“也许吧。”我笑了笑说。

对于她，我却是一点儿也想不起来了，其实这也并不奇怪，因为去芝加哥是十多年前的事情了，当时以及以后又接触到了许许多多的人。

她的个子很高，站在那儿，由于瘦，就显得更高了。她上穿一件鲜绿的丝绸衣衫，皱巴巴的，上面满是污痕，下穿一条黑短裙，头发染成了亮亮的红褐色，剪得很短，马马虎虎盘了一下，乱得像鸡窝。她把自己打扮得妖里妖气，满脸都搽了胭脂，上下眼皮涂成了深蓝色，眉毛和睫毛上抹了浓浓的睫毛油，嘴唇用口红染成了血红色。她的手脏兮兮的，指甲盖上涂着指甲油。她一看就是个荡妇，比跟前的任何一个女人都显得下流。我怀疑她不仅喝醉了酒，还吸了毒。不过，无可否认的是，她身上有一股狐媚劲。她喜欢风情万种地把头扬得高高的，脸上的脂粉将绿眼珠子衬托得绿得惊人，尽管醉得厉害，却有一种厚颜无耻的荡劲，想象得出来是颇受下流男人喜爱的。此时，只听她冲着我们冷笑了一声。

“看来，你们都不太高兴见到我。”她说道。

“听说你来巴黎了。”伊莎贝尔有气无力地说道，脸上浮出的笑容冷冰冰的。

“那你为什么不给我打电话。电话簿上有我的名字。”

“我们来的时间不长。”

格雷赶忙解围问道：“你来这儿过得好吗，索菲？”

“还好。你破产了，格雷，是不是？”

格雷一听，脸红得跟猪肝一样。

“是的。”

“够你呛的。芝加哥那边恐怕日子都不好过。幸亏我逃了出来。上帝呀，那个天杀的怎么还没有把酒送来？”

“正朝这边走呢。”我瞧见一个侍者手举托盘，上面放着酒杯和一瓶酒，正顺着桌子间的甬道走过来，于是便这样说道。

我的话把她的注意力吸引到了我身上。

“我那慈爱的婆家人把我踢出了芝加哥，说我败坏了他们家的名声。”她说完咯咯一笑，笑得野里野气，“现在我是靠汇款过日子。”

香槟酒送来后，倒进了杯子里。她哆嗦着手端起酒杯，把酒杯举至唇边。

“那些势利小人，去他们的吧。”她说完一仰脖子喝光了杯中的酒，然后望了拉里一眼，“你好像肚子里没有多少话要说的，拉里。”

拉里一直在观察着她，脸上一点儿表情也没有。自从她露面，他的眼睛一刻也没离开过她。此时听了她的话，他便冲她莞尔一笑。

“我本来话就不多嘛。”他说。

乐手们又奏起了音乐。一个家伙朝我们这边走了过来，他个子比较高，长得虎背熊腰，大鹰钩鼻，头发油黑发亮，嘴唇厚墩墩的，面容有点儿像“恶人”萨伏那洛拉[①]。跟屋里的大多数男人一样，他没有戴衣领，上衣的扣子扣得紧紧的，显出他的腰身来。

“来呀，索菲，咱们跳舞去。”

“走开。我忙着呢。你没看见我和朋友在说话吗？”

“我才不管你的什么朋友不朋友呢。叫你的朋友见鬼去吧。你跟我跳舞去。”

他说着一把抓住了索菲的胳膊，却被索菲甩开了。

---

① 萨伏那洛拉（1452—1498），十五世纪后期意大利宗教改革家。他在讲道时抨击教皇和教会的腐败，后在佛罗伦萨闹市中被处以火刑。

“松开我，你这个混蛋！”她勃然大怒，吼了起来。

“妈的。”

“王八蛋。”

格雷听不懂他们的话，但我看出伊莎贝尔完全能理解他们的意思——奇怪的是，大多数讲究道德修养的女子对污言秽语很敏感，一听就懂。这时，只见她沉下脸来，蛾眉紧蹙，显出一副厌恶的表情。那人举起胳臂，张开他那只长满老茧的工人的手，眼看就要扇在索菲的脸上。就在这时，格雷从椅子上半抬起身子，恶声恶气地大吼一声：“还不快滚蛋！”

那人住了手，气哼哼地瞥了格雷一眼。

“小心点，可可，”索菲奸笑了一声说，“他会要你的命的。”

那人看了看格雷的个头和体重，看得出他力大无穷，悻悻地耸耸肩膀，冲我们骂了一句脏话，灰溜溜地跑了。索菲醉醺醺地咯咯笑个不停。大家谁都没有说话。我又给她的杯子斟满了酒。

“你住在巴黎吗，拉里？”她喝干杯中的酒，问道。

“只是暂时的。”

跟一个喝醉酒的人说话一般是很吃力的。毫无疑问，没喝酒的与喝醉酒的交谈，总是谈不拢。我们跟索菲说了一会儿话，气氛别别扭扭，很是尴尬。后来，索菲把椅子向后一推，说道：“我再不回到我的男朋友那儿去，他会气疯的。那是个爱生气的混球。不过，感谢上帝，他床上的功夫很棒。”她说着，摇摇晃晃站了起来。“再见，老乡们。欢迎再来。我每天晚上都在这儿呢。”

她挤进跳舞的人群，然后就消失了。伊莎贝尔那典雅的脸上冷若冰霜，挂着蔑视的表情，我看了差点儿没笑出声来。有半晌儿，大家谁都没有说话。

“这是个藏污纳垢的地方，”伊莎贝尔突然蹦出了这么一句，“咱们走吧。”

我付了酒水钱，也为索菲的那瓶香槟酒埋了单。随后，我们鱼贯走出咖啡馆。人群仍在舞池里跳个不停，我们却看也不看便离开了。时间已过两点，我觉得应当睡觉了，可格雷说他肚子饿，于是，我建议到蒙马特高地的格拉芙餐馆去吃点儿东西。汽车启动时，大家都默默无语的。我坐在格雷身旁为他指路，一直把车开到了那家富丽堂皇的餐馆。餐馆的露台上还坐有顾客。我们进了门，要了鸡蛋、火腿和啤酒。至少从表面看，伊莎贝尔已经恢复了平静。她用一种夹枪带棒的口气对我表示祝贺，祝贺我竟然和巴黎那些乌七八糟的地方有来往。

“是你自己提出来要去的。”我抢白道。

“反正我玩得倒是十分开心的，度过了一个美妙的夜晚。”

“糟透了，”格雷说，“想起来就叫人恶心。索菲也真够可怜的。”

伊莎贝尔不置可否地耸了耸肩。

“你能想起来她吗？”她问我，“你第一次到我们家吃晚饭时，她就坐在你身旁。那个时候，她的头发是原色，即浅棕色，没有染成现在的这种可怕的红颜色。”

我回想了一下当时的情景，记起了一个年龄不大的小女孩，一双蓝眼睛带点绿色，说话时把脑袋一偏，挺招人喜欢的。她并不漂亮，但活泼、坦率，同时带几分腼腆和唐突，让人觉得很有意思。

“当然能想起来。我当时就喜欢她的名字，因为我有个姑妈也叫索菲。”

“她嫁了一个叫鲍勃·麦克唐纳的小伙子。”

“那小伙子挺不错的。”格雷说道。

“在我见过的极为英俊的小伙子里面，他算其中的一个。我简直不明白他看上了索菲的哪一点。我刚结婚，她也结了婚。她的父母离异，母亲改嫁给了一个在中国工作的标准石油公司的人。她随父亲一家住在马文，我们经常见面。不过，她结婚之后，便淡出了我们的朋友圈。鲍勃·麦克唐纳是个律师，挣钱却不多。他们住在北区的一座没有电梯的公寓楼里。不过，这也没什么。他们相亲相爱，那种热乎劲真是少见。即便结婚已经有两三年而且生了一个孩子之后，他们上电影院时，还是像一对情侣——他搂着她的腰，而她把头靠在他的肩上。他们一时成了芝加哥谈笑的话题。”

拉里听伊莎贝尔说话，中间未置一词，脸上带着一种叫人捉摸不透的表情。

“后来怎么啦？”我问。

“一天晚间，他们开着自家的敞篷汽车返回芝加哥，孩子也和他们在一起。他们出去总把孩子带上，因为家里没人帮他们照料。反正索菲干什么事都自己来。再说他们也片刻离不开孩子。有几个醉鬼开着一辆大轿车，以每小时八十英里的速度和他们迎头相撞。鲍勃和孩子当场死于非命。索菲被撞成了脑震荡，还断了一两根肋骨。大家千方百计瞒着她，不让她知道鲍勃和孩子已经死了。瞒到最后，也只好将实情告诉了她。据说，当时的情景可怕极了。她差点儿没发疯，哭天喊地，声音能把房子都震塌。不分白天和黑夜，都有人看着她——有一次，她差点儿跳楼自杀。我们能做的全都做了，但她好像恨上了我们。出了医院之后，她被送进了疗养院，在那儿疗养了几个月。”

“是个可怜的人呀。”

“一旦放松了监管，她就开始酗酒。喝醉了，谁要她，她就跟谁睡觉。她夫家的人身陷窘境。他们都是些老老实实的本分人，十分痛恨她的丑闻陋行。起初，我们还想帮她一把，但无济于事。你请她吃饭，她来时就已经喝得醉醺醺的了，不等散席便不省人事了。后来，她跟一些不三不四的人交往，我们只好和她一刀两断了。一次，她因醉驾而被捕。车上还有一个人，是她随便勾搭上的一个混混，结果发现此人是警方通缉的逃犯。”

“她靠什么生活呀？“我问。

“有鲍勃的人寿保险呢。和他们撞车的那辆车的车主上了保险，她获得了一些赔偿。但那点儿钱没多久便花光了。她挥霍无度，花钱如流水，不出两年就一贫如洗了。她的祖母不肯让她回马文去。她夫家的人说，如果她到国外定居，就给她寄生活费。我想，她现在就是靠这笔钱过日子呢。”

“这可真是命运的大轮回呀。”我说道，“想当初，我们国家把害群之马流放到美国去，而今你们美国则将害群之马送到欧洲来了。”

“我真是为索菲感到惋惜呀。”格雷说。

“是吗？”伊莎贝尔冷静地说，“我却不这么想。当然，那是一次沉重的打击。按说，我比任何人都同情索菲。我们俩可是知根知底的。不过，一个正常人总是能够恢复过来的。她一蹶不振，只是因为她有这方面的劣根性。她在本性上是不健全的。就连她对鲍勃的爱情都超过了正常的范围。假如她性格坚强，便可以重新爬起来，继续生活下去。”

“人和人是不同的……你是不是太严苛了些，伊莎贝尔？”我咕哝了一句。

“恐怕并非如此。我觉得应该保持理智，在看待索菲这件事上实在不应该感情用事。上帝知道，谁也没有我对格雷及两个孩子的感情深，如果他们死于车祸，我会发疯的，但迟早会重新振作起来。格雷，你是愿意让我重新振作起来，还是愿意叫我夜夜喝个大醉，然后随便跟巴黎的哪个混混上床睡觉？”

格雷的回答很妙，可以说是我听到他所说的最幽默的一段话：“当然，我倒愿意让你穿一件莫利纽克斯服装店的衣服跳进我的火葬堆陪葬，只是现在不准这样做了。所以，我想你最好的出路就是打桥牌了。请你一定要记住：不要急于求成，不要一开始就出王牌，而应该等到手中有三叠半到四叠牌再说。”

此时不是时候，我不便向伊莎贝尔指出，她对丈夫和孩子们的爱是诚挚的，但并不怎么热烈。也许，她看出了我心里在想什么，于是略带挑战意味地问我：“你是怎么看的？”

“和格雷一样，我为那女孩子感到惋惜。”

“她不是女孩子了，都三十岁的人了。”

“我想她的丈夫和孩子一死，就等于是世界末日的来临。至于她自己会有什么样的结果，她已完全不在乎了，于是便陷入堕落的泥潭，酗酒和淫乱。她认为命运之神对她过于残酷，于是便借此进行报复。她本来住在天堂，现在天堂失去了，却又住不惯平凡人的平凡世界，因此，绝望之余，一头钻进了地狱。可以想象得来：既然再也喝不上天界的琼浆玉液，那她情愿喝厕所里的小便。”

“这是你们作家在小说里讲的一套大道理。完全是无稽之谈，是瞎胡扯。索菲陷入泥潭，那是因为她喜欢那儿。丧夫丧子的大有人在，谁也不像她。并非一次事故就会叫人变坏；坏并不是由好变过来的，而是本身就存在。车祸冲破了她的防线，于是她就露出了本性。你可不要怜香惜玉，浪费你的感情，她现在这个样子，其实就是她的本来面目。”

在这段时间里，拉里一句话也没说。他似乎在思考着什么，我们的话恐怕并没有听进耳朵里去。伊莎贝尔说完话，一时谁都没有再吭声。后来，拉里开了口，声音古怪、单调，不像是对我们说话，而像自言自语，目光仿佛飘向了如烟似雾般过去的岁月。

“记得她十四岁的时候留着长发，头发从额头朝后梳，在后面打一个黑蝴蝶结，脸上有雀斑，表情沉稳。那时，她是个谦虚、高尚、充满理想的孩子，什么书都喜欢看。我们经常在一起谈诗论文。”

“什么时候呀？”伊莎贝尔把眉头微微一皱，问道。

“哦，就是你和你的母亲出外从事社交活动的时候。我常到她祖父家，我们就坐在他们家的大榆树下读书，有时我给她念，有时她给我念。她喜欢诗歌，写了许多诗呢。”

“那个年龄的女孩子都喜欢写写诗，都是些蹩脚的歪诗。”

“当然，那是许久以前的事了。那时候，我不太懂诗，看不出来优劣。”

“那时候，你顶多也只有十六岁。”

“当然喽，她的诗都是模拟之作，许多地方学的是罗伯特·弗罗斯特[①]。不过，我觉得那么小的孩子能把诗写成那样，相当了不起。她心思细密，写出的诗很有节奏感。乡间的声音和气息——早春柔和的芳香以及干旱土地在雨后散发出的气味，都能引起她的共鸣。”

“我从来不知道她在写诗。”伊莎贝尔说。

“她守口如瓶，生怕你们会取笑她。她比较害羞。”

“她现在可不害臊了。”

“我从战场上归来时，她几乎已长成个大人了。关于工人阶级的生存状况，她读了许多这方面的书，在芝加哥也有所耳闻目睹。她痴迷于卡尔·桑德堡[②]的诗，自己也拼命写自由体的诗，反映穷苦人水深火热的生活以及工人阶级受

---

① 罗伯特·弗罗斯特（1874—1963），美国著名诗人，曾赢得 4 次普利策奖和许多其他的奖励及荣誉，被称之为“美国文学中的桂冠诗人”。

② 卡尔·桑德堡（1878—1967），美国著名诗人。

剥削的情况。依我看，她的诗平淡无奇，然而感情真挚，满怀同情之心，充满了热忱。那时，她想当一个社会工作者。她那种对公益事业的献身精神让人感动。我觉得她很有能力，头脑一点儿不糊涂，遇到问题不是感情用事，而给人一种纯洁可爱、心灵高尚的印象。那一年里，我们经常见面。”

可以看得出，伊莎贝尔越听越恼怒。拉里全然不知自己在拿刀子捅她的心窝，每说一句话，就像是用刀子在她的伤口上搅动了一下。不过，轮到伊莎贝尔说话的时候，她的嘴角却挂着笑容。

“她怎么会选中你，对你推心置腹呢？”

拉里用坦荡的目光望了望她。

“我也不清楚。你们都是有钱人，而她家很穷，我和她都不属于你们那个阶层。我到马文去，只是因为纳尔逊叔叔在那儿行医。也许，她觉得我们俩在这方面有共同之处吧。”

拉里举目无亲。一般人都有些堂兄堂妹什么的，虽然并不熟悉，却至少有一种感觉，觉得自己是一个家族的成员。拉里的父亲是独生子，母亲是独生女；他的祖父是教友派教徒，年纪很轻时就在海上遇难，他的外祖父没有兄弟，也没有姐妹。在这个世界上，恐怕数拉里最为孤单了。

“索菲爱你，这些你可曾想到过吗？”伊莎贝尔问。

“从没想到过。”拉里笑了笑说。

“哦，她是爱你的。”

“拉里是战场上负了伤的英雄，当年返回故乡时，半个芝加哥的女孩子都迷上了他。”格雷以他那种坦率的语气说。

“索菲不仅仅是迷恋，还崇拜你。可怜的拉里，她的感情你难道一无所知吗？”

“我当然不知道。我也不相信。”

“也许，你把她想得太高尚了。”

“我仿佛仍能看见那个瘦瘦的小女孩，头发上扎了个蝴蝶结，表情严肃，读起济慈的颂歌来，声音有点儿发抖，眼里涌出泪水来，因为济慈的诗写得太美了。真不知那个小女孩今在何方。”

伊莎贝尔微微吃了一惊，带着迷惑不解的神情把拉里看了一眼。

“时间太晚了。我累得都不知道怎么样才好了。咱们走吧。”

3

第二天傍晚，我搭乘蓝色列车[1]去了里维埃拉，两三天后前往安提比斯去看望艾略特，把巴黎的新闻告诉了他。他看上去气色很糟，蒙特卡蒂尼的疗养并没有取得预期的疗效，而事后去各处旅行又弄得他精疲力竭。他在威尼斯找到一只圣洗池，然后又到佛罗伦萨去买下那幅经过讨价还价才敲定的三联浮雕画。他急于把这些东西安装在教堂里，便跑到了蓬蒂内沼泽去，住在一家条件很差的客栈，屋里热得令人无法忍受。他买的那些宝贝东西要很长时间才能到货，但他下定决心不达目的誓不离开，于是就坚持了下来。最后，一切料理停当，他对效果极为满意。见了我，他就自豪地把拍的照片拿给我看。教堂虽然小，但很有气派，内部装修富于情调，对艾略特高雅的艺术品味是一种佐证。

“我到罗马时，看见一具早期基督教时期的石棺，不由得动了心，考虑了好久，想把它买下来，但最后想了想，还是放弃了。”

“你怎么会想到要买一口早期基督教时期的石棺呢，艾略特？”

“是给我自己用的，亲爱的老伙计。这具石棺极为精美，可以和门道另一侧的圣洗池配成一双。不过，早期的基督徒都是些矮胖子，他们的石棺装不下我。我可不愿在最后审判日的号声吹响时，膝盖顶着下巴躺在里面，像个胎儿一样。那种姿势太不舒服了。”

我被逗笑了，而艾略特却是一本正经的。

“我想出了一个比较好的办法，并做出了具体安排，中间遇到了一些困难，但这也是在意料之中的。我死后要葬在祭坛前边的台阶跟前。这样，蓬蒂内沼

---

① 蓝色列车，从加来至里维埃拉的区间车。

泽的那些可怜的农民前来领圣餐时，会穿着沉重的皮靴踏着我的遗骨走过去。你不觉得这样很酷吗？那儿只放一块普通的石板，上面刻有我的名字和生卒年月。还刻有 Si monumentum quoeris，circumspiece[①]，意思是：如果你要找他的碑，你四下看看就知道了。”

“我懂拉丁语，知道这句被人们广泛引用的铭文是什么意思，用不着你翻译，艾略特。”我有点刻薄地说。

“对不起，老伙计。我惯常跟愚昧无知的上流社会的人打交道，一时竟忘了这是在跟一位作家说话。”

他嘴上不饶人，呛了我这么一句。

“有件事情我想对你讲一讲。”他继续说道，“对于身后之事，我已在遗嘱里写明，只是希望你能监督执行。我可不愿葬在里维埃拉，和那些退役上校以及法国的中产阶级埋在一起。”

“我当然会按你的意愿办理，艾略特。不过，我认为那是多年以后的事了，用不着现在就制订计划。”

“你知道，我也是上了岁数的人了。说实在话，离开人世，我并不为之感到难过。兰多[②]的那几句诗是怎么说的来着？我双手烤着火……”

我对诗文的记性虽则很差，但是，这首诗很短，所以我能背得出来：

我与世无争，和谁争我都不愿；
我爱艺术，仅次于我爱大自然；
我双手烤着火，用生命之火取暖；
火渐熄，我已做好了走的打算。

“是这几句诗。”他说。

---

① 此处指英国著名建筑师克里斯托弗·雷恩爵士（1632—1723）在他设计的伦敦圣保罗大教堂留下的拉丁语铭文。

② 兰多即沃尔特·萨维奇·兰多（1775——1864），英国诗人和散文家。

我不由得心想：艾略特真是想入非非，竟拿这几句诗形容自己的状况，实在牵强。

“这首诗淋漓尽致地表达了我的心情。”他这样继续说道，“唯有一点我需要补充进去，那就是我终生与欧洲的上流社会打交道。”

“在一首这么短的四行诗里，把你的人生经历加进去恐怕是件棘手的事。”

“社交界已走进了死胡同。我曾经满怀憧憬，希望美国能取代欧洲的位置，创造一个万民敬仰的贵族阶层，谁料经济大萧条将此化为一场空梦。我不幸的祖国越来越叫人失望，成为一个极其平庸的国度。我说出来你也不会相信，老伙计，上次去美国，一个出租车司机竟然称我为‘兄弟’。”

受到一九二九年经济大崩溃的冲击，里维埃拉已好景不再，仍然没有恢复过来。艾略特却依然如故，照旧举办宴会，并参加别人举办的宴会。他从不跟犹太人你来我往，不过对罗慈吉尔兹家族却是个例外。话又说回来，最为盛大的宴会往往正是这些上帝选中的人举办的。而只要有宴会，艾略特心里就发痒，不得不去。他穿梭于这些聚会，优雅地握握这位先生的手，或者吻吻那位女士的手，表情却忧郁、超然，就像是一个流亡皇族混杂于平民，让人颇觉尴尬。而那些真正的流亡皇族却审时度势，将结识电影明星视为崇高的愿望。眼下有一种风气，将演艺界的人纳入了社交圈子，艾略特对此是看不顺眼的。可是，一位隐退的女演员在离他家很近的地方建了一座豪宅，敞开门接待四方来宾，内阁部长、公爵、阔太太、富小姐在她府上一住就是几个星期，艾略特也成了她的座上宾。

“当然，她的客人形形色色，什么人都有。”他告诉我说，“不过，那些人你不愿意跟他们说话，可以不予理睬。再怎么她也是我的同胞嘛，我觉得自己有义务伸出援手。住在她家的那些法国客人，看见一个会说法语的，心里一定会放松不少。”

有时候看得很明显，他的身体十分不好。我劝他不要把社交活动看得太重。

“老伙计，我这种年龄，只能进不能退。我在上流社会混了快五十年了，此处的道理我哪能不知——你不露面，别人就会把你忘掉。”

真不知他明不明白自己的这一番表白是多么可悲。我都没有心情再去取笑他了，觉得他是一个彻头彻尾的可怜虫。他活着就是为了从事社交活动，而宴会则是他的生命支柱。不邀请他，就是对他的侮辱，无人理睬会叫他丢面子；现在上了年纪，他最怕的就是受到冷落。

夏天一溜而过。艾略特在里维埃拉从这头跑到那头，疲于奔命，在戛纳吃午饭，又跑到蒙特卡洛吃晚饭，忽而茶会，忽而鸡尾酒会，使出浑身解数应付场面，不管有多累，他都会强打起精神，装出一副和蔼、健谈和风趣的样子。他知道许多小道消息，对于最近发生的丑闻，除过当事人，恐怕数他了解得最清楚了。假如你向他指出这样的生活毫无价值，他一定会呆呆地望着你，满脸的惊愕，觉得你简直就是个令人扫兴的蠢蛋。

4

秋天来临，艾略特决定到巴黎小住一段时间，一方面是去看看伊莎贝尔、格雷和两个孩子过得怎样，一方面则是为了他所说的“回首都重温旧梦”。之后，他打算到伦敦去定做几件新衣服，再顺便探望一下几个老友。我原计划直接去伦敦，但他邀我和他一同开车到巴黎去。这样的安排挺不错的，所以我就同意了。既然如此，我觉得自己不妨也在巴黎小住一下，起码待上几天总是可以的。这一趟旅途轻轻松松，遇见好的餐馆就停下来又吃又喝的。艾略特肾功能不好，不敢喝酒，只喝维奇矿泉水，但他每次都坚持要亲自选半瓶葡萄酒让我喝。他心眼好，自己虽然不能品尝美酒佳酿，可是见我喝得快活，他也感到由衷的高兴。他非常慷慨，我要费许多口舌才能说服他允许我清付我的那一份开销。他津津乐道于他过去认识的那些大人物，听得我有些心烦，但这趟旅行还是令人开心的。穿行于乡间，初秋的景色美不胜收，叫人心旷神怡。在枫丹白露吃过午饭，下午时分才抵达巴黎。把我送到我所住的那家普普通通的老式旅馆，他便驱车绕过街角去里茨饭店了。我们提前通知过伊莎贝尔，说我们要来巴黎，所以见到她留在旅馆里的便条，我并不感到惊讶，叫我觉得惊讶的是便条上写的内容：

见条后速来。出大事了。别把艾略特舅舅带来。

看在上帝的分儿上，快来吧！

我的好奇心之强烈不次于任何人，但我总得先洗洗，换上件干净衣服呀。整理完毕，我就搭上一辆出租车到圣纪尧姆大街的那幢公寓楼去了。抵达后，我被引进了客厅里。伊莎贝尔见了我，立刻跳起来。

“你这是到哪儿去了？我都等你几个小时了。”

此时是下午五点钟。我还没有来得及回答，管家就把茶具送了来。伊莎贝尔双手紧握在一起，不耐烦地看着管家摆茶具。我想象不出究竟出了什么事。

“我们刚到，中途在枫丹白露吃了顿午饭，耽搁了一下。”

“上帝呀，摆个东西怎么这么慢！快把人急疯了。”伊莎贝尔说。

管家先将托盘连同茶壶放在桌子上，然后摆上糖缸和茶杯，再把一盘盘的面包、黄油、蛋糕、甜饼放在旁边，动作慢悠悠的，的确叫人着恼。做完这一切，他走出客厅，随手关上了门。

“拉里要跟索菲·麦克唐纳结婚了。”

“索菲·麦克唐纳是谁？”

“别装蒜了！”伊莎贝尔大叫一声，眼里喷射出怒火来，“就是你带我们去的那家肮脏咖啡馆里碰见的那个喝醉酒的荡妇。天知道你为什么把我们带到那种地方去。那一趟叫格雷恶心透了。”

“哦，你指的是你们那个芝加哥的朋友吧？”我没理会她的不公正责备，这样问道，“你怎么知道他们要结婚？”

“我怎么知道？拉里昨天下午跑来，是他亲口告诉我的。我都快气疯了。”

“你不妨坐下来，给我倒杯茶，慢慢讲给我听。”

“茶还是你自己倒吧。”

她一屁股坐到茶桌旁，气哼哼地看着我倒茶。倒完茶，我舒舒服服地坐在了壁炉跟前的一张小沙发上。

“最近不太常见他——我指的是从迪纳尔返回之后。他去迪纳尔待了几天，不肯跟我们住在一起，而是下榻于一家旅馆。那几天，他常到海滩上陪孩子们玩。孩子们十分喜欢他。我们还曾经到圣布里亚克打过高尔夫球。一天，格雷问他再见到过索菲没有。

“‘见过，见过好几次呢。’他回答说。

“‘为什么要见她？’我问。

“‘她是个老朋友嘛。’他说。

“‘我要是你，就决不会在她身上浪费时间。’我说。

“他听了微微一笑。你知道他是怎么笑的，就好像你说的话很滑稽一样（其实一点儿也不滑稽）。

“‘可是，你不是我呀。’他说。

“我当时耸了耸肩膀，转到别的话题上了。之后再也没有多想过。当他跑来告诉我，说他们打算结婚时，你可以想象得来我有多么震惊。

“‘你不能跟她结婚，拉里。’我说道，‘你不能这样做。’

“‘我已经决定了。’他说道，那股若无其事的劲儿，就像是在点菜，吩咐再来一份炒土豆一样，‘我想让你对她好一些，伊莎贝尔。’

“‘这个要求太过分了。’我说道，‘你发疯了。她是个坏女人，非常坏。’”

“你怎么会这么想？”我打断她的话说道。

伊莎贝尔望着我，眼睛里直冒火。

“她从早到晚喝得烂醉。不管谁让她陪睡，她就跟人家上床。”

“这并不能说明她就是坏人。不少受人尊敬的人也喜欢酗酒，喜欢干一些下流的事情。这是坏习惯，就跟有人喜欢咬指甲一样。我就不知道这样的人能坏到那儿去。我觉得只有那些坑蒙拐骗、丧尽天良的人才是坏人。”

“你要是一味偏袒她，看我不收拾你。”

“拉里是怎么又和她见的面？”

“他在电话簿上找到她的住址，便跑去看她。她正在生病——这也难怪，她那样糟践自己，哪能不病。他为她请医生，并安排人伺候她。他们就这样来往了起来。拉里说她戒了酒。这个笨蛋竟然认为他把她给治好了。”

“你忘了拉里给格雷治病的事了吗？难道不是他把格雷的病治好了吗？”

“那是两码子事。格雷渴望被治好，而她没有这个意愿。”

“你怎么知道她没有？”

“因为我了解女人。一个女人堕落到那种地步，就会破罐子破摔，是决不愿走回头路的。索菲今日的堕落，完全是本性使然。你以为她会对拉里忠贞不渝吗？当然不会。迟早有一天她会跟拉里分手。这是由她的本性决定的。她喜欢的是流氓，因为这让她感到刺激，所以她非流氓不要。她会把拉里置于水深火热之中。”

“这种情况很有可能会出现。不过，咱们也只能干瞪眼，爱莫能助。他这是明知山有虎偏往虎山行呀。”

“我是爱莫能助，你却可以帮助他。”

“我？”

“拉里喜欢你，听你的话。只有你能够对他施加影响。你见过世面，不妨去劝劝他，让他不要做傻事，免得毁掉自己的生活。”

“他会叫我少管闲事——他如此说不无道理。”

“可是，你喜欢他呀，至少可以说对他感兴趣呀，总不能袖手旁观，眼睁睁看着他一步步走进泥潭。”

“格雷是他的老朋友，和他的关系最铁。我认为劝说是劝不动的，但如果要劝，格雷恐怕也是最合适的人选。”

“哼，格雷！”她不耐烦地哼了声鼻子。

“话又说回来，事情也不一定像你想的那样一团糟。我认识两三个人——一个是在西班牙，两个是在东方，他们娶了妓女当老婆，小日子过得挺好。那些女子对丈夫感激涕零，因为丈夫给她们提供了一个安乐窝。她们投桃报李，给丈夫带来了那方面的欢乐。”

“你的话叫人听了心烦。你以为我牺牲了自己的利益，就是为了让拉里落入一个不知廉耻的荡妇手中？”

“你是怎样牺牲自己利益的？”

“我放弃拉里只为了一个原因，那就是我不想影响他的前途。”

“得了吧，伊莎贝尔。你放弃他是为了方形钻戒和貂皮大衣。”

我的话刚出口，就有一盘面包和黄油朝着我的脑袋飞了过来。纯粹凭运气，我一把接住了盘子，面包和黄油却啪嗒落在了地板上。我站起身，将盘子放回到桌子上。

“你把艾略特舅舅的皇冠德贝瓷盘①打破一只，他可不会饶你的。这些瓷盘当初是特为第三代多塞特公爵烧制的，几乎是无价之宝。”

“把黄油和面包捡起来！”她怒气冲冲地说。

“要捡你自己捡。”我说完，又坐回到了沙发上。

她站了起来，一边生着闷气，一边弯腰捡散落了一地的面包和黄油。

“你还自称是英国绅士呢。”她愤怒地嚷嚷道。

“错了，我可从来没有这么称呼过自己。”

“快从这里滚出去。我再也不想见到你了。你叫我讨厌。”

“这太令人遗憾了。我倒是一直都很喜欢见到你。不知是否有人告诉过你：你的鼻子跟那不勒斯博物馆里塞姬②石像的鼻子一模一样。这座石像是存世的代表少女美的最优秀作品。你的腿非常优美，修长修长的，我见了总是由不得感到惊奇——你当姑娘的时候，两条腿粗粗壮壮的，简直想象不出怎么变得这么漂亮的。”

“靠的是坚强的意志和上帝的恩泽。”她怒气冲冲地说。

“不过，要说迷人，还是你的手最迷人了，那么纤细，那么典雅。”

---

① 在英国诺丁汉以西约30公里的地方，有一个叫Derby(德贝)的小镇，这里是英国著名的瓷都。1890年，维多利亚女王特许这儿的瓷器以Royal Crown Derby(英国皇冠德贝瓷)冠名。

② 根据罗马神话，塞姬是爱神丘比特所爱的美女。

“我有个印象，好像你觉得我的手太大了。”

“就你这样的个头和身段来说，这双手不算大。你的手运作起来，简直优雅极了，令人不胜赞叹。不管是有意还是无意，你的手一举一动都有一种美感。它们有时候像鲜花绽放，有时候似飞鸟展翅，比任何语言都更富于表现力，很像埃尔·格列柯[①]肖像画里主人公的手。实际上，艾略特曾说你家祖上有个人是西班牙贵族，我原来不信，可是看到你的手我就相信了。”

她气恼地瞥了我一眼。

“你在胡扯些啥呀？这我还是第一次听说。”

我把劳里亚伯爵娶玛丽王后侍女的事给她讲了一遍，说那就是艾略特母系一族的先祖。伊莎贝尔一面听，一面自豪地端详着自己的长手指和修剪涂染过的指甲。

“一个人总得有先祖的。”她说完，扑哧一笑，顽皮地看了我一眼，目光里完全没有了怨气。之后，她又娇嗔地说：“你真坏！”

对于女人，只要说话得当，很容易叫她明白事理。

“有些时候，我并不是真的讨厌你。”她说道。

随后，她走过来坐到我身旁，挽起我的胳膊，探过身子就要吻我。我急忙将脸扭开。

“我可不愿让脸颊沾上口红。”我说道，“要吻你就吻我的嘴唇吧，这是仁慈的上帝让人们接吻的地方。”

她咯咯笑了几声，然后把我的脸扳过来，将芳唇印在我的嘴唇上，留下了一道细细的口红的痕印。我感觉美滋滋的。

“好啦，心意领了。现在说说你想让我做什么吧。”

“想听听你的锦囊妙计。”

“我十分愿意效力，只怕你一时听不进去。只有一条锦囊妙计献给你：顺其自然。”

---

① 埃尔·格列柯（约 1541—1614），西班牙著名画家。

她听了又火冒三丈，噌地将胳膊抽回去，站起身，跑到壁炉的另一侧，一屁股坐回了椅子上。

“我可不能袖手旁观，眼睁睁看着拉里毁掉自己。我要做出一切努力阻止他和那个荡妇结婚。”

“你不会成功的。你可以看到，他已经被感情迷了心窍，而那种感情是人类胸腔里最炽热的感情。”

“你不会是说他爱上她了吧？”

“不是那意思。与这种感情相比，爱情便微不足道了。”

“此话怎讲？”

“你读过《新约全书》没有？”

“读过一些吧。”

“基督曾经受到诱惑走进旷野，一连四十天没有吃饭的故事你还记得吗？就在他饥饿难忍的时候，魔鬼来到他跟前说：‘如果你真是上帝之子，那你不妨将这些石头变为面包。’可是基督顶住了诱惑。接下来，魔鬼把他放在圣殿的屋顶上对他说：‘如果你真是上帝之子，那你不妨从这儿跳下去。有天使的保护，会把你托起来的。’而基督又一次顶住了诱惑。随即，魔鬼把他带到了一座高山上，把世界上的各个王国指给他看，说如果基督愿意跪下来参拜他，就把那些国家赐给基督号令。可是基督正色说道：‘滚开吧，撒旦！’根据善良、单纯的马太的记载，故事的结尾就是这样。实际上，故事并没有结束。魔鬼很狡猾，他又来找基督，对他说：‘如果你愿意接受羞辱、鞭打，愿意戴上荆棘编的帽冠，最后被钉死在十字架上，那你便可以解救全人类。’因为为了朋友牺牲自己的生命，是人所能表现出的最伟大的爱。这次，基督中计了。魔鬼笑得肚子都痛了，因为他知道坏人会假借为人类赎罪的名义来干坏事的。”

伊莎贝尔愠怒地望着我。

“你这段故事到底出自何处？”

“就出自这儿。是我临时编出来的。”

“我觉得这故事荒唐、亵渎神明。”

“我只是想向你指出：自我牺牲是压倒一切的情感，连淫欲和饥饿跟它相比都会显得微不足道。它最大限度地使人格高尚化，诱惑人走向毁灭。它无视目的，不管值得不值得它都会这样做。没有一种美酒能令人如此陶醉，没有一种爱情能使人如此心碎，没有一种罪恶能叫人如此无法抵御。一个人一旦牺牲掉自己，顷刻就会变得比上帝还伟大，因为上帝是无限和万能的，怎么能牺牲自己呢？上帝顶多只能牺牲自己唯一的儿子。”

“哎，老天爷，这话说得太乏味了。”伊莎贝尔说道。

我没理会她，继续说了下去：“拉里目前就是被这种情感左右着。此时对他晓之以理动之以情，你想会有什么效果吗？这些年他在追求什么，你一无所知，我也不知道，只能猜出个一二来。多年的辛勤劳作，多年的经验积累，如果放在天平上与他的愿望相权衡，就轻多了。那不仅仅是愿望，更是一种迫切、热烈的驱动力，要去挽救一个他认识的女人的灵魂——那女人从前是个清纯的孩子，而今成了荡妇。我觉得你言之有理——他一定会无果而终。他过于注重情感，势必会遭受种种磨难。不管他有什么样的事业，什么样的追求，都将功亏一篑。卑鄙的帕里斯一箭射中阿喀琉斯的脚后跟，使他送了命[①]。拉里缺乏的正是这种狠毒劲——即便是圣徒，如欲修得正果，也得有这种狠劲。”

“我爱他。”伊莎贝尔说道，“上帝知道，我对他无所求，无所图。谁都不可能像我这般无私地爱他。我不愿让他的生活过得不幸福。”

说完，她嘤嘤哭了起来。我觉得哭哭对她有好处，所以没加劝阻。在百无聊赖之际，我的心里突然蹿出了一种想法，于是便琢磨、回味起来。我敢断言：看到基督教发动残酷无情的战争，看到基督徒相互迫害、摧残，看到人世间的凶残暴虐、尔虞我诈及鸡肠小肚，魔鬼考虑一下自己的收获，一定会心满

---

① 根据荷马史诗《伊利亚特》，希腊联军的将领阿喀琉斯刀枪不入，脚后跟却是他的致命点，后被特洛伊城的帕里斯王子一箭射中脚后跟而阵亡

意足的；想到基督教给人类背上了一个原始罪恶的痛苦包袱，使美丽的星空黯然失色，在世人及时行乐的心坎上投下了一道邪恶的阴影，魔鬼一定会开心地笑出声，悄然低语说：这就是报应。

伊莎贝尔哭了一会儿，然后从提包里取出一块手帕和一个小镜子，一边照镜子，一边小心翼翼地擦掉眼角的泪水。

“你就没有一点同情之心吗？”她气愤地问。

我若有所思地望着她，却没有回答她的话。她在脸上扑扑粉，在嘴唇上涂了点口红。

“你刚才说猜出了几分他这些年的追求。此话怎讲？”

“只不过是瞎猜罢了，很可能是错的。我觉得他在寻求一种哲学，也可能是一种宗教，一种可以使他身心都获得安宁的人生准则。”

伊莎贝尔沉吟片刻，然后叹了口气说：“一个伊利诺伊州马文镇的乡下孩子会有这样的想法，你不觉得奇怪吗？”

“卢瑟·伯班克①出生在马萨诸塞州的农场，培植出了无核的橘子，亨利·福特②出生在密歇根州的农场，却发明了小汽车，与他们相比，拉里就不显得奇怪了。”

“但那两人经营的是实业，符合美国的传统。”

我听了哈哈大笑。

“天下还有什么比学会有意义地生活更能称得上是实业呢？”

伊莎贝尔有气无力地摆了一下手。

“你不想完全失去拉里，对不对？”

她点头称是。

“你知道拉里是个重情感的人。你不愿跟他的妻子来往，他也会跟你井水不犯河水。假如你不痴不傻，倒不如和索菲交朋友。你必须不计前嫌，尽可能

---

① 卢瑟·伯班克（1849—1926），美国著名植物学家。

② 亨利·福特（1863—1947），美国汽车大王。

善待她。她即将结婚，恐怕得买些衣服。你何不提出跟她一起去采购？我想她肯定会高兴死的。”

伊莎贝尔眯着眼在听我讲话，好像听得十分专注，一面在想着心事。我猜不出她心里在转什么念头。接下来，她的几句话令我颇觉意外。

“能不能由你出面请她吃午饭？昨天我对拉里说了那样难听的话，再让我请，怪不好意思的。”

“如果我请，你能注意自己的言行吗？”

“我会像个光明天使一样。”她说着，绽出了极为迷人的微笑。

“我这就把此事定下来。”

客厅里有电话。我很快就查到了索菲的号码。凡是拨打法国的电话，都要耐着性子等一会儿才能接通。对方总算拿起了听筒，我通报了自己的姓名。

“我刚到巴黎，”我说，“听说你跟拉里要结婚了。我想对你表示祝贺，希望你们幸福美满。”伊莎贝尔站在我身边，把我胳臂上的肉狠狠拧了一下，疼得我差点儿没叫出声来。“我在这儿只待很短一段时间，不知道你跟拉里后天能不能到里茨饭店和我一起吃午饭。我请格雷、伊莎贝尔和艾略特·邓普顿一道去。”

“让我问问拉里。他就在跟前。”接下来就是一会儿的停顿，“好的。我们将会很高兴的。”

我讲定了时间，又说了几句客套话，然后就把话筒放下了。此时只见伊莎贝尔眼里出现了一种神情，叫我有点儿担心。

“你在想什么？”我问她，“我不大喜欢你眼里的神情。”

“很遗憾，我原以为你喜欢我眼里的这种神情呢。”

“你不是在心里打什么坏主意吧，伊莎贝尔？”

她一听，把眼睛睁得大大的。

“我向你保证没有。事实上，我急切想看看，在经过了拉里的一番改造之后，索菲是否已脱胎换骨。但愿她去里茨饭店时，不要涂成个大花脸。”

5

我举办的这个小宴会还是挺不错的。格雷和伊莎贝尔先到；五分钟后，拉里和索菲·麦克唐纳也来了。伊莎贝尔和索菲亲热地互吻。之后，伊莎贝尔和格雷对她表示了祝贺，祝贺她跟拉里订婚。寒暄间，只见伊莎贝尔飞眼将索菲打量了一遍。索菲的变化叫我看了吃惊。上次在拉佩街的那家咖啡馆见到她时，她浓妆艳抹，头发染成了红色，穿一件亮色的绿上衣，神情放荡，喝得醉醺醺的，浑身上下具有一种挑逗的味儿和狐狸精的媚劲。而现在她一脸的晦气，虽然比伊莎贝尔小一两岁，样子却比伊莎贝尔老许多。她虽然仍旧将头扬得高高的，不知为什么，却叫我觉得可怜。她的头发正在恢复原色，显出染过色的头发和新长出的头发杂在一起的那种邋遢相。除过嘴唇上涂了些口红之外，她什么脂粉都没有搽。她皮肤粗糙，呈现出不健康的苍白色。记得她的眼珠是鲜亮的绿色，而现在却变得暗淡无光了。她穿一件红衣服，崭新的，还配了同色的帽子、鞋子和手提包。对于女装，我不能说自己是个内行，但我总觉得她的这套行头过于招摇和刺眼，不适合今天的聚会。她胸前戴了一件很俗丽的人造宝石首饰，就是里沃利街卖的那种大路货。伊莎贝尔一身黑绸衣，颈上挂一串人工养殖的珍珠，头戴一顶很漂亮的帽子，把她比得廉价和庸俗。

我点了鸡尾酒，不过拉里和索菲都拒绝喝。后来，艾略特姗姗而至。穿过开阔的前厅时，遇见了一个个的熟人，于是他跟这位先生握握手，又在那位女士的手上吻两下，那样子就好像他是里茨饭店的东家，对光临此处的客人们表示热烈欢迎。索菲的事情，我们什么都没有告诉他，只说她丈夫和孩子在车祸中死于非命，现在要跟拉里喜结良缘。当他最终走到我们面前时，他以自己最精通的那一套礼仪对二人表示祝贺，说出的话落落大方、滴水不漏。随后，大家一道步入餐厅。我们共四男二女，于是我让伊莎贝尔和索菲面对面围圆桌而坐，我和格雷分坐在索菲的两边。桌子小，所以谁说话都可以听得清。午宴是提前订好的，专门侍奉酒水的侍者将酒单送了来。

“你压根就不懂酒，老伙计，”艾略特说，“把酒单给我，阿尔伯特。”他一面翻着酒单，一面还说着话：“我自己只喝维奇矿泉水，但看到别人喝劣等酒，我会受不了的。”

他跟侍奉酒水的侍者阿尔伯特是老朋友。二人经过激烈讨论，才把我应当请客人喝什么酒一事决定了下来。随后，他扭过头来问索菲：“你们准备到哪儿度蜜月呀，亲爱的？”

他瞧了一眼索菲的衣装，几乎不被人察觉地微微皱了皱眉头，于是我判断他对那套行头看法不佳。

“我们打算到希腊去。”

“这十年里我一直都想到那儿去一趟，”拉里说，“可由于各种原因，始终未能成行。”

“这个季节去，景色一定非常迷人。”伊莎贝尔显出一副很感兴趣的样子说。

她和我都记得，当初拉里准备娶她为妻时，提出要带她去的地方正是希腊。对拉里而言，希腊似乎成了度蜜月的必去之地。

席间的谈话进行得并不怎么容易，假如没有伊莎贝尔出面帮衬，我都觉得难以应付当时的场面了。她的表现极其值得称道。一旦冷场的风险出现时，我便绞尽脑汁想发掘出一个新话题，她则站出来捧场，谈笑风生。我对她心存感激。索菲几乎不说话，只有别人跟她讲话，她才勉强回应几句。她已经没有了精气神，似乎一颗心如死灰一般。我心想可能是拉里在改造她时，对她约束过度，令她难以支撑。我怀疑她以前不但酗酒，而且也吸毒，而今突然戒酒戒毒，定会叫她处于崩溃的边缘。有时候，只见二人你看我一眼，我望你一眼。拉里的眼神里含着温存和鼓励，索菲的眼里则透露出哀求，令人顿生恻隐之心。格雷天性忠厚，可能本能地觉察到了我所猜测的情况，于是就跟她聊起来，说他以前有头疼病，什么事都做不了，后来拉里治愈了他，还说他现在都离不开拉里了，对拉里感恩不尽。

“如今，我的身体非常棒，”他滔滔不绝地说着，“只要有机会，我就找工作干。目前正在和几个地方接触，希望不久便会有个眉目。啊，能回国去工作，该多么叫人开心呀！”

格雷倒是出于好心，可是他的话也许有些不分场合。我猜想，拉里曾用暗示术（我称之为“暗示术”）医治格雷，并取得了成功，现在又用同样的方法医治索菲酗酒的顽疾，就不知是否能奏效了。

“你现在一点儿也不头疼了吗，格雷？”

“三个月都没有疼过了。万一出现头疼的苗头，我就紧紧抓住我的护身符，便能转危为安。”他说着，从口袋里掏出了那枚拉里送给他的古币，“这是宝贝，你就是给我一百万块钱我也不会卖的。”

饭后，咖啡端了上来。侍奉酒水的侍者走过来问我们还要不要喝点儿酒。我们都婉拒了，只有格雷说要一瓶白兰地。酒送来时，艾略特一定要看看是什么牌子的。

“不错，我觉得不错，对你只有好处没有坏处。”

“先生，你也来一小杯吧？”侍者问。

“哎，我是不能喝的。”

随后，艾略特便详详细细地告诉侍者，说他的肾功能不好，医生不准他喝酒。

“这儿有齐白露加酒，喝一点儿是不碍事的，先生。人人都知道这种酒对肾有好处。我们刚从波兰进了一批货。”

“真的吗？这种酒如今是很难弄到手的。你拿一瓶来我看看。”

这位侍者胖乎乎的，有点儿气质，颈上挂了长长的一条银项链，一听这话，转身就去拿酒了。艾略特解释说齐白露加酒是波兰味的伏特加，各方面都胜似俄罗斯的伏特加。

“当初住在拉齐维尔府上参加打猎时，我倒是常常喝这种酒。你们可是没见那些波兰王子们是怎样豪饮的。真的，我可一点儿不夸张，他们大杯大杯地喝酒，眼皮都不眨一下。那可都是些金枝玉叶呀，从头到脚都是皇族味。索菲，你一定要尝上几口，伊莎贝尔，你也一样。这种机会失不再来。”

那位侍者把酒拿了来。拉里、索菲和我都不愿沾唇。而伊莎贝尔说她想尝几口。我感到诧异，因为她平时的酒量是很小的，刚才已经喝过两杯鸡尾酒和两三杯葡萄酒了。侍者把那淡绿色的酒液倒了一杯，伊莎贝尔接过来闻了闻。

“啊，酒香扑鼻呀。”

“是不是？”艾略特高声说道，“这是因为他们在酒里加了一种草药，让酒的味道更加醇香。我来陪你喝一杯吧。喝一点点，对身体并无害处。”

“味道美极了，”伊莎贝尔赞不绝口，“真是像琼浆玉液。这样醇香的酒，以前从没有喝到过。”

艾略特把酒杯举到唇边。

“啊，举杯在手，往事历历如在眼前！你们没有在拉齐维尔府上住过，不知道什么是真正的生活。那种风格真是无与伦比。要知道，那是封建社会的回归，仿佛又回到了中世纪。到车站去迎接你的是套着六匹马的马车以及专门的车夫。吃饭时，每个客人身后都站着个身穿制服的家仆伺候。”

他绘声绘色描述着王府纸醉金迷的生活以及豪华奢侈的宴会。我的心里突然冒出一个疑团（显然是毫无根据的疑团），怀疑这是艾略特和那个侍者精心安排的一出戏，只是为了让艾略特有机会吹嘘吹嘘那个王族以及他在王府结识的波兰贵族们的灯红酒绿的生活。他话匣子一打开，想拦都拦不住了。

“再来一杯吧，伊莎贝尔？”

“哎呀，不敢再喝了。不过，这简直像仙酒，喝了叫人心旷神怡。格雷，咱们也应该买几瓶。”

“我叫人送几瓶到你们家去。”

“真的吗，艾略特舅舅？”伊莎贝尔乐不可支地叫了起来，“你对我们太好啦。格雷，劝你尝一尝。这酒闻起来像新割的稻草和春天的鲜花，像百里香和薰香草，味道柔和、爽口。喝这酒，就像在月光下听音乐一般惬意。”

她说话有点语无伦次，跟平时大不相同。我怀疑她喝醉了。筵席散时，我同索菲握手道别。

“你们什么时候结婚？”我问她。

“下下个星期。希望你能来参加婚礼。”

“恐怕那时候我不在巴黎。我明天就到伦敦去了。”

当我和别的客人道别时，伊莎贝尔把索菲拉到一旁，跟她谈了几句话，然后转向格雷说：“格雷，我现在还不打算回家去。莫利纽克斯服装店那儿有个时装展览，我要带索菲去看看。应该让她看看新式服装。”

“我很乐意去。”索菲说。

大家就此分手。当晚，我带苏姗娜·鲁维埃去吃了顿饭，第二天上午便起程前往英国了。

6

两个星期后，艾略特来到了克拉里奇酒店。他到后不久，我立刻跑去见他。他给自己定做了几套衣服，看到我，便详细地介绍起他选的是什么料子以及出于什么原因，听得我有些不耐烦。最后，我终于找了个空插进话去，问他拉里的婚礼举办得怎么样。

“就没有举办成。”他冷冷地说。

“这话是什么意思？”

“举办婚礼的前三天，索菲失踪了。拉里到处找她。”

“怎么会有这怪事！他们吵架了吗？”

“没有，没有吵架。当时万事俱备，就等着举行婚礼了。我负责把新娘交给新郎。本来婚礼之后，他们即刻乘东方快车去度蜜月。要是问起来，我倒觉得这样对拉里更好。”

我猜想伊莎贝尔把所有的一切都告诉了艾略特。

“到底出什么事了？”我问。

“你肯定记得那天咱们在里茨饭店吃过饭，伊莎贝尔带索菲去了莫利纽克斯服装店。还记得索菲穿的那件衣服吗？简直不能看！你注意那件衣服的肩部了吗？一件衣服剪裁得好不好，全看肩部合体不合体。当然喽，莫利纽克斯服装店的衣服，可怜的索菲是买不起的。你也知道伊莎贝尔是个非常慷慨的人，念着她们自小就认识，她提出要送给索菲一件衣服，至少能让索菲在结婚时穿得体面一些。索菲自然高兴得不得了。长话短说，有一天，伊莎贝尔约索菲三点钟到她家里来，二人一同去服装店最后试样。索菲来了，但不幸的是伊莎贝尔要带两个孩子去看牙医，四点钟之后方才回到家，而索菲已经走了。伊莎贝尔以为她等得不耐烦，自己到莫利纽克斯服装店去了，于是急忙往那儿赶，到了那儿才知道索菲压根就没有去。伊莎贝尔只好作罢，又回到了家里。那天，他们约好要在一起吃晚饭的。拉里按时赶来，伊莎贝尔一见他就问索菲在哪里。

“拉里被问蒙了，急忙给索菲的住处挂电话，但没人接，于是他说自己要到那儿去看看。吃饭的人等啊等的，始终没见他俩露面，最后只好自己吃了。你们在拉佩街巧遇索菲之前，她过的是什么日子，这你应该是知道的。最为不幸的是，你竟然能想到把他们带到那种地方去。拉里跑了一整夜，把她常去的地方找了个遍，但一无所获。他往她住的公寓楼跑了一趟又一趟，而看门人总说她没有回来。他花了三天的时间马不停蹄地找，而她像人间蒸发了一样。第四天，他又去公寓楼打听，看门人说她回来了一趟，把东西打了一个包，乘出租车走了。”

“拉里是不是心里非常难过？”

“我没见他人，只是听伊莎贝尔说他感到挺难过的。”

“索菲没留下纸条什么的吗？”

“什么都没有留。”

我沉吟良久，最后问道：“你是怎么看待这件事的？”

“老伙计，恐怕跟你的看法完全一致。她坚持不下来了，又故态复萌，继续过她的那种醉生梦死的日子了。”

这是明摆着的事实，可我仍觉得有点儿蹊跷，不明白她为何偏偏在这个节骨眼上开溜。

“伊莎贝尔怎样看？”

“她当然心里不好受。不过，她是个理智的孩子。她告诉我说，她一直觉得拉里要是娶了那样的女人，一定会是场灾难。”

“拉里怎么样啦？”

“伊莎贝尔对他体贴入微。她说难就难在他不愿谈及此事。他一定会恢复过来的。伊莎贝尔说他压根就不爱索菲，和她结婚完全是出自一片侠肝义胆。”

可以看得出，遇到这突发事件，伊莎贝尔表现得如此淡定，内心八成会感到幸灾乐祸。我敢肯定，下次见到她，她一定会说早就知道会有这种后果。

不过，再次见到她，差不多是在一年之后了。那时，我本可以陈述索菲事件的利害关系，叫她三思，可是鉴于当时的处境，我没有了这份情绪。我在伦敦一直住到圣诞节前夕，然后直接回到里维埃拉自己家里，中途没有在巴黎停留。我着手写一部小说，这以后的几个月里都过着与世隔绝的生活。对于艾略特倒是时不时见上一面。他的健康显然在不断恶化。但尽管如此，他仍坚持参加社交活动，看了让人心痛。他还是一如既往地不断举办宴会，要我驱车三十英里赶去参加，而我却不肯，这叫他很是气恼。他觉得我不喜欢社交，却喜欢待在家里写作，显得有些太自命不凡了。

“这是一个非凡的季节，让人激动不已，老伙计。”他对我说道，“把自己关在家里闭门谢客，任大好时光白白流淌，简直就是犯罪。你来里维埃拉，偏偏挑了一个死气沉沉的地区居住，我就是活上一百年也弄不懂。”

可怜、善良，又有点儿傻气的艾略特，显然是活不到那把岁数了。

六月份，小说的初稿已经完成。我觉得自己该休息休息了，于是打起行囊，搭乘一只独桅纵帆船（夏天我们经常乘坐此船去福斯湾洗海水浴），扬起风帆，沿着海岸向马赛驶去。由于海风时起时停，我们的帆船大部分路程都靠备用马达突突突地驱动。中途在戛纳港住了一夜，到了圣马克西姆和萨那里又各住了一夜，然后就到了土伦。我对土伦港素有好感。港湾里法国舰队的船只让你见了立刻产生一种浪漫和亲切的感觉。在土伦古老的街道上溜达，叫你永远也不会厌倦。我流连于这儿的码头，一待就是好几个小时，观看上岸休假的水兵三三两两地闲逛，有的与女友相依相伴，观看平民百姓迈着悠闲的四方步来来往往，就好像除过享受欢乐的阳光外，世界上再没有其他的事可做了。土伦港水域辽阔，各种轮船和渡船将熙熙攘攘的人群分流到各个码头去，于是你就有了一种印象：此处是终点站，包罗万象，是一个融合了大千世界形形色色特征的地方。当你坐在一家咖啡馆里，眼睛被水色天光弄得有点儿眼花缭乱时，你的幻想会插上翅膀，带你踏上金色的旅途，到天涯海角去。你幻想着自己坐上一条古老的船，在太平洋上远航，来到一片珊瑚海滩，周围长满了椰子树；你走下舷梯，到了仰光的码头上，坐上一辆黄包车；你幻想着你的船抵达了太子港，停泊在码头旁，你从甲板上望去，看见一群黑人站在码头上，又是欢呼，又是挥手致意。

我们的船是在快到中午的时候抵达的。下午的时间刚过了一半，我上岸沿着码头走去，一边走一边东瞧瞧西看看，看那些店铺，看那些从身边走过的路人，看咖啡馆外边坐在遮阳篷下的客人。突然间，我一眼瞧见了索菲。与此同时，她也看见了我。她嫣然一笑，冲我打了声招呼。我停下来和她握手。她独自坐在一张小桌子旁，面前放一只空玻璃杯。

“请坐下来喝一杯。“她说道。

“你也陪我喝吧。”我说着，在一把椅子上落了座。

她上穿一件法国水手的那种蓝白条子海魂衫，下穿一条大红裤子，脚蹬凉鞋，露出几个大脚趾，趾甲盖上涂了红色的指甲油。她没有戴帽子，头发剪得短短的而且烫过，发色是淡金色，近乎银色。她浓妆艳抹，一如当初在拉佩街遇见她时那样。从桌上的小蝶可以看出她已经喝过一两杯了，不过并无醉意，好像见到我没有觉得讨厌。

“巴黎的朋友们还好吗？”她问。

“也许都好着呢。自从那天咱们一起在里茨饭店吃过午饭之后，我就再没有见过他们。”

她从鼻孔里喷出一大股烟，哈哈笑了起来。

“最后我还是没有跟拉里结婚。”

“这我知道。为什么？”

“亲爱的，事到临头，我觉得自己不是抹大拉的马利亚[①]，不配得到耶稣基督的化身拉里的拯救。我做不到，先生。”

“是什么原因使得你在最后关头改变了主意？”

她嬉皮笑脸地望着我，脑袋傲然朝起一扬，小奶子、水蛇腰，再加上她的那身装束，俨然就是个小顽童。不过，必须承认：上次见面时，她一身红装，显得有些俗丽，带几分凄惨，而现在却媚人多了。她的脸和脖子被阳光晒成了紫铜色，而这种肤色令涂了胭脂的脸蛋和抹了睫毛油的眉毛显得分外刺眼——她身上的俗气也不乏妩媚之处。

“想听我说一说吗？”

我点了点头。此时，侍者把我为自己要的啤酒以及为她要的白兰地和苏打水送了来。她用刚抽完的一根粗丝卷烟的烟屁股又燃起了一根。

“那三个月里，我滴酒不沾，一口烟也没有抽过。”她见我露出了诧异的神色，哈哈一笑解释说，“我指的不是纸烟，而是鸦片。那感觉简直是活受罪。有时跟前没人，我就可着嗓门吼叫，能把屋子都震塌。我会对自己说：‘我受不了了，再也受不了了！’和拉里在一起的时候，还不是那么糟糕，而他一旦不在跟前，人间就成了地狱。”

我一直在看着她。当她提到鸦片时，就更加注意打量起她来，发现她的瞳孔缩成针眼一样大，说明她又在吸毒了。她的一对眼珠子特别绿，绿得惊人。

“伊莎贝尔要送我一件婚礼时穿的衣服，不知现在那件衣服怎么样了。那件衣服漂亮极了。当时说好我去找她，然后我们俩一块儿去莫利纽克斯服装店。在这方面，我得佩服伊莎贝尔，关于衣服的知识，没有她不知道的。我到了她家，管家说她带琼去看牙医了，给我留了话，说她马上就回来。我走进客厅，见咖啡壶和杯子还放在桌子上，于是便请求管家给我煮一杯咖啡。那时，能提神的只有咖啡了。他说这就为我去煮，走时顺手将空咖啡杯和咖啡壶拿走了，盘子里有一瓶酒却没有拿走。我看了看，发现那酒正是你们在里茨饭店热

① 根据基督教的传说，抹大拉的马利亚是个堕落的女人，后被耶稣拯救。

议的波兰货。”

“那是齐白露加酒。记得艾略特说要送几瓶给伊莎贝尔的。”

“你们对那酒赞不绝口，说闻起来赛过仙醪。我起了好奇心，取下瓶塞闻了闻。果真名不虚传，酒香扑鼻。我点起一支香烟。过了几分钟，管家把咖啡送了进来。咖啡的味道也很好。人人都夸法国的咖啡好，那就让他们喝去吧，反正我还是喜欢美国咖啡。在这异国他乡，我唯一思念的东西就是美国咖啡了。不过，伊莎贝尔的咖啡还是挺不错的。我当时感觉很糟，一杯咖啡下肚，精神便好了些。我看看桌子上放的那瓶酒，心里像有个馋虫在拱动。我骂了自己一句，下定决心不受其引诱。我又点起了一支烟，心想伊莎贝尔马上就会回来的，可是左等右等不见她来。我感到发毛，坐立不宁。我最怕等人，而屋里连本书都没有。我走来走去的，欣赏着墙上的画，眼光却不停地瞟向那瓶可恶的酒。后来，我想干脆倒一杯出来，欣赏欣赏吧。倒出来一看，那颜色十分漂亮。”

“是淡绿色的。”

“一点儿不错。怪就怪在，它的颜色就跟它的酒香一样诱人。那种绿色就像你有时候在一朵白玫瑰花心里看见的绿色一样。我迫切想知道它喝起来是不是味道也同样诱人，觉得反正品上一口也于我无害。我原打算只呷一口，却听见了响动，以为伊莎贝尔回来了，便咕咚将一整杯酒吞下了肚，怕的是被伊莎贝尔瞧见我在喝酒。不过，那不是伊莎贝尔弄出的响动。天呀，一杯酒让我感到飘飘欲仙。自从戒酒以来，我还从未产生过如此美妙的感觉。我感到周身又充满了活力。假如伊莎贝尔及时回来，我恐怕已嫁给了拉里。真不知道是祸是福呢。”

“她没有回来吗？”

“是的，没有回来。我很生气，觉得她太看不起人，叫我那样等她。此时，我低头一瞧，见杯子里又斟满了酒，心想可能是自己无意中斟上的。信不信由你，我不知道酒是怎么斟满的。再把酒倒回瓶子里吧，好像怪不值得的，于是我便将它喝了下去。没的说，那酒简直就是琼浆玉液。我喝后觉得自己好像变了个人，直想开怀大笑。三个月来，我从未感到如此惬意过。

“那个老家伙曾说波兰人大杯大杯地喝酒，眼皮都不眨一下，这你还记得吗？我心想：哼，管它三七二十一的，波兰人能喝，我也能喝。于是，我把剩下的咖啡倒在壁炉里，给杯子里斟酒，斟得满满的。管它什么琼浆玉液不玉液的，喝他娘的！后来的情况我就记不清了，只记得等我罢手时，瓶子里的酒已所剩不多。这时，我觉得三十六计走为上计。这一走，却差点儿跟伊莎贝尔撞上。刚出她家的门，我就听见了琼的说话声，于是急忙跑上楼梯。等她们母女进了门，我才连滚带爬冲下楼，钻进了一辆出租车。我叫司机赶快把车开走。司机问我到哪儿去，我却冲着他哈哈大笑不止，觉得自己的行为滑稽到了极点。”

“你回你的公寓了吗？”我这是明知故问，因为我知道她没有回公寓。

“你把我当什么傻瓜了吧？我知道拉里会到公寓楼找我的。那些常去的地方，我一个都不敢去，而是到哈基姆那里去了。我知道拉里是绝不会找到那里的。再说，我想过过烟瘾呢。”

“哈基姆是个什么地方？”

“哈基姆嘛，哈基姆是个阿尔及利亚人。在他那里，只要你出得起钱，他就可以给你搞来鸦片。他很够朋友，要什么人就给你弄来什么人——大人、小孩、女人或者黑人。他手边总有六七个阿尔及利亚人随叫随到。我在那里住了三天，都弄不清自己睡过多少男人了。”说到这里，她咯咯一笑，“高的矮的、胖的瘦的、白的黑的，全都有。我要把失去的时间补回来。可是，我的内心并不踏实，觉得在巴黎不安全，老怕拉里会找到我。而且，我身上的钱都花光了。那些兔崽子，你不给他们钱，他们就不和你上床。所以，我离开哈基姆那里，回到公寓楼，给了看门人一百法郎，让她见有人来找我，就说我已经走了。我当下便打点行装，连夜乘火车来到了土伦。到了这里，我心里的一块石头才算落了地。”

“来了后，你就一直待在这里吗？”

“一点不错，而且我要继续待下去。这儿的鸦片烟要多少有多少，是水手们从东方带来的，上等货色，不是他们在巴黎卖给你的那种烂狗屎。我在旅馆里包了一个房间——就是那家海事商务旅馆。晚上你走进旅馆，过道里全是鸦片烟味。”说着，她风骚劲十足地嗅了嗅鼻子，“那味道香喷喷的，有点儿刺鼻。大家各在各的房间里抽鸦片，给你一种宾至如归的感觉。旅馆不干涉你的事，你带谁回房间都无所谓。他们会在凌晨五点来敲你的门，提醒水手起床归船，所以你就不用担心会误了行期。”说到这里，她话锋一转，又不停地说了下去。“我在码头边的书店看见了你的书。早知道要碰见你，我就会买下来，叫你签个名呢。”

刚才路过那家书店，我曾停下来看橱窗，注意到在一堆新书里面有一本我的小说的法译本，是新近出版的。

“你可能不会多么感兴趣的。”我说道。

“我不明白你为什么这样说。读书我可是会读的。”

“恐怕写作你也会写呢。”

她飞了我一眼，随即爆发出一串笑声。

“是的，小时候经常写几句歪诗。恐怕都是些涂鸦之作，但我那时的感觉很好。我想这些是拉里告诉你的。”说到此处，她稍微停顿了一下。“生活艰辛，应该学会苦中取乐。有乐不取，就是个大傻瓜。”说着，她倔强地把脑袋朝后一扬。“我把书买来，你能给我签个名吗？”

“我明天就走了。你真要的话，我买一本送你，留在你的旅馆里。”

“那太好了。”

就在这时，一艘海军的摩托艇开到了码头边，一群水手争先恐后上了岸。索菲用眼睛在他们当中搜索着。

“那是我的男朋友。”她向其中的一个挥了挥胳臂。“你可以请他喝一杯酒，然后最好离开我们。他是个科西嘉人，和咱们的老朋友耶和华一样喜欢拈酸吃醋。”

一个年轻人走了过来，看到我，先是迟疑了一下，见索菲向他招手，便来到了我们的桌前。他高高的个子，紫红脸膛，胡子刮得干干净净，黑眼珠神采奕奕，鹰钩鼻，一头卷发乌黑乌黑，看上去还不到二十岁。索菲介绍我时，说我是她童年时代的一个美国朋友。

“他不会说话，但长得漂亮。”索菲用英语对我说。

“你喜欢粗野豪放类型的，是不是？”

“越是粗野豪放越合我的心意。”

“总有一天，你的喉咙会被他们割断的。”

“这一点也不奇怪。”她咧嘴一笑说，“社会垃圾，早死早好。”

“你们能不能讲法语呢？”水手厉声说。

索菲冲他微微一笑，笑容里含着几分嘲弄，接下来讲了一通法语，语调流畅，夹杂着一些俗语，美国口音很重，但这样一来，却使她平日使用的下流猥亵语言带有一种滑稽腔调，使人忍俊不禁。

“我在对他讲，说你长得漂亮，怕你不好意思，才用的英语。”随后，她对我说，“他身体很棒，肌肉发达得就像个拳击手。你摸摸看。”

索菲的一番奉承叫水手怒意顿消。他得意地把胳膊一弯，鼓起胳膊上的二头肌。

“你摸摸看。”他说道，“来呀，来摸呀。”

我摸了摸，表示自己羡慕得不得了。我们在一起聊了几分钟。之后，我付了酒钱，起身要走。

“我得告辞了。”

“见到你很高兴。别忘了那本书。”

“不会的。”

我跟他俩握手道别，然后抽身离开了。途中经过书店时，买下了那本小说，在书上写了我和索菲的名字。这时，我突然想起了龙沙[①]那首广为引用的精美小诗，又想不出别的什么可写，便将小诗的第一句写在了书上：

① 龙沙（1524—1585），法国第一个近代抒情诗人。

亲爱的，让我们看看这玫瑰花……

我把书留在了索菲的旅馆里。旅馆就靠近码头，我自己也常住在那里。天麻麻亮，你就会被大喇叭吵醒，叫唤人们快起来上班去；阳光如烟似雾，照在港湾平静的水面上，给幽灵一般的船只披上了一层美丽的色彩。次日，我们的船扬帆驶往卡西斯。我准备在那里买些酒，然后到马赛去，在马赛再换乘一艘预订好的船。一个星期后，我回到了家里。

7

我看到艾略特的男仆约瑟夫写来的一封信，说艾略特卧病在床，很想见见我。于是，次日我便驱车去了安提比斯。约瑟夫在领我上楼见他主人之前，告诉我说艾略特突患尿毒症，医生认为病情不容乐观，好在他挺了过来，现在病情好转；不过，他的肾脏有问题，不可能完全康复。约瑟夫跟随艾略特四十年，对他忠心耿耿，可是，尽管表面显得难过，却不难看出内心在幸灾乐祸——仆人们多数如此，一旦主人家祸起萧墙，他们不忧反乐。

“艾略特先生真可怜。”约瑟夫叹了口气说，“他有他的怪癖，但归根结底也算是个好人。人迟早都是要死的。”

他说话的口气就好像艾略特眼看就要断气了似的。

“我敢说他把你今后的生活已安排好了，约瑟夫。”我板着脸说。

“但愿如此。”他语气哀痛地说。

他把我领进艾略特的卧房时，我却意外地看到艾略特一副生龙活虎的样子。他脸色苍白、面相衰老，但精神头很好。他刮了脸，头发梳得整整齐齐，身穿淡蓝色丝绸睡衣，睡衣口袋上绣着他姓名的缩写字母，而字母上方则绣着他的伯爵冠饰。在翻过来的被单上，也绣有这些字母和冠饰，型号比睡衣上的要大许多。

我问他感觉如何。

“感觉好极了。”他乐呵呵地说，“只不过偶染小恙，用不了几天就可以活蹦乱跳了。我约了迪米特里大公在星期六和我共进午餐。我已告诉了我的医生，让他无论如何要在这之前把我的病治好。”

我陪他坐了半小时，出来时告诉约瑟夫，说如果他的病复发，就来通知我。一个星期后，我到一个邻居家赴午宴，却惊奇地发现艾略特也在那里，穿着礼服，脸色像死人。

“你病着，就不应该出来，艾略特。”我对他说。

“胡说什么呀，老伙计。弗里达请了玛法达公主呢。从路易莎在罗马任上的时候起，我认识意大利王室已有多年了。我说什么也不能叫可怜的弗里达失望。”

他年事已高，且身患绝症，对社交活动却始终保持着高涨的热情，真不知是应该敬佩他不屈不挠的精神还是应该可怜他。你绝对不会想到他这个样子，竟然是个病人。他就像一个垂死的演员，脸上涂了油彩，登台表演时，立刻忘掉了病痛。他担任捧场的角色，潇洒自如地将此角色扮演得极其到位，对客人们和蔼可亲、殷勤周到，用他最擅长的手法捧臀啜屁，却妙语连珠，令人开怀。我觉得自己从未见过他把社交艺术发挥到了如此高的水平。当公主殿下离开时，艾略特弓腰送行，风度雅致，既表现了对公主崇高身份的尊敬，又表现了一个老人对一个年轻美丽女子的景慕，令人叹为观止。难怪设宴的女主人事后称他为宴会的生命和灵魂。

几天后，他又卧倒在了病床上。医生对他下了禁令，不许他离开房间半步。艾略特为此感到非常窝火。

“早不病晚不病，偏偏这个时候病了。社交季节正如火如荼。”

他列了一长串重量级人物的名单，说他们夏天齐聚里维埃拉。

我每隔三四天都去探望他一次。他有时候躺在床上，有时候穿一件华丽的晨衣坐在一把躺椅上。这种晨衣他似乎备有无数件，记得从未见他穿重过样。八月初的一天，我又去看望他，发现他反常地少言寡语。迎我进门时，约瑟夫曾告诉我，说他病情有所好转，所以见他如此没有精神头，我便觉得有些奇怪了。我把自己得来的一些当地的小道消息讲给他听，想让他高兴起来，他却一点儿兴趣也没有。他双眉微蹙，脸上有种愠怒的表情，这在他是少见的。

“埃德娜·诺威马里举办宴会，你去参加吗？”他冷不丁这样问道。

“不去。怎么啦？”

“她邀请你了没有？”

“里维埃拉的每个人她都邀请了。”

诺威马里王妃原是美国的一个腰缠万贯的富婆，嫁给了一位罗马的王子，此王子可不是意大利的那种穷得叮当响的普通王子，而是一个伟大家族的族长，一个雇佣兵队长的后代——那个队长在十六世纪曾为自己开拓出了一个公国。诺威马里王妃年已六十，是个寡妇，由于不满意大利法西斯政权对她美国的进项课以重税，便来到法国，在戛纳山背面的一块漂亮的地产上盖了一幢佛罗伦萨风格的别墅。她特意从意大利运来大理石，为她那些大客厅的墙壁镶边，还从国外请来画家给她画天顶画。她的藏画和铜像都异常精美；连素来不喜欢意大利家具的艾略特，也不得不承认她的家具十分华贵。她家的花园美观漂亮，游泳池造价肯定不菲。她请客高朋满座，每次都不少于二十个人。她安排好在八月里月圆时举行一次化装舞会。虽然还有三个星期的时间，里维埃拉已经到处都在谈论这次舞会了。那天晚上要放焰火，她还要从巴黎带一个黑人乐队过来助兴。那些流亡的王公贵族相互谈论时又是羡慕，又是妒忌，认为她这一晚的花费足够他们一年的用度。

“真是气派呀。”有的人说。

“简直是发疯。”有的人说。

“没品味。”有的人说。

“你准备穿什么样的衣服？”艾略特问我。

“我不是告诉你了嘛，艾略特，我就不打算去。你以为我这把岁数了还会穿得花里胡哨去参加什么化装舞会。”

“她没有邀请我。”他声音嘶哑地说。

说完，他用一双倦怠无神的眼睛望着我。

“哦，她会请的。”我平心静气地说，“请帖肯定还在陆续发着呢。”

“她不会请我的。”他声音有些哽咽地说，“这是故意叫我下不了台。”

“哎，艾略特，这我就不能相信了。中间肯定是有些疏漏。”

“我可不是个容人蔑视的人。”

“再怎么说，你身体不好，反正也去不成。”

“去不成也要去。这是本季节最盛大的一次聚会。我只要还有一口气，就是爬着也要去。我要把我的祖先劳里亚伯爵的那套礼服穿在身上。”

我真不知说什么好了，于是干脆闭上了嘴。

“就在你来之前，保罗·巴顿跑来看望我。”艾略特突然开口说道。

我不能指望读者还记得这个人，因为我自己也得重温前文看我究竟给了他一个什么名字。保罗·巴顿就是那个由艾略特引进伦敦社交界，后来觉得艾略特派不上用场了，就不再理会他的美国青年，艾略特恨他恨得牙根痒痒。此人近来相当引人注目，先是因为他加入了英国国籍，后来又由于他娶了一个报界巨头的千金，而这位巨头已经晋升为贵族了。有了这样的后台，再加上此人八面玲珑，显然前途是不可限量的。艾略特为此像吃了黄连一样心里感到苦涩。

“夜里一旦醒来，听见老鼠窸窸窣窣在壁橱里爬动，我就心想：‘这是保罗·巴顿在朝上爬。’请相信我的话，老伙计，这家伙早晚能钻进上议院的。谢天谢地，那一天我是看不到了。”

“他来这儿有何贵干？”我问。我和艾略特心里都很清楚，这个年轻人无事不登三宝殿。

“让我告诉你，他有何贵干吧。”艾略特气得咆哮道，“他想借用我祖先劳里亚伯爵的那套礼服。”

“恬不知耻！”

“难道你看不出他的用心？显然，他知道埃德娜没有邀请我，也不打算邀请我。这是埃德娜唆使他来气我的。没有我，她哪有今日？当初，我特意为她举办宴会，她认识的人都是我介绍的。她和自己的司机上床睡觉，这个当然你也是知道的。真叫人恶心！巴顿来了告诉我，说她要给花园里张灯结彩，还要放焰火。谁不知道我最爱看的就是放焰火。他说许多人死乞白赖跟埃德娜要请帖，却都一一碰壁，因为埃德娜不愿人多，想把宴会办得别开生面。听他说话的口气，就好像我肯定是在被邀请之列似的。”

“你准备把礼服借给他吗？”

“让他死去吧，我恨不得把他送进十八层地狱。我就是死了穿着它下葬也不借给他。”说到这里，艾略特猛地从床上坐起，像个发了疯的女人一样，把身子晃来晃去的。“全都是些狼心狗肺的东西。”他咬牙切齿地说，“我恨他们，我恨他们所有的人。当我能够为他们捧场时，他们无一不围着我转。现在我又老又病，他们就把我弃如敝屣。自从我卧床不起，来探望的人不超过十个。这都一个星期了，只可怜巴巴地送来了一束花。我为他们可以说是尽心尽力。他们吃我的喝我的，我为他们跑前跑后，为他们张罗宴会，鞠躬尽瘁地为他们服务。可是，我得到什么回报了呢？什么也没有，一点儿回报也没有。没有一个人关心我的死活。天呀，全都是些绝情绝义的坏东西。”说到伤心处，他嘤嘤地哭出了声来，大滴大滴的眼泪顺着皱巴巴的脸颊直朝下滚。“真后悔呀，当初就不该离开美国。”

看见这个不久于人世的老人仅仅因为别人没有请他去赴宴，便像个孩子一样号啕大哭，着实可悲可怜。这样的一幅情景叫人吃惊，也难免会心生恻隐。

“不请你也没有关系，艾略特，”我说，“也许那天晚上会下雨，叫他们放不成焰火。”

他一听，就像人们所说的快死的人抓住了一根救命稻草一样，含着泪花笑了起来。

“我怎么没想到。我祈求上天，无比虔诚地祈求上天，愿到时候天降大雨。你说得不错，叫他们放不成焰火。”

我的几句话让他改变了想法，放弃了那些愚蠢的念头。待我辞别时，他即便不是心情快活，也起码是心平气和了。不过，我还是放心不下，一回到家就给埃德娜·诺威马里挂了个电话，说我次日到戛纳去，问能不能和她一起吃顿午饭。后来，她叫人传话来，说她很高兴请我吃饭，但仅仅是便宴。可是我到达后，却发现除她之外，还有十位客人也在场。她是个挺不错的人，慷慨大方、热情好客，只有一个坏毛病，那就是嘴上不饶人。即便是对好朋友，她也会在背后说人家的坏话。这倒不是说她天性恶毒，而是因为大脑愚钝，再想不出别的方式引起别人的注意了。她说的话传出去，被她中伤的人就不再搭理她了。不过，她举办的宴会总是别开生面，过上一阵子，大多数被她得罪的人就觉得不便跟她斤斤计较了。我觉得一开口就求她邀请艾略特来参加即将举办的盛会，会让艾略特丢面子，想想还是见机行事的好。她对这次盛会兴致很高，吃饭时把话头全集中在了这上面。

“艾略特一定会高兴死的，这下子算是有机会穿他那套菲力普二世时代的礼服了。”我尽量做出一副漫不经心的样子随口说道。

“我没有邀请他。”她说道。

“为什么没邀请？”我装作诧异地问。

“为什么要请他呢？他在社交圈子里已风光不再，纯粹是个老厌物、势利眼，就喜欢传播流言蜚语。”

这一番指控用在她自己的身上倒是挺合适的。我觉得她太刻薄，蠢里蠢气的。

“再说，”她又补加了一句，“我想让保罗把艾略特的那件礼服穿上。保罗穿上一定显得很高贵。”

我不再说话，但决心要替艾略特把他朝思暮想的请帖弄到手，不管用什么样的手段都在所不惜。午饭后，埃德娜把她的朋友们带到花园里去散步。这给了我可乘之机。我曾经有一次在这里做过几天客，所以知道一点儿她家的情况。我猜想可能还会有些请帖剩下来，保存在秘书的房间里。我悄悄向那儿溜去，打算拿一张请帖塞进口袋，回去后写上艾略特的名字寄给他。我知道他病得厉害，根本无法成行，但能拿到这份请帖对他而言却意义重大。可是一推开房门，我却惊呆了，只见埃德娜的秘书坐在她的办公桌旁。我原以为她还没有吃完午饭呢。秘书是个中年的苏格兰女子，名叫吉斯小姐，沙色头发、雀斑脸，戴一副夹鼻眼镜，显出一副守身如玉的处女气质。我急忙稳定住情绪。

"王妃带客人们到花园散步去了。我没事，想着就到你这儿来抽根烟吧。"

"欢迎你来。"

吉斯小姐说话时带有苏格兰语的那种小舌颤音。和自己喜欢的人在一起时，她会表现出一种"干幽默"，而此时她的小舌颤音就颤得更厉害了，会惹得听者发笑。可是，你禁不住笑出声来时，她则向你投来气恼、诧异的目光，就好像她认为你昏了头，竟然觉得她的话好笑。

"这次举办那宴会肯定给你增加了不少负担，吉斯小姐。"我说道。

"忙得团团转，都分不清东南西北了。"

情知她可以信赖，于是我开门见山地说："为什么王妃没有邀请邓普顿先生呢？"

吉斯小姐那不苟言笑的脸上此时浮出一丝笑容，说道："你知道她是怎样的人。她跟他有过节。是她亲自从客人名单上把他的名字划掉的。"

"你知道，他已是垂死之人了，这辈子也离不开病床了。受到如此冷落，他心里难过到了极点。"

"如果他不想跟王妃闹翻，他就不应该逢人便说王妃跟自己的司机上床睡觉。她的司机是有老婆的，还有三个孩子呢。"

"她到底睡了没有？"

吉斯小姐的目光从夹鼻眼镜的上方瞟过来，望了我一眼。

"我当秘书已经有二十一个年头了。我有一个原则，那就是相信自己的雇主像白雪一样纯洁。必须承认：有时候我的某个雇主会发现自己已有三个月的身孕，而老爷去非洲猎狮，去了有半个年头。此时，我对女主人坚信不疑的原则会经受严峻的考验。不过，女主人只要到巴黎去一趟，进行一次极其昂贵的短途旅行，就会化险为夷。我和女主人便如释重负，长长松一口气。"

"吉斯小姐，我并不是想抽烟才到这儿来的。我来是想偷一张请帖亲自寄给邓普顿先生。"

"这样做十分不妥当。"

"我也知道不妥当。行行好，吉斯小姐，那就请你给我一张请帖吧。那个可怜的老人反正也是来不了的，只是给他张请帖叫他高兴高兴。他没有什么叫你感到不痛快的地方吧？”

“没有。他对我总是客客气气的。我敢说他是真正的绅士，比大多数跑到王妃这儿骗吃骗喝的人都要强。”

所有重要人物的身边都有些得宠的下属。这些仰人鼻息的人，你是万万得罪不起的。假如他们觉得自己没有得到应有的尊重，他们就会在主子面前放你的冷箭，挑拨离间。和这些人，你是必须要搞好关系的。艾略特比任何人都更懂得这一点，所以对那些穷亲戚、老年女佣或者受主人信赖的秘书，见了面他总会亲热地寒暄几句，或者热忱地陪个笑脸。我敢说，他肯定经常跟吉斯小姐说开心的话，过圣诞节时不会忘了送给她一盒巧克力、一个化妆盒或者一个手提包。

“求求你，吉斯小姐，发个善心吧。”

吉斯小姐把夹鼻眼镜在她那高鼻梁上固定得更牢了些。

“毛姆先生，我坚信你绝不愿意让我去干对我的雇主不忠实的事情；再说，万一叫那个老母牛发现我违背了她的意愿，必定会炒我的鱿鱼。请帖就在这张桌子上，装在信封里。我现在要到窗户跟前向外瞭望瞭望，一是因为我在一个位置上坐得太久了，腿有点儿僵，想活动一下，二是因为想欣赏一下窗外美丽的景色。当我将脸转过去的时候，背后发生什么事，不管是老天还是任何人都不能叫我为之负责了。”

当吉斯小姐重新回到她的座位上时，请帖已经进了我的口袋。

“今天见到你，真是叫人舒心，吉斯小姐。”我说着，伸出了手，“化装舞会上你准备穿什么服装？”

“我亲爱的先生，我是牧师的女儿，”她回答说，“这种荒唐的事情就让那些上层阶级的人去做吧。只要把《先驱报》和《邮报》的代表们招待好，让他们酒足饭饱，我的责任就算尽到了。我将回到卧室里去，安安静静地看我的侦探小说。”

8

两三天后，我登门去看望艾略特，发现他满脸喜色。

“瞧，”他说道，“我收到请帖了，是今天上午收到的。”

说完，他从枕头下取出请帖递给我看。

“我不是早就告诉过你了嘛。”我说道，“要知道，你的姓是以T开头的。显然，秘书写请帖才轮到你。”

“我还没有写回信呢。明天会写的。”

我一听，吓了一大跳。

“愿不愿意让我代笔？我走时可以将回信送到邮局去。”

“哪里的话！为什么要你代笔？我完全能自己写回信的。”

我暗忖：幸亏拆信人将会是吉斯小姐。她又不傻，肯定会把信扣下来的。这时，艾略特摇了摇铃说：“我想让你看看我的礼服。”

“你不是真的要去吧，艾略特？”

“当然要去。自从去比奥蒙茨家参加过那次舞会之后，这套礼服再没有穿过。”

约瑟夫听见铃声走了进来，艾略特让他把礼服取来。那套礼服放在一个大大的扁平盒子里，用薄绵纸包着。这里面有白绸长袜、带衬里的白锦缎裹边的织金布紧身裤，配一件紧身上衣、一件大氅、一条围在脖子上的绉领、一个平顶丝绒便帽、一条长金链子，链子的一头挂着金羊毛勋章。我认出这套礼服是根据提香所画的菲力普二世穿的那套豪华服装仿制的，而那幅画就在普拉多。艾略特却告诉我，说这套礼服是劳里亚伯爵在参加西班牙国王和英国女王的婚礼时穿过的，这就让我觉得他的想象太离谱了。

次日上午正在吃早饭时，我被叫去接电话。电话是约瑟夫打来的，说艾略特夜间又发病了，他急忙把医生请了来，医生说艾略特恐怕连今天也熬不过去了。我让服务生将汽车开过来，然后驱车前往安提比斯。艾略特正处于昏迷状态。艾略特原先坚决不肯用护士，可是我却看见有个护士在场，是医生从那个位于尼斯与博略之间的英国医院找来的，这令我看了心里感到欣慰。我出去给伊莎贝尔发了封电报。她和格雷带着孩子正在拉波勒的那个比较便宜的海滨度假地消夏，来安提比斯要走很远的路，恐怕来不及为艾略特送终了。她还有两个哥哥，但和艾略特多年不见，所以她算是艾略特在世的唯一亲人了。

不过，艾略特求生的欲望异常强烈，要不然就是医生用的药产生了作用，反正就在这一天他恢复了意识。尽管已是垂危之人，他仍强打起精神说俏皮话，问了几个有关于护士性生活的下流问题。这天下午的大部分时间，我都守在他身旁。第二天又去看他，发现他虽然身体十分虚弱，情绪却很好。护士只允许我在跟前待很短一点儿时间。发给伊莎贝尔的电报仍未见回音，这让我感到焦虑。由于不知道伊莎贝尔在拉波勒的地址，电报发到了巴黎去。怕就怕门房转送电报时耽搁了时间。两天之后，我才收到了回电，说他们立刻启程。事情很不凑巧，伊莎贝尔和格雷乘汽车到布列达尼游玩去了，刚刚接到我的电报。我查了一下列车时刻表，发现他们至少要三十六个小时才能赶来。

次日一大早，约瑟夫把电话又打了来，说艾略特夜间病情恶化，提出要见我。我一听，急急忙忙赶了过去。我一到，约瑟夫便将我拉到一旁说："先生，如果我说的事情不合时宜，请你原谅我的冒昧。按说，我是不信教的，认为所有的宗教只不过是神父玩弄的阴谋诡计，为的是控制人们的思想。可是，先生也知道，女人们并不这么想。我的妻子和女佣都坚持认为我们的主人应该得到最后的祝福。现在时间已所剩不多。"他用眼睛看着我，一脸难为情的神色，"现在的事情谁也说不清。也许，一个人临死之前，最好还是改善与教会的关系。"

他的心态我很清楚。大多数法国人，不管平时怎样揶揄嘲笑宗教，但宗教毕竟跟他们血肉相连，一旦生命到了终点，他们还是愿意妥协的。

"你是要我向他提出吗？"

"先生如果愿意，那是再好不过了。"

这个差使我并不怎样喜欢，但是，艾略特毕竟多少年来都是个虔诚的天主教徒，所以，履行一个天主教徒的职责也是理所当然的。我上楼走进他的房间，见他平躺在床上，脸色憔悴，瘦得都成了个干巴人，但神志十分清楚。我让护士出去一会儿。

“你的病情恐怕十分危重了，艾略特。”我启口说道，“不知道……不知道你愿不愿意请个牧师来？”

他看着我，半天没说话。

“你的意思是说我就要死了？”

“哦，但愿不是这样。不过，不怕一万就怕万一嘛。”

“我懂了。”

他一时哑了口。

这是一个令人痛心的时刻——明知此话会刺激艾略特，却又不得不说。我不忍心看他，咬紧牙关，生怕会哭出声来。此时，我坐在床沿上，面向他，伸出一只胳臂撑着身体。

他在我的手背上拍了拍，说道：“别难过，老伙计。要知道，这是必须走的一步。”

我听了，破涕为笑，说道：“你真是个奇怪的家伙，艾略特。”

“这就对了。现在打电话给主教，说我要忏悔并且接受涂油礼[①]。如果能把查尔斯神父派来，我将感激不尽。他是我的朋友。”

查尔斯神父是主教的代理人，在前边的一章里提到过。我下楼去打电话，跟主教通上了话。

“很急吗？”他问。

“十万火急。”

“我这就办理。”

医生来时，我把刚才的事情跟他讲了讲。随后，他便带着护士上楼去看艾略特，而我守候在楼下的餐厅里。从尼斯来安提比斯只有二十分钟的车程，

---

① 天主教神父往往给临终的人施行涂油礼。油代表圣灵。在涂油之前，为临终的人祷告，求主赦免其罪，接受临终的人的灵魂进入天堂。

所以过了半小时多一点，就有一辆黑颜色的大轿车停在了门口。约瑟夫跑来找我。

“是主教本人，先生，”他慌慌张张地说，“主教大人亲自来了。”

我急忙迎出门去。这次，主教没有像往常那样身旁跟着那位代理人，不知怎么却带来了一个年轻的神父，这位神父手捧一个匣子，我想里面可能装的是施涂油礼的用具。司机紧随其后，手提一只寒碜的黑色旅行箱。主教和我握了手，把同来的神父介绍给了我。

“咱们的那位可怜的朋友怎么样了？”

“恐怕已处于病危状态，主教大人。”

“是不是请你把我们带到哪个房间里去，让我们把法衣换上。”

“这儿是餐厅，主教大人。客厅在楼上。”

“到餐厅里换就很好了。”

我把他领进了餐厅，然后和约瑟夫在过厅里等候。不一会儿，门开了，主教走了出来，后面跟着神父；神父双手捧着一只圣餐杯，杯子上放一个小盘子，里面有一块行圣礼用的圣饼。这些东西用一块细麻纱餐巾盖着，而麻纱是透明的。之前，我只是在晚宴或午宴上见到过主教，知道他是个大肚汉，喜欢美食美酒，喜欢讲幽默故事，有时甚至还讲些粗俗的笑话。那时候，他给我的印象是一个身体结实强壮的人，只有中等身材。今天他穿上白法衣，披上圣带，看上去不但个头很高，而且庄严肃穆。他的那张红脸，平时总是乐呵呵的，笑容可掬，现在却一副严肃相。从外表上看，过去的那个骑兵军官在他身上找不到一丝痕迹了；此刻，他的面相符合他在教会的实际地位，一看就知道是个显贵人物。难怪约瑟夫见了肃然起敬，在胸前画了个十字。主教身子微微一躬，点了点头。

“领我去见病人吧。”他说道。

我闪开身子，让他头前走上楼，而他却叫我走在前边。于是，我们一声不响，一脸严肃地上了楼。我先一步走进艾略特的病房通报道：“主教大人亲自来了，艾略特。”

艾略特挣扎着坐了起来。

“主教大人亲自光临，我感到不胜荣幸。”

“你别动，我的朋友。”主教叫了一声，然后对我和护士说：“请你们先出去一下。”接着，他又转向那个神父叮咛道：“你也出去，到时候我叫你。”

神父四下里瞧瞧，我猜想他很可能是要找个地方放下手中的圣杯，于是就将梳妆台上的那把玳瑁壳镶背的发刷推开为他腾地方。护士下楼去了，我把神父领进隔壁的房间，此处是艾略特的书房。书房的窗户敞开着，望得见外边的蓝天。他走到一扇窗户前观景。我则坐下来休息。海上正在进行帆船赛，白帆在蓝天的映衬下显得格外耀眼。一条黑壳的大船张起红色的船帆，迎着微风向港口驶来。我认出那是一条捕捞龙虾的船，从撒丁岛那儿满载而归，为赌场提供海鲜，让那些寻欢作乐的赌徒们大快朵颐。艾略特的房门关闭着，却仍能听得见里面有隐隐约约的说话声。艾略特在做忏悔。我烟瘾大发，想点上一根烟，却又怕神父不高兴。神父是个身材瘦削的年轻人，一动不动地站在那儿向外眺望，黑黑的头发呈波浪状，一双乌黑的眼睛秀秀气气的，皮肤呈橄榄色，一看就知道是意大利人。他的脸上洋溢着南方人的那种蓬勃的生命力，我不由得心里想到，真不知他有着多么坚定的信仰和燃烧的激情，才使得他放弃了现世开心的生活、青春的欢乐以及世俗人的七情六欲，转而真诚地为上帝服务。

隔壁房间的声音忽然停止了，我抬起头，见门打开了，主教出现在了门道那儿。

“你来吧！”他对神父说道。

屋子里只剩下了我一个人。接着，我听见隔壁房间又传来了主教的声音，情知他在念祈祷词，即教会规定为垂死之人所应该念的祈祷词。随之而至的又是一阵沉寂，我知道艾略特在吃圣餐①。恐怕是受到远祖的影响，我虽然不是一个天主教徒，但是每次做弥撒时，听见主的仆人摇着小铃通知人们领圣餐时，

① 圣餐，即圣饼和葡萄酒，象征着耶稣的肉和血；信徒吃圣餐时，会想起耶稣为人类献出了生命。

总会浑身发抖，产生恐惧感，此时亦哆嗦不已，仿佛寒意传遍全身，心里又害怕又奇怪。书房的门又被推开了。

“你可以进来了。”主教对我说道。

我走进艾略特的房间，见神父正在把细麻纱餐巾盖在圣杯以及盛放过圣饼的那个镀金小盘子上。艾略特的两眼熠熠生辉。

“劳驾你送主教大人上车！”他对我说。

我们一行走下楼去。约瑟夫率三个女佣正等候在过厅里。女佣们热泪盈眶，依次走上前来，跪下亲吻主教的戒指。主教伸出两个指头放在她们头上，为她们祝福。约瑟夫的妻子用胳膊碰了碰他，于是他步上前去，也跪倒在地，吻了吻主教的戒指。主教微微一笑说：“你是不信教的吧，我的孩子？”

我可以看见约瑟夫在努力保持镇静。

“是的，主教大人。”

“不必介意。你对主人忠心耿耿。上帝对你在认识上的错误会忽略不计的。”

我陪主教到了马路上，为他开了汽车门。他向我弓腰致谢，临上车前冲我仁慈地一笑说：“咱们可怜的朋友已生命垂危。他表面上是有些缺点的，但内心对自己的同胞宽宏大度、善良慈祥。”

9

想着艾略特刚接受过圣礼，也许不愿见人，我便进了客厅，看起书来。谁知屁股刚坐稳，护士就跑了来，说艾略特想见我。我爬上那串楼梯到了他的房间。他接受圣礼之前，医生曾给他打过一针，叫他振作起来，此时不知是因为这一针的效力，还是因为情绪激动，反正他一副兴奋的样子，眼睛闪闪发光。

“这是莫大的荣誉呀，我的老伙计。”他说道，“这下子，我可以拿着教会一位重要人物的介绍信进天国了。我想，天国里各家各户都会敞开大门欢迎我的。”

“恐怕你会发现那儿什么样的人都有。”我笑了笑说。

“也许你不会相信，我的老伙计，我们从《圣经》上得知，天国和人间一样是有等级区别的。那儿有六翼天使和四翼天使，有天使长和普通天使。在人世间，我游走于欧洲的上流社会，到了天国我毫无疑问也将游走于那儿的上流社会。主曾经说过：‘在我父的家园里有千万住房，分配时应该让众民各得其所。’”

我怀疑艾略特把天国的住房想象成了罗慈吉尔兹男爵的城堡那样的风格——墙上镶有十八世纪的护壁板，有镶嵌细工的桌子、精雕细刻的壁橱以及路易十五风格的器皿，器皿上蒙着路易十五时代的刺绣品。

“请相信我的话，老伙计，”他停顿了一下，然后继续说道，“天国是没有什么绝对平等的。”

说完，他不知怎么昏睡了过去。我坐下来，拿本书看。他一直昏睡不醒。到一点钟时，护士进来告诉我，说约瑟夫把午饭准备好了。见到约瑟夫时，我发现他一副服服贴贴的样子。

“想不到主教大人竟然亲自大驾光临了，这对我们可怜的主人是莫大的荣幸。你看见我吻他的戒指了吗？”

“看见了。”

“按说，我不会主动去吻的，那样做全是为了让我的妻子见了高兴。”

我在艾略特的房间内待了一下午。这期间，收到伊莎贝尔的一封电报，说她和格雷乘坐蓝色列车第二天上午抵达。我担心他们恐怕赶不上为艾略特送终了。医生来了，见了艾略特的状况直摇头。太阳落山时分，艾略特从昏睡中醒来，可以稍微吃点儿东西了。肚子里有了食，他似乎暂时有了些气力。他冲我招了招手，我走到了床边，只听他声音极其微弱地说：“收到埃德娜的请帖，我还没有回信呢。”

“没关系，别管那些了，艾略特。”

“怎么能不管呢？在这个世界，我一直是个懂情理的人，不能因为就要离开这个世界，便置礼节于不顾。请帖在哪儿呢？”

请帖放在壁炉架上，我取来交到他手里，不过我觉得此时他是想看也看不清楚的。

“你去书房找几张信纸来。我口授，由你写回信。”

我走进隔壁的书房，把信纸拿了来，在他的床边坐下。

“你准备好了吗？”

“好了。”

他闭上眼睛，嘴边露出一丝顽皮的微笑。我心里纳闷，不知他会说出什么话来。

“鉴于之前和万能的主有约，恕艾略特·邓普顿无法接受诺威马里王妃善意的邀请。”

他淡淡地狞笑一声，脸色发青，看上去像鬼一样，呼出的气带有一种他这种病特有的恶臭味。可怜的艾略特，平时总是喜欢在身上洒点香水的呀，有时洒香奈儿牌的，有时洒慕尼丽丝牌的。他手里仍旧抓着那张我偷来的请帖。我觉得他那样拿着很不舒服，想从他手里取出来，谁知他紧紧抓住不放，大吼了一声，吓了我一跳。

“老淫妇！”

这是他留在人世间的最后一句话。话一出口，他便陷入了昏迷之中。昨天，护士守在病床旁熬了一夜，看上去疲倦极了，我让她去睡觉，答应在必要时叫她，由我来守夜。其实，守夜是无事可做的，于是我打开一盏带罩子的电灯看起书来，直至把眼睛看得发酸，这才将灯熄灭，坐在黑暗里休息。这是一个闷热的夜晚，窗户都大敞着。灯塔上的探照灯扫来扫去，每隔一段时间就会把光射进屋子里来。月亮隐去了身影，当月圆的时候来临时，就会看到埃德娜·诺威马里的化装舞会那热闹的场面，人声喧嚷却空虚乏味。此时，天空是一片深蓝色，星星多得数不清，一颗颗亮得惊人。我昏昏沉沉的，大概是进入了浅睡之中，但意识还是清醒的。突然，一种急促、愤怒的叫喊吓了我一跳，惊得我彻底醒了过来。那是临死之人发出的叫喊，令人毛骨悚然。我急忙走到病床边，借着灯塔上探照灯的光摸了摸他的脉搏，发现他已经死了。我打开床头灯看看他，见他下巴耷拉着，双目睁开。我静静地望着那双眼，过了一会儿才为他把眼合上。我感到很伤心，觉得有几滴眼泪顺双颊流了下来。一个老朋友，一个善良的老朋友就这么走了。想到他的一生是那么愚蠢、无益和无聊，我不由得黯然神伤。他参加过那许多宴会，跟王子、公爵、伯爵们举杯同饮，而今一切都化为乌有。那些人已欣然将他淡忘。

我不忍心叫醒那个已经累瘫了的护士，于是就回到窗旁，坐到了我的椅子上睡着了。护士在早晨七点钟进来时，我仍在沉睡。醒来后，我丢下护士履行她的职责，自己去吃了早餐，然后到车站接格雷和伊莎贝尔。我告诉他们，说艾略特已经去世。由于艾略特的家里没有客房，我邀他们到我那儿去住，可他们愿意去住旅馆。我回到自己家中，洗过澡，刮了脸，然后换了身衣服。

这天上午，格雷打电话来，说约瑟夫交给他们一封信，信是写给我的，艾略特生前曾嘱咐由约瑟夫转交。由于这封信只能让我一个人看，于是我答应马上开车过去。没用一个小时，我又走进了艾略特的家。那封信的信皮上写着："我死后即刻转交，内含葬礼的安排。"我知道，他一心一意要葬在他造的那座教堂里，曾把此事对伊莎贝尔讲过。他希望将自己的遗体进行防腐处理，并说出了经营这项业务的公司的名称。"我打听过，"他在信里写道，"人人都说这家公司的防腐术十分高超。我委托你监督此事，一定要做好。下葬时，我要穿上我的祖先劳里亚伯爵的那套礼服，腰挎他的宝剑，胸前佩戴那个金羊毛勋章。至于挑选棺木，交给你决定，不要太招眼，但一定要符合于我的身份。为了不给别人增添不必要的负担，遗体的转运事宜由托马斯·库克父子公司承办，让他们派个人护送棺木到下葬地去。"

记得艾略特曾经说过他要穿他那套豪华礼服下葬，当时以为他只是心血来潮，随便说说，没想到他竟然是认真的。约瑟夫坚持要按主人的遗愿办理，也就只好如此了。先是给他的遗体进行了防腐处理，然后我和约瑟夫去给他穿上那套荒唐的礼服。这件差事挺折磨人的。我们给他的长腿套上白绸长袜，再穿上那条金布紧身裤。随后，费了很大的气力把他的两条胳膊塞进紧身上衣的袖管里，给他戴上那浆洗好的宽大轮状绉领，再把锦缎斗篷给他披在肩上。最后，把那个平顶丝绒帽戴在他头上，把金羊毛的领圈围上他的脖子。遗体防腐公司的人在这之前曾给他的脸蛋搽了胭脂，给他的嘴唇涂了口红。他如今骨瘦如柴，礼服穿在身上显得特别大，样子就像是威尔第[1]早期歌剧里的一名歌手，又像是为了没有价值的目标而奋斗的堂吉诃德。当殡葬承办人将他抬进棺材时，我把那柄作为道具的宝剑竖着放在他的两腿之间，让他的手按在剑柄的圆头上——我曾经见一个十字军骑士的墓碑雕塑像就是这种持剑的方式。

格雷和伊莎贝尔一路赶到了意大利去参加葬礼。

① 威尔第（1813—1901），意大利伟大的歌剧作曲家。

第六章

1

在此有必要敬告读者，完全可以跳过这一章，并不影响读者把握本书所叙述的故事脉络，因为这一章的大部分文字记载的都是我和拉里的一次谈话。不过话又说回来，如果没有这次谈话，我觉得写这本书也就没有什么价值了。

2

话说那年秋天，在艾略特辞世两个月后，我前往英国，中途在巴黎逗留了一个星期。伊莎贝尔和格雷到意大利奔丧，之后又回到布列塔尼游览，此时已返回圣纪尧姆大街的公寓楼过起了小日子。伊莎贝尔把艾略特遗嘱的内容详细告诉了我，说他留下一笔钱给他造的那座教堂为他的灵魂做弥撒，另外还捐给教堂一笔维持费。他留给尼斯主教一笔可观的数目作为慈善捐献，留给我的则是那些意义暧昧的十八世纪的黄色书刊以及弗拉戈纳尔的一幅画，画面非常漂亮。在弗拉戈纳尔的这幅画里，森林之神在和一个女仙子干那种见不得人的事，由于色情味太浓，不便挂在墙上，而我又不是那种喜欢关上门偷看淫情绘画的人。他对家仆们很是大方，留下的钱不少。他的两个外甥各得一万块钱，余下的家产悉数给了伊莎贝尔。到底余下了多少家产，伊莎贝尔只字未提，我也没问。不过，从她心满意足的表情看来，这笔家产一定不是个小数目。

格雷自从恢复健康之后，一直都在想着东山再起，急于返回美国重新工作。尽管伊莎贝尔在巴黎把日子过得很滋润，但格雷焦虑的心情也影响到了她。格雷和生意圈里的朋友沟通已有些时日，但真正的契机是他能够拿出一大笔钱作为资本。按说格雷本人是没有钱的，可是，艾略特给伊莎贝尔留下了一大笔遗产，数目远远超过了他的所需。所以，在取得伊莎贝尔的同意之后，他和那些人进行了谈判；如果一切进展顺利，他将离开巴黎，亲自到实地考察一下。不过，在成行之前，有许多事情都需要料理。首先，他们必须在遗产税方面和法国财政部达成一项合理的协议。其次，需要处理掉安提比斯的别墅以及圣纪尧姆大街的公寓房。接下来，还得在德鲁奥旅馆筹备一次拍卖，处理掉艾略特的那些家具、藏画和素描。这些东西都是价值连城的宝贝，明智之举是等到来年春天再拍卖——那时，大收藏家们将云集于巴黎。在巴黎过冬，伊莎贝尔并不觉得遗憾。两个孩子现在法语说得很棒，跟说英语一样流畅。伊莎贝尔倒是很愿意让她们在法国的学校里再上几个月的课。三年来，她们全长高了，长长的腿，瘦瘦的身体，小家伙们个个活泼可爱，虽然目前还没有母亲的那种天姿国色，却很懂礼貌，有着永不满足的好奇心。

当时的情况就是这样。

3

我和拉里相逢，纯属偶然。我曾经向伊莎贝尔打听过他，伊莎贝尔说自打从拉波勒归来，几乎再也没有见过他的面。她和格雷此时已有了自己的朋友圈，都是同一代的人，经常聚会，比我们四个人时常在一起时的那些快乐的日子忙得多。一天傍晚，我去法兰西剧院看《蓓蕾尼丝》。这个剧本我当然是读过的，却没看过它在戏台上的表演。由于这是难得一见的盛况，我哪能错过。

该剧并非拉辛最优秀的作品，题材太单薄，不足以构成五幕剧，但情节感人肺腑，有几段可以说是脍炙人口。该剧是根据塔西佗①短短的一段历史史料虚构的，讲的是提多②和巴勒斯坦女王蓓蕾尼丝的爱情故事。提多曾情迷蓓蕾尼丝，甚至山盟海誓，要娶她为妻，可后来一登基当上皇帝，为了国家的利益，竟然违背自己的心愿，也不顾蓓蕾尼丝的感情，将她送出了罗马城。这是因为元老院和罗马的人民都反对自己的皇帝和一个外国女王结合。剧本围绕着提多的心理斗争而展开——他徘徊于爱情和职责之间，难于抉择；蓓蕾尼丝知道他爱自己，也理解他的处境，便永远地离开了他。

恐怕只有法国人能够充分欣赏拉辛飞扬的文采和词句里所包含的优美的音律。不过，即便是外国人，一旦熟悉了他那“戴假发”③的艺术风格，便不由得会为那种缱绻柔情和高尚情怀所打动。很少有人能像拉辛那样懂得台词里包含着多么感人的戏剧成分。我觉得他的那种流畅的亚历山大体④诗句足以弥补情节上的欠缺，剧中人的长篇宏论采用高超的处理手法将剧情推向预期的高潮，和电影里惊险的镜头一样扣人心弦。

第三幕演完后是幕间休息。我走出剧场到大厅里抽烟。那儿耸立着一尊出自乌东⑤之手的伏尔泰雕像——伏尔泰咧着一张没有牙齿的嘴在讽刺地微笑。突然，有人在我的肩上拍了拍。我转过身去，感到有点儿气恼，因为我不愿受到打搅，只想独自享受那些精彩的台词给我的心里带来的喜悦。谁知拍肩人竟是拉里！和往常一样，一见他，我感到由衷的高兴。有一年没见过面了。我提议戏剧散场后去喝上一杯。拉里说自己没吃晚饭，肚子饿了，建议看完戏后去

---

① 塔西佗（约 55—约 120），古罗马历史学家。

② 提多（生卒年月不详），古罗马的皇帝，公元 70 年毁灭耶路撒冷城。

③ 指的是剧中人头戴假发（多指贵族）。

④ 亚历山大体，法国诗歌中的一种常用诗体，起源于十二世纪中期由朗贝尔·勒道尔和亚历山大·德·贝尔内合写的一部名为《亚历山大故事》的诗作。该故事诗中的诗句每行均是十二个音节，故得名“亚历山大诗体”。

⑤ 乌东（1741—1828），法国著名雕塑家。

蒙马特高地。剧终，我们俩又见了面，然后一起走到大街上。法兰西剧院有一种特殊的霉味，而这种霉味跟一代又一代女招待员身上的气味混杂在一道。这些女招待员很少洗澡，老是哭丧着脸，把观众领到座位前便赖着不走，硬等着观众给她们小费。从这样的地方走到外边呼吸到新鲜的空气，会叫你感到浑身轻松。这是一个美好的夜晚，于是我们漫步走去。歌剧院大街的路灯亮晃晃的，显得傲气十足，天上的群星好像不屑跟它们争奇斗艳，于是便将自身的光华隐匿在了无边无际的黑暗之中。我们一边走，一边谈论着刚才看的戏。拉里感到失望。他倒是希望演戏能演得自然一些，说台词就像平时说话一样，姿势没必要那么过于戏剧化。而我认为他的观点是错误的。该剧以辞藻胜，而且使用华丽的辞藻，所以我觉得说台词就应该拿腔拿调的。我喜欢演员在遇到韵脚时便顿一下加以强调，喜欢他们那格式化的姿势——这种形式有着悠久的历史，是传承下来的传统，似乎很适合这种偏重形式的艺术格调。我敢说，拉辛一定会愿意让自己的剧本以这种形式加以表演。在重重的限制之下，演员们却能发挥自己的才能，演出了人情味，演出了炽热的感情，真是叫我折服。艺术把传统拿来已用，为的是实现自身的目的——这是艺术之胜利。

我们到了克利希大街，走进格拉夫餐馆。餐馆里人满为患，不过，我们还是找到了一张桌子，点了鸡蛋和火腿。我告诉拉里，说我见到伊莎贝尔了。

“能回到美国去，格雷会非常高兴的。”他说道，“在这儿，他就像是鱼儿离开了水。除非能重返职场，否则他不会快活的。我敢说，他一定能挣很多钱。”

“如果他能成功，也都是亏了你。你不但治愈了他的身体，也治愈了他的心灵。你使他恢复了自信心。”

“这是雕虫小技。我只不过向他展示一种方法，让他自我救治。”

“这个雕虫小技你是怎么学来的呢？”

“完全得之于偶然。当时我在印度，正遭受失眠之苦。一次，我把此事给自己认识的一个老瑜伽师随便提了一下，谁知他说马上为我治疗。他的治疗方法就跟你看见我给格雷治病的方法是一样的。结果，那天夜里我睡得很好——

我已经很长时间没能睡得那么香了。后来，大概是在一年之后吧，我和一位印度朋友爬喜马拉雅山，他把脚给崴了。跟前找不到医生，疼得他要死。我心想不妨照那个老瑜伽师的办法试一试，谁知竟然奏效了。不管你相不相信，他的疼痛彻底消失了。”说到此处，拉里哈哈大笑，“我可以向你保证，我当时比任何人都感到意外。其实，没有什么可神秘的，你只不过把想法输入到病人的脑子里罢了。”

“说起来容易，做起来难。”

“如果你的胳膊不由自主地从桌子上抬起来，你会感到意外吗？”

“非常意外。”

“情况就是这样。那次回到文明世界后，我的那个印度朋友把我妙手回春的本事告诉了人们，并带了一些病人来。我坚决不愿意出手，因为我压根就不知道那到底是怎么回事，可他们硬缠着我不放。后来，我鬼使神差地竟然把他们全治好了。我发现自己不但能治愈病痛，而且能驱除恐惧。奇怪的是，许多人都患有恐惧症，不是怕幽闭、怕高，就是怕死，更为糟糕的是怕活着。他们往往看上去好像身体健康、事业发达、无忧无虑的，其实深受恐惧症的折磨。有时我心想这恐怕是一种最恼人的心理状况，怀疑它是一种根深蒂固的动物本能，是人类从第一次感到生命战栗的原始生物那儿继承来的。”

他很少说这么多的话，我一边听，一边心里暗暗希望他继续说下去。我有一种感觉——他总算把话匣子打开了。也许，方才看的那出戏剧解除了他的部分戒心，剧中人字正腔圆、抑扬顿挫的台词像音乐一般影响了他的情绪，使得他克服了天生的拘谨。突然间，我感到自己的手发生了变化。刚才对拉里那半开玩笑的提问并没有在意，现在我却觉察到自己的手已不再放在桌面上了，而是不由自主地抬起，离开桌面有一英寸的样子。我吃了一惊，把它瞧了瞧，发现它微微有点儿颤抖。我觉得胳膊上的神经有点儿发麻，感到它抽搐了一下，随后，手和小臂自己就抬了起来。我干脆听之任之，既不帮助也不抑制。它们离开桌面有好几英寸，最后，整条胳膊举过了肩头。

“这真是太奇怪了。”我说道。

拉里哈哈大笑。我稍稍用意志加以控制，那只手便落回到了桌面上。

“雕虫小技，”他说，“不必当真。”

“你刚从印度回来时曾跟我们提到过一位瑜伽师。这一套是不是他教给你的？”

“哦，不是他教的。他才没有耐心理会这种事情呢。一些瑜伽师自称具有神力，我不知他是否也有这种自信心，但有一点是明确的——他觉得这般卖弄是幼稚之举。”

说话间，我们点的鸡蛋和火腿送来了。我们狼吞虎咽吃了起来，一边还喝着啤酒，谁都没有再说话。我不知他在想什么，而我的心里则在思索着他的情况。饭后，我点起一根纸烟，他则抽他的烟斗。

“当初你为什么要出走印度？”我冷不丁问道。

“上天的安排。至少我当时是这么想的。现在我倒觉得自己在欧洲多年，到那儿去是一种必然结果。对我影响至深的人，似乎只是偶然相遇，而今回想起来，则有着很大的必然性。他们仿佛一直在等着我，等着我在必要的时候和他们相逢。我出走印度，是因为我的身心需要得到休息——多年来，我孜孜以求，渴望理清自己的思绪。我登上一艘周游世界的豪华游轮，在甲板上当服务生，开往东方，又穿过巴拿马运河驶向纽约。五年未回美国了，思乡情油然而生。多年前你我初次相遇于芝加哥时，你也知道我当时是多么无知。到了欧洲，我读书破万卷，目睹世间千般变化，但离我上下求索的目标仍相去甚远。”

我原想问问他究竟是什么目标，却又觉得他肯定会付之一笑，耸耸肩，回说不值得一提。

“你也不缺钱，为什么要到游轮上打工呢？”我转而问道。

“我想体验一下生活嘛。一旦心里出现饱和状态，想读书也读不进去时，我发现换换环境大有益处。我和伊莎贝尔解除婚约的那年冬天，我曾到兰斯那儿下煤窑，干了有半年的时间。”

他就是在这个时候讲述了那段经历，此事已在前边的一章里做过交代。

“伊莎贝尔跟你分手，你心里难过吗？”

在回答之前，他打量着我，把我看了一会儿——他的眼睛出奇地黑，似乎不是在看我，而是在看他的内心深处。

“是的。我那时年轻，太重感情。之前，我一门心思要跟她结婚，曾经做出了规划，要和她共度人生，期望着生活美满。”说到这里，他淡然一笑，“吵架是一个巴掌拍不响，结婚也是这个道理，得有两个人参与才行。万万没想到，我给伊莎贝尔提供的生活竟会叫她大失所望。我如果懂得一点儿人情世故的话，就不应该那样做。她年轻，热爱生活。我不能够怪她，但我自己也不愿委曲求全。”

读者可能还记得，他和那个农场主守寡的儿媳发生了不干不净的关系之后，便仓皇逃跑，取路去了波恩。我急于听他说下去，却情知必须当心，尽量不问敏感的问题。

“我没去过波恩，”我说道，“小的时候，我倒是在海德堡上过学。那恐怕是我一生中最快乐的时候了。”

“我喜欢波恩，在那儿住了有一年的时间。我是住在波恩大学的一个教授遗孀家里，租赁了他们家的一个房间。他们家平时老住着一两个房客。遗孀有二女，均已步入中年，负责烹饪和操持家务。另有一个房客是法国人。起初我有点儿失望，因为我只想练德语，不愿说别的语言。不过后来发现他是个阿尔萨斯①人，操一口德语——他的德语即便不如他的法语说得流畅，其语音语调也胜于他的法语。他的穿着像个牧师。几天后，我意外地得知他竟然是个本笃会②修士。他获得修道院的批准，来波恩大学的图书馆搞研究工作。他是个知识渊博的人，但表面上看和我心目中的修士并无两样。他高个子，体格魁梧，沙色的头发，一双蓝眼睛炯炯有神，脸儿又红又圆。他生性腼腆，有点儿拘谨，似乎不愿意跟我多说话。不过，他非常懂礼貌，处事周到，一道进餐时总是客客气气的。只有在吃饭时，才能见上他的面。午饭一完，他就回图书馆工

① 阿尔萨斯，法国的一个行政区，隔莱茵河与德国相望。

② 本笃会，天主教隐修会之一，529年由贵族出身的意大利人本笃所创。他首订会规，规定会士不可婚娶，不可有私财。

作；吃过晚饭，他则一头钻进他自己的房间，而我坐在客厅里跟寡妇的一个女儿聊天（另一个女儿在洗碗），练习说德语。

“这样至少过了有一个月，一天下午，他问我愿不愿意和他出去散步，这倒叫我颇感意外。他说可以带我在附近走走，有些地方靠我自己找是找不到的。我是个很能走路的人，而他更能走，让我甘拜下风。第一次散步，我们走了足足有十五英里。他问我来波恩干什么，我说来学德文，并且想熟悉一下德国文学。他的谈吐充满了智慧。他说他会尽其所能地帮助我。那以后，我们每星期都要出去散两三次步。我得知他是教哲学的，已有些年头了。在巴黎时，我读过一些哲学著作，斯宾诺莎的，柏拉图的，也有笛卡儿的，而德国那些大哲学家的著作我却一本也没有读过。能听他讲讲德国的哲学家，令我喜出望外。一天，我们到莱茵河对岸去散步，坐在一个酒庄里喝啤酒，他问我是不是新教徒。

“‘也算是吧。’我回答说。

“他飞快地扫了我一眼，我觉得他的眼睛里闪出一丝笑意。接下来，他便谈论起埃斯库罗斯[①]。你知道我是学过希腊语的，可是他对古希腊悲剧作家的了解之深，是我望尘莫及的。听他谈古论今，叫我茅塞顿开。只是一点令我不解，不知道他为何突然问我是不是新教徒。我的监护人纳尔逊叔叔是个不可知论者，但他照样去做礼拜，因为他的病人期望他这样做。他送我上主日学校，也是出于同样的考虑。我们家的女佣玛莎是一个不折不扣的浸礼会教徒。我小的时候，她老给我讲地狱之火的故事，说罪人将被送进地狱受罚，永无宁日，听得我心惊胆战。她和村里的一些人因为某种原因有了过节，她便诅咒他们，绘声绘色地向我描述那些人在地狱之火里怎样经受痛苦的折磨，从中获得快感。

“时至冬日，我对恩斯海姆修士已经有了相当深的了解，觉得他是个十分了不起的人。我从未见他跟谁生过气。他总是那样的温和、善良，待人宽容大

① 埃斯库罗斯（约前 525—前 456），古希腊伟大的悲剧作家，有“悲剧之父”之称。

度，胸襟之开阔超过了我的想象。他博学多闻，我是几斤几两他肯定心中有数，但对待我却好像我跟他一样有学问似的。对我，他从不缺乏耐心，似乎别无所图，只求为我效力。一天，不知怎么，我的腰突然疼了起来。女房东格雷博夫人硬要我上床休息，用热水袋暖一暖。恩斯海姆修士听说我病卧在床，晚饭后跑来看我。除过腰疼得厉害，我感觉身体还是挺好的。你也知道，但凡书虫，对于书都有着特别强烈的兴趣。我原来正在看书，见他进来，就把书放下了。他拿起那本书，看了看书名。那是一本介绍迈斯特·埃克纳特的书，是我在城里的一个书摊买来的。他问我为什么看这种书，我说自己曾经涉猎过一些有关神秘主义的著作，并且和他谈到考斯迪以及考斯迪是怎样引起我对神秘主义的兴趣的。他用那双炯炯有神的蓝眼睛打量着我，眼睛里有一种神情——那种神情只能被解读为温情。他一定觉得我很可笑，竟然看这种书，但还会照样喜欢我的，绝不会因此而减弱他对我的感情。至于别人是不是把我看得有点儿蠢，我反正历来都是不在乎的。

"'看这种书，你想寻找什么呢？'他问我。

"'我要是知道的话，'我回答，'那我就直接去寻找了，不必从书中找答案了。'

"'我曾经问你是不是新教徒，还记得吗？你说你还算是个新教徒。这是什么意思？'

"'我从小就是被当作新教徒教养的。'我答道。

"'你相信上帝吗？'他问。

"我不喜欢别人问我的私事，所以一冲动，想让他别管闲事。可是见他满脸的和善，我就不忍心顶撞他了。我左右为难，不知是该说相信好，还是说不相信好。后来也可能是腰疼让我忘记了自己的底线，要不然就是因为他身上的某样东西感动了我。反正我开了口，讲述了我的人生经历。"

说到此处，拉里停顿了一下，当他再次拾起话头时，我感觉他不是在对我讲话，而是在向那个本笃会修士陈述了。他忘记了我在跟前。不知是因为时间的关系还是地点的影响，反正他一吐为快，不用我催促，将一直压在心头的事情讲了出来。

“鲍勃·纳尔逊叔叔很民主，送我进的是马文中学。后来架不住路易莎·布雷德利伯母的再三劝说，到了我十四岁时，他让我进了圣保罗中学。无论是功课还是体育，我都不怎么行，只是勉强过得去。我觉得自己那时是个十分正常的孩子，对飞行特别着迷。那时候，飞行还处在早期阶段，鲍勃叔叔和我一样，一提起飞行便激动不已。他认识几个飞行员；当我说想要学飞行时，他就说愿意为我想办法。我年纪虽小，个子却长得高，十六岁就完全可以冒充十八岁了。鲍勃叔叔叮嘱我务必保守秘密，因为他情知一旦邻里知道他让我去当飞行员，一定会招来铺天盖地的谴责。其实，是他帮助我跑到了加拿大，给我一封介绍信去见他的一位熟人。结果，我十七岁就已经翱翔于法国的蓝天了。

“那时候，我们驾驶的飞机都是些廉价的破烂货，每次飞上天都是玩命。那时的飞行高度，拿现在的标准衡量，简直低得可笑。可我们又不知道这些，只知道那感觉美妙极了。我爱飞行，真不知如何形容当时的感受好，只觉得内心自豪和幸福。在天上，飞得高高的，周围广阔无垠、美不胜收，而自己就是其中的一个部分。不明白是什么原因，反正到了两千英尺的高度，我就感到不再孤独了，不再是一个人独处了，而是有所属了。这话听上去有点儿蠢，但这的确是我当时的感受。飞翔在高空，脚下有朵朵的白云，那白云就像是一大群绵羊一样。我恬然自得，觉得自己和无限的空间已融为一体。”

拉里停了一下，目光从他那深不可测的眼窝里盯着我。真不知他是看我还是看别处。

“我知道有成千上万的人死于非命，但我没有亲眼所见，故而对我影响不大。后来亲眼见一个人战死，我心里感到非常惋惜。”

“惋惜？”我情不自禁地脱口而出。

“说惋惜，那是因为他是个小伙子，比我才大上三四岁，生龙活虎的，天不怕地不怕。转眼间，一个精力充沛、心地善良的人就变成了一具血肉模糊的躯体，看上去好像从未有过生命似的。”

我没有说什么。我学过医，死人见多了，战争中见的更是多得不计其数。令我沮丧的是：人一死就一钱不值了，没有了一丁点儿人的尊严，就像是废弃不用的木偶被扔在了垃圾堆上。

“那天夜里我睡不着觉，暗暗地流着眼泪。我并不是为自身的安全感到恐惧，而是觉得气愤，为战争的罪恶感到痛心。战争结束后，我回到了家乡。我一直都很喜欢机械，如果不能再飞行了，我打算进汽车厂工作。我受过伤，所以工作的事不便操之过急。后来，他们要我就业，而我不愿接受他们为我选择的职业。他们的努力无果而终。我曾经花费过大量时间思考问题，不断地问自己：人活着究竟是为了什么？从战争的硝烟中，我侥幸活了下来，一心想让自己的人生活得有意义，但又不知道怎么才能有意义。以前我不太考虑上帝这类问题，而此时我开始苦苦地思索。我不明白世界上为什么会有罪恶。我知道自己非常无知，又苦于找不到能够请教的人。我渴望寻找到答案，于是便一头钻进了书堆里。

“当我把这些心事讲给恩斯海姆修士听时，他便问我：‘你读书读了有四年了吧？那么你找到答案了吗？’

“‘没有找到。’我回答说。

“他望着我，神情和蔼、慈祥。我心里像个闷葫芦，不知道自己何德何才竟值得他如此器重。他用手指在桌子上轻轻敲打着，仿佛在考虑着一项决策。

“‘我们大智大慧的教会认为，’他启口说道，‘假如你信其有，那才可能成真；假如你祈祷时心存疑虑，但态度虔诚，疑虑便会烟消云散。经许多个世纪的实践证明，礼拜仪式对人的精神影响很大，如果你愿意参加这种仪式，内心一定会感到安宁。我不久就要回修道院去了。何不跟我一起走，在那儿待上几个星期？你可以和修士们一道下地干活，也可以在我们的图书馆里看书。这样的体验恐怕比你下煤窑或者在一个德国农场上务工更有意义。”

“‘你为何提这等建议？’我问。

“‘我观察你已有三个月了，’他说，‘也许，我比你自己更了解你。你和你的信仰之间仅隔着一层纸，一捅就破。’

“我对他的建议未置可否。我有一种奇怪的感觉，就好像有人拨弄了一下我的心弦。末了，我说我会考虑的。此话题他搁下不再提起。此后，恩斯海姆修士在波恩又待了一段时间，我们再没有谈及与宗教有关的事情。可是，他临离开波恩时，给我留下了修道院的地址，说如果我打定主意要去，不妨给他写信告知，他将为我做出安排。他走后，我没想到自己会那么思念他。日子一天天过去，转眼便到了仲夏时节。我喜欢在波恩消夏，读了很多人的著作，有歌德的、席勒的、海涅的、荷尔德林[①]的以及里尔克[②]的。可是，从他们的书中，我没有找到答案。期间，我经常考虑恩斯海姆修士的建议。最后，我决定接受他的邀请。

“恩斯海姆修士前往车站去接我。修道院位于阿尔萨斯的乡间，风光旖旎。他把我介绍给了院长，然后领我去那个拨给我住的小房间。里面有一架狭窄的铁床，墙上挂着耶稣受难像，陈设简陋，只是些生活必需的东西。吃饭铃响时，我向食堂走去。那是一个有着圆顶的大厅。院长率两个修士候在门口，一个修士端一盆水，另一个修士手拿一条毛巾。院长在来宾手上洒几滴水，算是洗了手，然后用一位修士递过来的毛巾为之擦干。除过我，另外还有三个来宾——有两个是路过的牧师，留下来吃顿饭，还有一个满腹牢骚的法国老人，是来修道院过隐居生活的。

“院长和两个助手，一正一副，在餐厅的上首就座，各自坐一张桌子；修士们在沿墙的两边坐，见习修士和勤杂人员以及客人们则坐在餐厅正中。做了感恩祷告之后，大家就吃了起来。一个见习修士在餐厅进口处站定，以一种单调的声音诵读一册训导书。吃完饭，大家又做感恩祷告。院长、恩斯海姆修士、来宾以及负责接待来宾的修士，进入一个小房间喝咖啡，谈了些日常事务。然后，我回到了自己的房间。

“我在那儿住了三个月，日子过得快快活活的。那种生活很适合我。修道

---

① 荷尔德林（1770—1843），德国著名诗人。

② 里尔克（1875—1926），奥地利诗人。

院的图书馆很棒，我看了不少书。修士们没有一个企图用任何方法影响我，但是，很高兴和我交谈。他们的学识、虔诚的态度以及超凡脱俗的气质，给我留下了深刻的印象。你不要以为他们过的是一种无所事事的生活。其实，他们时时都在忙碌。他们自耕自种，我偶尔下田相助，叫他们感到由衷的高兴。我喜欢做祈祷时的那种壮观的场面，而最喜欢的则是晨祷。晨祷是在清晨四点钟进行的。坐在教堂里，周围漆黑一团，修士们身穿神秘的晨祷服，头巾遮在头上，用铿锵的男音唱着礼拜仪式的歌曲，真是动人心弦。修道院的日常生活规律性很强，能起到安神定心的作用。尽管你充满了活力，尽管你的思想一刻也不停止，但你的心里一片静谧。"

说到这里，拉里苦笑了一下。

"跟罗拉一样，我可真是生不逢时呀。要是出生在中世纪就好了，因为那时候宗教信仰是铁定的事，我会觉得自己的人生之路清清楚楚，只要加入教会就可以了。现在让我信教便难了。我渴望信仰上帝，但做不到，因为上帝比普通的正人君子强不到哪里去。修士们告诉我，说上帝创造世界是为了彰显自身的荣耀。这在我看来并不是什么值得称道的目标。贝多芬创作交响乐难道是为了彰显自身的荣耀吗？我相信不是的。我认为他创作是因为他内心回荡着音乐，需要他表现出来，而他竭尽其能，努力把这些音乐表现得尽善尽美。

"我常听修士们一遍遍地念主祷文，就不明白他们为什么要苦苦地祈求天父赐给他们每日的口粮呢。难道孩子们还需要祈求他们尘世的父亲给他们提供食物吗？孩子们指望着父亲供养，不会因此而感激他，也没必要那样做。对于一个只生孩子不养孩子的父亲，我们只会加以谴责。在我看来，如果万能的造物主无心给自己创造的众生提供他们赖以生存的物质粮食和精神粮食，那还不如不创造的好。"

"亲爱的拉里，"我说道，"幸好你没有出生在中世纪，否则，你毫无疑问会被处死的。"

他听后笑了。

"你取得了辉煌的成就，"他继续说道，"难道你愿意让别人当面颂扬你吗？”

“那只会叫我尴尬。”

“这一点上咱们是英雄所见略同。上帝恐怕也不愿意听奉承话。想当初在空军里服役时，有个家伙对上司溜须拍马，弄上个肥差，结果遭到大家的鄙视。假如靠着阿谀谄媚以求获得‘拯救’，那么，也会遭到上帝鄙视的。依我看来，尽自己的一份力量积德行善最合上帝的心意。

“不过，最叫我想不通的还不是这个。人们对于什么是罪恶有着种种偏见，据我所知，那些修士们就多少带有偏见，而我对他们的看法不能苟同。我在空军里结识了许多人，有的一喝酒就喝个烂醉，有的满嘴脏话；飞行员里也有害群之马——一个家伙因开空头支票被抓住，判了六个月的刑。也不能全怪那个‘害群之马’——他以前囊空如洗，做梦都想不到能弄到那么多钱，一下子便昏了头脑。在巴黎，我遇到过一些坏人，回芝加哥时见到的就更多了。一般来说，他们的劣根性来自遗传，他们也是身不由己呀；有的则是受到环境的影响而变坏的，这一点上他们是没有选择的——对此，社会恐怕得负更大的责任。如果我是上帝，对于这些坏人，哪怕是罪大恶极的，也不会不分青红皂白地加以惩罚，把他们打入十八层地狱。恩斯海姆修士胸襟开阔，认为所谓的地狱就是失去了上帝护佑的地方。话又说回来，假如下地狱是一种令人难以忍受的惩罚，那么你想想，仁慈的上帝会加以施行吗？归根结底，人类可是他一手创造的。如果说他创造的人类有可能去犯罪，那么，他就难辞其咎。如果有陌生人进我家的后院，我驯养的狗扑上去咬他，而我将狗打一顿，那便有失公允了。

“如果说是大慈大悲、无所不能的上帝创造了这个世界，那他何必又要创造出罪恶来呢？按照修士们的说法：一个人只有克服内心的邪念，抵御诱惑，接受上帝的考验，经历痛苦、悲伤和灾难，使自己变得纯洁，才有资格接受上帝的恩典。这就像是派个人去送信，却在路上布一个迷宫，让他难以通过，再挖一条壕沟，逼他泅水而过，最后筑一道高墙，逼他攀爬。我不相信一个大智大慧的上帝会出如此下策。依我之见，还不如信仰一个普通的上帝——这个上帝不是致力于创造世界，而是致力于改善现状；与人类相比，他无比善良、智慧和伟大，和那些并非他创造的罪恶不懈斗争，最终取得胜利。不过，话又说回来，世人究竟为何信仰现在的这个上帝，我心里也是一本糊涂账。

“无论是在理智上还是在感情上，这些问题让我十分纠结，而那些好心的修士却无法为我解答。我和他们显然不是一股道上跑的车。我向恩斯海姆修士辞别时，他满脸慈祥地望着我。他一定认为我在修道院获益匪浅，想问一声，却没有问出口。

“‘恐怕我让你失望了，恩斯海姆修士。’我说道。

“‘哪里的话。’他回答。‘你是个宗教修养很深的人，目前不信上帝，而上帝以后会把你挑选出来的。你一定会回来的。至于回到这儿来，还是到别的修道院去，只有上帝能够决断。’”

4

“我到巴黎住下来，在那儿度过了残冬。我对科学知识一无所知，后来觉得该了解了解科学了，至少得掌握一点儿常识吧。于是，我读了不少相关的书。我也不知道自己学到了多少知识，只觉得自己十分孤陋寡闻。若说这一点，我老早就有自知之明了。春天姗姗来临，我到乡间去，在傍河而建的一个客栈里住下来，不远处有一座美丽的法式古镇——那儿的生活平静如水，似乎两百年没有起过波澜。”

我猜想那年夏天拉里是和苏姗娜·鲁维埃一起度过的。不过，我没有打断他的话。

“后来，我去了西班牙，想看看委拉斯凯兹[1]和埃尔·格列柯的画。我觉得：宗教不能给我提供答案，也许艺术可以为我指出一条路吧。我浪迹天涯，四处游荡，最后去了塞维利亚。我喜欢那地方，打算在那儿过冬。”

我二十三岁那年也去过塞维利亚，也喜欢那地方。我喜欢那弯弯曲曲白颜

① 委拉斯凯兹（1599—1660），十七世纪巴洛克时期的西班牙画家。

色的街道，喜欢那教堂以及瓜达尔基维尔河畔一望无际的平原。我还喜欢那些安达卢西亚姑娘，她们一个个风韵十足、活泼可爱，黑色的眸子闪闪发亮，头上插一朵康乃馨，把一头黑发衬托得如乌云一般，而康乃馨显得愈加艳丽。她们美丽的肤色以及诱人、性感的嘴唇令人着迷。是呀，那时候年轻，觉得自己到了天堂。拉里到那儿去的时候，比我当年大不了许多。我不由心想：见了那些迷人的姑娘，他不可能无动于衷。他以下说的话解答了我心里的疑问。

"我遇见了一个在巴黎就认识的画家，名叫奥古斯特·科迪特，此人曾经和苏姗娜·鲁维埃同居过。他来到塞维利亚写生，勾搭上一个女孩子，两个人就住在了一起。有天晚上他请我和他们一道去埃里丹尼亚剧院听一位弗拉明戈[①]歌唱家演唱，把他情妇的闺密也带了去。那个闺密有沉鱼落雁的容貌，年仅十八岁。她跟一个小伙子闯了祸，有了身孕，不得不离开了自己的村子。那个小伙子正在服兵役。她将孩子生下来后交给奶妈照料，自己进了一家烟草厂打工。我把她带回了我的住处。她活泼可爱，非常招人喜欢。过了几天，我问她愿不愿意跟我在一起生活。她回答说愿意。于是，我们在一家旅馆租了两个房间，里面有寝室和客厅。我让她辞去工作，可是她老大不愿意。这倒也好，因为这样一来，白天我可以用来做些事情。我们自己开火做饭。她上班前准备好早餐，中午回来做午饭，晚饭我们则下馆子去吃，吃完饭就去看电影或者去跳舞。她把我看作疯子，因为我洗过一次蒸汽浴，而且每天早晨坚持用海绵蘸冷水擦身子。她把孩子寄养在一个村子里，离塞维利亚有几英里的路程，我们常在星期天去看孩子。她跟我同居是想积攒些钱，等她的男友服完兵役回来，他们就租套房，好用这些钱装修房子，对此她毫不隐瞒。她是个招人疼的小可爱，将来一定能成为她的心上人帕克的好妻子。她整天乐呵呵的，性格温和，懂得情意。她把人们讳莫如深的性交视为身体的自然功能，与身体别的功能是一样的。她从性交中获得欢乐，也乐得给别人带来欢乐。在床上，她活像一头小兽，不过却是一头善良、迷人、温和的小兽。

① 弗拉明戈，西班牙民间音乐，反映下层人的生活。

“后来，一天晚上，她告诉我，说她收到帕克从西属摩洛哥（他服兵役的地方）寄来一封信，信中说他就要复员，两天内将抵达加的斯。第二天早上，她把自己的东西打了包，把钱塞在长袜子里，让我送她上车站。当我把她送上车厢时，她热烈地吻了我。一想到就要和自己久别的心上人重逢，她兴奋不已，早已没有了心情跟我话别。我很肯定，不等火车开出车站，她就会把我忘到九霄云外。

“她走后，我继续留在塞维利亚，直至秋天来临，然后就踏上了前往印度的旅程。”

5

时间已经很晚了。客人们纷纷离去。只有几张桌子旁还坐着人。那些没有事做、来消磨时间的人都回家去了。那些看完戏剧或电影跑来小酌或垫补肚子的人，也已经离去。时不时会有几个夜猫子晃晃悠悠走进来。这时，只见一个高个子（一看就知道是个英国人）和一个小混混走了进来。此人像是个英国的知识分子，有一张马脸，面色苍白，鬈发已开始谢顶。他跟许多人一样有一种幻想症，总以为一到了国外，以前的熟人就认不出他来了。小混混在狼吞虎咽地吃一大盘三明治，而他在一旁观看，脸上带着喜悦和慈祥的神情。真是好胃口呀！在吃客中，我看见了一张熟悉的面孔，认出那人在尼斯时和我去同一家理发店理过发。那是个大胖子，上了点年纪，头发花白，有一张虚肿的红脸，眼皮下出现了两个大大的眼袋。他是美国中西部的一个银行家，经济大崩溃之后离开了故乡，不愿面对政府部门的调查。不知道他是否犯了罪，即便犯了罪，在法国当局眼里也是小鱼小虾，犯不着引渡他。他摆出一副高傲的架势，像低级政客那样装出君子相，然而眼睛里却含着惊恐和忧郁。他总是浑浑噩噩，一种半醉半醒的样子。他经常跟妓女鬼混，而那些人恨不得榨光他的油水。此刻，有两个涂脂抹粉的中年女子跟他在一起，对他冷嘲热讽，毫不掩饰心里的蔑视。对于她们的话，他也仅仅能听懂一半，只顾嘿嘿嘿地傻笑。这就是风月场上的世态炎凉！他还真不如留在国内，咽下自己酿的苦酒。那些女人总有一天会把他榨干的。到那时候，他将无路可走，只好投河或者服安眠药自杀了。

在凌晨两点和三点之间，客人有所增加，大概是因为那些夜总会打烊了吧。一伙美国小青年大摇大摆走了进来，一个个喝得醉醺醺，又喊又叫，不过，他们坐了一会儿就滚蛋了。离我们不远处有两个胖女人，并排坐在一起，身上紧绷绷地穿着男式衣服，阴沉着脸，一声不吭地在喝闷酒。来了一群穿晚礼服的人——这类人在法语里叫作世界公民。他们显然东游西逛了一天，此刻跑来吃夜宵，以此给自己的一天画个句号。他们来了，后来又走了。有个小个子男人，穿着朴素，面前放了一杯啤酒，坐在那儿看报有一个多小时了，我见了不由起了好奇之心。他留了一撮整齐的黑胡子，戴着夹鼻眼镜。最后，终于有个女子走了进来，和他坐在了一起。他冲女子点点头，冷冷淡淡的，八成是因为女子叫他久等，惹他生气了。女子年轻，穿着寒碜，浓妆艳抹，倦容满面。过了不久，我看见女子从手提包里取出一样东西递给了他，认出那是一些钱。男子看了看那钱，脸上布满了阴云，随即说了一通话。我听不见他说的是什么，但从女子的表情看，猜想一定是骂她的。而她说了几句话，像是在为自己开脱。冷不丁，男子欠过身去，给了她一记响亮的耳光。她先是惊叫一声，随后抽抽搭搭哭起来。老板听见哭声，急忙跑上前查看情况。他好像在警告他们，叫他们注意自己的言行，否则就赶他们出去。女子冲着这位老板发作起来，嘴里不干不净地骂他，叫他少管闲事，由于嗓门高，每句话都可以听得清清楚楚。

“他扇我耳光，那是我罪有应得！”她高声嚷嚷道。

女人啊，女人！过去我一直认为，要靠女人卖淫吃饭，你必须膀大腰圆，像恶煞神一般，还得讨异性的喜欢，动刀动枪是家常便饭。而眼前的这个家伙又低又矮，看样子像是律师事务所的一个小职员，竟然能在这人满为患的行业里占有一席之地，不能不叫人感到意外。

6

伺候我们这张桌子的侍者要下班，急于拿到小费，便将结账单送了过来。我们付了钱，又要了两杯咖啡。

“后来怎么样了？”我问道。

我觉得拉里有意要说，而我有心想听。

“你没有听烦吗？”

“没有。”

“后来，我们的船去了孟买，在那儿停留三天，让旅客们上岸游览风光或者做短途旅行。第三天下午，我不值班，于是上岸瞎转悠，东瞧瞧西看看。那儿人山人海，什么人都有——中国人、伊斯兰教徒、印度教徒以及肤色像你的帽子一样黑的泰米尔人。身躯庞大的公牛拉着车行走在大街上，一个个驼着背，头上的犄角老长老长！我还跑到象岛去了一趟，参观了那儿的石窟。轮船行驶到亚历山大城的时候，曾有一个印度人上了船，是到孟买去的。乘客们都有些瞧不起他。他是个矮胖子，圆脸庞，棕色皮肤，穿一套黑绿两色格子的厚花呢衣服，围一条牧师的领子。有天晚上，我来到甲板上想透透气，他走过来跟我搭话。当时，我不想和任何人说话，只想自己待着。他连珠炮似的问了我一大堆问题，我却爱答不理。我告诉他，说我是个学生，来船上打工，挣点儿盘缠回美国去。

“‘你应该在印度呆一呆，’他说，‘西方有许多需要向东方学习的东西，多得超出了西方人的想象。’

“‘是吗？’我说。

“‘不管怎样，’他继续说道，‘象岛的石窟你是必须要去看的。你一定会不虚此行。’”

拉里讲到此处，停下来问了我一个问题：“你去过印度吗？”

“没去过。”

“后来我就去了象岛，站在那儿观看三头神巨像——那是岛上极为壮观的一景，心里在琢磨着它代表着什么。忽听身后有人说道：‘看来，你接受了我的建议。’我转过脸去，定了定神才认出了说话人是谁——他就是那个穿厚花呢衣服，戴牧师领子的小个子。此时，他却穿一袭橘黄色长袍——事后我才知道，那是罗摩克里希纳教派[①]的长老所穿的衣服。他已经不再是先前那个滑里滑稽、叽叽喳喳爱说话的小矮子了，而成了一个气宇轩昂的人物。我们俩都在观看那尊巨像。

“‘一个是大梵天，司创造；’他说，‘一个是毗湿奴，司护持；还有一个是湿婆，司破坏。这三大神代表的是终极境界。’

“‘我怕是听不懂你说的啥。’我说道。

“‘这一点儿也不奇怪。’他嘴角带着一丝笑意回答道，同时挤了一下眼，仿佛在嘲笑我，‘你要是能吃得透上帝，那他就不是上帝了。谁又能解释得清什么是无极呢？’

“他双手合十，微微鞠了一躬，然后便扬长而去了。我待在原地继续观望那三个神秘的头像。我有一种醍醐灌顶的感觉，心里异常兴奋。你知道，有时候你回忆一个人的名字，那名字都到了嘴边，可你就是叫不出来。我当时的感觉就是如此。出了石窟，我坐在台阶上瞭望大海，在那儿坐了很长时间。关于婆罗门教，我所有的知识都来自爱默生的几句诗。我绞尽脑汁想把那几句诗背出来，但就是做不到，让我感到很恼火。回到孟买，我钻进一家书店，想看看有哪个诗集收入了那几句诗，结果在《牛津英诗选》里找到了它们。你能背得下来吗？

不把我放在心上，那是痴心妄想；
他们要飞翔，我就是翅膀；
我是怀疑者，也是怀疑的思想，
婆罗门唱圣歌把我颂扬。

---

① 罗摩克里希纳教派，由罗摩克里希纳（1836—1886）所创。

“我在当地的一家餐馆吃了晚饭。由于只要十点钟之前回到轮船上即可，于是我便信步走上广场溜达，从那儿眺望大海。天上繁星点点，多得简直前所未见。热了一整天，此时凉爽宜人。我找到一个公园，在长凳上坐下。公园里漆黑一团，不时有白乎乎的身影默默地从我旁边走过。白天的天气晴朗，阳光灿烂，人群熙攘，身着五颜六色服装，空气中弥漫着辛辣而芳香的东方气味，令我心醉神迷。大梵天、毗湿奴和湿婆三头巨像就像是画家的画龙点睛之笔，抹上这一笔色彩，使得画面趋于完整，并带来了一种神秘的气息。我的心狂跳不已——我突然强烈地感受到，印度要赠送给我一件礼物，我必须收下。这是个千载难逢的机会，一旦失去，就永远也不会再有了。我当机立断，决定不回轮船上去了，反正那儿也没有我什么贵重的东西，旅行包里只装了几件零碎物件。我缓步向居民区走去，想找家旅馆住下。旅馆很快就找到了，我要了个房间。我的财物只有身上的这身衣服、一点儿零钱、一本护照以及银行信用证。我感到一身轻，自由极了，高兴得哈哈大笑起来。

“轮船在十一点钟起航。为保险起见，我一直待在房间里，到了那个时间才走出旅馆，上码头目送它离开。然后，我去了罗摩克里希纳教会，想拜访那个在象岛跟我交谈过的长老。我不知道他的名字，费口舌解释了几句，说要见的那位长老刚从亚历山大城来到此处。和长老会面时，我说自己决定在印度留下来了，问他应该看些什么。我们长谈一番，末了，他说自己当晚要去贝拿勒斯，问我愿不愿跟他同行。我高兴得差点儿没跳起来。我们乘坐的是三等车厢，里面人满为患，乘客们又是吃又是喝又是说话，空气闷热。我一夜没合眼，次日早晨十分疲倦，而长老却容光焕发、精神抖擞。我问他是怎么保持精力的。他回答说：‘靠的是参究无极，于无限中修心养性。’我吃不透他的话，但眼睛却看得清他精力充沛、神清气爽，就像是在一张舒适的床上睡了一夜好觉一般。

“贝拿勒斯总算到了。一个和我年纪相仿的年轻人来迎接我的同伴。长老吩咐他给我找个地方住。这个年轻人叫马亨德拉，是位大学教师，和气、善良、聪慧。我们俩一见如故，彼此产生了好感。傍晚时分，他带我乘船游览恒河，叫我大开眼界。全城的人都涌到了河岸边，场面极其壮观，让人心生神圣的敬畏感。而第二天，他带我去看的景象更叫人叹为观止。天没亮他就到旅馆找我，又带我去了恒河边，让我目睹了一副令人无法相信的场景——成千上万的人来到河边洗净化浴和祷告。我看见一个瘦高个男子，蓬发虬髯，精着身子，只有一条兜带遮住下体，伸出两只长胳臂，仰着脸，面对冉冉升起的太阳高声祈祷。那场面给我留下的印象简直无法形容。我在贝拿勒斯呆了六个月，屡次三番于拂晓时分到恒河边去看那稀有的景象。每次去，都叫我感叹不已。那些人的宗教信仰是全心全意、毫无保留、不掺杂任何疑虑的，那种信仰渗透在他们的每一个细胞里。

"所有的人对我都很好。他们发现我不是来猎虎的，也不是来做生意的，而是来学习的，便不遗余力地帮助我。他们听说我想学习兴都斯坦语，感到由衷的高兴，又是为我找老师，又是帮我借书。对于我提出的问题，他们有问必答。你对印度教了解不了解？"

"只知道一点儿皮毛知识。"我回答。

"我还以为你会对这门宗教感兴趣呢。印度教认为宇宙无始无终，永远在变化之中，先是到极盛，再从极盛到没落，没落至消亡，然后再复生，循环往复，以至无穷。还有什么样的信仰比这种信仰更为精彩呢？"

"印度教徒认为这种周而复始的轮回，其目的是什么？"

"他们大概认为这就是'无限'的本质。可以看到，他们的这种生死观认为人生只是一个阶段，应该根据每个人的前生前世的作为或惩罚或奖励。

"这种信仰主张的是生命轮回论。"

"人类社会有三分之二的人都信这个。"

"信的人多并不一定就是真理。"

"不错，但至少值得认真思考。基督教曾经吸收了不少新柏拉图主义[①]

① 新柏拉图主义，古希腊文化末期最重要的哲学流派，并对西方中世纪的基督教神学产生了重大影响。该学派由阿摩尼阿斯·萨卡斯所创，流行于公元3—5世纪。

的思想，也完全可以将这种学说纳入其中嘛。其实，基督教在初期阶段就有一个流派相信这种生命轮回论，却被视为异端学说。若非如此，基督教徒们定会笃信这种观点，就像他们相信耶稣复活一样。”

“我觉得这意味着灵魂从一个躯体转向另一个躯体，而这种转换无休无止，根据前生的功与过区分优与劣。你说是不是？”

“我想是的。”

“可是，我不仅有灵魂，也有躯体呀。谁能说得清我之所以是我，我的躯体碰巧在其中起了多大作用呢？如果没有那只畸形足，拜伦还能成为拜伦吗？如果没有癫痫症，陀思妥耶夫斯基还能成为陀思妥耶夫斯基吗？”

“印度人是不会说‘碰巧’的。他们会说是你前生的所作所为，才使你的灵魂投进一个残缺的身体。”拉里说着，用手指轻轻敲着桌子，目光飘向远方。后来，他嘴角浮出一丝笑意，眼里带着若有所思的表情，继续说道：“你可曾想到过，这种轮回论阐述了恶有恶报的道理，却也说明了恶在世间是必然的存在？如果我们受的恶报是我们前生造孽的结果，我们就会乖乖地忍受，并在今世努力行善，使来生少受些苦。自己接受恶报倒还容易，只要挺起胸膛去承受就行了，但最叫人受不了的是目睹他人遭受痛苦，而那种痛苦并非罪有应得。如果你能想得通，就会认为：那是前世造孽的必然报应，你可以同情他们，尽你的力量去减轻他们的痛苦，而且理当如此，但你却没有理由怨天尤人。”

“可是，为什么上帝不在一开始就创造一个没有痛苦和不幸的世界，一个不需要功与过决定人生的世界呢？”

“印度教徒不说什么开始不开始。他们认为人的灵魂与宇宙共存，和日月同生，其本质由前世而决定。”

“那么，这种生命轮回学说对信徒的生活有实际影响吗？这才是检验真理的标准。”

“我想是有的。我可以告诉你，我认识一个人，这种学说就对他的人生产生了实际影响。话说我到印度的头两三年，一般都住在当地的旅馆里，但有时候也有人会请我去他家住住，其中一两次去土邦主家作客，住的是豪宅。通过贝拿勒斯一个朋友的关系，我被邀请到北方的一个小邦去做客。那个邦的首府让人心情愉悦，是‘一座桃红色的城市，历史悠久’。我被引荐给了该邦的财政部长。他在欧洲求过学，是牛津大学的高材生。与之交谈，你会觉得他是个不乏智慧的进步开明人士，一个颇负盛名的精明强干的部长，一个聪颖、机敏的政治家。他身穿西装，外表整洁，长得一表人才，跟大多数中年印度人一样有点儿发福，嘴上留一撮胡子，修剪得又短又整齐。他经常请我去他家做客。他家有一个大花园，我们就坐在参天大树的树荫下海阔天空地聊天。他有一个妻子和两个成年的孩子。你会觉得他是个平平常常、普普通通的英国化了的印度人。谁知一年后，也就是他五十岁的时候，他竟然要辞去肥差，将家产交给妻子和孩子，去做一个托钵僧云游四方，这叫我不由得吃了一惊。而最叫人感到意外的是，他的朋友们以及那个土邦主都顺其自然，认为很正常，没有什么可大惊小怪的。

“有一天，我跟他说：‘你思想开化，见过世面，又读书破万卷——科学、哲学、文学无不浏览，难道你真心实意相信灵魂转世一说吗？’

“他听后表情大变，换上了一副先知的面孔。

“‘我亲爱的朋友，’他说道，‘假如我不相信，那么，生命对我而言就没有意义了。’”

“你自己相信吗，拉里？”我插话问。

“这个问题很难回答。我认为，西方人不可能像东方人那样从心底里相信。这种信仰已经注入了他们的血液中。对你我而言，它只不过是仁者见仁智者见智的观点。我既相信也不相信。”

他停顿了一下，用手托住下巴，眼睛望着桌面。片刻之后，他把身子又靠了回去。

“我曾经有过一次离奇古怪的经历，我想讲给你听听。当时我在静修处修行，一天晚上在自己的小屋里，正在按印度朋友教给我的方法练习冥想。我点了一支蜡烛，把注意力集中在烛光上。过了一段时间，我在烛光里很清晰地看见了许多人，一个挨一个地排成了一条长龙。为首的是一个年事已长的妇女，戴一顶花边帽，两鬓灰白的头发垂下来盖在耳朵上。她上穿黑色紧身衣，下穿黑绸荷叶边裙（我想就是二十世纪七十年代流行的那种款式），面对着我，姿态娴雅、超脱，两臂沿身体下垂，手掌心向着我。她脸上布满了皱纹，表情亲切、和蔼、温柔。紧随其后的是一个瘦高个犹太人，由于侧着身子，只能看见他的侧身像——大鹰钩鼻、厚嘴唇，穿一件黄色宽松长袍，浓密的黑发上扣一顶黄色瓜皮帽。他看上去像个勤奋好学的学者，神情严肃，同时充满了激情。他身后站着个年轻人，面朝着我，眉眼看得很清晰，就好像中间没有隔任何人似的。他面色红润，乐呵呵的，一看就知道是个十六世纪的英国人。他傲然站立，两腿微微分开，一副骄横跋扈的神情。他穿一身红衣，很气派，像朝服一般，脚蹬宽头丝绒鞋，头戴丝绒扁帽。跟在这三人身后的是一条长龙，望也望不到头，就跟电影院外买票排的长队一样，但朦胧模糊，看不清面目，只觉得那些缥缈的身影在移动，像夏风吹拂下起伏的麦浪。过了一会儿，也不知是过了一分钟、五分钟还是十分钟，那些人慢慢消失在了漆黑的夜色里，我眼前只剩下了那不摇不晃的烛光。”

拉里说到此处，微微一笑。

“当然喽，这也许是我睡糊涂了，或者做了一场梦。也可能是我盯着那微弱的烛光看，结果进入了催眠状态。而那三个人物，我看得清清楚楚，就像我现在看你一样清楚的三个人物，他们只不过是保留在我潜意识里的一些图像而已。或许可以说，他们是我的前生相。前不久，我也许是新英格兰的一位老太太，而在这以前是勒旺岛的一个犹太人；再往前追溯至塞巴斯蒂安·卡伯特[①]从布里斯托尔启航不久的那段时间，我曾是威尔士亨利亲王宫廷里的一个侍从。”

“你那个桃红色城市的朋友最后怎么样啦？”

“两年后我去了南方的一个叫马都拉的地方。一天晚上，在马都拉的寺院里，有人碰了碰我的胳膊，回头一看，见是一个大胡子，长长的一头黑发，精

---

① 塞巴斯蒂安·卡伯特（1482—1557），意大利探险家，曾为英国和西班牙效力，有过许多重大发现。

着身子，只在腰间围了一条束带，拿一根手杖和圣徒化缘用的钵子。直到他开口说话，我才认出他就是我的那位朋友。这一惊可是不小，我一时都不知说什么好了。他问我这两年做些什么，我告诉了他。他又问我去何处，我说去特拉凡哥尔。他建议我去见见希瑞·格涅沙，说道：‘他会解答你的问题的。’我让他讲讲那人的情况，他却只是笑笑，说一切见面自知。此时，初见他时的那种惊讶心情已经消失，我问他在马都拉干什么。他说自己正在朝圣途中，准备到印度的各个圣地去参拜。我问他的食宿怎么解决。他说如有人家收留，他就睡在凉台上，否则就睡在树下或寺院里。至于食物，有人施舍就吃，无人施舍便饿肚子。我打量了一下他，说他变瘦了。他大笑，说瘦下来反倒好。随后，他向我告别——听这个腰间只围一块布的人用英语说‘再见，老弟’，真是滑稽。后来，他就进了寺院的内室，那儿是不准我进的。

“我在马都拉待了一段时间。马都拉的寺院恐怕是全印度唯一的一个允许白人四处随意走动的寺院，只有院里最为神圣的地方还是不准进的。一到晚上，这儿便人头攒动，男女老少都有。男人们赤裸上身，腰间围一块布，额头上厚厚涂一层牛粪烧剩的白灰（往往有人在胸口上和胳膊上也涂这种白灰）。只见他们拜拜这个神龛又拜拜那个，有时匍匐在地上，脸朝下，行五体投地礼。他们祈祷，诵读连祷经文；他们相互呼叫、寒暄、争吵或激烈地辩论。有人骂出的脏话简直是亵渎神明，而奇怪的是，神明似乎就在跟前，却不闻不问。

“穿过长长的过厅，过厅的房顶由一根根雕刻着图案的石柱支撑，而每根柱子跟前都坐着一个托钵僧，面前放一只化缘的钵，或者一小块席子——时不时会有施主将铜币丢在席子上。托钵僧有的穿衣服，有的几乎是赤身裸体；有的目光茫然地望着从跟前走过的人；有的在默默地或出声地诵经；有的在冥想，对川流不息的人群视而不见。我举目望去，要寻找我的那位朋友，却不见其踪影，想来又踏上了他那实现自身目标的旅途。”

“什么目标？”

“即免受轮回之苦。根据吠陀经义，真我（他们称为阿特曼，咱们称为灵魂）不同于肉体和感觉，不同于思想和智慧，是‘无限’的一个组成部分；鉴于‘无限’是无边无际的，没有‘部分’之说，所以‘真我’实为‘无限’之本身。它并非创造之物，而是与天地共生之物。一旦摆脱七重蒙蔽，它便会回归它的原始之地——‘无限’。它就像海里蒸发起来的一滴水，在一场雨后坠进水潭，然后流入溪涧，进入江河，通过险峻的峡谷和广袤的平原，迂回曲折，击石穿林，最后抵达它的发源地——无垠的大海。”

“可是，那个可怜的小水滴一旦融入大海，岂不就丧失了个性？”

拉里抿嘴一笑。

“看事物得看本质。何谓个性，还不就是自我主义的一种表现吗？灵魂只有彻底摆脱个性，才能和‘无限’融为一体。”

“你大谈‘无限’，好像很熟悉一样，拉里。这是一个冠冕堂皇的词。你觉得它究竟指的是什么呢？”

“它是一种存在，不能具体地说它是什么或者不是什么。它是无法表达的。印度人称它为大梵天。哪儿都没有它的身影，却无处不在。世间万物都隐含着它的因素，都依赖它而存在。它非人非物，非因非果，超出了‘持久’和‘变化’之范围，超出了‘整体’和‘部分’之范围，也超出了‘有限’和‘无限’的范围。它是永恒的，因为它的完善与时间无关。它就是真理和自由。”

“我的老天！”我在心里叫了一声，但对拉里说出来的话却是：“可是，一种纯理性化的观念又怎么能抚慰受苦受难的众生呢？人们希望有一个人性化的上帝，受苦受难时可以向他寻求安慰和鼓励。”

“也许在遥远的未来，人类会大彻大悟，发现只能在自身灵魂里寻找安慰和鼓励。我个人认为：所谓的崇拜人性化的上帝只是古代朝拜凶残暴虐神祇那种旧信仰的残留。我认为上帝只在我的心中，而不在别的地方。如果是这样，我应当崇拜谁呢？崇拜我自己？人的精神发展是分不同层次的，因此在印度人的想象中，‘无限’就有了几种表现形式——大梵天、毗湿奴、湿婆（另外还有上百种称呼）。‘无限’寓于世界的创造者和统治者‘自在天’之中，也寓于农民在太阳烤焦的土地里放一朵鲜花所供奉的卑微小神之中。印度的那些名目繁多的神只是形式，目的是让人们意识到：‘真我’乃‘我’与上天之合体。”

我望着拉里，心里思绪万千。

“真不知是什么在吸引着你，使你沉迷于这样的信仰。”我说道。

“这我是可以给你讲一讲的。我一直觉得宗教的创始人有点儿可悲，他们设置了救赎的条件——那就是你得相信他们。就好像他们缺乏自信心，非得要你的信仰给他们撑面子似的。这会叫人想起古代的那些异教神——那些神必须要信徒烧纸钱供奉，否则便会形容憔悴。不二吠檀多[①]不需要你做任何事情，只要求你怀着炽热的感情去探知‘存在’。它断言：你一定能感受到上帝的存在，就像你能感受到欢乐或痛苦一样。如今，有许多印度人（据我所知人数达成百上千）自认为已经做到了这一点。通过认知了解‘存在’——我认为这种观点很精彩，值得称赞。在后期，印度的圣徒们认识到了人类的弱点，承认通过大爱和勤奋的工作也能得到拯救。但是，他们从不否认：最高级（也是最艰难）的途径仍是认知——认知是人类最宝贵的能力，也是人类理性的形式。”

7

首先我得声明，本人此处无意把笔墨花费在阐述所谓“吠檀多”[②]的哲学思想体系上。对吠檀多我知之甚少，无力为之。即便我能为之，此处也不是我为此挥洒笔墨的地方。我和拉里的谈话是一次长谈，他讲的内容极为丰富，但由于本书的框架为小说，不便一一陈述。我所关心的是拉里本人，马上就会向读者交代他将会采取的一些行动，而他的行动与他的思想以及那些特殊的遭遇有着千丝万缕的联系，所以我觉得应该略加叙述，否则读者会以为他的所言所行缺乏道理。如若不是出于这种考虑，我是不会涉及错综复杂的印度宗教的。他的声音犹如天籁，随便说句话，便可打动人心；他的脸部表情经常随着他的思

① 不二吠檀多，印度的原始宗教。

② 吠檀多，印度古代哲学体系中的唯心主义理论，一直发展至今。

想在变化，从严肃认真变为轻松欢快，从沉思变为戏谑，就像小提琴在演奏协奏曲的几个曲调时拉出一串动听的音符，钢琴也随之奏鸣。我只恨自己才疏学浅，无法用语言加以展现。尽管说的都是严肃的事情，他却语气自然，似拉家常，也许带几分矜持，但完全不是克制，仿佛在谈天气和收成一样。如果他给读者的印象是迂腐的说教，那都是我笔拙所致。他既谦虚又诚恳，这一点显而易见。

此时，饭馆里只剩下零零星星几个客人。那些喝醉了酒闹事的人早已离去；那几个做皮肉生意的可怜虫回他们藏污纳垢的住所去了。时不时会有一个倦容满面的人走进来喝杯咖啡、吃块三明治，或者走进来一个好像还没有完全睡醒的人，喝上一杯咖啡醒神。他们都是些脑力工作者。第一类人是下了夜班回家睡觉去的，第二类则是被闹钟叫醒，不情愿地去上白班的。拉里似乎对时间以及周围的情况全然不加留意。我这一辈子遇到过许多离奇古怪的事情，非止一次和死神擦肩而过，非止一次邂逅爱情，并心里有所感应。我曾经骑着一匹小马穿越中亚，所走的就是马可·波罗当年去神秘的中国走过的那条路；曾经在彼得堡一间整洁的会客室里一面喝俄国茶，一面听一个上穿黑衣下穿条纹裤的矮子细声细气地讲述他刺杀一个大公的经历；曾经坐在英国议会大厦一间客厅里倾听着海顿[①]的恬静、柔和的钢琴三重奏，而窗外却是一片炸弹爆炸的声音。但我觉得以前的那点儿事情都不如眼前的情况离奇——在一家装饰花哨的餐馆里，我坐在一把红棉绒椅子上听拉里一个小时又一个小时地高谈阔论，大谈上帝和永恒，谈“无限”以及无休无止的生命轮回。

8

拉里沉默了下来，有几分钟没有说话。我不愿意催促他，便耐心地等待着。过了一会儿，他冲我莞尔一笑，就好像突然才意识到我在跟前似的。

---

① 海顿（1732—1809），奥地利作曲家。

“我赶到特拉凡哥尔，发现没必要打听希瑞·格涅沙的下落。说起他，路人皆知。起初，他进入深山，在一个山洞里隐居，一住就是好多年。后来，有人劝说他移居平原，一位施主舍出一块地，给他盖了座土坯房。那儿离喀拉拉邦首府特里凡得琅路途遥遥，我花了一整天的时间，先是乘火车，后又坐牛车，终于到了他的静修处。在院子的入口处，我碰见一个年轻人，问他能不能拜谒静修者。此行，我带来了一篮子水果作为见面礼。几分钟后，那个年轻人走回来，把我领到了一个狭长的大厅里，四下里开着一扇扇的窗户。在大厅的一角，只见希瑞·格涅沙端坐于一个蒙着虎皮的台子上，正在冥想。‘正在恭候你的到来呢。’他启口说道。我先是感到诧异，继而心想一定是马都拉的那个朋友说起我来着，于是便向他提到了那位朋友的名字，谁知他摇头表示不认识。我把水果呈上，他吩咐那个年轻人收走。大厅里只剩下了我们俩，他一句话也不说，默默地望着我。不知道这种沉默的局面持续了有多长时间，大概有半个小时吧。以前我对你说过他的情况，但是却没有提到他的气质——他浑身散发出的气息是宁静、善良、平和以及无私。我一路赶来，觉得又热又累，而后来逐渐静下来，感到出奇地放松。没等他再说任何话，我就意识到他正是我寻找的人。”

“他会说英语吗？”我插话问道。

“不会。不过，你知道，我学语言是相当快的。那时我已经掌握了一些泰米尔语，在南方能听得懂别人的话，别人也知道我说的是啥。在沉默了许久之后，他终于开了口。

“‘你来这儿有何贵干？’他问道。

“我向他讲述了自己来印度的经历，讲述了我在印度三年来的遭遇。我说自己四处打听智者和圣贤，然后逐一拜访，结果发现无人能够解答我心中的疑问。讲到此处，他打断了我的话说道：‘这些我都知道，不必再讲。你来这儿有何贵干？’

“‘是想请你做我的导师。’我回答。

“‘只有婆罗门才能为人导师。’他说。

“他一直在盯着我看，神情古怪、专注，后来他的身体突然变得硬挺挺的，眼睛似乎转为内视，看得出他已进入印度人所说的入定状态。进入这种状态，一个人会物我两忘，成为‘认知’和‘无限’。我席地盘膝而坐，面向着他，心里怦怦直跳。过了不知有多长时间，他轻轻发出一声叹息，我情知他已恢复了常态。他望了我一眼，目光柔和，里面包含着慈悲和爱。

“‘那就住下来吧。’他说道，‘他们会告诉你歇宿的地方。’

“分给我的下榻处就是希瑞·格涅沙最初来到平原上时所住过的那间土坯房。他现在住的厅堂（他不分日夜都呆在此处）是后来门徒越来越多、慕名赶来参拜的人络绎不绝的时候，特意为他建造的。为了不至引人注目，我改穿了舒适的印度服装，把皮肤晒得黝黑，不注意看，你会把我当成本地人呢。我读了许多经卷，静下心来冥想。希瑞·格涅沙有谈兴的时候，我便聆听他的教诲。他不太爱说话，但回答你的提问，他会乐此不疲。听他的教诲，你会茅塞顿开。他的话语如音乐般悦耳。他年轻时严以律己，过着清苦的生活，但对弟子却不刻意要求，只是劝导他们要摆脱私心、情欲、声色的奴役，教导他们应该静修、克制、谦虚、超脱，一心一意、孜孜以求地追求自由，最终得到解脱。人们纷纷从三四英里开外的一个临近小镇赶来参拜（那个镇上有座名寺，逢年过节都会有大量徒众进寺烧香磕头）；也有人从特里凡得琅以及天涯海角赶来见他，向他倾诉自己的苦难，寻求良方妙策，聆听他的教诲。那些人来时忧虑重重，走时心情舒展，内心一片祥和。他的教诲言简意赅。他告诉我们，说人之伟大超出人之想象，修得智慧之身，便可获得解脱。他说要脱离苦海并不一定要出家，只须去掉一个我字；做事不怀私欲，便会获得纯洁之心，舍弃小我，成就大我，就能畅行天下。不过，令人感触最深的还不是他的教诲，而是他的为人，是他的慈祥、气度和圣洁。和他相遇，真是上天的赐福。同他在一起，我感到十分幸福。我觉得自己如愿以偿，实现了人生目标。日月如梭，光阴似箭，一个星期接着一个星期，一个月接着一个月倏忽而逝。我打算住到他圆寂（他说他不准备久留于这个臭皮囊之中），或者说住到一朝大彻大悟，意即冲破愚昧的藩篱，深信不疑地感到自己已与‘无限’融为一体。”

“以后会怎么样呢？”

“以后嘛，如果他们所言不虚，一切就不复存在。灵魂在尘世的旅途结束，一朝逝去，永不复返。”

“希瑞·格涅沙圆寂了吗？”

“据我所知，尚未圆寂。”

他说完，意识到我的问话别有深意，于是淡然一笑。犹豫片刻之后，他又接着说了下去，不过语气有所不同，让我一开始以为他一定是不愿回答我很可能会问到的第二个问题，也就是问他是否已大彻大悟。

“我并没有一直住在静修处。我有幸结识了一个当地的森林管理员，此人住在山脚下一座村庄的外边。他是希瑞·格涅沙的崇拜者，一旦从工作中抽出空来，就跑来和我们在一起住上两三天。他是个大好人，我们俩常促膝长谈。他喜欢找我练习英语。在相识了一段时间之后，他告诉我森林管理所在山上有间小屋子，什么时候我想一个人上山去住住，他就把钥匙交给我。后来，我每隔一段时间就到那儿去一趟。路上要跋涉两天——先坐长途汽车到森林管理员的村子，下边的路便需要步行了。不过，到了那里，就别有洞天——环境优雅、景色壮观。我把所能携带的东西装在一只背袋里自己背着，雇了个脚夫替我担食物。在那儿我一住就是多日，直至将食物吃完。那是一个木头小屋，后边带一间厨房，屋里有一张架子床，上面可放铺盖，还有一张桌子和两把椅子，再没有别的家具了。山上很凉爽，有时夜间生一堆篝火倒是挺惬意的。后来得知方圆二十英里渺无人烟，不由得心惊胆战。夜间常听到虎啸或者野象群穿过丛林时发出的吼叫。我经常进森林里远足，最喜欢的是找个地方坐下，眺望远远近近的群山，眺望湖泊——黄昏时分，野生动物们纷纷聚在湖边饮水，其中有野鹿、野猪和野牛，也有大象和豹子。

“来静修处满两年时，我又一次到森林小屋里去，原因说出来恐怕会惹你发笑——我想在那儿过生日。我提前一天抵达那儿，次日天未亮就醒来了，心想还不如到我刚才提及的那个观景点看日出去。那地方我闭着眼睛也摸得到。

到了观景点，我坐在一棵树下等日出。此时仍是黑夜，但天上的星光已趋于暗淡，白日即将降临。我满怀期待，心里有一种特殊的感觉。曙光神不知鬼不觉地悄悄摸来，慢慢地刺破了黑暗，就像一道神秘的身形蹑足穿过林子。我的心一阵狂跳，就好像有危险在接近似的。太阳升了起来！”

拉里打住话头，嘴角浮出一丝苦笑。

“只恨我的表达力不强，不善于用语言描述景色。找不到合适的字眼向你形容破晓时展现在我眼前的那幅壮丽的景观。青山满目，丛林青翠，晨雾仍缭绕于树梢间，远处山脚下铺展着深不见底的湖泊。阳光从山巅间的空隙射进来，把灿银一般的光芒洒向湖面。好一幅美丽的景观，真叫我陶然若醉。一种从未有过的喜悦，一种超然物外的欢乐，荡漾在我的心间。我有一种异样的感觉，感到一阵战栗从脚后跟传到了头顶；我觉得就好像自己的灵魂突然升华，脱离了躯体，感受到从未有过的心旷神怡。一种醍醐灌顶的感觉油然而生——模糊不清的概念得到了澄清，令人困惑的疑难问题得到了解答。我高兴到了极致，乃至于心口发痛，于是便努力想摆脱这种状况，生怕这样下去会死去。然而，这种欢乐又是如此诱人，我宁肯死去也不愿将其放弃。那种感觉，我怎么能说得清呢？任何语言都无法表达我那种欣喜若狂的感受。末了恢复常态后，我已经精疲力竭，浑身发抖。最后，我懵懵然进入了梦乡。

“我醒来时，已是中午。返回小屋的途中，心里轻松愉快，脚下有腾云驾雾之感。我给自己弄了些吃的（天呀，我真是饿坏了），然后点上了烟斗。”

说到这里，拉里把手中的烟斗也点着了。

“我真不敢相信，别人经年累月清心寡欲地苦苦修行，尚未大彻大悟，而我，伊利诺伊州马文镇的拉里·达雷尔，竟然做到了。”

“你不觉得那只是一种催眠状态，是由你当时的心情，再加上孤独感、拂晓时分的神秘气氛以及灿银一般的湖水，而造成的吗？”

“我深切地感受到那一切都是真实的。不管怎样，千百年来，全世界的神秘主义者都有类似的体验。印度的婆罗门、波斯的苏非派、西班牙的天主教徒以及新英格兰的新教徒，只要描述那种难以形容的境界，所用词语都差不多。

这种境界的存在是无可否认的，难就难在不好解释其原因。至于我当时是和‘无限’融为了一体，还是普通的精神向往（这种向往人人皆有）在潜意识上的一种表现，这我就说不清了。”

拉里停了一下，嘲弄地看了我一眼。

“我问你，你能用拇指碰到你的小指头吗？”他问道。

“当然能。”我笑着回答，并且当场做给他看。

“你可知道这只有人类和灵长目动物能够做到？由于拇指能接触到另外的几个手指，所以手才能成为称心如意的工具。也许，这种灵巧的拇指，当它还在雏形时，只为人类个别的祖先以及大猩猩所拥有，后来经过世世代代的进化才成了人类共同的特征。至于和‘无限’的融和，是许多人都有过的体验，这也许预示着人类意识中的第六感觉进化的方向，后者也许在极其遥远的未来会成为人类共同的特征，使得人类能够直接感受到‘无限’，就像咱们现在感受周围的事物一样容易。至少存在着这种可能性吧？”

“你觉得那会对人类产生什么影响呢？”我问道。

“这就说不清了。当初，人类的祖先能将拇指碰到小指，他们也不知道那一细小的动作后来竟会产生如此重大的影响。至于我自己的那段体验，我只能说：在那如痴如醉的时刻，我的心里一片宁静、欢乐和怡然，看到世界上那极为美丽的景观，不禁眼花缭乱。当时的情景至今仍历历在目。”

“话又说回来，拉里，你们那样看待‘无限’，势必会导致你们认为这个世界及其美景只不过是幻觉，是摩耶一手编织出来的。”

“若是以为印度人将这个世界视为幻觉，那就大错特错了。这并非他们的观点。他们只是说：世界之真实与‘无限”之真实在意思上是不同的。所谓摩耶，仅仅是狂热的思想家们虚构出来的，借此解释‘无穷’怎样创造‘有穷’。‘轮回’是诸多学说中最具智慧的一种，断定这是永远也解决不了的谜团。婆罗门是真我、极乐和智慧，是亘古不变的，与天地共存，无所缺、无所求，有为也无为，是完善至美的。既然如此，为什么还要创造世界呢？这就难以解答了。如果你提出这个问题，他们一般会回答：‘无限’创造世界只是随意而为之，并没有任何目的。可是，当你想到洪水和饥馑，想到地震和飓风，想到折磨人体的一切疾病，你的正义感就会油然而生，为这许多骇人听闻的灾难被随意创造出来而感到愤慨。希瑞·格涅沙有一副大慈大悲的心肠，不相信这样的学说。他认为这个世界是‘无限’的表现形式，充满了‘完美’。他教导我们说：天神造物是一种责任，而这个世界体现了天神慈悲的心性。我问道：既然这个世界体现的是十全十美天神的慈悲心性，为什么却如此可恨——非得设定目标，要众生摆脱它的束缚才能跳出苦海？希瑞·格涅沙回答：尘世间的完满都是暂时的，只有达到‘无穷’的境界，才可获得持久的幸福。不过，时间的无穷并不能改变事物的本质，不能使善更加善，也不能使白颜色更加白；如果说玫瑰花在中午不再娇艳，而它的美在清晨时却是真实的。世间万物没有一样是永恒的，只有蠢人才会要求事物永不消亡，而更蠢的做法则是放着眼前的欢乐不去享受。如果说变化是事物的本性，明智之举则是将其视为哲学的一种命题。谁也不会在同一条河里反复涉水，而这条河的河水依然潺潺流淌，走到另外一条河，那儿的河水同样清凉沁人。

“雅利安人初来印度的时候，把人类已知的世界仅仅看作未知世界的一种表象，但他们喜欢这个世界，觉得它风光旖旎、绚丽多彩。只是经过了若干世纪之后，当征伐的劳累和耗人的气候消磨掉他们的活力，使得他们成为异族大举入侵的俎上肉时，他们方才看到了人生的丑恶一面，并且渴望从轮回中解脱出来。不过，咱们西方人，尤其是美国人，为什么要畏首畏尾，害怕什么衰朽与衰老、死亡、饥渴、疾病、悲伤和幻象呢？咱们充满了旺盛的生命力。那时，我坐在自己的小木房子里抽着烟斗，觉得浑身精力充沛，比以往任何时候都精神抖擞，体内有一种力量急切地要爆发出来。要我远离尘世，过一种与世隔绝的生活，显然是不行的。相反，我要置身于尘世之中，欣赏世间的万物——其实并非欣赏事物的表象，而是欣赏其内含的‘无穷’。假如在那我曾经历过的极乐时刻，我果真与‘无限’融为了一体，他们所言不虚，我已脱离了轮回之苦，今世的孽债已经还清，那我就不回到尘世来了。这种念头叫我感到沮丧。其实，我渴望一次次地投生，愿意接受各种各样的生活，不管是体验痛苦还是忧伤。我觉得只有一次接一次地投生，才能实现我的愿望，倾注我的活力，满足我的好奇之心。

“第二天早上，我动身下山，于次日来到了静修处。希瑞·格涅沙见我一身西装，不禁觉得奇怪。这身衣服是我上山时在森林管理员那个小屋里换上的，因为山上冷，下山时也没有想起要换掉。

“‘师傅，我是来告别的，’我说，‘我打算回家乡去了。’

“他没吱声，仍和平时一样盘膝坐在虎皮台子上，面前的香炉里燃着一炷香，使得空气里香气氤氲。跟头一天见面时一样，他依然是独自一人在修行。他目不转睛地盯着我看，目光犀利，似乎能看透我的五脏六腑。我知道，他对一切都已心中有数了。

“‘这样好，’他说，‘你离家太久了。’

“我跪倒在地，接受了他的赐福，再站起来时，早已热泪盈眶。他是一个高尚、圣洁的人，我将永远以认识他为荣。之后，我和静修者们依依惜别——他们中有些已静修多年，有些则是在我之后来的。我把自己的几件衣物和书籍留下，觉得说不定对他们有用，然后背上行囊，身着我来时穿的旧长裤和棕色上衣，头上扣一顶破破烂烂的遮阳帽，步行回到镇上。一星期后，在孟买搭上一条船，在马赛上了岸。”

我们两人沉默了下来，各自都陷入了遐思冥想。尽管我已非常疲倦，但心里仍有谜团，需要问个清楚，于是便开口说了话。

“拉里老弟，”我说，“你多年来孜孜以求，起初就是为了探清恶的源头。正是这一命题，才催促你不断前行。你刚才讲了半天，却只字未提是否已找到了答案，哪怕是不确定的答案也可以。”

“也许这一命题压根就没有答案，或者我不够聪明，没有找到答案。罗摩克里希纳把创造世界看作天神的一种游戏。他说：‘这就犹如玩游戏，其中有喜也有忧，有美德也有缺德，有智慧也有愚昧，有善也有恶。如果将罪恶和痛苦去除掉，游戏便无法再进行下去了。’对这一观点，我持坚决反对的看法。充其量也只能说：‘无限’在这个世界上的表现形式是善与恶并存。没有地壳变化那种叫人无法想象的可怕的灾难，你就不可能欣赏到喜马拉雅山的壮丽景色。中国烧瓷的匠人能够把花瓶烧得像蛋壳一样薄，造型优美，图案漂亮，色彩鲜艳夺目，上的釉子精致美观，但就其本质而言，它是易碎的，掉到地上就会成为许多碎片。同样的道理，我们在这个世界上所珍视的一切美好的事物都是与丑恶的事物并存的，你说是不是呢？”

“这是一种独到的见解，拉里。但我觉得这样的回答难以叫人满意。”

“我也不满意。”他笑了笑说，“当你断定必须发表看法时，那就尽其力而为之，这就是我的解释。”

“你现在有什么打算？”

“眼前有件事需要了结，之后便回美国去。”

“回去干什么？”

“过日子呗。”

“怎么个过法？”

他回答时语气极其冷静，但眼睛却闪出一丝顽皮的光，因为他知道自己的回答会叫我意想不到。

“不急不躁，宽宏大度，大慈大悲，无私无欲，不近女色。”

“高标准！”我说，“那么，为什么要不近女色呢？你还年轻，女色和吃饭一样是人这个动物最强的本能，你这样抑制它是否明智呢？”

“所幸的是对我说来，接近女色只是寻欢作乐，而不是出于生理需要。根据我个人的经验，印度的那些哲人主张不近女色可以大大增强精神的力量，这话说得再正确不过了。”

“我倒觉得明智之举是在肉体需要和精神需要之间保持一种平衡。”

“印度人觉得这恰恰是西方人所没有做到的。他们认为：西方人发明创造无数，又是建工厂又是造机器，生产了大量财富，总想把幸福建筑在物质上，岂不知幸福与否并非由物质决定，而取决于精神。他们认为西方人选择的道路最终会导致毁灭。”

“你认为要实现自己的精神追求，美国是理想之地吗？”

“为什么不是？你们欧洲人一点儿不了解美国。你们以为我们积聚了大量的财富便钻进了钱眼里，岂不知我们视金钱如粪土，一有钱就花掉，有时花得好，有时花得糟，但不做守财奴。金钱对我们算不上什么，只是一种成功的象征。我们是天下最地道的理想主义者，也许在某些方面将理想放在了错误的目标上罢了。依我之见，一个人最高的理想应该是自我完善。”

“这不失为一种崇高的理想，拉里。”

“是不是值得为实现这一理想而努力呢？”

“可你想过没有，以你一己之力，对焦躁不安、忙忙碌碌、目无法纪、极端个人化的美利坚民族，会产生什么影响呢？这无异于妄想要赤手空拳阻挡住滔滔的密西西比河河水。”

“我可以试试嘛。车轮的发明是靠一己之力完成的，万有引力的发现也靠的是一己之力。所有的努力都会产生一定的影响。哪怕你把一粒石子投入池中，宇宙也会产生一点变化的。如果认为印度的那些圣人过的是无益于众生的日子，那就错了。他们宛若黑暗里的明灯，代表的是一种理想，能滋润众生的心灵。普通人可能永远也无法企及，但他们心怀崇敬之感，从而终身受益。一个人一旦变得纯洁、完美，就会产生广泛的影响，而那些追求真理的人自然而然会受到他的吸引。也许，如果我按照自己的规划去生活，便能对他人产生影响。这种影响也许就跟投石入池一样，激起了一圈涟漪，没什么大不了的，但第一圈涟漪会引起第二圈涟漪，第二圈涟漪又会引起第三圈涟漪。很可能会有一些人从我的生活方式中学到了满足和平静，他们就会将其传授给其他人，于是一传十、十传百。”

“你可知道你在跟什么人作对吗，拉里？要知道，那些庸人曾经用严刑拷打和火刑镇压令他们感到害怕的思想家，虽然那些刑罚早已放弃不用了，现在却发明了一种更为致命的毁灭性武器——泼脏水。”

“我可是个非常坚强的人。”拉里笑了笑说。

“好吧，我只能说你有点儿进项算你的福气。”

“这笔钱帮了我不小的忙。要是没有它，我就不可能了结我的心愿。不过，我的学徒期现已结束，它对我就只能是负担了，我将弃之不用。”

“这可是极其非理性的打算。你想过闲云野鹤般的生活，就必须在物质上不依赖别人。”

“恰恰相反，在物质上不依赖别人，会让那样的生活变得毫无意义。”

我实在按捺不住，不由得露出了不耐烦的神色。

“对于印度的那些浪迹天涯的托钵僧而言，这倒没有什么，他们可以露宿于树下，而善男信女们为了积德，会把他们化缘的钵子装满食物。可是，美国的气候对露宿是很不适宜的，虽然我不敢说自己非常了解美国，但有一点我是知道的——你们的国人有一种共识：不劳动者不得食。可怜的拉里呀，恐怕不等你踏上旅途，就会被人当作流浪汉抓到教养院去的。”

他听了大笑。

“这我知道。入乡随俗嘛，我当然是要劳动的。到了美国，我将想办法在汽车修配厂找个活干。我是个相当棒的机修工，想来不会有什么困难的。”

“这是不是有点儿大材小用，白白浪费精力呢？”

“我喜欢干体力活。每当书看不下去的时候，我就干干体力活，可以借此振奋精神。记得有一次读斯宾诺莎的传记，了解到他为了糊口曾经为人打磨镜片，而那个传记作家竟视其为可怕的磨难，岂不愚蠢。我敢说，打磨镜片有助于缓解他的智力活动，最起码可以转移他的注意力，使得他暂停劳神的哲学思考。冲洗汽车或者修理汽化器时，我的大脑是放松的；把活干完，我会心情愉快，有一种成就感。当然，我可不是想干一辈子的修理工。离开美国已有多年，我得重新认识它。我将设法找一个卡车司机的工作。开卡车，我能四处跑，把美国跑个遍。”

“也许，你把金钱的一个最重要的用途给忘了——它可以节省时间。生命苦短，百事纷繁，必须只争朝夕。举例来说，你徒步走到哪个地方去，不知会浪费多少时间。在此，坐公共汽车胜似徒步，而搭乘出租车又胜似坐公共汽车。”

拉里嘿嘿一笑。

“此话不假，我却没有想到这一点。不过，我可以拥有自己的出租车，这一问题便迎刃而解了。”

“你这话是什么意思？”

“最终，我将在纽约定居，不为别的，只因为那儿图书馆多。我所需的生活费用不多，在何处过夜全不在乎，每日一餐便可果腹。把要看到地方全都去过之后，我将会攒下一笔钱买辆出租车，当一名出租车司机。”

“真该把你关起来，拉里。你简直就是个疯子。”

“一点不疯，而是很理智，也很实际。有自己的出租车，我开车挣的钱只要够食宿和汽车的折旧费就行了。其余的时间可以用在别处。到哪儿有急事，就开自己的车去。”

“不过，拉里，汽车跟政府公债一样也是财产呦。”我逗趣地说，“有辆汽车，你岂不成资本家了？”

他听了哈哈一笑。

“差矣。我的出租汽车只不过是我的劳动工具而已，相当于托钵僧的打狗棍和化缘钵。”

这一番打趣之后，我们的谈话中止了。我早已留意到来餐馆进餐的顾客越来越多。一个身穿晚礼服的男客在离我们不远的位子坐下，点了一份丰盛的早餐。他看上去很疲倦，却心满意足，猜得到他一夜风流，此刻仍余兴未消。几位老者，由于年纪大睡觉少，所以起得早，一边不慌不忙喝着牛奶咖啡，一边透过厚厚的眼镜片读着晨报。年轻的食客，有的衣冠楚楚，有的不修边幅，狼吞虎咽吃一个面包，急急忙忙吞几口咖啡，便匆匆赶往商店或办公室上班去了。一个干瘪老太婆拿了一捆报纸进来，走到各个餐桌前兜售，但看上去好像一份也没卖掉。从硕大的玻璃窗望去，发现天已大亮。一两分钟后，所有的电灯都熄灭了，只有这家大餐馆后堂的灯仍开着。我看了看表——已经过七点钟了。

“来点儿早饭怎么样？”我说。

我们吃了些羊角面包，刚烤出来的，又热又脆，还喝了点儿牛奶咖啡。我疲倦不堪，无精打采的，样子一定很难看，拉里却精神抖擞，双目神采奕奕，光滑的脸上一道皱纹也没有，看上去顶多只有二十五岁。一杯咖啡落肚，我才有了几分精神头。

“愿不愿听我进几句忠言，拉里？我可是不经常给人提忠告的。”

“我也是不经常接受别人的忠告。”他咧嘴一笑，回答道。

“至于处理掉你那一丁点儿财产，你能不能三思而后行？一旦脱手，就永远回不来了。万一你自己或别人急需要用钱，那时你将追悔莫及，怪自己做了件蠢事。”

他回话时，眼睛里有一丝讥笑的神情，但那讥笑没有丝毫的恶意。

“相比较而言，你可是比我看重金钱呦。”

“对此我不否认。”我坦率地回答说，“要知道，你口袋里老有钱花，我却不然。有钱就不用求人，而这正是我最为珍视的。你哪里懂得，最叫我感到开心的就是想骂谁，叫他见鬼去，那我就骂谁。”

“我并不想骂任何人，不想让任何人见鬼去。即便我想骂人，也不会因为银行里没有存款就骂不成。这样说吧：金钱对你意味着自由，对我则是束缚。”

“你真是块臭硬臭硬的顽石，拉里。”

“惭愧，惭愧，生性如此。不过，不管怎么样，时间还早着呢，如果要改变主意，还来得及。要说回美国，得等到来年春天。我的画家朋友奥古斯特·科迪特把萨纳里的一所度假屋借给了我，我打算在那边过冬。”

萨纳里是里维埃拉的一个名不见经传的海滨度假地，位于邦多勒和土伦之间。画家们和作家们把圣特罗佩斯花里胡哨的环境看不上眼，就会跑到那儿去休憩。

“那地方就像一潭死水般缺乏生气，如果你愿去，那你就去吧。”

“我去那儿是有事做的。我收集了许多资料，准备写本书。”

“什么内容？”

“出版后你就知道了。”他笑了笑说。

“写完后，如果你愿意把书稿寄给我，我可以找人为你出版。”

“不用劳驾你了。我有几个美国朋友在巴黎办了一家小型出版社，已经谈妥为我出版此书。”

“以这种途径出版书，别指望销路好，也别指望有谁给你写书评。”

“写不写书评我不在乎，也不指望销路好。印几本够送人就行了——我要寄送给印度的朋友们以及法国的几个熟人，他们也许会感兴趣的。此书也没有什么大的价值。我写书，只是想给手头的那些材料找个用途，出版书则是觉得应该把心里的想法变为白纸黑字。”

“这两条理由我都理解。”

说话间，我们已吃完了早餐。我喊侍者过来结账。账单送来时，我把它递给了拉里。

“既然你打算把你的钱扔进下水道，那就不妨先替我把饭钱付了吧。”

他大笑一声，把钱付了。由于坐的时间长，我的身子都僵硬了。走出餐馆时，只觉得腰发酸。秋天早晨的空气洁净、新鲜，令人神清气爽。天空湛蓝，夜间显得邋里邋遢的克利希大街此时有了一些活泼的生气，就像是一个涂脂抹粉的憔悴妇人换上了姑娘家轻快的脚步在走路，看了并不让人感到讨厌。我向一辆驶过的出租车招了招手。

“送你回住处怎么样？”我问拉里。

“不用了。我到塞纳河边走走，然后找个浴场游游泳，再进图书馆里查查资料。

跟他握了握手，然后我目送他迈开长腿悠闲地走过了马路。我可不像他是个铁打的人，于是就坐上出租车，回到了我的旅馆。进了客厅，我发现已经八点多了。

“一个上了年纪的人真不该这个时候才回家。”我冲着钟表玻璃罩里的裸体女子自嘲地说了一声——那女子自从一八一三年起就侧卧在钟表的顶端，姿势在我看来极其不舒服。

那女子眼睛盯着一面镀金铜镜在照镜子，望着镜子中她的那张镀金的铜脸。那钟表一个劲地发出嘀嗒、嘀嗒的响声。我放了一浴盆热水开始泡澡，一直泡到水渐渐变温，才出来把身子擦干，然后吞了片安眠药。接下来，我拿起放在床头柜上的那本瓦莱里[①]写的《海滨墓园》，躺到了床上，看着看着便昏然睡着了。

① 瓦莱里（1871—1945），法国诗人。

第七章

1

半年后，那是一个四月的早晨，我在费拉角自家房屋顶层的书房里正忙着写东西，仆人进来说隔壁圣让村的村警在楼下要见我。受到外来的干扰，我心里没好气，吃不透他们找我有什么事。我又没做什么亏心事，而且还慷慨解囊，交了慈善基金。作为回报，他们给了我一张卡片，时时放在汽车上，万一因超速行驶或者违规停车被警察抓住，我便可以在出示驾驶执照时，把这张卡片也拿出来，警察就会叮咛我下次小心，对我免于处罚。我心想可能是我的哪个用人遭到了匿名举报（这在法国是很正常的），说她的身份证件有问题。平时，我和当地的警察相处得不错，他们每次登门，都要请他们先喝上一杯才放他们走，所以觉得不会有什么大不了的事情。不过，一次来两个警察，情况就大不相同了。

我和他们握了手，彼此问安。然后，年长的一个从口袋里掏出个本子，用脏兮兮的拇指翻着——此人绰号叫“将军”，蓄着威风凛凛的大胡子（这样的胡子我以前从未见过）。

“索菲·麦克唐纳这个名字你听说过吗？”他启口问道。

“我认识的人有叫这个名字的，”我小心地回答。

“我们刚和土伦的警察局通电话，那边的警察总长要你去一趟，立刻就去。”

“为什么？”我问。“我和麦克唐纳太太并不太熟。”

我立刻想到索菲一定出事了，很可能和鸦片有关系，但弄不懂为什么会把我牵连进来。

“这个不归我管。毫无疑问，你和这个女人是有过交往的。她好像五天没有回家，后来港口从海里捞出一具女尸，警方觉得可能是她，要你去认一下。”

一股寒意传遍了我的全身。不过，这样的结局也是在意料之中的。她过着那样今日有酒今日醉的生活，早晚会走投无路，结束自己的生命。

“她穿的有衣服，身上带着证件，凭这些是可以辨认出来的呀。”

“她一丝不挂，喉咙被人割断了。”

“我的老天！”我吓得失声叫道。我略加思索，觉得识时务者为俊杰，警方反正是可以强迫我去的，倒不如顺从的好。“好吧，我这就去，马上搭乘火车去。”

我看了看火车时刻表，发现可以搭乘五点至六点之间的一趟车到土伦去。“将军”说他将通知土伦的警察总长，让我一到土伦就直接去警察局。那天上午，我没有再写稿子，把一些必需品塞进行李箱，吃过午饭便开车去了火车站。

2

我到了土伦警察局，立即被领进了警察总长的办公室。警察总长是个粗汉，坐在办公桌旁，一张脸黑不溜秋，面色阴沉，看上去像个科西嘉人。也许是出于职业习惯吧，他狠狠地扫了我一眼，目光疑神疑鬼的。可是看见我的纽扣孔里挂着荣誉军团勋章（那是我以防万一临时挂上去的），他便满脸堆起笑容，急忙请我坐下，说了一篓子道歉的话，声称惊动我这样一个有身份的人，实在出于不得已。我对他也以礼相待，说能为他效犬马之劳，我感到不胜荣幸。接下来，我们言归正传。他又恢复了先前的那种严厉、粗暴的神情，眼睛看着桌子上的材料对我说："真是伤风败俗。这个叫麦克唐纳的女人好像名声很坏，是个酒鬼、瘾君子、野鸡。她不但和上岸的水手睡觉，还同城里的地痞流氓上床。以你这样的年龄，以你这样的身份，怎么跟这种人搅和在了一起？"

我本来想告诉他这不关他的事，可是，根据我钻研几百本侦探小说的经验，觉得对待警察还是客气点好。

"我和她并不太熟。初次在芝加哥见她时，她还是个孩子。后来，她嫁了个有头有脸的人。大概在一年前吧，通过她和我共同认识的几位朋友，我才又一次见到了她。"

我一边说话一边纳闷，不知道这位警察总长到底是怎么把我和索菲联系在了一起。此时，只见他把一本书推到了我面前说："这是在她的房间找到的。你看看上面的题词，恐怕就不能说你和她不太熟了。"

此书就是我的那本法译版的小说，索菲在书店看到过，想请我签名题词。我签了名，并在下面题了词："亲爱的，让我们看看这玫瑰花……"题词是当时随便想出来的，语气的确有点儿太亲热了些。

"假如你怀疑我是她的情人，那你就大错特错了。"

"是不是情人不关我的事。"他回答说，眼睛里闪闪发着亮光，"我无意冒犯你，但此处必须补充一句：根据我所了解到的她的性生活取向，你不是她的意中人。可是，有一点得弄清楚：你绝不会把一个自己不太熟悉的人称为'亲爱的'。"

"这是龙沙的一首名作中的头一行诗，总长大人。像你这样有文化修养的人对龙沙的诗肯定是很了解的。我当时引用这句诗，是觉得她知道这首诗，会联想到下面的诗行，从而感到愧疚，至少能意识到自己的生活有失检点。"

"当然，龙沙的诗我上学的时候是读过的，可现在乱事如麻，你刚才提到的诗句早已忘掉了。"

接下来，我把那首诗的第一段背诵了出来。我断定他以前对龙沙的名字连听也没听说过，所以不怕他知道后边的诗句并不包含有劝人改邪归正的内容。

"她显然是读过一些书的。我们在她的房间里找到了许多本侦探小说和两三本诗集。一本诗集是波德莱尔[①]写的，还有一本是兰波[②]的诗集。另有一本英文诗集，是一个叫艾略特[③]的人写的。他的名气大不大？”

“名气非常大。”

“我没时间读诗。再说，我也看不懂英语。可惜呀，如果他是个好诗人，何不用法语写诗，这样可以让法国有文化的人拜读拜读嘛。”

一想到这位警察总长阅读《荒原》的情景，我的心里觉得好笑。突然，他把一张照片推到了我面前。

“对这个人你了解吗？”

我立刻认出是拉里，穿着游泳裤，是最近才拍的一张照片。拍摄的时间大概就是去年夏天——当时他和伊莎贝尔及格雷在迪纳尔避暑。我一急，想说不认识，因为我不愿让拉里也陷于这件麻烦事之中，可是细细寻思，觉得既然警方知道了他的身份，我再推说不认识，只会叫人以为里面有不可告人之处。

“他是个美国公民，叫劳伦斯·达雷尔。”

“在那个女人的物品中，这是唯一的一张照片。他们之间是什么关系。”

“他们都是芝加哥附近一个村子里的人，从小就认识。”

“不过，这张照片可是在前不久拍的，我想大概是在法国北部或者西部的一个海滨疗养地拍的吧。要确定位置不会是难事。他是干什么的？”

“是个作家。”我大着胆子说。警察总长的两撇浓眉稍稍抬起来了一点，大概是认为干我们这一行的人，行为都是不大检点的。“不过，他不是靠撰稿为生的。”我又补充了一句，想让拉里的身份显得体面一些。

“他现在何处？”

我又想推说不知道，可还是觉得那样会叫事情更为尴尬。法国的警务也许

---

① 波德莱尔（1821—1867），法国十九世纪著名的现代派诗人。

② 兰波（1854—1891），法国著名诗人，早期象征主义诗歌的代表人物，超现实主义诗歌的鼻祖。

③ 艾略特（1888—1965），英国著名诗人，诗歌现代派运动领袖。其代表作有《荒原》和《四个四重奏》。

有各种弊端，但他们有一张网，立刻就能查出一个人来。

“他住在萨纳里。”

警察总长抬头看了看我，显然对我的回答很感兴趣。

“地址呢？”

拉里曾经告诉过我，说奥古斯特·科迪特把他的乡间小屋借给了他。我圣诞节回家时，给那个地址写过信，请他来我家做客，住上几天，可不出所料，他谢绝了我的邀请。此时见总长问起，我就把他的地址说了出来。

“我会给萨纳里那边打电话的，让他到这儿来一趟。从他嘴里也许能问出些情况来。”

我心中暗想，警察总长一定把拉里当成了嫌犯，于是觉得心里好笑。我断定，拉里很容易就可以证明自己与此事一点心关系都没有。我所关心的是索菲的惨剧，想了解更多的细节，可是总长告诉我的情况并不比我已经了解到的多多少。尸体是两个渔民打捞出来的。至于我们那儿的村警说死者一丝不挂，纯粹是夸大其词。凶手没有剥掉她的内裤和乳罩。如果索菲死时还是我以前见过的那身装束，那么，凶手只是扒掉了她的长裤和运动衫。起初，由于查不出她的身份，警方曾在当地报纸上登了一则告示，描述了她的特征，结果引来了一位女子。此人在一条背街上经营地下出租屋，法语称作 maison de passe[①]，经常有男人带女人或男孩去出租屋鬼混。其实，她是警方的耳目。警方询问了她，问她有什么人到出租屋去，都干了些什么。我上次碰见索菲时，她刚被码头跟前的那家旅馆赶了出来，因为她的行为过于寡廉鲜耻，就连一向宽容的旅馆老板都忍无可忍了。于是，她就到旁边的地下出租屋去，就是刚才提到的那位女子经营的出租屋，想租一套带小客厅的房间。按说，临时把房间租出去，一夜出租两三次，是有利可图的。但索菲按月租，出的价钱更大，于是女房东就答应租给她了。女房东这个时候来警察局，说她的房客几天都没有见踪影了。原先她并没有在意，以为索菲到马赛或者维尔弗朗什去了——最近，英国海军的

① 法语，妓院。

舰队抵达那两处港口，像磁石一样把海岸线一带许多的女人（年轻的以及年老的）都吸引了去。后来，她看了报上登的关于死者的描述，觉得很符合女房客的特征。被领去辨认死尸时，她几乎没有犹豫，立刻便认定死者就是索菲·麦克唐纳。

“既然尸体已经得到了辨认，何必又叫我来呢？”

“贝莱夫人品德高尚，诚实可信，”总长说道，“但她也许出于某种不得而知的原因认错人。不管怎么说吧，我觉得应当找一个和死者关系比较密切的人来证实一下。”

“你认为有可能抓住凶手吗？”

总长耸了耸他那宽厚的肩膀。

“当然，我们正在找线索，曾经到她常去的酒吧询问过几个人。她可能被哪个吃醋的水手杀害，而水手的船已经离开了港口，或者是遇到了一个图财害命的恶棍。她好像身上老带着钱，免不了叫歹徒见财起意。也许有人了解些线索，知道何人是凶手，但她那个圈子里的人，除非利益相关，否则没人会说话的。她跟那些坏蛋鬼混，早晚都会落到这种下场的。”

我一时无语。总长要我次日上午九点钟再来一趟，那时他应当已经接见了“照片中的这位男子”。然后，由一位警察领我们去认尸。

“死者怎么安葬呢？”

“辨认完尸体，如果你们认定死者是你们的朋友，同时愿意负担丧葬费，就可以得到相关的授权。”

“我敢肯定，我和达雷尔先生都愿意获得授权，越快越好。”

“我完全理解。这是一件叫人伤心的事情。应该让那个可怜的女人尽早入土为安，越快越好。这让我想起我这儿有一张殡葬承办人的名片。此人办事周到，收费合理，会为你们把事情打理好的。我在名片上批几个字，他一定会重视的。”

我敢打包票，他一定会从殡葬费里吃回扣的，但还是对他表示了感谢。他送我出门，一举一动都表现得毕恭毕敬。按照名片上的地址，我即刻前去找殡葬承办人。对方是个爽快人，一副公事公办的样子。我挑了一口棺材，价钱适中，既不是最便宜的，也不是最贵的。他主动提出替我从他熟识的一家花店订购两三只花圈，我接受了他的建议。“这样可以免去先生一些麻烦事，也可以表达我对死者的敬意。”他解释说。我们约定好让柩车于次日两点钟到达太平间。他叫我不必为坟地操心，一切都由他代办，还说“想来死者是新教徒”，如果我同意的话，他将找一位牧师等在公墓那边，于下葬时为死者祈祷。对于他的办事效率，我不得不佩服。不过，鉴于我们素不相识，我又是个外国人，所以他提出我最好预先给他开一张支票，希望我不会介意。他说出的钱数比我预料的要多一点，显然是等着我还价。可是，我二话没说，掏出支票本来，开了一张支票给他。只见他脸上现出了意外的表情，那样子甚至可以说有点儿失望。

我在一家旅馆要了个房间住下来，次日早晨又去了警察局。等了一小会儿，就有人把我领进了警察总长的办公室。拉里也在那儿，表情凝重、悲伤，坐在我昨天坐过的那把椅子上。总长高兴地跟我打招呼，仿佛我是他失散多年的兄弟似的。

“很好，我亲爱的先生，你的朋友极其坦率地回答了我有责任问他的所有问题。他说已经有一年半的时间没见那个可怜的女人了，对此我没有理由不相信。至于他上星期身在何处以及他的照片为什么出现在了那个女人的房间，他解释得清清楚楚，令人十分满意。照片是在迪纳尔拍的，有一天，他和那女人吃午饭时，刚好放在他口袋里，就送给了她。我从萨纳里已经收到了报告，对这个年轻人评价很好。再说，不是我吹牛，我是个很有眼光的人，坚信他不可能干那种伤天害理的事情。那女人是他童年时的朋友，在一个气氛健康的家庭长大，有着种种优越环境，竟会落得如此悲惨的下场，对此我深表同情。不过，这就是人生呀。现在，亲爱的先生们，我的一个下属将陪二位到太平间去，在确定了死者的身份之后，你们的责任就算尽到了。好好去吃一顿。我这儿有一张餐馆的名片，那是土伦最好的餐馆。我在上面批几个字给老板，你们一定会受到最优惠的待遇。辛苦了这么一通，喝上一瓶美酒，对你们会大有好处。”

说话时，他满脸喜色，样子显得很开心。随即，我们跟着一个警察去了太平间。此处的生意很不景气，停尸床上只停放着一具尸体。我们走过去，工作人员揭开了蒙在头上的遮布，现出的场景惨不忍睹——死者那染成了银灰色并烫过了的卷发已被海水泡直，湿漉漉地贴在脑壳上；面部肿得像发面馍馍，看上去似鬼脸一般可怕。尽管如此，一看就知道是索菲无疑。工作人员把遮布又朝下拉了拉，露出了一条刀口——那刀口切穿了喉管，从一个耳朵根切到了另一个耳朵根，让我们俩不忍再看下去。

我们回到了警察局。总长抽不出空接见我们，于是我们就把事情对他的助手说了，助手让我们等了一会儿，便拿来了所需的证件。

我们把证件拿走，给了殡葬承办人。

“好啦，咱们去喝一杯吧。”我说道。

刚才从警察局去太平间，拉里在返回的路上曾说他一眼就认出死者是索菲·麦克唐纳。除此之外，他再也没说过一句话。我领着他向码头走去，到了一家咖啡店——我和索菲曾在这家店里喝咖啡。外边北风呼啸，平时平静的港湾此时白浪翻滚。渔船随着海水在轻轻地摇晃。阳光亮晃晃的。每次刮北风，视野里的一景一物都异常清晰，就像是用聚焦望远镜看到的一样，在刺激着人们的神经，使人们的心灵在颤抖。我喝了一杯苏打水白兰地，而拉里碰也没碰我给他要的那杯酒。他一语不发，心情沉痛，木然呆坐着。我没有去打搅他。

过了一会儿，我看了看表说：“咱们走吧，吃点儿东西去。两点钟还得到太平间去呢。”

“我饿得肚子咕噜叫，早晨没吃东西。”

从那位警察总长的外表看来，我断定他是个美食专家，于是便将拉里带到了他推荐的那家餐馆。我知道拉里很少吃肉，所以点了煎蛋卷和烤龙虾，又让侍者把酒单拿来，仍按照警察总长的建议挑了一瓶葡萄酒。酒送来时，我给拉里倒了一杯。

“劝你喝下去，”我说道，“杯酒可以解千愁，让你把心里的话说出来。”

他顺从地照我的话做了。

“希瑞·格涅沙常说：沉默也是一种交谈。”他喃喃地说。

“这倒叫我想起了剑桥大学教师们的一次别开生面的社交聚会，有着异曲同工之妙。”

“至于这次的丧葬费，你恐怕得一个人承担了，”他说道，“我现在已囊空如洗。”

“我十分乐意承担。”我答道。把他的话又回味了一下，我接着又说道：“你不会真的那样做了吧？”

他一时没有回答我的话。我注意到他的眼里闪出一丝古怪、戏谑的光。

“你不会仗义疏财，把钱都送人了吧？”

“除了一点儿钱够我在轮船来之前用，其余的全都送了人。”

“什么轮船？”

“我在萨纳里居住，隔壁有个邻居是一家货轮公司在马赛的代理人，货轮的航线是往返于近东和纽约之间。他们从亚历山大城发电报给他，说一条开往马赛的船上有两个水手生病，在亚历山大城上了岸，叫他找两个替工。他是我的好朋友，答应把我弄上船。我要把我的那辆旧的雪铁龙送给他作为纪念。这样，一旦登船，除过身上的一身衣服以及包里的几件日用品，我就一无所有了。”

“钱是你自己的，愿怎么就怎么。你是个白种人，已满二十一岁，作为成年人你可以自由支配你的财产。”

“自由这个词用得很恰当。以前我从未感到如此快乐和自在过。到纽约下船，他们会给我一些报酬，够我花一阵子，直至我找到工作。”

“你的书写得怎么样了？”

“哦，已完稿，并印了出来。我开了一张赠书的名单，你在一两天内当会收到。”

“多谢。”

接下来再无话可说，我们俩默默地在友好的气氛中吃完了饭。然后，我要了杯咖啡。拉里点着烟斗，我则燃起一支雪茄。我一边想心事一边望着他。他感觉到我在盯着他瞧，便扫了我一眼，目光里闪出一丝顽皮的神情。

“如果你心里想骂我是个大傻瓜，尽管骂出口好啦，我一点儿都不会介意的。”

“我心里并没有这种念头。我只是在想：你要是像其他人一样结婚生子，日子过得岂不是比现在美满一些。”

他听后笑了。他的笑容很美，我以前说过足有二十遍了——这种笑容恬适、真诚、迷人，反映出了他那坦率、诚挚、令人舒心的天性。此处有必要再谈及他的笑容，因为这次的笑容除过包含有以上成分之外，还有些许凄婉和柔情。

“现在太迟了。我碰到的女子，唯一可婚可娶的只有可怜的索菲一人。”

我愕然地望了望他。

“发生了那许多事情，你还能这么说吗？”

“她有一颗可亲可爱的灵魂，满怀热情、有追求、慷慨大方。她的理想是高尚的。即便她寻求自我毁灭，最后以悲剧告终，里面也蕴含着高尚的因素。”

我哑口无言，对这种奇怪的论断真不知怎么说才好。

“那你当初为什么不娶她？”我末了问道。

“她那时还是个孩子。当时我常到她祖父家，和她一同在榆树下读诗，实话实说，我却没有多想，没想到那个瘦巴巴的丫头心里正孕育着美丽的精神世界。”

我不禁感到奇怪：在结婚这件事上，他竟然只字未提伊莎贝尔。他曾经和伊莎贝尔订过婚，此事不可能已淡然忘却。我只能推想：他也许把他俩的订婚视为两个不明事理的年轻人干下的荒唐事，只能是无果而终。我觉得，若说伊莎贝尔一直在苦苦暗恋着他，这样的想法在他的脑海里恐怕连个影子都没有出现过。

该去料理丧事了。我们到了广场上，那儿停放着拉里的那辆破旧不堪的汽车，然后驱车前往太平间。殡葬承办人所言不虚，果真办事效率很高，把所有的事情均已办妥。天上一片亮晃晃的光，狂风大作，把公墓的柏树吹弯了腰，给葬礼增添了几分恐怖的气氛。葬礼结束后，承办人客气地跟我们一一握手。

“但愿两位先生能够满意。一切都进行得非常顺利。”

“的确非常顺利。”我说道。

“请先生记着，如果有什么差遣，我将随时准备效力，路远路近不在话下。”

我对他表示了谢意。走到公墓门口时，拉里问我还有什么事情需要他做。

“没有什么别的事了。”

“我想尽快赶回萨纳里去。”

“把我送到旅馆，好吗？”

汽车启动后，我们谁都没有再说一句话。到旅馆后，我下了车。然后，我们握了握手，他就把车开走了。我在旅馆结了账，拿上行李箱，乘出租车去了火车站。我和拉里一样，也想赶快离开这个地方。

3

几天之后，我启程前往英国。起初我打算直达彼地，但经过了这一通变故之后，特别想见见伊莎贝尔，于是决定在巴黎停留二十四小时。我给她发了封电报，希望能在下午晚一些时候去她家坐坐，并留下来吃晚饭。到了旅馆，我看见了她留的一张便条，说她和格雷晚上有饭局，提出欢迎我在下午五点半之前去，因为她去赴宴前需要更换衣服。

天气寒冷，下着大雨，下一阵停一阵。这样的天气，格雷不大可能去莫特芳丹打高尔夫球了。这对我不是件好事，因为我想单独见见伊莎贝尔。不过，到了他们家的公寓，伊莎贝尔一见我就说格雷到旅行者俱乐部打桥牌去了。

“我对他说，如果想见你，就不要回家太晚。不过，我们的那个晚宴推迟到了晚上九点钟，九点半赶去就行。所以，咱们有的是时间好好聊一聊，我有许多事情要告诉你呢。”

他们已经把公寓转租了出去。艾略特的藏画将在两星期内拍卖。拍卖时他们要到场，所以正准备搬到里茨饭店去住。此事一完，他们就乘船回美国。伊莎贝尔打算把能卖的都卖掉，只留下艾略特在安提比斯家中挂的那些近代画。她虽然并不是十分喜欢这些画，但明智地判断：将来搬到新家，这些画可以起到提高品味的作用。

“遗憾的是，可怜的艾略特舅舅不是很前卫。你知道，毕加索、马蒂斯①以及鲁奥②的画是很时尚的。艾略特舅舅的画自有其精彩之处，不过怕是过时了些。”

“我要是你，就不操这份心。用不了几年，又会出现一些新的画家。到那时，毕加索和马蒂斯的作品与你的这些印象派画作相比较，也就不见得前卫了。”

格雷和一家生意兴隆的企业在谈判，目前已接近尾声。有伊莎贝尔的钱作为资本，他将会荣任副总裁。这家企业的业务与石油有关，所以他们准备举家迁居达拉斯③。

“我们要做的第一件事情就是找一座合适的住房，有漂亮的花园，好让格雷下班回家后有个地方务花弄草，还必须有一个大大的客厅招待客人。”

“真不知你为何不把艾略特的家具也带走。”

“我觉得这套家具很不合适。我想要的是摩登家具，也许带一点儿墨西哥情调加以点缀。一到纽约我就去打听，看哪一家装饰公司当下最吃香。”

此时，男仆安托万端着个托盘走了过来，上面放着几个酒瓶。伊莎贝尔历来善于察言观色，知道男人十个有九个都觉得自己调鸡尾酒比女人技高一筹（情况的确如此），故而请我调两杯。我把杜松子酒和一种法国酒倒出来一些，掺上少量的苦艾酒。这种苦艾酒可以将干马丁尼从没名堂的酒化为仙露，就连奥林匹斯山上的神仙也肯定愿意舍弃山上自酿的酒，跑来一品为快。我自己倒是一直觉得这种酒的口感更像是可口可乐。我把调好的酒递给伊莎贝尔时，注意到桌上有一本书。

“哈！这是拉里写的书！”我说道。

“是的，今天上午寄来的。我忙得焦头烂额，手头乱事如麻。中午有饭局，

---

① 马蒂斯（1869—1954），法国著名画家，野兽派的创始人和主要代表人物。

② 鲁奥（1871—1958），法国野兽派画家。

③ 美国城市，位于得克萨斯州境内，主要经济支柱为石油工业。

下午又去了一趟莫利纽克斯服装店。真不知何时才有闲空看这书呢。”

一个作家成年累月地写一本书，也许呕心沥血才写成，却被人随手放在一旁，等到实在无事可做时才看上两眼，想起来便叫人心寒。拉里的这本书共三百页，印刷质量好，装帧精美。

“你可能也知道拉里一冬天都住在萨纳里。你见过他的面吗？”

“见过。前两天我们俩还去了趟土伦呢。”

“是吗？去土伦干什么？”

“为索菲办丧事。”

“难道她死了不成？”伊莎贝尔惊叫了一声。

“如果她没死，我们又有什么理由为她办丧事呢？”

“这种事可开不得玩笑。”她打住话头，停了一下才又说道，“不过，也没有什么伤心的。她一定是酗酒和吸毒过量导致的死亡。”

“不是的。她是被人割了脖子，赤身裸体抛到了海里。”

我的感觉大概和圣让的那位“将军”警察一样，认为有必要稍加渲染索菲赤身裸体的状况。

“太可怕了！可怜的人儿。她那样放浪形骸，必然会有这种悲惨的结局。”

“土伦的警察总长也是这么说的。”

“他们知道凶手是谁吗？”

“不知道，但是我知道。我认为是你杀了她。”

她一听，惊愕万状地望着我发呆。

“你在胡说什么呀？”她说完，阴阳怪气地扑哧一笑，“随你胡扯去吧。我可是能证实自身清白的，证实我没有去过犯罪现场。”

“去年夏天，我在土伦碰见了她，和她进行了一次长谈。”

“她没有喝醉吧？”

“没有，脑子很清楚。想当初她准备嫁给拉里，可就在举行婚礼的前几天，她却莫名其妙地不见了踪影。她把前因后果都告诉了我。”

我注意到伊莎贝尔脸上的肌肉变得僵硬了。接下来，我便将索菲的话一五一十复述了一遍。她侧耳倾听着，神情专注。

“后来，我把她的遭遇想了许久，越想越觉得蹊跷。我来你家吃午饭足有二十次了，从未见你午饭喝过酒。那天你一个人吃午饭，为什么放咖啡杯子的盘子里有一瓶齐白露加酒呢？”

“那是艾略特舅舅叫人刚送来的。我想尝几口，看是不是和我在里茨饭店喝的那样合口味。”

“不错，记得你曾极口称赞那酒。我当时有点儿奇怪，因为你是从不喝那种甜酒的——你非常注意自己的身材，怕喝甜酒会坏了身段。那时候我有个印象，觉得你不怀好意，是在引诱索菲上钩。”

“承蒙夸奖。”

“一般来说，你和人约会是很守时的。你既然约索菲去试衣服——这对她很重要，对你则很有趣，那你为什么不在家等她呢？”

“这是她跟你说的吗？琼的牙齿叫我很担心。牙医忙得不得了，只能按他约的时间去。”

“看牙医，一般都是在看病时就约好下一次去的时间。”

“我知道。可是，他早上打电话给我，说不能按以前约好的时间看病，建议改为下午三点钟，我当然接受了他的建议。”

“难道就不能叫保姆带琼去吗？”

“那可怜的孩子吓得要命，我觉得亲自陪她去，她心里会踏实些。”

“你回来的时候，看见那瓶齐白露加酒有四分之三都被人喝掉了，索菲也不见了，你难道不感到奇怪吗？”

“我以为她等得不耐烦，自己去莫利纽克斯服装店了。我赶到那儿一问，才知道她并没有去，一时觉得莫名其妙。”

“那瓶齐白露加酒怎么解释？”

“哦，我的确看出酒喝被掉许多，还以为是安托万偷喝的呢。差一点儿责问他。后来觉得他的工资是艾略特舅舅付的，他又是约瑟夫的朋友，所以没有加以追究。他是个很尽职的仆人，即使偶尔偷点嘴，我也犯不着责备他。”

“你可真会撒谎，伊莎贝尔。”

“你不相信吗？”

“根本不相信。”

伊莎贝尔起身，走到了壁炉架跟前。壁炉里炉火熊熊，在这阴冷天叫人感到惬意。她把一个胳膊肘支在壁炉板上，姿态优雅——这是她最为迷人的一种天赋，既仪态万方，又不露任何做作的痕迹。多数有身份的法国女子白日喜欢穿一身黑色的素装，她也一样。这样的装束和她那凝脂一般的肤色相得益彰。这次她穿的衣服款式简单，质料贵重，充分凸显了她那窈窕婀娜的身段。她不停地抽烟，抽了好一会儿。

“无论怎么说，我都应该对你无所隐瞒。那天我有事外出，实属不幸。安托万实在不应当把齐白露加酒和咖啡饮具留在房间里。我出门后，就应该将那些东西撤掉。我回到家，见那瓶酒几成空瓶，当然知道是怎么回事。后来索菲失踪，我猜想她一定故态复萌，纵酒狂欢去了。我之所以只字未提此事，是怕雪上加霜，徒增拉里的烦恼。拉里为此事牵肠挂肚，已经够心烦意乱的了。”

“你敢说那瓶酒不是你故意放在那儿的吗？”

“我敢说。”

“我不相信。”

“不相信就不相信呗，”她一甩手，恶狠狠地把纸烟扔进了炉火里，一双美目怒火燃烧，“那好吧，既然你想了解真相，那我就告诉你吧，然后你就给我滚蛋。是我着意那样做的，而且绝不后悔。我告诉过你，说我会不惜一切代价阻止她嫁给拉里。你和格雷只会袖手旁观，不关心拉里的痛痒。你们只会耸耸肩膀，事后会说他们的婚姻是个弥天大错。你们不关心，可我关心。”

“如果你不加以阻挠，她现在还活着呢。”

“她嫁给拉里，会将拉里抛入痛苦的深渊。拉里想入非非，以为如此可以叫她脱胎换骨、重新做人。男人全都是些傻瓜！我知道她迟早都会再次堕落——这是明摆着的。那次在里茨饭店聚餐，你也看到了她是多么焦躁不安。她喝咖啡时，我留意到你在看她——她的手抖得厉害，一只手不敢拿杯子，只好用两只手捧到嘴边喝。我看到侍者给咱们倒酒时，她的眼睛贪婪地跟着瓶子转，就像一条蛇盯着一只羽毛方满的小鸡拍翅似的。我知道她哪怕出卖灵魂，也会弄一杯喝的。”

伊莎贝尔把脸直对着我，眼里射出两道光来，声色俱厉，加快语速说了下去。

“当艾略特舅舅把那难喝的波兰酒大吹特吹的时候，我心里就有了一计。我觉得那酒味道像马尿，却对其大加赞扬，说我从未喝过这样味道棒到了极点的美酒。我当时就断定，索菲一旦接触到这酒，便难以抵挡住诱惑。于是我就依计行事，又是带她去看时装展览，又是提出要送她一套结婚礼服。约她最后试样的那天，我告诉安托万，说我午饭后要喝齐白露加酒，后又说我约了一位女士来，女士来后让她等一等，喝上一杯咖啡，把酒也留下，她想喝就让她喝。我的确把琼带到了牙医那里，但没有预先约好，医生不能为琼看病。离开诊所，我带琼去电影院看了场纪录片。我打定主意：如果索菲没有碰那波兰酒，我便真心实意和她交朋友。这是真的，我发誓。可是，我回家一看那酒瓶，便知道自己的判断是正确的。她不见了踪影，我敢拿生命打赌，她这一去将永不回头。”

伊莎贝尔说完，已娇喘吁吁。

“我早就猜想到是这么回事。”我说道，“瞧，我刚才所言不虚。你这样做就跟亲手用刀抹她的脖子没什么两样。”

“她是个可恶、邪恶的坏女人，她死了大快人心。”她说着，猛地一屁股坐在了一把椅子上，“给我一杯鸡尾酒，你这浑蛋。”

我走过去，又调制了一杯。

“你是个卑鄙的坏蛋。”她从我手里接过鸡尾酒时说。随后，她挤出了一个笑容，就像是一个做了错事的孩子一样，装出一副天真无邪的样子蒙骗你，想叫你不要生气。“你不会告诉拉里吧？”

“我想都不会往这方面想。”

“你能对天发誓吗？男人家说话是靠不住的。”

“我发誓绝不告诉他。即便我想告诉他，也不会有这个机会的，恐怕我今生今世再也见不上他了。”

她一听，立刻坐直了身子。

“这话是什么意思？”

“此时此刻，他已登上了一艘货轮，或者当船员或者当司炉，正在向纽约进发。”

“此话当真？他真是个怪人！几个星期前，他还来了一趟这里，为他那本书上公共图书馆查资料，却没听他说一句要到美国去的话。这样倒好，我们可以在美国相见了。”

“对此我表示怀疑。他的美国跟你们的美国相去甚远，要隔上十万八千里呢。”

接下来，我就把拉里的所作所为以及他的抱负叙述了一番，听得她目瞪口呆，一脸的惊愕，时不时打断我的话，连声说“他疯了，他疯了”。我说完之后，只见她垂头丧气，两行热泪滚滚而下。

“这下子，我真的失去了他。”

她转过身去，脸抵着椅背嘤嘤哭了起来。她毫不掩饰内心的悲伤，一场痛哭让美丽的脸都变了形。我一时束手无策。她究竟怀着怎样缥缈、矛盾的希望（而在我的叙述之后那些希望全都化为了泡影），便不得而知了。我隐隐觉得：她原以为只要能偶尔见见拉里，最起码知道他仍是她生活的一个组成部分，这便可以将他们联系在一起，不管这种联系是多么薄弱，而今拉里斩断了这一联系，使得她觉得自己永远失去了他。我感到纳闷，不知她是否觉得自己白费了一番心机，留下的只是满肚子的懊悔。就让她哭吧，哭出来也许心里会好受一些。我拿起拉里的书，将目录浏览了一眼。我离开里维埃拉时，他寄给我的书还没有收到，估计几天内是拿不到手的。书写得完全出乎我的意料，是一本论文集，篇幅和里顿·斯特拉奇[①]的《维多利亚女王时代名人传》相仿，论述了

① 里顿·斯特拉奇（1880—1932），英国著名传记作家。

若干名人。书中所选的内容叫我百思不得其解。有一篇是写古罗马独裁者苏拉的——苏拉在独揽大权之后，退位归隐；还有一篇写蒙古征服者阿克巴尔——此人缔造了一个大帝国；一篇写鲁宾斯①，一篇写歌德，一篇写查斯特菲尔德勋爵②。显而易见，每写一篇论文都必须阅读大量的资料，难怪拉里用了那么长的时间才把书写完。我真不明白他为什么舍得花大把的时间写这本书，也不明白他为何要选这些人物作为研究对象。我突然产生了一种想法，觉得拉里可能认为这些人在自己不同的领域取得了辉煌的成就，于是便有了研究的兴趣。他有心弄个水落石出，研究一下他们的成就究竟产生了什么样的影响。

我粗粗浏览了一页，想看看他的文笔如何，发现他用的是学术文章的那种风格，但措辞简洁、语气明快，全然没有刚入门新手的那种咬文嚼字、卖弄辞藻的生涩气。看得出，他非常熟悉那些优秀作家，就跟艾略特·邓普顿熟悉达官贵人一样。我的思绪被伊莎贝尔的一声叹息打断了。只见她苦着脸将杯中由热变温的鸡尾酒一饮而尽。

“我不能再哭了，会把眼睛哭肿的，晚上还有个饭局呢。”她从包里取出一个小镜子，担心地左照右照，“随他去吧。我只想有个冰袋敷在眼上，敷个半小时。”接下来，她在脸上扑了粉，涂了口红。之后，她若有所思地望着我问道：“我做了那种事情，你不会因此对我有不好的看法吧？”

“你在乎我的看法吗？”

“你也许会奇怪，我在乎。我希望你对我有好的看法。”

我笑了笑，说道：“亲爱的，我是一个极没有道德观念的人。我一旦喜欢上一个人，即便不赞成他干下伤天害理的事情，也还会照样喜欢他。你是个不错的女人，自有你的风采——仪态万方、魅力四射。我不会因为你的行为稍稍看低你的美丽，因为我十分清楚你的美丽完美地综合了高雅的品味以及残酷无情的意志。你只需要一样东西，就可以使你的魅力趋于完善。”

---

① 鲁宾斯（1577—1640），比利时著名画家。

② 查斯特菲尔德勋爵（1694—1773），英国著名政治家、外交家及文学家。

她嫣然一笑，等待着我说下去。

“那就是温柔。”

她唇边的笑意倏然不见了踪影，横扫了我一眼，目光里没有一丝一毫的善意。她定了定神，正要回话，却见格雷摇摇晃晃走了进来。在巴黎住了这三年，他增加了好多磅的体重，脸色比以前更红了，头发秃得厉害，但健康状况良好，情绪高涨。看见我，他简直掩饰不住内心的高兴。他说话时夹带着许多口头禅，明明是用滥了的词语，他却深信不疑自己是第一个使用者。什么“不做亏心事，不怕鬼敲门”啦，“屋漏偏逢连阴雨”啦，以及“路遥知马力，日久见人心”什么的。不过，他心地善良，为人无私、正直、可靠，没一点儿架子，叫你不可能不喜欢他。我对他有一种发自内心的真情实感。谈到即将回到祖国，他又兴奋又激动。

“万事俱备，只欠东风了。”他说道，“我已整装待发。”

“是否已万事俱备了呢？”

“已是板上钉钉的事了，只剩下在合同上签字了。我未来的合伙人是我大学时的一个舍友，一个挺不错的人，绝对不会叫我吃亏的。不过，一抵达纽约，我还是要即刻飞往得克萨斯落实细节，拿着伊莎贝尔的钱，我可要不见兔子不撒鹰。”

“谁都知道，格雷做生意是有一套的。”伊莎贝尔说。

“我可不是个只知道种田的乡巴佬。”格雷笑了笑说。

接下来，他就滔滔不绝地讲起了他将要涉足的生意，一讲就收不住口了。可是，我对这种事情一窍不通，只听明白了一点——他将时来运转、财源滚滚。他越说兴致越高。过了一会儿，他扭过头对伊莎贝尔说：“依我看，咱们把今晚那讨厌的饭局推掉算啦，咱们三个到银塔餐厅消消停停地吃饭岂不痛快。你觉得呢？”

“这可不行，亲爱的，不能这样做事。这个饭局是他们专门为你我而设的。”

“你们去吧，反正我也是抽不出身的。”我插嘴说，“一听说你们有饭局，我就打电话约了苏姗娜·鲁维埃，和她一起出去吃饭。”

“苏姗娜·鲁维埃是谁？”伊莎贝尔问。

“哦，是拉里的一个女朋友。”我故意逗她说道。

“我早就怀疑拉里金屋藏娇，瞒着咱们呢。”格雷说完，咯咯咯地笑个不停。

“没影儿的事。”伊莎贝尔打抱不平地说，“拉里的性生活我是很清楚的。他身边压根就没有女人！”

“好的，大家再干一杯，然后各自准备去吃饭。”格雷说。

我们举杯喝了酒，我向他们说了再见。小两口送我进门厅。我穿外套时，见伊莎贝尔挽起了格雷的胳膊，偎在他身上，望着他的眼睛，脸上露出我曾经指责她所缺乏的温柔表情。

“格雷，请你坦率地告诉我，你是不是觉得我是个铁石心肠的人？”

“不是，亲爱的，不沾边的话。怎么，难道有人这么说你吗？”

“没有。”

她把头掉过去，使格雷看不见她的脸，朝我吐了吐舌头。这种样子，要是让艾略特看见，肯定会说她不像个有身份的人。

“那是两码子事。”我胡乱支吾了一句，然后出了门，随手把门带上。

4

当我再次路过巴黎时，马图林一家已经走了，艾略特的公寓房里有了新的住户。我还是蛮想念伊莎贝尔的——她有闭月羞花的容貌，又非常健谈。她善于体察人意，没有什么坏心眼。可惜我再也没有见过她。我不爱写信，也懒得写信，而伊莎贝尔则从不写信。如果不能给你通电话或发电报，那就会彻底跟你失掉联系。那年圣诞节，我倒是收到她一张贺卡，上面有张漂亮的照片，照的是一幢房屋，房屋的门廊是殖民地时期的，周围长着郁郁葱葱的橡树。这恐怕就是农场上的那幢房屋，他们缺钱时曾想卖而卖不掉，现在大概准备留下来自家住了。邮戳表明贺卡是从达拉斯寄来的，由此可以断定那桩生意已经成功，他们已在达拉斯定居。

我没去过达拉斯，但可以想象得来那儿跟美国其他的城市别无二致——从住宅区开车去商业中心和乡间俱乐部都很方便；富贵人家住豪宅，有大花园，从客厅窗户可望见风景优美的山丘或峡谷。伊莎贝尔肯定会住这样的小区，住这样的豪宅，从地窖到阁楼都是由纽约最时髦的屋内装饰师按照最时新的式样布置。我只希望她的那些画——雷诺阿的画、马奈的花卉、莫奈的风景以及高更的画，挂在她家墙上，不要显得太过时。餐厅无疑会不大不小，正适合伊莎贝尔隔三岔五请女友们来吃午饭，好酒好菜地招待她们。她在巴黎长了不少见识，一眼就可以看出客厅合适不合适，客厅不如意，她是不会住的。眼见两个女儿一天天长大，她还指望在客厅为女儿举办交际舞会呢——这可是为人母的一项惬意的职责。现在，琼和普里西拉恐怕已到了谈婚论嫁的年龄。她们姐妹肯定有令人钦羡的教养，上的是最好的学校；伊莎贝尔准会叫她们学习琴棋书画，让门当户对的小伙子们一见倾心。格雷想必脸色更红，心情更愉快，头更秃，体重也大大增加了。若说伊莎贝尔，我坚信不会有什么变化。她会依然光彩照人，美貌不输她的两个千金。马图林一家在社区里一定很有分量。我坚信，他们一定人缘好，颇受欢迎。伊莎贝尔风趣幽默，彬彬有礼，殷勤好客，识分寸、知进退；而格雷出类拔萃，是人之佼佼者。

5

我仍然时不时去看望看望苏姗娜·鲁维埃。后来，她的境遇发生了意想不到的变化，使她离开巴黎，也从我的生活中消失了。那是一天下午，大致在我叙述的那些事件发生两年之后，我在奥德昂大剧院走廊的书摊前浏览书籍，很惬意地消磨了一个小时，后来觉着闲得无事可做，就想起去看望一下苏姗娜。我已有半年时间没有见她了。她开门时，手端调色板，嘴里衔着一枝画笔，穿一件罩衫，上面满是油彩。

“啊，是您，亲爱的朋友。请进，请您进来。”

她这样客气使我有点儿诧异，因为我们之间一般只是以你我相称。我跨进那个既当客厅又作画室的小房间，见画架上放了一幅油画。

“我忙得不可开交，简直都晕头转向了。你请坐吧，我得继续工作了，一会儿都耽搁不得。说来你也不信，我要在迈耶海姆画廊办个人画展，必须准备三十幅画参展。”

“在迈耶海姆画廊？这真了不起。你是怎样做到的？”

迈耶海姆画廊可不是塞纳路上的那些靠不住的小画廊——那些野画廊门面小，一缺钱付不起房租，就会关门大吉。迈耶海姆画廊是一个很体面的画廊，位于塞纳河畔有钱人的地区，享有国际声誉。一个画家一旦被这家画廊看中，就会走上通向成功的康庄大道。

“阿吉里先生带迈耶海姆先生来看过我的画，迈耶海姆先生认为我很有才气。”

“别吹了，老伙计。”我回了一句。我觉得这句话最好翻译为：“鬼才会相信你的话，老伙计。”

她瞥了我一眼，随即扑哧笑出了声。

“我要嫁人了。”

“嫁给迈耶海姆吗？”

“别犯傻！”她放下了画笔和调色板说，“我画画画了一整天，也该休息一下了。咱们不妨来杯波特酒，容我细细道来。”

法国人的生活中也有令人不爽的一面——他们常常在最不恰当的时候逼你喝下一杯酸不拉几的波特酒。此时，你必须乖乖地从命。苏姗娜取出一瓶酒和两只杯子，把杯子斟满，坐下来如释重负地叹了一口气。

“今天画画，一连站了几个小时，站得我静脉曲张、腿发痛。情况是这样的。阿吉里先生的妻子今年年初去世了。她是个好人，也是个好天主教徒。不过，阿吉里先生娶她并非出于本意，而是出于对生意的考虑。他固然敬重她，但若说她的死令他痛不欲生，那就言过其实了。他儿子的婚姻门当户对，儿子的事业也干得风生水起；他女儿的婚事亦安排妥当，要嫁给一位伯爵——那伯爵虽说是比利时人，却是货真价实的贵族，在那慕尔附近有一座非常漂亮的城堡。阿吉里先生认为，他妻子的在天之灵绝不愿因为自己耽搁了一双儿女的幸福，于是决定不等服满丧期，只要安排停当就举办婚礼。里尔的房子那么大，只剩下了阿吉里先生一个人，孤零零的，显然需要一个女人在身边，照顾他的起居，料理事务——他那么有身份的人，势必有重要的事务需要关照。长话短说，他请求我代替他妻子的位置。他说的话入情入理：‘我第一次结婚是为了消除两家对立公司的竞争，为此我毫不后悔，但第二次婚姻就要合自己的心意，选自己喜欢的人了。’”

“恭喜，恭喜。”我说。

“代价是失去自由。我喜欢无拘无束的生活，但前途却是不得不考虑的。不瞒你说，我马上就要步入不惑之年了。阿吉里先生正在危险的年龄段，万一他突发奇想，去追求一个二十岁的大姑娘，那该如何是好？我还得为我的女儿想一想。她今年十六岁，水灵灵的，越长越像她爸爸。我让她接受了良好的教育固然不错，但残酷的现实摆在你面前不容忽视：她既没有当演员的天赋，也没有她可怜母亲的那种气质去当妓女。那我问你，她有什么盼头呢？末了只好给人家当秘书，或者在邮局里谋个差事。阿吉里先生极其慷慨，同意她和我们住在一起，并且答应给她一笔厚厚的奁资，使她能嫁个好人家。请相信我，亲爱的朋友，不管别人怎么说，婚姻仍是女人家最实在的职业。于是，考虑到女儿的幸福，我毫不犹豫地接受了阿吉里先生的求婚，即使牺牲某种满足也在所不惜——再说，一年一年地过去，这种满足愈来愈不容易获得了。有一点我必须告诉你：一旦结婚，我将绝对恪守妇道。根据多年的经验，我深信夫妻双方必须绝对忠实，才能使幸福的婚姻固若金汤。”

“这是多么崇高的情操啊，我的美人儿！”我说，“阿吉里先生还会和从前一样每两个星期来一趟巴黎洽谈生意吗？”

“看你说的，你把我当成傻瓜了不成，我的小宝贝？阿吉里先生向我求婚，我提的第一个条件就是：‘亲爱的，请听我说，你来巴黎开董事会，我也跟着来。让你一个人来，我是不放心的。’他回答说：‘请放心，我都这把岁数了，不会做出蠢事来的。’我则说：‘阿吉里先生，你正当生命力旺盛的年龄，我比谁都清楚你充满了激情，而且相貌堂堂、气宇轩昂，举手投足都让女人动心。总而言之，我怕你经不起诱惑。’最后，他答应把董事会的位置让给儿子，由儿子代替他来巴黎开会。阿吉里先生假装不快，好像我不通情理似的，其实心里像灌了蜜一样甜。”说到此处，苏姗娜满足地长出了一口气，“对我们可怜的女人来说，假如男人没有这种难以捉摸的虚荣心，日子就如雪上加霜。”

“这样的结局非常好。但这和你在迈耶海姆画廊办个人画展有什么联系呢？”

“我可怜的朋友，今天你可真是有点儿不开窍了。多少年来我不是告诉你，说阿吉里先生是一个聪明绝顶的人吗？他得考虑自己的社会地位，得考虑里尔的人喜欢评头论足。他是个重要人物，而我作为他法定的妻子，按他的愿望应该在社会上占有一席之地。你也知道外省人的那种德行，他们喜欢管别人的闲事。他们势必会问：苏姗娜·鲁维埃是何许人？他们将得到这样的回答：‘苏姗娜·鲁维埃是一位出类拔萃的画家，最近在迈耶海姆画廊的个人画展取得了巨大成功，真是实至名归。’‘苏姗娜·鲁维埃是殖民步兵团一位军官的遗孀，多年靠卖画为生，含辛茹苦抚养一个早早便丧失父爱的娇女，表现出了一个法国妇女的刚毅性格。令人快慰的是：善于发现人才的迈耶海姆画廊将为她举办个人画展，公众不久便可大饱眼福，欣赏到她细腻的笔触和娴熟的技法。’”

“这是胡扯些什么呀？”我竖着耳朵听后，启口问道。

“亲爱的，这是阿吉里先生设计的广告语，将会在法国的各大报纸登出。他做事滴水不漏。迈耶海姆提的条件非常苛刻，但阿吉里先生却认为是小事一桩，予以全盘接受。画展的开幕式上，将会喝香槟酒表示庆祝，美术部长（此人欠阿吉里先生的人情）将要发表精彩的致辞，将会盛赞我作为女人的情操以及作为艺术家的天赋，最后宣布国家有责任、有义务奖励人才，已经买下我的一幅画由国家收藏。巴黎各界人士都将到场。迈耶海姆将亲自关照那些评论家，确保他们的评论文章不仅要大加赞誉，而且篇幅要长。评论家们是很可怜的，挣的钱实在太少了。给他们一个捞外快的机会，也算是积德行善了。”

“这都是你应该得到的，亲爱的，”我说道，“好人有好报嘛。”

“Et ta soeur[①],”她答道，这句话很难翻译。“还不止这些呢。阿吉里先生又用我的名字在圣拉斐尔海边买了一幢别墅，这样，我在里尔的社交界便有了自己的位置，一是因为我是个杰出的艺术家，二是由于我还是个有产业的女人。再过两三年他就要退休了，那时，我们将像上流人士那样在里维埃拉住下去。他可以在海上划船、捕捞海虾，我则专心于艺术创作。我先让你看看我的画再说吧。”

苏姗娜画画已有多年。深受诸多画家情人的影响，她广采众长，最后形成了自己独特的风格。她的线条仍画不好，但色彩感相当强。她让我看了几幅风景画，有一幅是她随母亲在昂儒省居住时画的，一幅画的是凡尔赛宫花园的小景，一幅画的是枫丹白露森林，还有一幅画的是巴黎近郊她所喜欢的街景。她的画朦朦胧胧，似海市蜃楼，却有一种鲜花般的美和一种非刻意雕琢的雅致。我对其中的一幅画产生了兴趣，同时为了取悦于她，便提出想花钱买下。记不清那幅画是叫《林间空地》还是叫《白围巾》，时至今日也弄不清名称。我问了价钱，要价也很合理，于是决定购买。

“你真是个天使！”她乐得叫出了声，“这是我的第一笔交易。当然，画展结束后你才能拿到手。我要让此事上报纸，说你买下了这幅画。反正造造声势对你也没有害处嘛。很高兴你选中了这一幅——它恐怕是我最得意的作品了。”她拿起一面镜子，从镜子里端详这幅画。“很有情调，”她一边眯起眼睛欣赏一边说道，“这是谁都否认不了的。这几块绿色青翠欲滴，多么精致呀！中间点一笔白色，起到了画龙点睛的作用，将全部画面连接为一个整体。这不是才气是什么？！毫无疑问，这是地地道道的才气。”

看得出来，她朝着专业画家目标已走出了很远。

“哎呀，我的小乖乖，咱们聊得够久了。我得赶快干活去了。”

“我也得走了。”我说。

“顺带问一句，那个可怜的拉里是不是仍然和那些红皮肤的人在一起？”

---

① 法语，原意是“去你的妹妹吧”，在此可译为“别啰唆”。

每次提到神的国度里的居民，她总是喜欢用这种鄙薄的口气。

“据我所知，情况的确如此。”

“拉里和蔼可亲、温文尔雅，他那种人和野蛮人在一起处境一定很艰难。如果电影里的情节可信的话，那些土匪、牛仔和墨西哥人可不是好惹的。倒不是说牛仔缺乏让你动心的吸引力。吸引力绝对是有的！可是，你上纽约的大街上去，口袋里不藏把枪，好像是极其危险的。”

她把我送到门口，在我的两个脸蛋上吻了吻。

“你我相处，开开心心的。日后多想着我点。”

6

我讲的故事到这里就结束了。拉里那边音讯全无，其实我也没指望能听到他的消息。他历来我行我素，由着自己的性子干事。想必他回到阔别多年的美国，先是在汽车修理厂找了份工作干，后来便当了个卡车司机四处跑，直至把这个国家了解个透。这一目标实现之后，他很可能会把他那奇怪的想法付诸实施——去开出租车。那原本是在和我喝咖啡时开玩笑的一句话，但他如果当真做起来，我一点儿都不会感到稀奇。那以后我每次在纽约搭乘出租车，都要把司机扫一眼，想着说不定会看见拉里的那双深陷的庄重而含笑的眼睛，却始终没有看见过。后来第二次世界大战爆发，他年龄太大，当不成飞行员，但他很可能又去开卡车了，在国内或海外运输物资，要不然就是进工厂做工，尽自己的一份力量。有了闲暇时间，他很可能会著书立传，讲述自己的人生经验，向自己的同胞传经送宝。不过，对他而言，要完成一部书稿得花很长的时间。反正他有的是时间——岁月在他的身上没有留下印痕，不管从哪一方面说，他都仍然是个青年。

他没有野心，无意追名逐利。要他蝇营狗苟以成为社会名流，只会叫他大倒胃口。他按自己选择的道路生活，心安理得、随遇而安。他是个谦谦君子，不图为人之榜样。但他觉得可能有一些人会受到他的感召，和他具有同样炽热的激情和信仰——人生最大的满足感只能在精神生活中获取。他无私无欲、严以律己，走的是一条不断完善自我的道路，对旁人产生的影响无异于著书立传或传经布道。

我毕竟是个凡夫俗子，对于他的胸怀只能揣度一二。对于普通的饮食男女，我还是比较了解的。但对于拉里这样光彩夺目的人之翘楚，我只有敬仰的份儿，他之情怀及内心世界却不甚了了。拉里如其所愿，融入了喧嚣激荡的人海中——这茫茫的人海为错综复杂的利益和矛盾所纠缠，迷失于风雨飘摇的大世界，他们渴望美好的生活，外表笃定而内心彷徨，有善者也有恶者，有守财奴也有仗义疏财者。这，就是美利坚合众国的人民！关于拉里的故事，我只能讲这许多了，深知不足，却也只好如此了。完稿后，我觉得读者阅读此书，可能会迷茫，对故事的主旨有些摸不着头脑，于是便将这部长篇小说重温一遍，看能不能设计一个令人满意一点儿的结局。这一重温不当紧，我突然有所感悟，万分惊讶地发现：我虽无写“成功”之意，但此书却的确是一部关于“成功”的小说。书中跟我有关的主人公无不如愿以偿——艾略特成为社交界名流；伊莎贝尔有雄厚的经济基础，在一个生机勃勃、文化气氛浓郁的社区占有稳固的一席之地；格雷找到一个稳定而赚钱的职业，早晨九点上班，下午六点下班；苏姗娜·鲁维埃过上了衣食无忧的日子；索菲以死亡解脱；拉里寻觅到了幸福的归宿。那些自命不凡的人也许会吹毛求疵，但普通大众打心眼里还是喜欢“成功”小说的。就这一点而论，本故事的结局还算令人称心吧。

（全书完）

译后记

青春是那么美好，也是如此迷茫。年轻的你犹如大海上的一叶小舟，真不知会漂向哪个方向；又似一个旅行者，途中会遇到无数个十字路口，一不小心就会走错路，遗憾终生。当然，每个人由于生活环境的不同，所受的教育程度有高低、深浅之分，因此选择的人生目标五花八门（或者说五彩缤纷），属于“仁者”还是“智者”难以评判。有的选择了升官发财（这有什么不好的？可以保证衣食无忧嘛），有的选择了“虚无缥缈”的追求真理，讲究的是所谓精神生活（“愚”还是“智”？）。

本书的主人公拉里属于后一种人，原本有一位如花似玉且对他一往情深的女友，遗憾的是他的怜香惜玉之心比较淡薄。这倒也罢了，我们可以斥责他缺乏人类基本的欲望（此处隐指男欢女爱），而叫人不可思议的是他对我们生活中不可或缺的金钱也视如草芥，随意地将手里大把大把的真金白银赠送给处于困境的人，自己却过着极度节俭的日子，遨游于茫茫的书海寻求真理。在图书馆里“遨游”和“挣扎”了许久，他觉得自己仍没有开窍，于是就到印度的“苦修林”中去“苦心志、劳筋骨、饿体肤”，拜谒了许多神奇人物，参观了许多诡秘处所，经历了许多奇异事件，终于完成了他上下求索真理的历程。

书中的另外一个主人公叫艾略特。此人八面玲珑，擅长逢场作戏，不管社会上有多么大的风浪，他都能够“逢凶化吉”，而且可以趁乱大发横财。例如，美国经济大萧条期间，股市崩盘，股票顿时变成了废纸，而他借用“梵蒂冈智慧”赚了个盆满钵满。他赚钱可谓“见缝插针”，有时在欧洲贵族和美国富翁之间当掮客，靠买卖名画倒腾钱；有时则钻入权贵人家，从中谋利，按他的理解就是“树大好乘凉”。可就是这么一个市侩族的翘楚，却偏偏非常讨厌比他更“杰出”的市侩，不惜用明枪暗箭加以打压。好一场“狗咬狗一嘴毛”的大戏！读者可要擦亮眼睛，说不定你身边就有这样的人，随时会对你使绊子呢。

本书的第三号主人公是绝色美女伊莎贝尔（即拉里的前女友）。“窈窕淑女，君子好逑”—— 伊莎贝尔非但有沉鱼落雁的容貌，且聪明伶俐，哪能不受小伙子们的热恋和追逐？可她“鬼迷心窍”，只知道钟情于那个不谙风情的读书郎。撒娇也罢，嗔怪也罢，她怎么也无法用爱情给那匹她眼里的“骏马”套上嚼子。最后，执迷不悟的拉里终于叫她恼羞成怒，于是她一跺脚嫁给了一直苦苦追求她的格雷。命乎？格雷身材魁梧，家中颇有些钱财，也算是娇娥们心目中的理想丈夫。可是伊莎贝尔对拉里仍念念不忘，一直关心他的作为和动向，给人以“身在曹营心在汉”的感觉。乍一看，她很在乎物质享受，却对有精神追求的男子情有独钟。

这本书故事情节跌宕起伏，到处有“伏笔”，到处有“机关”和高潮。只要你耐住性子看上几页，就会禁不住对毛姆高超的写作技法连发数声赞叹：妙！妙！妙！它的魅力不仅在于其文学价值，还在于它是一部具有浓厚哲学意蕴的小说。你是不是在思考人生的取向？看完这本小说，你可能会如醍醐灌顶，大彻大悟！

下面我们简略介绍一下毛姆其人。1874 年 1 月 25 日，毛姆出生于巴黎。他的父亲是一名律师，当时在英国驻法国大使馆工作。不满十岁时，毛姆的父母就前后去世，他被远在英国的伯父收养。在进入坎特伯雷皇家公学之后，因为身材矮小和严重口吃，毛姆经常遭遇欺凌。那一段孤寂凄惨的幼年生活在他稚嫩的心灵上投下了痛苦的阴影，使得他养成了孤僻、敏感、内向的性格。

1893 年，毛姆在德国海德堡大学肄业。1897 年，发表第一部长篇小说《兰贝斯的丽莎》。1915 年发表长篇小说《人生的枷锁》。

第一次世界大战爆发后，四十岁的毛姆加入了法国的红十字急救团。在西线服役时，遇到了二十二岁的美国人吉拉尔德·哈克斯顿，此后二人形影不离。1915 年，毛姆与慈善家托马斯·巴尔那多博士的女儿茜瑞·威尔卡姆生下一个女儿。茜瑞当时是个有夫之妇，次年与丈夫亨利·威尔卡姆离婚，并与毛姆结婚。但是婚后，毛姆大部分时间与哈克斯顿生活在一起。他们一起游览了中国、印度、拉美等地。毛姆的“世界旅行家”称号也由此而来。在这些旅行中，哈克斯顿好比毛姆的眼睛与耳朵，在与旅途中各色人的交往中，为毛姆搜罗了大量奇闻逸事，而这些故事日后则成为毛姆小说创作的灵感源泉。1927 年，茜瑞终于不堪这番冷落，与毛姆离婚。第二次世界大战期间，毛姆曾去英、美宣传联合抗德，并写了长篇小说《刀锋》(1944)。1948 年写成的最后一部小说《卡塔丽娜》，以十六世纪的西班牙为背景。此后，他仅限于写作回忆录和文艺评论，如《总结》(1938)、《作家笔记》(1949)、《流浪者的心情》(1952)、《观点》(1958)、《回顾》(1962) 等，同时对自己的旧作进行整理。

晚年时，毛姆取得了很高的声誉，英国的牛津大学与法国的图鲁兹大学分别授予他颇为显赫的“荣誉团骑士”称号。1954 年，毛姆荣获英国女王授予的“荣誉侍从”称号，成了皇家文学会的会员。而在同一年，英国的嘉里克文学俱乐部还特地为其设宴，庆贺他的八十岁寿辰。在此之前，在英国文学史上受到过这种礼遇的只有狄更斯、萨克雷和特罗洛普这三位作家。而到了 1961 年，他的母校——德国的海德堡大学授予了他“名誉校董”的称号。

1965 年 12 月 15 日，了不起的毛姆在位于法国里维埃拉的家中去世，享年九十一岁。直到今天，他的骨灰仍被安放在英国的坎特伯雷皇家公学内。

作于苏州大学

方华文